Lori Wilde

Schneegestöber im Herzen

Roman

Aus dem Amerikanischen
von Annette Nau

Weltbild

Die amerikanische Originalausgabe erschien 2014 unter dem Titel *Christmas at Twilight* bei AVON BOOKS, an Imprint of *HarperCollinsPublishers*, New York

Besuchen Sie uns im Internet:
www.weltbild.de

Werner-von-Siemens-Straße 1, 86159 Augsburg
Dieses Werk wurde vermittelt durch die Literarische Agentur
Thomas Schlück GmbH, 30827 Garbsen.
Übersetzung: Annette Nau
Projektleitung und Redaktion: usb bücherbüro, Friedberg/Bay
Umschlaggestaltung: Johannes Frick, Neusäß
Umschlagmotiv: © Johannes Frick, Neusäß unter Verwendung von Motiven von Shutterstock (© popovartem, © Ozerina Anna, © penguinpie)
Satz: Datagroup int. SRL, Timisoara
Druck und Bindung: GGP Media GmbH, Pößneck
Printed in the EU
ISBN 978-3-95569-491-3

2019 2018 2017 2016
Die letzte Jahreszahl gibt die aktuelle Ausgabe an.

1

Walter Reed National Military Medical Center, Bethesda, Maryland
22. November

Delta Force Operator Captain Brian »Hutch« Hutchinson hasste die Gruppentherapie fast so sehr wie die Medikamente, die ihm sein Gehirn vernebelten.

Er saß in einem Stuhlkreis, der aus einem Haufen Ausgebrannter bestand, beobachtete die Uhr über der Tür und zählte die Sekunden, bis dieses Affentheater endlich ein Ende hätte. Er fläzte auf dem harten Holzstuhl und hatte seine Beine, die in sandfarbenen Tarnhosen steckten, von sich gestreckt. Seine muskelbepackten, von Narben übersäten Arme hatte er fest vor seiner Brust verschränkt, und der Wagt-es-bloß-nicht-mich-anzusehen-Ausdruck auf seinem Gesicht hatte eine tiefe Furche zwischen seine Augenbrauen gegraben. Die verdammten Beruhigungsmittel, mit denen sie ihn vollgepumpt hatten, sorgten dafür, dass sich das Innere seines Kopfes so scharfkantig wie Glasscherben anfühlte und gleichzeitig so vernebelt, als habe jemand an einem eisigen Wintermorgen seinen warmen Atem hineingeblasen.

Bist du sicher, dass es nur an den Pillen liegt und nicht an einem Hirnschaden?

Um nicht weiter darüber nachdenken zu müssen, studierte Hutch die olivbraune Wand hinter einem beinlosen

GI in einem Rollstuhl, der ausführlich von seiner Fantasie berichtete, sich den Lauf seiner Dienstwaffe in den Mund zu schieben und der Misere ein Ende zu machen.

Jemand hatte den armseligen Versuch unternommen, den Raum für das bevorstehende Thanksgiving-Fest zu schmücken. Neben der Pappversion eines lebenden Truthahns hing das Bild eines engelsgleichen Jungen in einem Pilgerkostüm, der ein großes schwarzes Gewehr in den Händen hielt. Leuchtend bunte Blätter, die vom Gelände des Krankenhauses stammten, klebten unter den Füßen des Cartoon-Jungen, aneinandergereiht wie ein Pfad, der ihn direkt zu seinem Ziel an der gegenüberliegenden Wand führte. Dort war ein Thanksgiving-Festmahl dargestellt, inklusive eines goldbraun gebratenen Vogels, wie als Vorankündigung dessen, was den unglückseligen Truthahn auf dem Pappschild erwartete.

Im Raum wurde es still. Der Schmerz im Blick des beinlosen GIs war so groß, dass Hutch ihn bis tief in seinen Bauch spüren konnte.

»Wir verstehen alle, was Sie durchmachen«, sagte der Gruppenleiter Major Jenner, ein spindeldürrer Psychologe mit schlecht über die Glatze gekämmten Haaren.

Hutch verschränkte seine Arme fester und schnaubte. Jenner war nie auch nur in die Nähe eines Kriegsschauplatzes gekommen. Er wusste einen Dreck über das Leben. Oder den Tod.

Der Major drehte sich zu ihm und blickte ihn an.

Oh, verdammt. Warum hatte er nur geschnaubt. Bisher hatte er es geschafft, sich außerhalb des Radars des Seelenklempners zu halten.

»Captain Hutchinson, Sie sind nun schon drei Wochen bei uns und haben sich immer noch nicht der Gruppe geöffnet. Es wird langsam Zeit.«

Was zum Teufel? Hutch blickte finster drein und klopfte auf die Narbe unten an seinem Hals.

Jenner neigte seinen Kopf und warf Hutch über den Rand seiner Brille einen Es-ist-nur-zu-deinem-Besten-Blick zu. »Ja, ja, Sie wurden am Hals verletzt, aber haben Sie überhaupt mal probiert zu sprechen?«

Was dachte dieser Hurensohn eigentlich, was er den ganzen Tag tat, wenn er nicht in diesem engen Raum mit fünf anderen Kerlen festsaß, die genauso am Arsch waren wie er?

Wut loderte in ihm auf. Er setzte sich gerade auf seinen Stuhl und presste seine zu Fäusten geballten Hände gegen seine Schenkel. Er war einmal der lockerste Operator in seinem Team gewesen, immer ein Lächeln auf dem Gesicht, immer zu einem Scherz aufgelegt. Mehr Freunde, als er hatte zählen können. Er war derjenige gewesen, der Streit geschlichtet, die Wogen geglättet hatte. Weil er so unerschütterlich, so cool gewesen war, hatten ihm die anderen Mitglieder seines Teams, das sowieso schon berüchtigt für seine kühlen Köpfe gewesen war, den Spitznamen Iglu verpasst. Aber diese Tage gehörten der Vergangenheit an.

So wie alles andere auch.

Er starrte auf seine linke Hand, an der der Zeigefinger fehlte. Ein verlorener Finger, eine lädierte Luftröhre, eine Prise posttraumatische Belastungsstörung; er hatte Glück gehabt, verdammtes Glück, und das wusste er. Er brauchte nur hinüberschauen zu dem beinlosen GI, um das bestätigt zu bekommen. Er hatte es geschafft, zurückzukommen, und das fast in einem Stück. Nicht so der Rest seiner Truppe.

Einziger Überlebender.

Ihm war nie bewusst gewesen, wie schrecklich diese beiden Worte waren. Die Namen seiner gefallenen Teamkameraden waren für immer in sein Gedächtnis eingebrannt – Joe Prince, Lincoln Johnson, Rick Guiterrez, Kwan Lee und Michael Keller. In der Unit liebevoll Razor, Axe, Hurricane, Wolf und Killer genannt. Der Gedanke, dass er sie nie wieder sehen würde, zerriss ihn innerlich.

Er beschloss, den Weg des geringsten Widerstandes zu gehen, und nahm die Zaubertafel in die Hand, die sein Sprachtherapeut ihm gegeben hatte. Es handelte sich um eine Kinder-Zeichentafel, bei der man das Gemälde mittels eines Schiebers wieder löschen konnte – ein Spielzeug, das man in den 1960-ern und 70ern gerne in die Weihnachtsstrümpfe der Kinder gesteckt hatte. Der Sprachtherapeut bestand darauf, dass er die Tafel benutzte, um seine Hand-Augen-Gehirn-Koordination zu stärken, indem er ganz altmodisch mit der Hand schrieb, anstatt moderne Technik zu benutzen, wenn er sich in Face-to-Face-Situationen verständlich machen wollte.

Er kam sich vor wie ein Idiot, als er den roten Plastikgriffel nahm, der an einer Schnur an der Tafel befestigt war. Er schrieb FUCK OFF und hielt die Tafel so, dass Jenner es lesen konnte.

»Ah, Wut, die lauteste Phase der Trauer. Sehen Sie, selbst ohne Ihre Stimme können Sie sie zum Ausdruck bringen. Sie machen Fortschritte, Captain Hutchinson.«

Hutch fügte der Botschaft auf der Tafel ein »2x« hinzu.

»Ich verstehe, dass Sie ein tiefes emotionales Trauma erlitten haben.« Jenner sprach absichtlich langsam, als ob Hutch dumm wäre anstatt einfach nur unfähig zu sprechen. »Aber es ist an der Zeit. Sie müssen endlich wieder sprechen.«

Hutch kniff seine Augen zusammen und schüttelte den Kopf.

»Ich weiß, dass es nicht leicht ist, aber Sie sind Mitglied der Special Forces. Das hier ist also nichts im Vergleich zu dem, was Sie während Ihrer Ausbildung erlebt haben oder im Kampf. Von Ihrer schwierigen Vergangenheit, die Sie überhaupt erst zur Army gebracht hat, will ich gar nicht anfangen.«

Hutch gefror das Blut in Adern. Warum musste dieser Bastard seine Kindheit zur Sprache bringen?

Jenner lächelte, als ob er nicht gerade kurz davor stünde, eine Faust in seine Visage zu kriegen. »Eine Mutter mit einer Persönlichkeitsstörung. Eine endlose Reihe von Männern, die bei ihr ein und ausgingen, was Sie und Ihre kleine Schwester ebenfalls verstört hat. Sie haben viel gekämpft. Hart gekämpft. Kämpfen Sie auch jetzt.«

Hutchs Wut wandelte sich von loderndem Rot zu gasflammendem Blau. Seine Mutter war keine Heilige gewesen, aber sie hatte ihr Bestes gegeben, und sie hatte ihn auf die einzige Weise, die sie gekannt hatte, geliebt. Er hatte keine Sekunde an ihrer Liebe gezweifelt, selbst als sie gebrüllt hatte, dass sie ihn hasste. Wie konnte dieses Ekelpaket es wagen, schlecht über seine Mutter zu reden?

»Sie würden mir gerne die Meinung geigen, stimmt's?«, höhnte Jenners. »Dann tun Sie's doch.«

Der Psychologe reizte ihn absichtlich und versuchte, eine

Reaktion zu provozieren. Diesen Gefallen würde Hutch ihm nicht tun. Unter größter Kraftaufwendung öffnete er seine Fäuste und atmete tief ein, bis ganz hinunter in seine Lungen.

Hielt die Luft an.

»Tapfer sein bedeutet, Angst zu haben und es trotzdem zu tun, oder?« Jenners Stimme wurde weicher.

Alle im Raum beobachteten sie gespannt, bereit, schnell zu reagieren, falls es zur Explosion kam.

Hutch atmete aus, fühlte, wie seine Muskeln sich entspannten, doch seine Wut verflog nicht, sondern wurde dunkler, roch nach Schwefel.

»Sprechen Sie«, befahl Jenner, als ob es so einfach wäre.

Hutchs Kehle verkrampfte sich, so wie sie es jedes Mal tat, wenn der Sprachtherapeut mit ihm arbeitete. Er biss seine Zähne zusammen, um nicht zusammenzuzucken. Keiner schien es zu begreifen. Er konnte einfach nicht sprechen. Seine Luftröhre war zu kaputt.

Anscheinend waren alle der Überzeugung, er würde nicht sprechen, weil er nicht sprechen wollte. Mehr als alles andere auf der Welt wollte er seine Stimme zurück, damit er die Familien der Männer besuchen konnte, die an seiner Seite gekämpft hatten. Ihnen gegenübertreten und sagen, wie tapfer ihre Söhne und Väter, Brüder und Onkel gewesen waren. Wie viel Herzblut, Willenskraft und eiserne Disziplin sie besessen hatten.

Seine Pilgerreise würde genauso schmerzhaft für ihn werden wie für die Familien, doch sein Schmerz zählte nicht. Hutch wusste, dass der Heilungsprozess der Familien erst beginnen konnte, wenn er diese Reise gemacht hatte. Es war seine verdammte Pflicht.

Doch jetzt im Moment wollte er seine Stimme nur zurück, damit er schreien konnte, toben, Gott verfluchen und allen sagen, dass sie zur Hölle fahren sollten. Kein Soldat konnte eine Einsatznachbesprechung abhalten, ohne zu sprechen. Alles, was er in dieser gottverdammten afghanischen Wüste erlebt hatte, war immer noch tief in ihm eingeschlossen. Wie sollte ein Mann ohne eine Stimme, mit der er schreien konnte, seinen Schmerz loswerden?

Die fünf anderen Mitglieder seiner Selbsthilfegruppe – genau die gleiche Anzahl wie die Soldaten, die wegen Hutch ihr Leben verloren hatten – starrten ihn an und warteten darauf, dass er sprechen würde. Er konnte es in ihren Gesichtern sehen. Sie standen auf Jenners Seite.

Er fühlte sich so einsam wie in dem Moment, als er durch die Straßen von Aliabad gestolpert war, ohne sich wirklich bewusst zu sein, dass er getroffen worden war. Nur am Rande bemerkte er, dass sein Helm weg war, weil ihm die Sonne gnadenlos auf den Kopf brannte. Die Körper seines Teams lagen um ihn verteilt – tot oder sterbend. Sie kreischten vor Schmerz, schrien seinen Namen, flehten um seine Hilfe.

Reden.

Er hatte geredet, als sie aus dem Hinterhalt angegriffen worden waren. Hatte versucht, die düstere Stimmung aufzuhellen, die sich verbreitet hatte, nachdem klar geworden war, dass der Top-Al-Qaida-Mann, denn sie in Abas Ghar hätten aufspüren sollen, längst über alle Berge war. Er hatte irgendetwas völlig Belangloses gefaselt. Wer war heißer, Olivia Wilde oder Emma Stone?

Es war poetische Gerechtigkeit, dass ausgerechnet ein Teil eines Schrapnells während des Angriffs seinen Weg in seinen

Hals gefunden und ihn für immer zum Verstummen gebracht hatte. Das war das Kreuz, das er tragen musste. Seine lebenslange Strafe. Er konnte nicht sprechen. Er verdiente es nicht, sprechen zu können.

Jenner kam näher, bis er direkt vor Hutch stand. »Erzählen Sie mir von Ihrer Mutter.«

Blinde Wut legte sich wie eine Schlinge um seinen Hals und nahm ihm die Luft.

Er ballte die Fäuste und sprang auf. Sein Klappstuhl krachte hinter ihm zu Boden. Die Wucht des Aufpralls ließ die Luft im Raum vibrieren.

Die Soldaten reagierten sofort. Sie sprangen auf die Füße, griffen nach den Waffen, die sie nicht trugen, bereit, gegen unsichtbare Feinde zu kämpfen. Selbst der beinlose GI, der offensichtlich vergessen hatte, dass er keine Beine mehr hatte, war auf dem Boden und stieß wilde Flüche aus.

Hutch wollte dem Kerl wieder auf seinen Stuhl helfen, aber er kam nur einen Schritt weit.

Jenner nickte den beiden Soldaten zu, die links und rechts von Hutch gesessen hatten, und sie schleuderten ihn zu Boden.

Er hatte die wichtigste Regel verletzt, die es zu beachten galt, wenn man sich in einem Raum voller Menschen mit einer PTBS befand: Keine plötzlichen lauten Geräusche. Hutch lag unter einem GI, der ihm ein Knie in die Lungen gerammt hatte, und rang nach Luft. Eine Hand presste sein Gesicht brutal auf den Steinboden, und er konnte Jenners Stiefel riechen, der offenbar in Hundescheiße getreten war.

Ja, er hasste die Gruppentherapie wirklich.

Hot Legs Spa, Twighlight, Texas
1. Dezember

Der würzige Duft von Lebkuchen erfüllte den abgedunkelten Massageraum und erinnerte an die bevorstehenden Feiertage. Die einzige Lichtquelle war ein Teelicht in einem Kerzenhalter, der die Farbe von Kürbiskuchen trug und auf einem schwarz lackierten Regalbrett stand. Ganz innen flackerte die Flamme hellblau, umschlossen von einem tanzenden Weißgelb, das ganz außen in ein tiefes Orangerot überging. Aus den Lautsprechern der Stereoanlage plätscherte sanfte Musik, eine einzelne Flöte, die einen langen, schwermütigen Ton hielt. Das seidige Gefühl von Öl liebkoste nackte Haut.

Normalerweise war die Masseurin Meredith Sommers völlig in ihre Arbeit vertieft und konzentrierte sich nur darauf, ihren Kunden ein gutes Gefühl zu schenken, was wiederum eine meditative Ruhe in ihr hervorrief.

Nicht aber heute.

Heute schaffte sie es einfach nicht, die innere Stimme zum Schweigen zu bringen, die ihr zuflüsterte: Etwas stimmt nicht.

Sie hatte gelernt, dass sie diese Stimme nicht ignorieren durfte. In den vergangenen fünf Jahren hatte das ihr Leben mehr als einmal gerettet.

Dieses Mal war es jedoch nicht ihr eigenes Wohlergehen, um das sie sich Sorgen machte, sondern das ihrer Vermieterin und Mitbewohnerin Ashley Hutchinson. Gestern Abend war Ashley mit einem neuen Mann ausgegangen und hatte ihre vierjährige Tochter Kimmie in Meredith‘ Obhut gelassen. Meredith hatte es überhaupt nichts ausgemacht. Sie liebte das kleine Mädchen, das so alt war wie ihr eigener Sohn Ben.

»Du brauchst nicht auf mich zu warten«, hatte Ashley auf dem Weg zur Tür gesagt. »Wenn alles gut läuft, hab ich keine Ahnung, wann ich heimkomme.« Dann hatte sie ihr zugezwinkert und war verschwunden.

Meredith hatte nicht gewusst, was sie davon halten sollte. Sie war nicht in der Position, Ashley zu sagen, wie sie ihr Leben zu leben hatte, aber der Gedanke, dass ihre Mitbewohnerin plante, gleich am ersten Abend Sex mit einem Mann zu haben, den sie kaum kannte, behagte ihr überhaupt nicht. Sie verstand, warum Ashley ihre Verabredung in einem Club in Fort Worth traf – solange man nicht wusste, ob man einem Mann trauen konnte, wollte man ihn lieber nicht in der Nähe seines Hauses und seines Kindes haben –, aber Meredith wünschte, sie hätte den Kerl vorher einmal getroffen, um sich ein Bild von ihm zu machen und ihn besser einschätzen zu können.

Und dann was? Ashley von ihm abraten, wenn ihr Bauchgefühl ihr sagte, dass der Kerl nicht okay war? Ashley war eine erwachsene Frau. Sie durfte ihre eigenen Fehler machen.

Dennoch wünschte sich Meredith, jemand hätte sie vor fünf Jahren gewarnt, bevor sie …

Aber das war längst Vergangenheit, oder? Sie konnte es nicht rückgängig machen. Und außerdem: egal wie schrecklich die letzten paar Jahre gewesen waren, wenn sie nicht so gelebt hätte, wie sie es getan hatte, dann hätte sie jetzt nicht ihren Sohn Ben.

Und er war jeden Preis wert.

Als Ashleys Wagen heute Morgen nicht in der Einfahrt gestanden hatte und ihr Bett unbenutzt gewesen war, hatte Meredith sich gesagt, dass sie sich keine Sorgen machen sollte. Anscheinend hatte es zwischen Ashley und ihrem Date gefunkt und sie hatte die Nacht bei ihm verbracht. Meredith hatte Kimmie zusammen mit Ben für den Kindergarten fertiggemacht und sich eine Erklärung für die Abwesenheit ihrer Mutter ausgedacht. Hoffentlich machte sich Ashley ihre Schäferstündchen außerhalb der Stadt nicht zur Gewohnheit und blieb nun öfter über Nacht weg.

Seit sechs Wochen wohnte Meredith nun im ersten Stock von Ashleys Haus, und bisher hatten sie sich wunderbar arrangiert. Aber wenn Ashley sich als eine dieser alleinerziehenden Mütter erweisen würde, die ihre Kinder vernachlässigten, sobald ein Mann in ihr Leben trat, würde Meredith nicht damit klarkommen. Sie müsste wieder umziehen, egal wie pleite sie war.

Bevor sie zur Arbeit gegangen war, hatte sie Ashley eine SMS geschickt und gefragt, wann sie nach Hause kommen würde. Jetzt war es fast schon Mittag, aber sie hatte immer noch keine Antwort von ihrer Mitbewohnerin erhalten.

»Jane?«, sagte Raylene Pringle, die ältere Dame auf Meredith' Massageliege. Jemand hatte Meredith erzählt, dass Raylene früher mal Cheerleader bei den Dallas Cowboys gewesen war, aber selbst ohne dieses Wissen konnte Meredith anhand des Muskeltonus sagen, dass ihre Kundin den Großteil ihres Lebens Sport getrieben hatte.

»Jane?«

»Ja?« Meredith blinzelte. O nein! In ihrer Sorge um Ashley hatte sie doch glatt ihren aktuellen Tarnnamen vergessen.

»Ich habe dreimal ihren Namen gerufen. Ist alles in Ordnung?«

»Es tut mir leid. Ich hab nur vor mich hin geträumt.«

»Das hab ich gemerkt. Sie kneten immer die gleiche Stelle an meiner Wade.«

»Bitte entschuldigen Sie.«

»Kein Problem«, sagte Raylene. »Das passiert doch jedem mal. Es erinnert mich an eine Hundedame, die ich mal hatte. Ihr Name war Elspeth und wir hatten sie aus dem Tierheim. Sie hatte etwas von einem Australischen Schäferhund im Blut, und ihr Fell hatte das schönste Silberblau, das man sich nur vorstellen kann. Ihr ursprünglicher Besitzer ging ins Seniorenheim und konnte sich nicht mehr um sie kümmern.«

»Das war bestimmt hart für den Besitzer.«

»Ich habe versucht, sie Tequila zu nennen, passend zur Horny Toad Tavern, die Earl und ich zu der Zeit noch besaßen, aber der Hund wollte nichts davon wissen. Wenn ich sie bei ihrem neuen Namen rief, weigerte sie sich schlichtweg, zu mir zu kommen. Irgendwann hat sich die ganze Nachbarschaft darüber lustig gemacht. ›Da ist Raylene und schreit mal wieder nach Tequila. Kann ihr nicht endlich jemand einen Tequila bringen?‹ Irgendwann hab ich aufgegeben und sie einfach wieder Elspeth genannt.«

»Drehen Sie sich bitte auf den Rücken, Mrs Pringle, und stellen Sie das Kopfteil ganz nach unten«, wies Meredith Raylene an, während sie das Tuch hob und ihren Blick abwendete, um ihrer Kundin Privatsphäre zu geben.

Raylene tat, wie ihr geheißen, und Meredith rollte mit ihrem Stuhl zum Kopfende der Massagebank, um den Kopf der älteren Dame zu massieren.

»Sie haben so sanfte Hände.« Raylene hatte die Augen geschlossen.

»Danke.«

Raylene öffnete ein Auge und schielte zu ihr hoch. »Für mich sehen Sie überhaupt nicht aus wie eine Jane.«

Einen panischen Moment lang dachte Jane: Sie ahnt etwas! Ihre Lungen verkrampften sich, ihr Puls wurde schneller und ihre Haut prickelte. Beruhige dich. Atme ganz tief. Warum sollte Mrs Pringle etwas wissen? »Wie sehe ich denn aus?«

»Jane ist so ein Allerweltsname. Sie wissen schon: burschikos, sommersprossig, Jeans und T-Shirt, offen, süß, so wie Ihre Nachbarin Flynn Calloway. Sie hingegen …« Raylene hielt inne. »Sie wirken so hoheitsvoll. Ruhig. Reserviert. Diese hohen Wangenknochen und die Alabasterhaut. Sie brauchen einen Namen, der zu Ihnen passt. Cassandra oder Alexandria oder …«

»Cleopatra?«

Raylene streckte eine Hand unter dem Tuch hervor und deutete mit einem Finger auf Meredith. »Sie haben außerdem einen trockenen Humor.«

»Haben Janes denn keinen Sinn für Humor?«

»Zum Teufel, nein. Janes neigen eher zur Selbstironie.«

»Und welche Art von Humor haben Raylenes?«

»Schlüpfrig natürlich.« Raylene kicherte.

»Sie haben anscheinend viel über Namen und Humor nachgedacht. Ich hatte keine Ahnung, dass das Thema so komplex ist«, scherzte Meredith.

»Das kommt daher, dass ich sonst nichts zu tun habe, wenn ich hier liege.«

»Sie sollen sich doch entspannen.«

»Leichter gesagt, als getan. Ich habe nur angefangen, mich massieren zu lassen, weil mein Kardiologe es empfohlen hat.«

»Atmen Sie tief ein und aus und lassen Sie alles locker.« Meredith' Puls verlangsamte sich wieder. Raylene machte nur Smalltalk, weil Meredith nicht geantwortet hatte, als sie sie angesprochen hatte. Aber sie musste wirklich besser aufpassen. Jane. Jane. Ihr Name war Jane.

Ein paar Minuten später beendete Meredith die Massage. »Sie können sich jetzt anziehen. Kommen Sie einfach raus, wenn Sie fertig sind.«

Sie trat in den Flur, zog ihr Handy aus der Tasche, schaltete den Flugmodus aus und wartete einen Moment, um zu sehen, ob Ashley ihr geschrieben oder versucht hatte, sie anzurufen, während sie im Massageraum gewesen war.

Nichts.

Ihr Herz rutschte ihr in die Hose, schwer wie ein eiserner Anker. Sie tippte eine Nachricht an ihre Mitbewohnerin. Alles OK?

Raylene kam aus dem Massageraum und Meredith reichte ihr eine gekühlte Flasche Mineralwasser. »Trinken Sie viel Wasser, um Ihren Körper gut durchzuspülen.«

»Danke, meine Liebe.«

Raylene beugte sich zu ihr, um einen Hundert-Dollar-Schein in die Tasche von Meredith' Kittel zu stecken. »Frohe Weihnachten.«

»Warten Sie, Mrs Pringle, das ist viel zu viel«, protestierte Meredith und fischte den Schein wieder aus ihrer Tasche. Sei still und nimm es. Damit kannst du die Weihnachtsgeschenke bezahlen, die du für Ben zurücklegen lassen hast.

Raylene nahm Meredith' Hände in ihre. »Nehmen Sie es an, bitte. Ich weiß, wie es ist, wenn man an Weihnachten pleite ist.«

»Sie?« Soweit Meredith wusste, gehörten Raylene und Earl Pringle zu den reichsten Leuten in Twilight.

»Meine Liebe, ich bin auf der falschen Seite der Bahnlinie aufgewachsen. Erst nachdem man Öl auf dem Land von Earls Familie gefunden hat, hatten wir genug Geld, um uns einen Nachttopf zu leisten. Nehmen Sie's schon.«

»Wie kommen Sie auf die Idee, dass ich es brauchen könnte?«

»Sie sind alleinerziehende Mutter und wohnen zur Untermiete bei Ashley Hutchinson. Das sagt alles. Und jetzt will ich nichts mehr darüber hören.«

Meredith straffte ihre Schultern. »Ich weiß die Geste wirklich zu schätzen, aber bitte spenden Sie das Geld dem Weihnachtsengel-Wohltätigkeitsverein, dem Sie angehören. Es gibt viele Leute, die das Geld mehr brauchen als ich. Oh, und warten Sie eine Sekunde.«

Sie eilte in den Mitarbeiterraum, nahm ihre Handtasche aus dem Spind und öffnete ihr abgewetztes braunes Portemonnaie. Es waren ein Zwanzig-Dollar-Schein und sechzehn Cent darin. Sie schluckte. Sie hatte kein Konto bei der Bank – nicht seit, ach, egal –, und das war alles, was sie besaß. Aber es hatte Zeiten gegeben, in denen sie keinen Viertel Dollar besessen hatte, und am Freitag war Zahltag. Sie hatte genug Lebensmittel zu Hause, Benzin im Minivan und ungefähr sechs oder sieben Dollar in Münzen auf ihrer Frisierkommode liegen. Sie würde über die Runden kommen. Nicht so die Mütter der Kinder, deren Namen am Engelsbaum hingen.

Entschieden zog sie die zwanzig Dollar aus ihrem Portemonnaie und nahm sie mit zu Mrs Pringle. »Hier, bitte werfen Sie das mit in den Spendentopf.«

Mrs Pringle runzelte die Stirn. »Sind Sie sicher?«

»Absolut. Ich wünschte nur, ich könnte Ihnen mehr Geld geben.«

»Das ist sehr nett von Ihnen.« Raylene berührte Meredith an der Schulter und schaute sie mit einer Mischung aus Sympathie und Bewunderung an. »Haben Sie vor, zu unserem jährlichen Plätzchentausch am Freitagabend zu kommen? Wir würden uns sehr freuen, wenn Sie dabei wären. Die Party findet bei mir zu Hause statt. Ich schicke Ihnen die Wegbeschreibung per E-Mail.«

Raylene war die fünfte, die sie zu dieser Party einlud. Sie konnte nicht hin. Es würde bedeuten, dass sie Geld für die Plätzchenzutaten ausgeben musste und einen Babysitter für Ben brauchte. »Danke für die Einladung, aber ich bin ein ziemlicher Partymuffel.«

»Beim Plätzchentausch gibt es nur fünf Regeln«, sagte Raylene mit schmeichelnder Stimme.

»Ich wusste nicht, dass es überhaupt Regeln gibt.«

»Oh, doch. Keine Männer. Keine Kinder. Nichts Gekauftes. Keine Schokoplätzchen. Und keinen Tratsch.«

»Warum keine Schokoplätzchen? Mag die nicht jeder am liebsten?«

»Genau deswegen gibt es diese Regel, weil sie alle anderen Sorten in den Hintergrund drängen. Weihnachten ist die Zeit, in der auch den anderen Plätzchen gebührend Aufmerksamkeit geschenkt werden soll.«

»Ich verstehe.«

»Machen Sie sich keine Sorgen wegen der Regeln. Jemand missachtet immer die Keinen-Tratsch-Regel, und normalerweise bin das ich.« Sie zwinkerte ihr verschwörerisch zu. Die Frau war wirklich der Knaller. »Die Buchhandlung veranstaltet während des Plätzchentauschs eine Pyjamaparty für die Kinder. Es gibt Plätzchen und heiße Schokolade und es werden Weihnachtsgeschichten vorgelesen. Ihr Junge hätte bestimmt seinen Spaß.«

»Wir werden sehen.«

»Sie müssen mehr ausgehen«, drängte Raylene. »Sie werden Twilight lieben, sobald Sie mal alle kennen. Wir sind nämlich ziemlich nett.«

Die Wahrheit war, dass Meredith sich längst in das malerische kleine Städtchen am Seeufer verliebt hatte, in dessen Nähe sie sich zufälligerweise befunden hatte, als ihr Minivan in der Woche vor Halloween seinen Geist aufgegeben hatte. Mit seinen interessanten Boutiquen, tollen Restaurants, der bewegten Geschichte und den liebenswert-verschrobenen Einwohnern war es ein Ort, an dem man sich sehr leicht zuhause fühlen konnte.

Aber das durfte sie nicht zulassen. Sie würde sich nie dauerhaft irgendwo niederlassen können. Nicht solange …

Das Klingeln ihres Handys unterbrach diesen Gedanken.

»Gehen Sie ruhig ran«, sagte Raylene und ging in Richtung Rezeption. »Aber kommen Sie bitte zu der Party. Ohne Sie wäre es nur halb so schön.«

Meredith hob eine Hand zum Abschied und blickte dann schnell auf den Namen des Anrufers. Ashley. Gott sei Dank. Sie stieß einen tiefen Seufzer aus und lehnte sich mit einer

Schulter gegen die Wand, weil sie sich vor Erleichterung ganz schwach fühlte.

»Wo bist du?«, fragte Meredith. »Geht es dir gut?«

»O Jane! Ich fühl mich mehr als gut!«, rief Ashley aus. »Der Mann hat mich völlig umgehauen.«

Die Härchen auf Meredith' Arm stellten sich auf, und das Schrillen ihrer inneren Alarmglocken verstärkte das ungute Gefühl in ihrem Bauch. »Das ist kein gutes Zeichen. Es hört sich gut an, es klingt romantisch, aber wenn es um Männer geht, muss man mit beiden Beinen fest auf dem Boden bleiben. Kein Umhauenlassen erlaubt. Auf gar keinen Fall.«

»O Mann, jetzt sei doch nicht so eine Spielverderberin.«

»Du musst auf mich hören«, warnte Meredith. Angst schnürte ihr die Kehle zu. »Du kannst den Gefühlen, die du gerade hast, nicht trauen. Es sind nur die Lust und die Hormone, mehr nicht.«

»War es so bei dir und Bens Vater?«

Eine eisige Kälte ergriff von Meredith' Körper Besitz, wie ein Februarwind, der durch die sibirische Tundra fegt. Ihre Finger verkrampften sich um das Handy. Ashleys warmes, heiteres Lachen stand in scharfem Kontrast zu den Polareiskappen der Angst, die ihr Blut zum Gefrieren brachten.

»Ja«, antwortete sie. »Bens Vater hat mich anfangs völlig umgehauen, und es hat ganz böse geendet. Komm heim, dann können wir darüber reden.«

»Keine Sorge, ich bin nicht du und Eric ist nicht dein Exmann.«

»Du idealisierst den Kerl.«

»Und du hörst dich eifersüchtig an.« Ashleys Stimme klang jetzt gereizt.

»Ich bin nicht eifersüchtig, ehrlich …«

»Dann freu dich für mich. Ich habe meinen Traumprinzen gefunden. Er muss geschäftlich nach Acapulco und nimmt mich mit.«

»Wann?«

»Jetzt.«

»Was?«

»Wir sind am Flughafen in Dallas und steigen gleich ins Flugzeug.«

»Du kennst diesen Mann kaum!«

»Ein Blick in seine Augen hat genügt und ich wusste alles über ihn. Er ist mein Seelenverwandter.«

»Ashley, steig nicht in dieses Flugzeug ein!«

Eine andere Masseurin, die gerade vorbeikam, blieb stehen und fragte: »Ist alles in Ordnung, Jane?«

Meredith rang sich ein Lächeln ab und formte *Alles gut* mit ihren Lippen.

»Nach der letzten Nacht kenne ich ihn besser, als du es dir vorstellen kannst.« Ashley kicherte vielsagend. »Wie auch immer – kannst du auf Kimmie aufpassen, bis ich zurück bin? Ich bezahl dich natürlich dafür. Ich weiß, dass du das Geld brauchst.«

»Nein, ich werde dir nicht erlauben …«

»Vielen Dank«, sagte Ashley atemlos. »Du bist die Beste.«

Offensichtlich brachte es nichts, mit ihrer Mitbewohnerin zu schimpfen. »Warte, warte. Leg nicht auf. Wann kommst du zurück?«

»Weiß ich noch nicht.«

»Vor Weihnachten?«

»Oh, sicher. Weihnachten würde ich mir nie entgehen lassen.«

»Wo wirst du wohnen?«

»In einer privaten Villa, die Erics Firma gehört.«

»Was für eine Firma ist das?«

»Woher soll ich das wissen?«

»Ashley …« Meredith wollte gerade wieder anfangen zu schimpfen, hielt aber inne. In der Therapie hatte sie gelernt, dass man keinen Einfluss auf das Tun anderer Leute hatte. Aber etwas verstandesmäßig zu wissen und es gefühlsmäßig zu akzeptieren waren zwei Paar Stiefel.

An Ashleys Ende der Leitung verkündete eine weibliche Stimme, dass der American-Airlines-Flug nach Acapulco bereit sei fürs Boarding und unterbrach so ihre Unterhaltung.

»Ich muss los. Sag Kimmie, dass ich sie sehr liebe.«

»Bitte, tu das nicht.«

»Du machst dir zu viele Sorgen, Jane. Du musst mehr auf deinen Bauch hören.«

»Mein Bauch sagt mir, dass es eine schrecklich dumme Idee ist.«

»Ich versuche, dich anzurufen, wenn wir angekommen sind, aber Eric meint, der Handyempfang ist da sehr schlecht.«

»Überleg doch mal. Was, wenn der Kerl ein Serienmörder ist?«

»Du schaust zu viel fern. Mir geht es gut. Eric ist fantastisch. Der beste Liebhaber überhaupt, so nett und aufmerksam und äußerst charmant.«

»Soziopathen sind immer äußerst charmant. So locken sie

dich an, und sobald du in ihren Fängen bist, zeigen sie ihr wahres Gesicht.«

»Du hast wirklich ein ernsthaftes Problem mit deinem Vertrauen in andere Menschen, Jane. Entspann dich. Alles wird gut gehen.«

»Aber was, wenn nicht, und du nie mehr nach Hause kommst? Was geschieht dann mit Kimmie?«, fragte Meredith.

»Mir wird nichts passieren, aber zu deiner Beruhigung, du Schwarzmalerin: Mein Bruder wird Kimmie zu sich nehmen, wenn mir was passieren sollte.«

Verwirrt schüttelte Meredith den Kopf. »Du hast einen Bruder? Du hast mir nie von ihm erzählt.«

»Wir kommen nicht so gut miteinander aus. Er ist zu rechthaberisch, aber er liebt Kimmie mehr als alles andere auf der Welt.«

»Wie heißt er? Wo ist er? Wie erreiche ich ihn?«

»Ups, letzter Aufruf. Ich muss jetzt wirklich Schluss machen.«

»Steig nicht in dieses Flugzeug«, flehte Meredith.

Aber Ashley hatte schon aufgelegt.

2

Walter Reed
1. Dezember

Sie kamen zu dritt.

Dr. Yani Gupta, Hutchs Chirurg; Colonel John Finetti, sein Kompanieführer; und Major Thomas Jenner, sein Psychologe. Hutch war nach einer intensiven Sprachtherapiesitzung gerade in sein Zimmer im Rehaflügel zurückgekehrt, als es an der Tür klopfte und die drei Männer hereinmarschiert kamen.

In dem Augenblick, in dem er sie sah, wusste er, dass es um etwas Ernstes ging. Das war kein Freundschaftsbesuch. Er sprang auf und nahm Haltung an.

»Setzen Sie sich, Captain.« Colonel Finetti deutete auf den Stuhl, von dem Hutch gerade aufgesprungen war. Finetti stammte aus Iowa und hatte ein kantiges Gesicht; alles an dem Mann war scharf – der Klang seiner Stimme, seine überdimensionierte Nase, seine Ellbogen und seine spitzen Vorderzähne, die der Grund dafür waren, dass ihn die Männer in der Unit hinter seinem Rücken Colculetti nannten (eine kreative Verschmelzung von »Colonel«, »Dracula« und seinem richtigen Namen). Wenn man ihn so sah, würde man nie vermuten, dass er seinen sechs Kindern ein verdammt guter Vater war, Königspudel züchtete und die Tomaten, die er in seinem Garten zog, selbst einmachte.

Hutch schüttelte den Kopf.

Die drei Männer tauschten Blicke aus.

Es waren drei Stühle im Zimmer und vier Männer, aber es gab noch ein leeres Bett. Hutchs Zimmernachbar war am Morgen entlassen worden.

»Es wird leichter sein, wenn wir sitzen«, sagte Finetti.

Leichter für wen? O verdammt, das wird richtig übel, dachte Hutch. Er versuchte, sich ein Lächeln abzuringen, aber es gelang ihm nicht.

Dr. Gupta und Colonel Finetti setzten sich auf die Stühle, während Jenner auf dem Fußende des freien Bettes Platz nahm.

»Bitte.« Gupta wies Hutch mit einer Geste an, sich auf den dritten Stuhl zu setzen, so als ob er einer von Finettis ungezogenen Königspudeln wäre. Gupta war ein brillanter Chirurg und wirkte mit seiner überdimensionierten, glänzenden Stirn wie ein verrückter Wissenschaftler. Er trug eine Lesebrille an einer Schnur um den Hals und aus der Tasche seines weißen Laborkittels ragte ein lila Stethoskop hervor.

Misstrauisch gesellte sich Hutch zu den anderen Männern und setzte sich auf den dunkelgrauen Stuhl, der neben dem Stockbett stand. Seine Muskeln waren aufs Äußerste angespannt, damit er beim geringsten Anzeichen von Problemen sofort aufspringen konnte. Das hier gefiel ihm ganz und gar nicht. Sie hatten sich gegen ihn verschworen.

Keiner sagte etwas.

Gupta hielt Hutchs herausforderndem Blick stand; Finetti vermied absichtlich, ihn anzusehen.

Und Jenner? Das Arschloch lächelte.

Normalerweise war Hutch kein streitsüchtiger Mensch.

Früher war er der Überzeugung gewesen, dass jeder seinen Respekt verdiente, bis er ihn vom Gegenteil überzeugte. Doch Jenner hatte ihn bereits vom Gegenteil überzeugt, und seit dem Angriff war Hutch nicht mehr er selbst. Ablehnung war zu seiner Grundhaltung geworden. Es gefiel ihm nicht, aber so war es nun mal. Negative Veränderung der Persönlichkeit. Eine hässliche Folge des Kriegs.

Gupta spielte an seinem fleischigen Ohrläppchen.

Unruhe zupfte an Hutchs Nerven wie ein professioneller Gitarrenspieler an seinen Saiten. Hutch nahm die Zaubertafel in die Hand und schrieb: WAS IST LOS?

»Wir entlassen Sie«, sagte Gupta.

Hutch entspannte sich. Er betätigte den Schieber der Zaubertafel, sodass die Worte verschwanden, und schrieb dann: GUT. BIN WIEDER EINSATZBEREIT.

Die drei ranghöheren Offiziere wechselten wieder diese Blicke.

Colonel Finetti räusperte sich. »Nicht nur aus dem Krankenhaus, Captain. Sie werden aus der Army entlassen.«

Er starrte sie an. Er musste sich verhört haben. Sie warfen ihn aus der Army?

Kurz flammte der alte, naive Hutch auf und flüsterte: Das ist sicher nicht leicht für sie. Einen Mann rauszuschmeißen, der so viel für sein Land getan hat. Doch der neue, zynische Hutch, dem die Hölle wie eine Grillparty im Vergleich zum Krieg in Afghanistan erschien, der alles verloren hatte, glaubte nicht daran.

»Die Sanitätskommission hat sich noch einmal mit Ihrem Fall befasst. Sie werden aus medizinischen Gründen ehrenhaft entlassen und bekommen ihren vollen Sold«, fuhr Gupta fort. »Wir danken Ihnen für Ihre Dienste.«

In Hutchs Ohren fing es an zu pfeifen, so wie immer, wenn er kurz davor stand zu explodieren. Sein oberstes Ziel war es immer gewesen, seinem Land zu dienen, und nie hatte er das halbherzig getan. Hatte immer vollsten Einsatz gezeigt. Das war sein Anspruch gewesen, und den hatte er erfüllt. Wenn er kein Teil der Unit mehr war, was, zum Teufel, war er dann?

Fieberhaft kritzelte Hutch auf die Zaubertafel. PTBS IST BEHANDELBAR. VOLLSTÄNDIGE HEILUNG MÖGLICH. SIE KÖNNEN MICH DESWEGEN NICHT ENTLASSEN. Er schob die Tafel zu Gupta hinüber.

Gupta warf Jenner einen verstohlenen Blick zu und gab Hutch die Zaubertafel zurück. »Wenn es nur um die PTBS ginge, würden wir diese Unterhaltung nicht führen.«

Finettis Augen waren voller Mitleid.

Hutch schrieb: DER FEHLENDE FINGER.

»Es geht auch nicht um den Finger«, sagte Gupta nicht unfreundlich, »sondern darum, dass Sie nicht mehr sprechen können.«

Hutch hielt die Tafel hoch, sodass alle lesen konnten, was er geschrieben hatte. SCHRAPNELL IM HALS. IN AUSÜBUNG MEINER PFLICHT.

»Ich weiß. Ich habe das Schrapnell entfernt. Aber es hat Ihren Kehlkopf nicht verletzt. Ich dachte, wenn die Schwellung zurückgegangen ist, kommt auch Ihre Stimme zurück.« Guptas Kopf bewegte sich hin und her, wie Scheibenwischer in Zeitlupe.

ES IST ERST ZWEI MONATE HER, schrieb Hutch.

»Die letzten Untersuchungen haben gezeigt, dass es absolut keinen Grund für Ihr Verstummen gibt. Der Sprachtherapeut ist derselben Ansicht. Ihr Problem ist nicht körperlicher Natur«, fuhr Gupta fort.

»Es ist psychisch«, führte Jenner die Aussage des Chirurgen fort. »Sie leiden an selektivem Mutismus.«

Psychisch? Warum sollte es psychisch sein? Wann immer er seinen Mund öffnete, kam kein Wort heraus. Er wollte sprechen. Hatte sein Bestes versucht. Begriffen sie das denn nicht?

Sie ließen ihn eine Minute schmoren. Niemand sagte etwas. In Ordnung. Er dachte, dass sie unrecht hatten, aber nur für den Fall, dass sie recht hatten, war er bereit, sich damit auseinanderzusetzen. Der Verlust seines Teams hatte vielleicht ein leicht reizbares Arschloch aus ihm gemacht, aber er wollte allem gegenüber aufgeschlossen bleiben. Er nahm den Griffel. TEIL DER PTBS?

»Nachdem wir uns ausführlich mit Ihrer Kranken- und Familiengeschichte befasst haben, glauben wir nicht« – Guptas Scheibenwischer schwenkte von Finetti zu Jenner und wieder zu ihm zurück –, »dass dies der Fall ist.«

Ein unangenehmes Gefühl breitete sich in Hutchs Bauch aus. Es kam ihm vor, als wäre er in einer Zentrifuge festgeschnallt, die gerade angefangen hatte, sich zu drehen, und er die Bremse nicht erreichen konnte, um das verdammte Ding zu stoppen.

»In Ihrer Familie gibt es mehrere Fälle einer Borderline-Persönlichkeitsstörung«, nahm Jenner die Unterhaltung wieder auf. »Ihre Mutter und Ihre Schwester. BPS hat eine genetische Komponente. Allerdings manifestiert sich die Krankheit bei Männern als antisoziale Persönlichkeitsstörung, und das ist genau das Verhalten, das Sie momentan zeigen.«

Hutch starrte Jenner an. Er konnte nicht fassen, was der Mann da sagte. Vor dem Angriff war er der Inbegriff von Teamgeist gewesen. Er hatte mehr Freunde gehabt, als er zählen konnte. Er war mit jedem gut ausgekommen. In der Grundausbildung hatten sie ihn als Teamplayer bezeichnet, als echten Gewinn für die Army. Oh, aber jetzt ... jetzt lag er am Boden und sie hatten kein Interesse daran, die Zeit, das Geld und die nötige Anstrengung zu investieren, um ihn so weit wieder herzustellen, dass er kampfbereit war.

Rechtlich gesehen konnten sie ihn aufgrund einer PTBS nicht aus der Army werfen, wegen einer Persönlichkeitsstörung aber schon. Genau darum ging es bei diesem Komplott. Es war einfacher, in Fort Knox einzubrechen, als bei der Delta Force aufgenommen zu werden. Das Militär hatte seine Familiengeschichte gekannt, als sie ihn zugelassen hatten. Damals hatte sie kein Problem dargestellt. Und jetzt sollte sie auch keines sein.

Er wollte ihre Anschuldigungen nicht untermauern, doch ebenso wenig wollte er sie einfach so hinnehmen, deshalb schrieb er ganz ruhig: BULLSHIT!

Gupta studierte seine Schuhe. Finetti verzog den Mund, als ob er sagen wollte: Tut mir echt leid, Mann. Jenners Gesichtsausdruck veränderte sich überhaupt nicht, aber seine Nase zuckte. Sie alle wussten, dass es Bullshit war, aber das interessierte sie nicht.

Er hatte den Angriff überlebt, aber jetzt war er eine Schande für die Army, und sie benutzten alles, was sie in die Finger kriegen konnten, um ihn loszuwerden. Jeder im

Raum wusste, dass es viel, viel besser gewesen wäre, wenn er an jenem Tag auf dem Bergkamm zusammen mit dem Rest seines Teams ums Leben gekommen wäre.

Aber das war er nicht, und jetzt wollten sie ihn loswerden.

»Wir haben den Vorgang etwas beschleunigt, sodass Ihre Familie Sie an Weihnachten wieder bei sich hat«, sagte Finetti, so als ob sie ihm einen großen Gefallen damit tun würden.

Sie gaben ihm den Laufpass. Beförderten ihn mit einem Tritt in den Hintern zur Tür hinaus.

»Ab Null Achthundert morgen früh«, schloss Jenner, »sind Sie Zivilist, Captain Hutchinson.«

Twilight, Texas
3. Dezember

»Wann kommt Mommy wieder heim?«, fragte Kimmie wie jeden Tag, wenn Meredith das kleine Mädchen und ihren Sohn Ben vom Kindergarten abholte. Die gleiche Frage stellte Kimmie jeden Morgen, wenn sie aufwachte, und jeden Abend, wenn sie ins Bett gebracht wurde.

»Ich weiß es nicht genau«, antwortete Meredith, weil sie keine Ahnung hatte, was sie sonst sagen sollte.

»Ich wette, sie ist am Nordpol und besucht den Weihnachtsmann.« Kimmies Augen glänzten. Sie sah so hinreißend aus mit ihrem roten Trägerkleid, den glänzenden Spangenschuhen und den honigfarbenen Löckchen, die sich über ihre Schultern ringelten. Die Nordpol-Geschichte war die neueste Fantasie, mit der sie die Abwesenheit ihrer Mutter zu erklären versuchte. »Wie in Das magische Weihnachtsplätzchen.«

Das magische Weihnachtsplätzchen war ein beliebtes Weihnachtskinderbuch, geschrieben von Sadie Cool, einer einheimischen Autorin. Der Name war ein Pseudonym für Sarah Walker, eine junge Frau, die Meredith im Buchclub kennengelernt hatte, dem sie vor ein paar Wochen beigetreten war. Es war die gleiche Gruppe, die auch den Plätzchentausch veranstaltete, zu dem Raylene Pringle sie eingeladen hatte. Meredith hatte die Geschichte Kimmie und Ben jeden Abend im Bett vorgelesen.

»Bestimmt bringt sie mir viele Spielsachen mit«, seufzte Kimmie hoffnungsvoll.

»Glaubst du, sie bringt mir auch was mit?«, fragte Ben.

»Ich denke, ihr beiden werdet genug Spielzeug zu Weihnachten bekommen«, sagte Meredith, während sie den beiden auf den Rücksitz des Minivans half.

Sie hatte die letzten Tage damit zugebracht, darüber nachzugrübeln, was sie wegen Ashley unternehmen sollte. Sie war stinksauer auf die Frau, weil sie ihre Tochter zurückgelassen hatte, um mit einem Fremden nach Acapulco abzuhauen, aber letztendlich konnte sie sich doch nicht dazu durchringen, irgendjemandem davon zu erzählen. Noch nicht. Wenn sie die Behörden einschaltete, konnte das zu einem riesigen Schlamassel führen, und sie wollte nicht verantwortlich dafür sein, dass Ashley unnötigerweise Schwierigkeiten mit dem Jugendamt bekam.

Falls sie Ashley meldete, musste das natürlich anonym geschehen. Aber was sollte sie dann sagen?

Nach dem zu urteilen, was sie in den sechs Wochen, in denen sie nun schon bei Ashley wohnte, gesehen hatte, war Ashley eine gute Mutter. Ihr Fehler war lediglich, dass sie sich die Aufmerksamkeit dieses Kerls hatte zu Kopfe steigen lassen und ihn falsch einschätzte. Kimmie war in Sicherheit und bekam genug zu essen, und Ashley hatte dafür gesorgt – wenn auch in letzter Minute und völlig rücksichtslos –, dass Meredith sich um sie kümmerte.

Trotzdem – war das nur der Versuch, Ashleys Verhalten zu rechtfertigen?

Ashley hatte angerufen, als sie in Acapulco angekommen war, aber der Empfang war miserabel gewesen und der Anruf war nach wenigen Minuten unterbrochen worden. Meredith hatte mehrmals versucht, zurückzurufen, war aber nie durchgekommen, und seither hatte sie nichts mehr von Ashley gehört.

Heute hatte Flynn Calloway, Kimmies und Bens Kindergärtnerin, nach Ashley gefragt.

»Sie ist im Urlaub«, hatte Meredith geantwortet.

»Ah.« Ein wissender Ausdruck war in Flynns haselnussbraune Augen getreten. »Ein neuer Kerl?«

»Hatte sie denn schon viele Freunde?«

Flynn hatte beide Hände hochgehalten, sie einige Male zur Faust geschlossen und wieder geöffnet, um die Anzahl Ashleys Verflossener anzudeuten.

Das hatte Meredith beunruhigt. Wenn Ashley so etwas ständig machte, dann sollte sie mit irgendjemandem über ihr Verschwinden reden. Aber mit wem?

Mit dem Bruder, von dem Ashley gesprochen hatte?

Nur hatte Meredith keine Ahnung, wie sie ihn erreichen konnte, sie wusste ja noch nicht mal, wie er hieß. Sie respektierte die Privatsphäre anderer und dachte nicht im Traum daran, in fremden Sachen rumzuschnüffeln, aber sie könnte sich gezwungen sehen, in Ashleys Schlafzimmer zu gehen, um nach der Telefonnummer ihres Bruders zu suchen.

Sie hatte überlegt, ob sie mit Flynn über ihre Bedenken sprechen sollte, aber dann war eine andere Mutter zu ihnen getreten und hatte ein Gespräch über das bevorstehende Weihnachtsspiel angefangen, und die Gelegenheit war vorbei gewesen. Doch Flynn wohnte direkt gegenüber von Ashley. Vielleicht könnte Meredith sie am Abend zu sich einladen, wenn die Kinder im Bett waren, um sie ein bisschen besser kennenzulernen.

Meredith schnallte die Kinder an und fuhr dann um den Stadtplatz, den freiwillige Helfer gerade für das alljährliche Charles-Dickens-Festival herrichteten, von dem sie schon so viel gehört hatte. Sie wünschte, sie könnte auch helfen, aber auf der Flucht zu leben bedeutete, so wenig wie möglich aufzufallen. Damals in Albuquerque, bevor ihre Großmutter krank geworden war, hatten sie sich oft zusammen als freiwillige Helfer bei Feiertagsfestivitäten gemeldet. Meredith stieß einen tiefen Seufzer aus. So viel war ihr genommen worden.

Schnell schüttelte sie die Trauer und das Bedauern ab – es hatte keinen Sinn, wegen etwas deprimiert zu sein, das sie nicht ändern konnte – und nahm sich vor, ein paar Konserven zur örtlichen Tafel zu bringen, die um Spenden gebeten hatte. Das war nicht viel, aber mehr traute sie sich nicht. Den Buchclub zu besuchen war riskant genug, und sie fragte sich bereits, ob sie es lieber lassen sollte. Die anderen Mitglieder schienen viel zu interessiert daran, sie zu ihrer Party zu locken.

Arbeiter bauten an allen vier Ecken der Wiese vor dem

Gerichtsgebäude Bühnen auf. Dick eingemummelte Sänger trainierten ihren Stimmumfang. Händler bestückten ihre Buden. Ein UPS-Mann lud Kisten aus. Leute winkten. Nickten. Hupten sich gegenseitig zu. Das geschäftige kleine Touristenstädtchen brummte vor enthusiastischen Feiertagsvorbereitungen.

Das in den späten 1900ern erbaute dreistöckige Gerichtsgebäude bestand aus Kalkstein und war im Stil des Zweiten Französischen Kaiserreichs gehalten. Es bot einen königlichen Kontrast zu der Wild-West-Architektur der umliegenden Gebäude. Der gesamte Stadtplatz stand im nationalen Verzeichnis historischer Stätten.

Der Platz war wie aus dem Bilderbuch. Eine tiefe Sehnsucht ergriff Meredith' Herz. Sie wünschte sich so sehr, sich dauerhaft in diesem liebenswerten Städtchen niederlassen zu können.

Es ist nicht real, sagte sie sich. Es ist nur Wunschdenken. Hinter jeder glücklichen Fassade verbarg sich ein dunkles Geheimnis. Sie sollte es wissen. Sie besaß selbst ein Prachtexemplar.

»Mommy!«, rief Ben. »Schau mal, da ist der Weihnachtsmann!«

Meredith hielt gerade an einem Stoppschild, als der Weihnachtsmann, umringt von einer Schar Elfen, die den Passanten Süßigkeiten zusteckten, vor ihnen die Straße überquerte. Im Rückspiegel sah sie, wie Ben sich abschnallte, das Fenster hinunterkurbelte und seinen Kopf hinausstreckte. »Weihnachtsmann! Weihnachtsmann! Wir wollen auch Süßigkeiten.«

»Ben, setz dich sofort wieder hin und schnall dich an«, mahnte sie. »Mommy fährt.«

Aber ihr Sohn hatte schon die Aufmerksamkeit des Weihnachtsmanns auf sich gelenkt und dachte nicht daran, sich wieder zu setzen.

»Ho! Ho! Ho!«, rief der Weihnachtmann, hielt sich seinen dicken Bauch und schlenderte zu Bens Seite des Minivans. »Wen haben wir denn da?«

»Ich bin's doch, Weihnachtsmann.« Bens besorgtes Stimmchen zitterte. »Kennst du mich nicht mehr? Wir sind wieder umgezogen.« Er beugte sich nach vorn, um Meredith' Schulter zu berühren. »Mommy, du hast doch gesagt, dass der Weihnachtsmann sich an mich erinnern würde, auch wenn wir umziehen.«

»Natürlich erinnere ich mich an dich«, beeilte sich der Weihnachtsmann zu sagen. »Aber du bist so groß geworden, dass ich dich kaum erkannt habe.«

Ben wand sich wie ein glücklicher Welpe. »Weihnachtsmann, bitte, bitte, bitte bring mir Thomas, die kleine Lokomotive! So eine, auf der man richtig sitzen kann. Bitte, bitte, bitte.«

Meredith verzog das Gesicht und hoffte, dass der Weihnachtsmann keine Versprechungen machen würde, die sie nicht halten konnte. Das Fahrzeug, das Ben wollte, kostete hundert Dollar. Geld, das sie einfach nicht hatte.

»Warst du denn ein braver Junge?«, fragte der Weihnachtsmann.

Ben nickte eifrig.

Kimmie löste ihren Gurt, damit sie sich über Ben beugen konnte. »Wo ist meine Mommy? Sie sollte doch bei dir sein. Wo ist sie denn?«

Der Weihnachtsmann warf Meredith einen hilflosen Blick zu.

»Kimmie, Schatz, du und Ben setzt euch jetzt wieder in eure Sitze«, sagte Meredith in der Hoffnung, sie abzulenken.

»Kann ich Süßigkeiten haben?« Ben streckte seine Hand aus.

»Wie sagt man?«, fragte Meredith.

»Bitte, kann ich Süßigkeiten haben?« Ben presste die Hände aneinander, als ob er beten würde.

»Weihnachtsmann, wo ist meine Mommy?«, jammerte Kimmie.

»Ist das nicht deine Mommy hinterm Steuer?«, fragte der Weihnachtsmann.

»Nein«, sagte Ben. »Das ist meine Mommy.«

»Ihr zwei seid keine Geschwister?«, wunderte sich der Weihnachtsmann. »Ihr seht euch so ähnlich.«

»Nein«, sagte Ben stolz und legte Kimmie einen Arm um den Hals. »Aber wir sind Zwillinge.«

Meredith lächelte. Vor Kurzem hatten die beiden angefangen, sich als Zwillinge zu bezeichnen, und wollten sogar, dass man sie gleich anzog.

»Zwillinge also.« Der Weihnachtsmann zwinkerte Meredith zu. »Nun, ich denke, das heißt, dass jeder von euch zwei Süßigkeiten bekommen sollte.« Er holte vier kleine Schokoriegel aus seiner Tasche. »Aber wir geben sie eurer Mommy, damit sie bis nach dem Abendessen darauf aufpasst.«

»Sie ist nicht meine Mommy«, seufzte Kimmie.

»Aber sie kümmert sich um dich, oder?« Der Weihnachtmann lächelte.

Kimmie nickte.

»Danke«, sagte Meredith zum Weihnachtsmann und nahm die Schokolade. Die anderen Fahrer hinter ihr hatten bisher geduldig gewartet, aber sie wollte den Verkehr nicht länger aufhalten. »Setzt euch jetzt wieder in eure Sitze, Kinder. Je früher wir heimkommen, desto früher können wir essen und desto früher könnt ihr die Schokolade zum Nachtisch haben.«

Die Kinder kletterten wieder in ihre Sitze und winkten dem Weihnachtsmann zum Abschied zu. Meredith fuhr weiter.

»Er hat mir nicht gesagt, wo meine Mommy ist«, murmelte Kimmie traurig.

Sie betrachtete das verloren wirkende Kind im Rückspiegel. Seine blauen Augen füllten sich mit Tränen, und Meredith brach das Herz. Das konnte nicht länger so weitergehen. Sie musste etwas wegen Ashleys Verschwinden unternehmen.

»Mach dir keine Sorgen«, sagte Ben zu Kimmie. »Ich teile meine Mommy mit dir.«

Die Kinder stemmten sich gegen ihre Sitzgurte, um sich zu umarmen.

Meredith ballte eine Faust und presste sie gegen ihre Brust. Sobald sie die Kinder zu Bett gebracht hatte, würde sie nach den Kontaktdaten von Ashleys Bruder suchen. Sie würde erst Flynn anrufen, nach seinem Namen fragen und ob sie wisse, wie man ihn erreichen könne.

Sie nahm den Highway 51 und fuhr in den Norden der Stadt. Sie wohnten in einer bürgerlichen Wohngegend, die sich ans Ufer des Brazos River schmiegte. Stattliche Eichen säumten die Straßen, die zu dieser Jahreszeit völlig kahl waren. Die Mehrheit der Häuser war weihnachtlich geschmückt – Zuckerstangen zierten Gartenzäune, Krippenszenen und Lebkuchenhäuser aus bemaltem Holz waren in den Vorgärten aufgebaut, Schneemänner und Weihnachtsmänner thronten auf den Dächern.

Ashleys Haus lag am Ende der Straße und befand sich ganz am Rand der Siedlung. Hinter der Bebauungsgrenze erstreckte sich eingezäuntes Farmland zur Rechten und der Fluss zur Linken.

Als Meredith hier eingezogen war, hatte sie zunächst Bedenken gehabt, mit einem Vierjährigen in der Nähe von Wasser zu wohnen, besonders, weil er noch nicht richtig schwimmen konnte. Aber es war kalt draußen, und Ben hatte nicht das geringste Interesse am Fluss gezeigt. Und wenn der Sommer begann, wären sie längst schon wieder weg. Bis dahin würde sie ihm einbläuen, sich vom Wasser fernzuhalten, und ihm nicht erlauben, ohne sie nach draußen zu gehen.

Die Kinder plauderten über den Weihnachtsmann, und Meredith' Gedanken wandten sich wieder ihrem Dilemma zu. Wie sollte sie Ashleys Bruder die Situation erklären? Ganz offensichtlich standen sich er und seine Schwester nicht besonders nahe, da Ashley ihn vorher kein einziges Mal erwähnt hatte.

Meredith war so in Gedanken, dass sie unaufmerksam war und den Pickup in der Einfahrt erst bemerkte, als sie das Haus fast schon erreicht hatten.

Ein Pickup, den sie nicht kannte. Er war groß und schwarz und funkelnagelneu, ein aggressiver Dodge Ram mit Doppelachse. Das silberne Emblem auf der Heckklappe des Wagens blitzte sie an.

Meredith schnappte nach Luft und wendete schnell. Mit rasendem Herz fuhr sie die Ringstraße zurück, die zum Eingang der Wohnsiedlung führte.

War er das?

Sie hasste es, seinen Namen auch nur zu denken, aus Angst, sie würde ihn damit herbeibeschwören, so wie Beetlejuice. Sie war doch so vorsichtig gewesen. War alle sechs Monate umgezogen. Hatte mit jedem Umzug den Haarschnitt und die Haarfarbe geändert. Wie hatte er es geschafft, sie wieder zu finden?

Meredith dachte an den Colt Defender Kaliber .40, den sie in einer abschließbaren Kassette unter ihrem Bett versteckte. Da half er ihr jetzt viel.

Verdammt. Sie hatte gedacht, sie hätte ihn durch den Umzug nach Texas endgültig abgeschüttelt. Wie hatte sie nur so nachlässig werden können? Der Hurensohn war so hartnäckig wie Michael Myers in Halloween und doppelt so grausam. Sie hätte ihn umbringen sollen, als sie die Chance dazu gehabt hatte.

Ben richtete sich auf und drehte den Kopf. »Hey, Mommy, du bist an unserem Haus vorbeigefahren.«

»Wir machen einen kleinen Umweg, Schatz.« Sie versuchte verzweifelt, ihre Stimme nicht panisch klingen zu lassen, und umklammerte das Lenkrad so fest, dass ihre Knöchel taub wurden.

Ganz ruhig. Sie musste sich beruhigen. Nach allem, was sie durchgemacht hatten, spürte Ben immer sofort, wenn etwas nicht stimmte. Doch zum Glück stellte ihr Sohn keine weiteren Fragen und lehnte sich wieder zurück.

Was nun? Wo sollte sie hin? Nicht zur Polizei. Dort konnte sie nicht hin. Es lag ein Haftbefehl gegen sie vor.

Vielleicht reagierte sie über. Sie musste zugeben, dass ihre Gefahrenantennen sehr, sehr sensibel waren. Was, wenn er es gar nicht war? Was, wenn Ashley aus Acapulco zurück war und ihr Freund sie nach Hause gefahren hatte? Oder wenn es jemand ganz anderes war?

»Mommy, ich hab Hunger«, jammerte Ben.

»Ich muss Pipi«, sagte Kimmie in einem Ton, der bedeutete: sofort.

Meredith' Gedanken rasten so schnell, dass sich alles in ihrem Kopf drehte. Sie durfte nicht zulassen, dass ihre Panik die Oberhand gewann.

Mrs Densmore stand am Bordstein und holte die Post aus ihrem Briefkasten. Dotty Mae war mindestens achtzig, aber Meredith kannte sie vom Buchclub und sie musste die Kinder in Sicherheit bringen. Sofort. Sie hielt neben der älteren Dame und kurbelte ihr Fenster runter.

»Guten Tag!«, sagte Dotty Mae fröhlich.

»Ich störe Sie nur äußerst ungern, Mrs Densmore«, sagte Meredith, während sie einen Blick in den Seitenspiegel warf, um sicherzugehen, dass der Fahrer des schwarzen Dodges ihr nicht gefolgt war. »Aber ich habe mich ausgesperrt und Kimmie muss ganz dringend auf die Toilette.«

»Kein Problem, meine Liebe, kommen Sie doch rein«, strahlte Dotty Mae.

»Dürfte ich Sie außerdem bitten, ein Auge auf die beiden zu haben, während ich auf den Schlüsseldienst warte?«, log sie. Die nun schon fast fünf Jahre auf der Flucht hatten sie zu einer ziemlich guten Lügnerin gemacht.

»Sehr gerne.«

»Vielen, vielen Dank.«

Meredith stellte den Motor ab und half den Kindern aus dem Auto, während sie immer wieder verstohlene Blicke über ihre Schulter warf.

»Geht mit Mrs Densmore. Ihr könnt bei ihr aufs Klo.«

»Aber ich hab Hunger«, protestierte Ben.

Dotty legte beruhigend eine Hand auf Meredith' Schulter. »Sie brauchen sich absolut keine Sorgen um die beiden Kleinen zu machen. Ich weiß, wie es ist, wenn man als junge Mutter in Not ist. Ich mache ihnen etwas zu essen. Darf ich ihnen Erdnussbutter geben?«

»Erdnussbutter ist in Ordnung, ja. Danke noch mal.«

Kimmie hüpfte mit zusammengepressten Knien herum. »Pipi, Pipi!«

»Da geht's lang.« Dotty Mae legte auf jeden der kleinen Rücken eine Hand und schob die Kinder den Fußweg zu ihrem Haus entlang.

Meredith sprang in den Minivan und fuhr wieder durchs Wohngebiet. Ihr Herz pumpte ihr Blut so heiß und laut durch ihre Ohren, dass sie kaum noch etwas hören konnte. Als sie sich wieder dem Haus näherte, bremste sie den Minivan auf Schrittgeschwindigkeit hinunter.

Der schwarze Pickup stand immer noch dort.

Ein eisiger Schauer lief ihr über den Rücken, und ihr Magen hüpfte wie ein Boot auf sturmgepeitschter See. Das Kennzeichen. Merk dir das Kennzeichen.

Um dann was mit der Information anzufangen?

Sie wusste es nicht, aber sie musste irgendetwas tun. Gerade, als sie das zweite Mal am Haus vorbeifuhr, öffnete sich die Tür und ihr Herz setzte wortwörtlich eine Sekunde lang aus.

Ohmeingott, ohmeingott. Die gleiche Größe. Die gleiche muskulöse Statur. Das gleiche dunkelbraune Haar.

Aber der Mann, der auf die Veranda trat, war nicht er.

Sofort flutete das ausgeschüttete Adrenalin ihren Körper und sie begann, so stark zu zittern, dass sie sich fragte, ob sie einen Anfall erlitt. Vage nahm sie wahr, dass sie sich immer noch bewegte, ihre Vorderreifen den Asphalt verlassen hatten und ein weißer Lattenzaun aus Holz vor ihr auftauchte.

Sie trat auf die Bremse, genau in dem Moment, als sie den Zaun traf.

Der Mann schaute verwirrt und rannte auf sie zu.

Verzweifelt legte Meredith den Rückwärtsgang ein, aber der Mann stand direkt hinter ihr. Wenn sie rückwärts fuhr, würde sie ihn überfahren.

Was, wenn er ein Auftragskiller war? Er sah aus, als könnte er einer sein. Sie musste weg hier.

Überfahr ihn, wenn es sein muss.

Aber was, wenn er kein Auftragskiller war? Es war immerhin möglich.

Sie konnte vorwärts fahren und den Zaun durchbrechen, doch dann würde sie im Fluss landen.

Mit raschen Schritten kam der Mann auf ihrer Seite des Minivans auf sie zu. Ihr Selbsterhaltungstrieb rang mit ihrer Vernunft. Was tun? Was tun?

Meredith zog die Handbremse an, schnappte sich ihre Handtasche vom Beifahrersitz, wühlte darin herum und bekam das Pfefferspray in dem Moment in die Finger, in dem die Autotür geöffnet wurde.

Sie war so hochgeputscht vom Adrenalin, dass sie nicht klar denken konnte, und da war er, groß und bedrohlich und gefährlich, und sagte kein Wort.

Ohne zu zögern richtete sie das Spray auf ihn und drückte auf den Knopf.

3

Für den Bruchteil einer Sekunde stellte sich Hutch dem Pfefferspray wie der Delta Force Operator, der er war. Er ächzte leise, blinzelte und brachte seine Füße in Stellung. Immerhin hatte er in der Grundausbildung den »Vertrauenskammertest« hinter sich gebracht, bei dem sich die Soldaten in einem luftdichten Raum Gasmasken aufsetzen mussten, bevor der Ausbilder Tränengas freisetzte. Um den Test zu bestehen, musste man die Gasmaske abnehmen, sie in einen Mülleimer werfen und seinen vollen Namen, seinen Rang und seine Personenkennziffer sagen.

Aber damals hatte es sich um Tränengas gehandelt. Im Vergleich zu dem hier war Tränengas so harmlos wie eine heiße Dusche. Pfefferspray war etwas völlig anderes.

Der Reizstoff traf ihn mit voller Wucht.

Ein greller Schmerz explodierte in seinen Nasenlöchern und setzte seine Schleimhäute in Brand. Rotglühende Dolche bohrten sich in seine Augen, die sofort zuschwollen. Sein Hals – den er in letzter Zeit für ziemlich nutzlos gehalten hatte – schnürte sich zu. Seine Haut brannte, als ob ihn eine Million Feuerameisen gleichzeitig stechen würden. Ihn überkam das unbändige Bedürfnis, sich das Gesicht zu reiben, aber er wusste, dass er damit alles noch viel schlimmer machen würde.

Er fiel auf die Knie, und durch den Schmerz nahm er kaum die Stimmen der Menschen wahr, die ihn umringten. Sie redeten, aber in seinen Ohren klingelte es so laut, dass er nicht verstehen konnte, was sie sagten.

Erst stumm, jetzt auch noch blind und taub. Mach Platz, Helen Keller.

Seine Brust hob sich, und er gab ein Geräusch von sich, das klang wie von einem verwundeten Tier. Tränen rannen aus seinen zugeschwollenen Augen, ein stetiger Strom, der über seine Wangen lief. Er hustete, würgte und atmete einen großen Schwall pfeffergeschwängerte Luft ein, was ihn noch mehr zum Husten brachte.

»Wasser«, sagte ein Mann. »Wir müssen ihn sofort nach drinnen bringen und seine Augen ausspülen.«

Hände griffen nach ihm und halfen ihm auf. Seine Muskeln zuckten und zitterten bei dem Versuch, den starken Reizstoff zu bekämpfen, der sich durch seine Nervenenden brannte. Er taumelte, schwankte und stürzte gegen jemanden.

Jemand weibliches. Weich und geschmeidig.

»Es tut mir leid«, wisperte sie in sein rechtes Ohr. »Ich dachte, Sie wollten mir etwas antun.«

Aha, das musste die Fahrerin des Minivans sein, die in seinen Gartenzaun gebrettert war. Er wollte sie fragen, ob es ihr gut ging, aber er konnte nicht sprechen, und selbst, wenn er es gekonnt hätte, wäre er zu beschäftigt damit gewesen, nach Luft zu schnappen, um ihr ihren Pfeffersprayangriff zu verzeihen.

»Da entlang.« Ihr schlanker Arm legte sich um seine Taille.

Jemand anderes hielt Hutchs linke Hand – die Hand, an der der Zeigefinger fehlte – und führte ihn vorwärts. War es der Mann, der vorgeschlagen hatte, seine Augen mit Wasser auszuspülen? Das Klingeln in Hutchs Ohren ließ langsam nach und er konnte andere Stimmen ausmachen. Manche von ihnen erkannte er. Freunde und Nachbarn, mit denen er nicht mehr gesprochen hatte, seit er zu seinem letzten Einsatz aufgebrochen war.

Sein allerletzter Einsatz, wie sich herausgestellt hatte.

»Heben Sie Ihre Füße, wenn Sie können«, sagte die Frau. Mit einer Hand umfasste sie seinen rechten Ellbogen, die andere hatte sie auf seinen unteren Rücken gelegt. »Jetzt kommt der Bordstein.«

Blind hob er sein Bein wie ein Dressurpferd und tastete nach dem Boden, bis er den Bordstein spürte. Der Weg zum Haus schien meilenweit zu sein, jeder unsichere Schritt war furchtbar schmerzhaft.

Wie lange dauert das denn? Er fühlte sich, als ob man ihn in eine finstere Seitengasse gelockt hätte, wo ihm eine schwergewichtigsboxende, fäusteschwingende Trinidad-Moruga-Scorpion-Chili die Eingeweide aus dem Leib prügelte.

Er hörte, wie sich die Haustür quietschend öffnete, während die Frau ihn die Stufen zur Veranda hinaufführte. Ihre weiche Stimme und ihre sanften Berührungen passten überhaupt nicht zu der aggressiven Art, wie sie ihn mit dem Pfefferspray angegriffen hatte.

Keine Mimose. Dieses Mädchen war taff.

Der Schmerz in seinen Lungen ließ nach und er war endlich in der Lage, tiefer einzuatmen. Schlechte Idee. Eine neuerliche Feuersbrunst brannte sich ihren Weg bis ganz nach unten.

»Ich helfe dir, ihn ins Bad zu bringen«, sagte der Mann.

Hutch versuchte, seine Augen zu öffnen, um zu sehen, wer da sprach, aber es war nichts zu machen. In der Sekunde, in der er seine Augen öffnete, wurde das Brennen stärker, und seine Augen schlossen sich unwillkürlich wieder.

Er vernahm ein Poltern, dann scharrten die Beine eines Stuhls über den Boden.

Er war schwächer, als ihm lieb war. Die verdammten zwei Monate im Krankenhaus hatten ihn seiner Kräfte beraubt. Vielleicht lag es aber auch an den Medikamenten. Er hatte die Beruhigungsmittel einfach abgesetzt, obwohl ihm Gupta gesagt hatte, er solle sie langsam ausschleichen. Er wollte das Zeug so schnell wie möglich aus seinem Körper haben.

Hutch streckte eine Hand aus, berührte die Wand, ertastete die Vertäfelung. Er wollte sich hinsetzen, aber die Frau presste ihr Knie gegen die Rückseite seines Schenkels und drängte ihn vorwärts. »Bad«, erklärte sie. Eine weitere Tür knarrte, Füße scharrten. Seine. Die der Frau. Die des anderen.

»Wie geht's dir, Kumpel?«, fragte der Mann und fasste ihn mit einer Hand an der Schulter. »Alles okay?«

Zum Teufel, nein. Er nickte.

Die Frau ließ ihn los.

Oh, wo ist sie hin?

Hutch hörte, wie die Dusche angestellt wurde, und lehnte sich gegen die Wand. Er konzentrierte sich darauf, Luft in seine Lungen zu saugen, und schmeckte die ölige Hitze des Pfeffers.

»Das Badezimmer ist nicht groß genug für uns drei«, sagte der Mann.

»Von hier an schaff ich es allein, Jesse. Danke.« Die Stimme der Frau klang so zittrig, wie Hutchs Knie sich anfühlten.

Bei dem Mann musste es sich um Jesse Calloway handeln. Jesse war zehn Jahre im Gefängnis gesessen für ein Verbrechen, das er nicht begangen hatte. Vor vier Jahren war er aus der Huntsville-Haftanstalt entlassen worden und hatte Flynn MacGregor, Hutchs direkte Nachbarin, geheiratet. Als Hutch letztes Jahr an Weihnachten auf Heimaturlaub gewesen war, hatten Jesse und Flynn noch zur Miete in einem kleinen Haus in der Stadtmitte von Twilight gewohnt, und Flynn hatte ihr erstes Kind erwartet. Sie mussten inzwischen wieder in Flynns Elternhaus auf der gegenüberliegenden Straßenseite gezogen sein.

Aber Hutch war zu beschäftigt damit, seine Qualen auszuhalten, um seinem Nachbarn mehr als einen flüchtigen Gedanken zu widmen.

»Bist du dir sicher?«, fragte Jesse die Frau. »Kommst du wirklich allein mit ihm zurecht?«

»Ja, ich kümmere mich um ihn. Aber vielleicht könntest du kurz nach Ben und Kimmie schauen? Ich habe sie bei Dotty Mae gelassen, und zwei Vierjährige können ganz schön anstrengend sein, besonders für eine ältere Frau.«

»Kein Problem«, sagte Jesse. »Ich nehme die Kinder mit zu uns nach Hause. Flynn holt gerade Grace von der Krippe ab, sie müsste aber jede Sekunde zurück sein.«

Kimmie. Seine Nichte.

Aber wer war Ben? Und wer war diese Frau? Und wo, zum Teufel, steckte Ashley?

Die Tür fiel ins Schloss, und Hutch konnte nur annehmen, dass Jesse es gewesen war, der sie geschlossen hatte. Nun war er wohl allein in dem kleinen Bad mit der Frau, die er nicht kannte und mit der er nicht kommunizieren konnte.

Er öffnete mühsam die Augen und blinzelte gegen den stechenden Schmerz an. Alles war verschwommen, unscharf.

Die Frau bewegte sich hektisch, öffnete Schubladen, suchte in den Tiefen des Schränkchens nach etwas. Er konnte kaum ihre Silhouette ausmachen, bevor der Schmerz ihn zwang, seine Augen wieder zuzukneifen. Unter seinen Stiefeln schienen sich die Fliesen zu bewegen.

Scheiße. Werd jetzt bloß nicht ohnmächtig. Du bist verdammt noch mal ein Mitglied der Delta Force.

War. Er war ein Mitglied der Delta Force gewesen. Die Betonung lag auf der Vergangenheitsform.

Trotzdem war das hier kein Grund, wie ein Mädchen ohnmächtig zu werden.

Die Frau kam näher. Er konnte die Wärme ihres Körpers spüren, ebenso ihre Nervosität.

Sie berührte seinen linken Unterarm mit einer Hand, über die sie einen Handschuh gestreift hatte. Natürlich, sie musste sich schützen. Danach hatte sie im Schränkchen gesucht. Gummihandschuhe.

Durch den stechenden Gestank der pfeffrigen Chemikalien drang nun ihr Geruch in seine Nase. Es war ein süßer Duft, nach Talkumpuder, Zuckerplätzchen und Himbeershampoo, der seine überreizten Sinne augenblicklich beruhigte.

Sie fasste ihn an der Schulter und drehte ihn herum, bis sein Rücken die Wand berührte. Er hasste es, in eine Ecke gedrängt zu werden, aber er war nicht in der Position, zu protestieren oder sich zu widersetzen.

Verdammt. Er hasste es, hilflos zu sein.

So weit war es nun also gekommen. Würde er irgendwann wieder normal sein?

Er spürte ihre Hände auf seiner Brust. Sie öffneten Knöpfe.

Die Knöpfe seines Hemds. Er versteifte sich und wich vor ihr zurück.

»Mir gefällt das genauso wenig wie Ihnen«, sagte sie in nüchternem Ton, der ihn an die Krankenschwestern im Militärkrankenhaus erinnerte. »Aber wir müssen Sie aus diesen verseuchten Klamotten befreien.«

Er wollte ihr sagen, dass er das selbst tun konnte, aber, hey, er konnte nicht sprechen, und außerdem hatte er alle Hände voll damit zu tun, nicht umzukippen.

»Es tut mir leid, dass ich Sie angesprüht habe«, sagte sie. »Aber Sie kamen aus meinem Haus gerannt.«

Dein Haus? Lady, das ist mein Haus! Wer war sie und wie kam sie dazu, Besitzansprüche an seinem Haus zu erheben?

»Woher sollte ich wissen, dass Sie Ashleys Bruder sind? Sie hätten genauso gut ein Einbrecher sein können.«

Am helllichten Tag? Dann wäre er der schlechteste Einbrecher der Welt gewesen. Sie versuchte nur, ihren hypernervösen Zeigefinger zu rechtfertigen. Warum war der überhaupt so nervös?

»Um ehrlich zu sein, habe ich bis vor wenigen Tagen noch nicht mal gewusst, dass Ashley einen Bruder hat.« Sie hatte bereits den zweiten Knopf geöffnet und machte sich nun an den dritten. »Brian, oder? Das hat Jesse mir vorhin gesagt, als Sie beinahe ohnmächtig waren.

Brian hatte niemand mehr zu ihm gesagt, seit er ein Kind gewesen war. Hutch. Alle nannten ihn Hutch.

»Jesse hat außerdem gesagt, dass Sie Captain bei der Army sind und ein Kriegsheld. Ist es das, was mit Ihrem Finger und Ihrem …« Sie machte eine Pause. »… Ihrem Hals passiert ist? Die Wunden wirken immer noch frisch.«

Blablabla. Konnten die Leute in Twilight eigentlich auch noch etwas anderes tun, außer sich das Maul zu zerreißen und Gerüchte zu verbreiten? Klatsch und Tratsch schienen zu ihren Lieblingsbeschäftigungen zu gehören.

»Jesse meinte außerdem, Sie seien der netteste Kerl, den er je getroffen hat.«

Sorry, Schätzchen, Dinge können sich ändern. Hutchs Hemd war nun ganz offen und die Luft auf seiner Brust fühlte sich angenehm an.

Sie atmete scharf ein, und ihre Hand schloss sich fester um seinen Arm, bevor sie sie fallen ließ.

Aha. Das war der Grund, warum sie so viel plapperte. Sie war nervös. Er machte ihr Angst.

Sie war vielleicht verängstigt, aber anscheinend auch todesmutig. Sie griff in den Bund seiner Jeans und zog sein Hemd heraus, wobei sie mit ihren Fingern seine nackte Haut berührte.

Heilige Scheiße.

Trotz der Tatsache, dass er vor ein paar Minuten eine Ladung Pfefferspray ins Gesicht bekommen hatte – trotz der Tatsache, dass er in den letzten Monaten durch die Hölle gegangen war, seinen Finger, seine Stimme, seine Karriere und sein komplettes Team verloren hatte – trotz der Tatsache, dass er lediglich einen kurzen Blick durchs Fenster des Minivans auf die kurzen schwarzen Locken der Frau und ihr erschrockenes Gesicht mit den weit aufgerissenen Augen erhascht hatte, bevor sie auf ihn losgegangen war, passierte etwas völlig Verrücktes.

Hutch wurde hart.

Meredith versuchte, ihn nicht anzusehen. Zum einen tat es ihr in der Seele weh zu sehen, wie schlimm sie ihn zugerichtet hatte. Sein Gesicht war knallrot, seine Augen zugeschwollen, sein Atem ging flach und abgehackt.

Zum anderen war er besser gebaut als jeder Mann, den sie je gesehen hatte, und sie hatte schon viele nackte Leute gesehen. Es war nichts Weiches an ihm. Kein Gramm Fett. Er bestand nur aus Sehnen und harten Knochen. Jeder Muskel war klar definiert. Wo war er gewesen, als sie in der Krankenpflegeschule den Bewegungsapparat durchgenommen hatten? Er hätte ein wunderbares Anschauungsobjekt abgegeben.

Keine Zeit, ihn zu bewundern. Sie musste ihn von seinen Klamotten befreien, unter die Dusche stellen und das Pfefferspray abwaschen. Sofort.

Außerdem hatte sie nicht das kleinste Bedürfnis, ihn genauer unter die Lupe zu nehmen. Sie hatte dem Sex vor fünf Jahren abgeschworen und war nicht im Geringsten daran interessiert, diesen primitiven und unerwünschten Trieb wieder aufleben zu lassen.

Ihr Körper allerdings sagte etwas anderes. Nachdem sie ihn aus dem Hemd geschält hatte und einen freien Blick auf seine männliche Gestalt hatte, flüsterte etwas Dummes, Weibliches in ihr: Wow.

Ihre Reaktion beunruhigte sie, deshalb ließ sie ihre Hand fallen und senkte den Blick.

Er hatte eine Erektion.

Für den Bruchteil einer Sekunde überkam sie nackte Panik, und ihr Geist, wachsam und darauf trainiert, Gefahren zu erkennen, dachte an das Pfefferspray und die Pistole unter ihrem Bett. Doch dann gewann die Gelassenheit, die sie in den letzten fünf Jahren durch Yoga, Meditation und viel Zeit in der freien Natur kultiviert hatte, die Gelassenheit, die ihr abhandengekommen war, als dieser Mann auf ihren Minivan zumarschiert war, die Oberhand und flüsterte ihr ins Ohr: Hör auf deinen Instinkt. Hör auf deine Intuition. Ignorier das Geplapper dieses Affen in deinem Kopf.

Sie atmete tief ein und langsam wieder aus, und ihre Muskeln entspannten sich etwas.

Ihr Instinkt sagte ihr, dass er ihr nichts tun würde. Sie spürte es tief in ihrem Bauch. Wenn es nicht so wäre, wäre sie nie mit ihm ins Bad gegangen. Diese Erkenntnis überraschte sie, denn er sah eher beängstigend aus, aber wenn sie irgendetwas aus der Vergangenheit gelernt hatte, dann, dass der äußere Anschein trügen konnte.

Doch der Verstand war nicht so leicht auszuschalten oder zu ignorieren, obwohl sie wusste, dass er sich irren konnte, ihr Herz und ihr Bauchgefühl dagegen aber immer richtig gelegen hatten. Dummerweise hatte sie nicht immer danach gehandelt.

Meredith schluckte und machte einen Schritt zurück.

Eigentlich lag das Problem nicht bei seiner Erektion. Sie wusste, dass Männer ihren Penis nicht immer kontrollieren konnten. Sie hatte ihn ausgezogen. Er zeigte eine völlig normale körperliche Reaktion. Das war ihr klar. Es könnte sich sogar um irgendeine bizarre Antwort seines Körpers auf das Pfefferspray handeln.

Nein, es war nicht die unfreiwillige Erektion, die sie so schockierte, sondern viel mehr seine eindrucksvolle Größe und die unerwartete Anziehung, die sie auf sie ausübte. Sie hatte seit fünf Jahren keinen Mann mehr gewollt.

Verletzlich. Sie fühlte sich im Moment so verdammt verletzlich.

Aber das war er auch. Geschwächt vom Pfefferspray wie auch durch den Krieg. Der Zeigefinger seiner linken Hand fehlte und sein Hals war von dunkelroten Narben übersät.

Schuldgefühle überkamen sie. Er musste leiden, weil sie so schreckhaft war, von Angst zerfressen, und überreagiert hatte. Aber was hätte sie sonst tun sollen? Sie hatte gesehen, wie ein Fremder aus dem Haus gekommen war, in dem sie wohnte.

Zu viel.

Ihn mit Pfefferspray außer Gefecht zu setzen, war eindeutig zu viel des Guten gewesen. Sie hatte es auf den besorgten Gesichtern ihrer Nachbarn gesehen, als sie sich alle um sie geschart hatten, um ihn zu identifizieren und sich für ihn zu verbürgen.

Als sie den schwarzen Pickup-Truck gesehen hatte, hatte sie sich so in ihre Panik hineingesteigert, weil sie gedacht hatte, ihr Stalker hätte sie wieder gefunden, dass ihre tiefsten Ängste alles andere ausgeschaltet hatten.

Er entschuldigte sich nicht für seine Erektion, aber er legte eine Hand in den Schritt und wandte seinen Kopf von ihr ab. Offensichtlich schämte er sich.

»Das meiste Pfefferspray hat Ihr Hemd abgekriegt«, sagte sie. »Vielleicht können Sie Ihre Boxershorts unter der Dusche anlassen. Können Sie Ihre Schuhe ausziehen?«

Er nickte und bückte sich, um seine Schuhe aufzubinden, verlor aber sofort das Gleichgewicht und krachte gegen die Wand.

»Warten Sie. Ich binde Ihnen die Schnürsenkel auf.« Sie

ging vor ihm in die Knie, hielt ihren Kopf aber gesenkt, sodass sie nicht auf Augenhöhe mit seinem Penis war.

Sie zog die Knoten auf, verlagerte ihr Gewicht auf die Fersen und stand auf.

Er streifte seine Schuhe ab und tastete sich mit Hilfe seiner Hände in die Dusche. Das Wasser traf als erstes seine Brust. Er suchte die Brause, fand sie und schob sie nach oben, um den Wasserstrahl auf sein Gesicht zu richten.

Mit ihren behandschuhten Händen hob Meredith sein Hemd auf, das nach Pfefferspray stank, und stopfte es in eine Abfalltüte, die sie aus dem Badezimmerschränkchen geholt hatte. Die Dämpfe waren immer noch so stark, dass ihr die Augen und die Nase brannten. Sie hustete, zog die Handschuhe aus und warf sie in den Mülleimer.

»Ich warte draußen«, sagte sie. »Wenn Sie etwas brauchen, rufen Sie einfach.«

Er schnaubte nur.

Sie warf ihm einen verstohlenen Blick zu. Wasser spritzte ihm ins Gesicht und rann über seine nackte Brust. Seine nasse Jeans klebte an seinem Körper, und seine Erektion war Gott sei Dank verschwunden.

Meredith zog die Tür hinter sich zu, ging im Flur auf und ab und rang die Hände. Er brauchte etwas zum Anziehen. Auf keinen Fall wollte sie, dass er aus dem Bad stolziert kam und nur ein Handtuch umgewickelt hatte.

Stolzieren? In seinem Zustand würde Captain Brian Hutchinson so schnell nirgendwohin stolzieren. Und das war ihre Schuld.

Sie verzog das Gesicht vor Scham und überlegte kurz, über die Straße zu laufen, um Jesse zu fragen, ob er Brian eine Jeans und ein T-Shirt leihen konnte, aber der Captain war um einiges größer als Jesse.

Was war mit dem zweiten Schlafzimmer im ersten Stock, den sie mit Ben bewohnte? Vielleicht gab es dort etwas, das er anziehen konnte. Sie war keine Schnüfflerin und noch nie in dem Zimmer gewesen, aber vielleicht schlief er dort, wenn er seine Schwester besuchte.

Unschlüssig, ob sie warten sollte, falls er etwas brauchte, oder ob sie lieber nach Kleidern suchen sollte, blieb Meredith vor der Tür stehen.

Sie klopfte. »Alles in Ordnung?«

Er antwortete nicht.

Sie klopfte noch einmal und fragte etwas lauter: »Brian?«

Nichts.

O nein. Was, wenn er da drinnen ohnmächtig geworden war?

Sie riss die Tür auf.

Er stand vor ihr, nass und nackt wie am Tag seiner Geburt, und starrte sie aus seinen blutunterlaufenen, teuflisch glühenden Augen an.

Sie schrie auf.

Er schnaubte wie ein wütender Stier.

Sie blickte nach unten.

Er hatte keine Erektion mehr, aber trotzdem war er immer noch erschreckend groß.

Sie knallte die Tür zu und rannte ins Wohnzimmer. Ihr Herz hämmerte so stark, dass sich alles in ihrem Kopf drehte.

Es war nicht sein Fehler. Sie war einfach reingegangen.

Aber er hatte ihr keine Antwort gegeben. Er musste gewusst haben, dass sie reinkommen würde, wenn er ihre keine Antwort gab. Warum hatte er nichts gesagt?

Von ihrem Scheitel bis zu ihren Zehen kribbelte jedes Nervenende. Ihre Wangen glühten. Sie presste ihre Hände gegen ihre Wangen. Ihre Arme zitterten, und ihre Knie fühlten sich an wie Wackelpudding. Was war dieses Gefühl?

Angst war es nicht.

Warum war es keine Angst?

Stattdessen fühlte sie sich auf bizarre Weise höchst lebendig, so wie sie sich als Kind gefühlt hatte, wenn sie und ihre Spielkameraden auf den weiten Wiesen und Feldern zwischen den Fahrzeugen der Verfolger und den Ballonen, die mit Heißluft befüllt wurden, Fangen gespielt hatten. Das rhythmische Zischen der Gasbrenner, der feuchte Duft des Morgentaus, die Freiheit, die freudige Erregung beim Wettlauf mit dem Fänger zum Freimal, wenn sich die Sonne gerade strahlend über den Horizont schob …

Ein verrücktes Lächeln umspielte ihren Mund, und einen Moment lang hatte sie das Gefühl, den Verstand zu verlieren. Endlich konnte sie das Gefühl identifizieren.

Schmetterlinge. Sie hatte Schmetterlinge im Bauch.

Aber warum?

Vielleicht waren es gar keine Schmetterlinge, sondern nur die verspätete Erleichterung darüber, dass der Eindringling nicht ihr Verfolger war, und die dankbare Erkenntnis, dass nun Brian sich um die Sache mit Ashley kümmern würde.

Hutchs Augen brannten immer noch, als ob sie jemand mit einem Flammenwerfer bearbeiten würde. Doch die kalte Dusche hatte geholfen und die Schwellung ging langsam zurück, auch wenn seine glühend heißen Lungen immer noch nach kalter Luft schrien.

Mit einem Handtuch um die Hüften trat er aus dem Badezimmer. Er warf einen Blick nach links, dann nach rechts, auf der Suche nach der Frau. Keine Spur von ihr.

Vielleicht hatte sie sich aus dem Staub gemacht. Wer war sie überhaupt? Eine der Streunerinnen, die Ashley immer wieder bei sich aufnahm?

Großartig. Nun kam ihm wohl die undankbare Aufgabe zu, sie hinauszuwerfen.

Immer noch unsicher auf den Füßen, schwankte er den Flur hinunter. Das Pfefferspray war wirklich ziemlich heftig gewesen, ungefähr so wirksam wie das Spray, das Cops auf Patrouille bei sich tragen. Am Fuß der Treppe blieb er stehen. Er wünschte, er könnte nach ihr rufen und sie vorwarnen, für den Fall, dass sie zitternd und mit noch mehr Pfefferspray bewaffnet in irgendeiner Ecke lauerte.

Autsch. Der bloße Gedanke an einen weiteren Angriff ließ ihn zusammenzucken. Er spitzte die Ohren und lauschte auf ein Geräusch von ihr.

Stille.

Nicht der geringste Laut.

Er stieg die Treppe hinauf, ging in sein Schlafzimmer und öffnete den Seesack, den er auf den Boden geworfen hatte, als er angekommen war. Er zog eine Cargo-Hose, ein grünes T-Shirt und Segelschuhe an. Ohne seine Erkennungsmarken fühlte er sich seltsam nackt. Nach mehr als zehn Jahren bei der Army vermisste er die Marken fast so sehr wie seine Fähigkeit zu sprechen.

Vergiss es. Mach weiter. Irgendwie würde er sich durch

diese verdammte PTBS kämpfen und seine Stimme zurückerlangen, koste es, was es wolle.

Hutch wollte die Treppe wieder hinuntersteigen, doch aus einem Impuls heraus blieb er vor dem Schlafzimmer auf der anderen Seite des Flurs stehen. Er drehte den Knauf und stieß die Tür auf.

Was er sah, entsprach nicht dem Schlafzimmer, das er vor seinem letzten Einsatz zurückgelassen hatte.

Lauter Kosmetikkram war auf der Kommode aufgereiht. Ein paar pinke Pantoffeln standen unter der einen Ecke des Betts und ein passender Morgenmantel mit ausgefransten Ärmeln hing an dem Haken außen an der Tür des Badezimmers. Eine leicht zerknitterte, braun-goldene Uniform, auf deren Brusttasche »Hot Legs Spa« eingestickt war, lag über dem Fußende des Betts. Die Uniform kam ihm bekannt vor, und er erinnerte sich, dass die Frau sie getragen hatte, als er auf das Fenster des Minivans zugegangen war.

Auf dem Nachttisch stand das Bild eines kleinen Jungen, der ungefähr so alt war wie seine Nichte Kimmie. In die Nische des Erkerfensters schmiegte sich ein Klappbett, auf dem eine Thomas-die-kleine-Lokomotive-Decke lag.

Hutch drehte sich um und berührte das Bettzeug. Er fragte sich, ob der Junge auf dem Foto in diesem Bett schlief. War das der Ben, von dem die Frau gesprochen hatte?

Anscheinend hatte Ashley dieses Mal nicht einfach nur eine Herumtreiberin aufgenommen, sondern auch noch ein Kind.

Verdammt. Er wusste, dass er Ashley letzte Weihnachten nicht hätte erlauben sollen, hier einzuziehen, aber sie hatte nicht gewusst, wohin, und das Haus hätte während seiner

Abwesenheit leer gestanden. Wie hätte er seiner Schwester verweigern können, hier zu wohnen, wo sie doch für Kimmie sorgen musste?

Hutch atmete vorsichtig aus, lehnte seinen Kopf gegen die Wand und schloss die Augen.

»Was machen Sie da in meinem Schlafzimmer?«, hörte er einen empörten Aufschrei hinter sich.

Er drehte sich um und öffnete den Mund, um sie darüber aufzuklären, wessen Schlafzimmer das eigentlich war. Für eine Sekunde vergaß er, dass er nicht sprechen konnte, und ein raues, unverständliches Krächzen drang aus seiner Kehle. Er klang wie ein verwundetes Tier, das in eine Falle geraten war. Schnell machte er den Mund wieder zu.

»Raus.« Sie zeigte mit einem zitternden Finger auf die Tür. »Verlassen Sie sofort mein Zimmer.«

Er hob beide Hände als Zeichen seiner Kapitulation. Neun Zehntel des Gesetzes befassten sich mit Besitz, so sagte man zumindest. Auch wenn er der Besitzer des Hauses war, hatte Miss Pfefferspray das Sagen, und das wusste sie.

Hutch wünschte, sein Blick wäre klarer und er könnte seine Widersacherin besser erkennen. Sie war nicht besonders groß, nicht größer als ein Meter siebzig, und nicht schwerer als fünfzig Kilo. Ein bisschen mehr Fleisch auf den Rippen hätte ihr nicht geschadet. Aber sie hatte Mumm und war offensichtlich nicht zum Scherzen aufgelegt.

Das rabenschwarze, kurzgeschnittene Haar ließ sie wie vierzehn aussehen. Sie trug löchrige Jeans, die ihr wie ein Sack an den schmalen Hüften herunterhingen. Keine trendigen Jeans, für die man einen exorbitanten Preis zahlte, weil sie benutzt aussahen, sondern eine einfache alte Wrangler, die sie vielleicht tatsächlich schon besaß, seit sie vierzehn Jahre alt gewesen war. Der hellblaue Pullover, der ihre festen, keck hervorstehenden Brüste umschmeichelte, sah fast genauso abgetragen aus wie ihre Jeans. Sie hatte die Ärmel über ihre schmalen Hände gezogen und er bemerkte ein Mottenloch in einem der Bündchen. An ihren zarten Fingerspitzen, die gerade noch zu sehen waren, trug sie Nagellack, der perlmuttfarben schimmerte.

Ihre Augen weiteten sich und sie kaute auf ihrer Unterlippe. Ihr Adamsapfel bewegte sich sichtbar in ihrem schlanken Hals, als sie schluckte. Vor Angst? Fürchtete sie sich immer noch vor ihm?

Sie fühlte sich unwohl in seiner Gegenwart, und das war nicht seine Absicht. Er nickte, drehte sich um und ging an ihr vorbei.

»Warten Sie«, sagte sie. Ihre Stimme ging am Ende hoch.

Er blieb stehen und warf einen Blick über seine Schulter.

»Wir müssen reden.«

Er hob seine rechte Augenbraue. Ließ sein Gesicht die Frage stellen, die sein Mund nicht hervorbrachte.

»Aber nicht jetzt. Ihr Gesicht …« Sie schluckte und senkte den Blick. »Warten wir, bis Ihr …« Sie fuhr mit der Hand vor seinen Augen hin und her.

Er verstand. Sie hatte Probleme damit, ihn anzusehen. Zu dumm. Wenn sie taff genug war, ihm Pfefferspray ins Gesicht zu sprühen, ohne dass er sie provoziert hatte, dann musste sie auch mit den Folgen ihres Werks klarkommen.

»Möchten Sie etwas zu trinken?«, fragte sie.

Sein ausgedörrter Hals brüllte Ja, aber er hatte Angst, dass das Brennen wieder auflodern würde, wenn er etwas trank. Er schüttelte den Kopf.

Sie stemmte die Hände in die Hüften. »Jetzt sagen Sie doch endlich mal was.«

Er legte drei Finger an seinen Hals, dann an seine Lippen und schüttelte wieder den Kopf.

»Sie sind taub?« Sie hob eine Hand an die Stirn, presste ihre Lippen zusammen und schaute so bekümmert drein, als ob sie selbst für diese Misere verantwortlich wäre. »Und ich texte sie die ganze Zeit über zu. Sie müssen aber Lippen lesen können, oder?«

Er blickte sie finster an und schüttelte heftig den Kopf, dann legte er beide Hände an die Ohren und nickte.

Sie runzelte kurz die Stirn, doch dann kapierte sie, was er meinte, und sog scharf Luft ein. »Sie können hören, aber nicht sprechen?«

Ja. Ja. Er nickte.

»Oje. Wir beide müssen uns ernsthaft unterhalten. Aber wie soll das gehen?«

Ernsthaft unterhalten? Über was?

Er hielt einen Finger hoch, um ihr zu bedeuten, dass sie kurz warten sollte, und ging zurück durch den Flur, um die Zaubertafel zu holen. Statt auf ihn zu warten, lief sie hinter ihm her, und als er sich umdrehte, war sie so dicht hinter ihm, dass sie beinahe zusammengestoßen wären.

Am liebsten wäre er vor ihr zurückgewichen, aber er wollte ihr nicht zeigen, wie sehr sie ihn aus dem Konzept brachte. Er schnappte den an der Tafel hängenden Griffel und schrieb: REDEN SIE.

»Nicht hier«, sagte sie. »Lassen Sie uns auf die Veranda gehen und auf den Brazos hinaussehen.«

WARUM?, schrieb Hutch.

»Sie brauchen frische Luft und ich habe schlechte Nachrichten, was Ihre Schwester betrifft.«

4

Für Augen, die mit Pfefferspray Bekanntschaft gemacht hatten, war der Brazos ein wohltuender Anblick. Der Fluss beruhigte Hutch bis in sein tiefstes Inneres. Das Wasser übte eine magische Anziehungskraft auf ihn aus. Während der Nächte in den trockenen Wüstenbergen Afghanistans hatte er fast jede Nacht von dieser feuchten Schönheit geträumt. Er konnte den Fluss lesen wie eine fesselnde Mystery-Serie, verfasst von Mutter Natur. Die unerwarteten Wendungen, die sich mit der Zeit ergaben, überraschten und beglückten ihn immer wieder mit ihren Geheimnissen.

Er dachte an sein Boot, das an der Seite des Hauses sicher unter einer Plane lag, und das Wasser flüsterte ihm zu, er solle sich nicht vom Winterwetter abschrecken lassen und seinen Arsch aufs Wasser rausbewegen.

Das Haus war anfangs nicht mehr gewesen als eine einfache Fischerhütte, die er sich gleich nach der Highschool mit der Hälfte des Geldes gekauft hatte, das ihre Mutter ihnen hinterlassen hatte. Immer wenn er auf Heimaturlaub gewesen war und es die Zeit und seine Finanzen erlaubt hatten, hatte er das Haus ausgebaut. Erst hatte er das obere Stockwerk, dann die hintere Veranda eigenhändig hinzugefügt, wobei er sich die notwendigen handwerklichen Fertigkeiten selbst angeeignet hatte. Es hatte vier Jahre gedauert, bis er fertig gewesen war, aber am Ende hatte er den Wert des Hauses verdoppelt und es war ganz und gar sein eigenes.

Er hatte das Haus als einen Erholungsort am Wasser betrachtet, an dem er zwischen seinen Einsätzen wohnen konnte, und war davon ausgegangen, dass er, wenn er irgendwann die richtige Frau treffen würde, zusammen mit ihr etwas anderes kaufen würde. Jetzt war er einfach nur froh, einen Ort zu haben, den er sein Zuhause nennen konnte.

Aber diese Fremde bezeichnete sein Heim ebenfalls als ihr Zuhause, eine hübsche Fremde, die er anscheinend ununterbrochen anstarren musste.

Als er heute Nachmittag angekommen war, hatte es laue fünfzehn Grad gehabt, was nicht ungewöhnlich war für Anfang Dezember im nördlichen Teil von Texas, aber nun, da es bald anfangen würde zu dämmern und feuchter Dunst vom Wasser aufstieg, war die Temperatur um mindestens acht Grad gesunken.

Er atmete tief ein und inhalierte den Duft, den er für immer mit Heimkommen in Verbindung bringen würde. Es roch nach wilden Pilzen, Ködereimern aus Zinn und erzhaltigem Boden. Die Frau hatte recht. Die kalte Luft half tatsächlich.

Sie hatte eine fadenscheinige Jeansjacke übergezogen, die sie von einem Haken an der Hintertür genommen hatte. Nun stand sie ihm mit eng um sich geschlungenen Armen auf der anderen Seite der Veranda gegenüber.

Er wandte sein Gesicht dem dunkler werdenden Himmel zu und holte noch einmal tief Luft. Seine Lunge schmerzte immer noch von den Resten des Pfeffersprays.

»Ich entschuldige mich nochmals für …«

Er hob eine Hand und warf ihr einen Ist-schon-okay-Blick zu. Es hatte keinen Sinn, ihr ein schlechtes Gewissen zu machen. Es war vorbei, Punkt. Im Großen und Ganzen betrachtet war es nicht mehr als ein kleiner Schluckauf gewesen.

Sie stellte den Kragen ihrer Jeansjacke auf und zog beide Schultern bis zu den Ohren hoch, während sie gleichzeitig die Ärmel wieder über ihre schreckhaften Hände zog.

Er nickte mit dem Kopf in Richtung Haus und hob fragend eine Augenbraue.

»Nein«, antwortete sie auf seine Zeichensprache. »Es hilft Ihnen und mir macht es nichts aus.«

Sie stellte sich neben ihn ans Geländer, ließ jedoch mindestens einen Meter Platz zwischen ihnen, und starrte auf die Wogen des Flusses hinaus. Der hohe Wasserstand und die schnelle Fließgeschwindigkeit sagten ihm, dass es erst kürzlich geregnet hatte. Die orangefarbenen Strahlen des letzten Sonnenlichts trafen ihr Haar und gaben dem Schwarz einen bläulichen Ton. Die Farbe passte nicht zu ihrer blassen Haut und ihren hellbraunen Augenbrauen. Warum hatte sie es so dunkel gefärbt?

Ein Sandhügelkranich glitt elegant übers Wasser auf der Suche nach einem sicheren Ort, wo er sich für die Nacht niederlassen konnte. Von irgendwo weiter flussabwärts war das Tuckern eines Flachbodenboots zu hören. Ein Fischer war auf dem Heimweg zum Abendbrot. In der Weihrauchkiefer, die ihre Äste über den rechten Teil der Veranda spannte, keckerte ein Eichhörnchen und raschelte mit seinem Schwanz, während es in den Zweigen weiter nach oben turnte.

»Es ist komisch«, sagte sie. »Ich kann nicht schwimmen, aber ich habe keine Angst vor Wasser. Im Gegenteil, ich liebe es. Es ist so friedlich. Natürlich trage ich immer eine

Schwimmweste, wenn ich reingehe, und ich mache mir Sorgen wegen Ben. Aber seit er zwei ist, schicke ich ihn jeden Sommer zum Schwimmkurs. Ich will nicht, dass er wie ich endet. Siebenundzwanzig Jahre alt und ich weiß nicht, wie man schwimmt.«

Sie war nervös, deshalb plapperte sie so drauflos. Er wollte sie fragen, warum sie nie gelernt hatte zu schwimmen, aber sie hatten Wichtigeres zu besprechen.

Ihr Blick haftete an ihm. Ihre freundlichen blauen Augen waren voller Mitgefühl und Reue. Ihre Gutherzigkeit war beinahe greifbar, so rein und weiß wie frischgefallener Schnee, und für einen Moment verspürte er den unbändigen Wunsch, einen Schneeengel zu machen.

Aber das war dumm. Seine Seele war so dunkel, dass er sie für immer beschmutzen würde, wenn er sie berührte.

Er schrieb auf die Zaubertafel: WIE HEISSEN SIE?

Sie zögerte eine Sekunde – gerade lange genug, dass Hutch sich fragte, warum –, und dann murmelte sie: »Jane. Jane Brown.«

Komisch, sie wirkte überhaupt nicht wie eine Jane. EINFACHER NAME.

Sie zuckte mit den Schultern.

Er löschte die Tafel und kritzelte: KLINGT WIE EIN DECKNAME.

Ihre Augen weiteten sich, und ein Muskel an ihrer Schläfen zuckte. »Meine Eltern waren nicht sehr kreativ. So ist es eben.«

Gereizt. Ihre Gelassenheit war verschwunden. Was war hier los? Er war doch derjenige, der jedes Recht hatte, schlecht gelaunt zu sein.

Er schrieb nichts weiter. Wartete einfach.

Sie rieb sich mit den Händen über die Arme und räusperte sich. »Ich wusste bis heute nicht, dass Ashley einen großen Bruder hat. Ich dachte, ihr gehört das Haus.«

Er schüttelte den Kopf. MEINS.

»Das habe ich verstanden. Ich habe außerdem verstanden, dass Sie nichts davon wussten, dass Ashley das obere Schlafzimmer an mich und meinen Sohn vermietet hat.«

Er schüttelte den Kopf.

Jane trommelte mit zwei Fingern auf ihr Kinn. »Also hat Ashley uns gegenseitig verheimlicht.«

Das überraschte ihn nicht. Seine Schwester war voller Geheimnisse.

Hutch tastete nach der Zaubertafel. Sie fiel auf die Veranda. Er bückte sich, um sie aufzuheben, aber wegen seines fehlenden Fingers schätzte er die Entfernung falsch ein und wischte zweimal auf dem Boden entlang, bis er sie zu fassen kriegte. Wie lange würde es noch dauern, bis er sich an den Verlust gewöhnt hatte? Er versuchte, ganz ruhig zu wirken, richtete sich auf und schrieb: WO IST SIE?

Die Frau stemmte die Hände in die Hüften. »Nun, das ist genau das Problem. Ich weiß es nicht. Zumindest nicht sicher. Sie hat uns allein hier sitzen lassen.«

Hutch schloss die Augen. Er hatte es fast erwartet, nachdem Ashley seine SMS-Nachrichten nicht beantwortet und nicht zurückgerufen hatte. Sie war schon mehr als einmal ohne Vorwarnung verschwunden. Er machte die Augen wieder auf und schrieb: SIE HAT KIMMIE BEI IHNEN GELASSEN?

»Ja. Ihre Nichte ist in Sicherheit. Ich hab mich um sie gekümmert. Ashley ist diejenige, um die ich mir Sorgen mache.« Die Jane-die-nicht-aussah-wie-eine-Jane erzählte ihm, wie seine Schwester mit einem Mann, den sie kaum kannte, nach Acapulco abgehauen war.

Ja, es war nicht das erste Mal, dass so etwas passierte, aber seit Kimmie auf der Welt war und sie zur Therapie ging – die er bezahlte –, war Ashley ein bisschen weniger impulsiv gewesen. Dummerweise hatte er sich dazu hinreißen lassen zu glauben, dass die Mutterrolle die labile Psyche seiner Schwester etwas gefestigt hätte. Freunde und Nachbarn in ihrer eng zusammengeschweißten Gemeinde hatten für ihn ein Auge auf sie gehabt, und keiner hatte Alarm geschlagen. Er hätte es besser wissen müssen. Die Mutterschaft hatte die Rücksichtslosigkeit seiner eigenen Mutter nicht einzudämmen vermocht. Warum sollte es bei Ashley anders sein?

Er hatte die Augen vor der Wirklichkeit verschlossen, hatte geglaubt, dass alles gut gehen würde, und dieser Fehler rächte sich nun gewaltig. Er hatte das Gleiche mit seiner Mutter durchgemacht, und dennoch hatte er gehofft, dass es mit Ashley anders laufen würde.

Borderline war eine komplizierte Persönlichkeitsstörung. Menschen, die darunter litten, wirkten nach außen hin völlig normal, bis ihre Gefühle sie plötzlich überwältigten und ihr Verhalten völlig irrational wurde. Sie taten alles dafür, um nicht verlassen zu werden, selbst wenn das bedeutete, geliebte Menschen von sich zu stoßen oder mit Selbstmord zu drohen – so paradox es auch klingen mochte. Er hatte sein ganzes Leben mit dem Versuch zugebracht, den unberechenbaren und unlogischen Gedankengängen seiner Mutter und seiner Schwester zu folgen, war ihnen aber keinen Schritt nähergekommen.

Er schrieb: MEINE SCHWESTER LEIDET UNTER EINER BORDERLINE-PERSÖNLICHKEITSSTÖRUNG.

Janes Mund öffnete sich zu einem überraschten O und ihre Augenlider flatterten. Dann trat ein Ausdruck auf ihr Gesicht, der sagte: Warum hab ich das nicht bemerkt? »Das wusste ich nicht. Aber es erklärt einiges. Nimmt sie Medikamente?«

Er schüttelte den Kopf und formte mit den Lippen still die Worte, die er nicht aussprechen konnte: Medikamente haben nicht geholfen.

»Therapie?«

Er nickte.

»Ich habe sie nie gehen sehen.«

Er fuhr sich mit der Zunge über die obere Zahnreihe und schmeckte einen leichten Hauch von Pfefferspray. Verdammt. Er hätte die Therapeutin direkt bezahlen sollen, anstatt Ashley den Scheck zu schicken. Aber er hatte ihr zeigen wollen, dass er ihr vertraute. Auch ein verdammter Fehler.

Das Verandalicht ging an, so dämmrig war es inzwischen. Im Wasser schlug ein Fisch mit seiner Schwanzflosse gegen die Oberfläche. Hutchs Sehvermögen normalisierte sich langsam und er konnte Janes Konturen besser ausmachen. Ihre Kinnpartie war sanft gerundet, sehr weiblich – im Vergleich zu ihrer Nase. Von der Größe her passte die Nase in ihr Gesicht, aber der Nasenrücken war krumm, so als ob er gebrochen gewesen wäre, vielleicht sogar mehr als einmal.

Seine Finger führten den Griffel: WIE LANGE WOHNEN SIE SCHON HIER?

»Sechs Wochen.«

Ungefähr die gleiche Zeitspanne, in der er versucht hatte,

damit zurechtzukommen, dass sein gesamtes Team ausgelöscht worden war. WIE HABEN SIE ASHLEY KENNENGELERNT?

»Das Getriebe meines Minivans hatte den Geist aufgegeben. Ich stand am Straßenrand mit meinem Sohn auf dem Arm und wusste nicht, wen ich anrufen sollte.« Sie lachte kurz auf, doch das Lachen klang nicht fröhlich, sondern war voller Beklemmung. Das, was sie erzählte, war überhaupt nicht lustig.

Hutch schrieb: KEIN MANN IN IHREM LEBEN?

Ihr Kiefer spannte sich an und für den Bruchteil einer Sekunde sah er den gleichen Ausdruck, wie er ihn auch auf den Gesichtern afghanischer Dorfbewohner gesehen hatte – eine Mischung aus Misstrauen, Widerwillen und Abscheu. Irgendein Scheißkerl musste sie ziemlich schlecht behandelt haben.

»Nein.«

Seine Finger schmerzten vom vielen Schreiben. DER VATER IHRES SOHNES?

»Tot«, sagte sie nüchtern. Es klang, als wäre sie froh darüber. »Ashley fuhr vorbei, nahm uns mit, und der Rest ist Geschichte. Ihre Schwester hat ein sehr großes Herz.«

IMPULSIV, schrieb er, dann verkrampfte sich seine Hand. Er öffnete und schloss seine Finger, schüttelte sie aus.

»Ich schätze, so kann man es auch sehen. Sie war allerdings eine großartige Mitbewohnerin. Das heißt, bis vor drei Tagen.«

Die Sonne verschwand hinter dem Horizont, und der Abendhimmel verfärbte sich von einem dunklen Purpur in ein dunkles Blau. Jemand kochte Abendessen – Spaghetti mit Fleischbällchen, dem Geruch nach zu urteilen.

»Was wollen Sie wegen Ihrer Schwester unternehmen?«, fragte sie.

Er zuckte mit den Schultern. Es gab nichts, was er tun konnte. Es hatte einige Zeit gedauert, bis er eingesehen hatte, dass Ashley für sich selbst verantwortlich war. Sie war erwachsen und er konnte sie nicht ändern. Kimmie dagegen war eine andere Sache.

Kimmie.

Oh, zum Teufel. Was sollte er mit seiner Nichte tun? Er war nicht in der Verfassung, weder geistig noch körperlich, um sich um eine Vierjährige zu kümmern.

»Sie werden nichts unternehmen?« Sie klang entsetzt.

Er schüttelte den Kopf.

»Aber was, wenn der Kerl, mit dem sie abgehauen ist, ein Vergewaltiger ist, oder noch schlimmer?«

LIEGT NICHT IN MEINER KONTROLLE.

»Toll«, sagte sie und klang sehr verärgert. »Sie sind wirklich eine große Hilfe.«

Eine angespannte Stille breitete sich zwischen ihnen aus. Um die Stimmung aufzulockern, schrieb er: SIE SIND GENAUSO WENIG FÜR SIE VERANTWORTLICH.

»Ashley hat mich bei sich aufgenommen, als ich ohne etwas dastand. Sie hat einen Freund von ihr dazu gebracht, meinen Minivan zu reparieren, und er lässt mich in Raten zahlen. Sie hat mir einen Platz zum Wohnen gegeben. Mir geholfen, einen Job als Masseurin im Hot Legs Spa zu bekommen. Ich bin ihr etwas schuldig.«

Er schloss seine Finger um den Griffel. SIE KÜMMERN SICH UM KIMMIE. BETRACHTEN SIE SICH ALS QUITT.

»Ich lasse meine Freunde nicht im Stich.« Sie reckte ihr Kinn stur nach vorn. Diese extreme Loyalität hatte ihr schon öfters im Leben Probleme bereitet, da war sich Hutch sicher.

ASHLEY HAT SIE IM STICH GELASSEN.

Sie kniff in der Dunkelheit die Augen zusammen und versuchte zu lesen, was er geschrieben hatte. Er trat näher an sie heran, damit er sie besser sehen konnte.

Sie blies die Backen auf, fuhr sich mit einer Hand durch ihre kurzen Locken und gab sich seufzend geschlagen. »Ben und ich sind morgen verschwunden.«

Er schrieb: WOHIN GEHEN SIE?

»Ich werd schon was finden.«

LASSEN SIE SICH ZEIT.

»Nein. Ich kann hier nicht bei Ihnen bleiben. Es ist Ihr Haus. Morgen. Morgen sind wir hier weg.«

Er wusste nicht, warum, aber ihre ablehnenden Worte versetzten ihm einen Stich. Er war froh, sie bald los zu sein. ICH GEBE IHNEN GELD FÜR EIN MOTEL, BIS SIE ETWAS ANDERES GEFUNDEN HABEN.

»Nein«, sagte sie scharf. »Ich nehme kein Geld von Männern.«

RÜCKERSTATTUNG DER MIETE.

»Ich habe das Geld an Ashley gezahlt, nicht an Sie.« Sie machte einen Schritt zurück und verschwand beinahe in der dichter werdenden Dunkelheit.

Jane Brown war eine komplizierte Frau, und sie weckte sein Interesse. Wer war sie wirklich, und wie war es dazu gekommen, dass sie mit einem kaputten Auto am Straßenrand in Twilight, Texas, festgesessen hatte? Doch momentan war er nicht in der Verfassung, sich weiter mit ihr zu unterhalten.

Er war total erschöpft und wollte am liebsten ins Bett fallen und eine Woche lang schlafen. Er sagte sich, dass er sie gehen lassen sollte. Er hatte auch ohne sie schon genug Probleme am Hals.

»Ich muss die Kinder abholen. Es ist Zeit fürs Abendessen.«

Er berührte sich rasch mit der Hand an der Brust, zeigte auf sie und dann auf die Tür, um ihr zu bedeuten, dass er mitgehen wollte.

Sie nickte, aber beeilte sich, ihm vorauszugehen – oder von ihm weg.

Sie traten durch die Glasschiebetür, gingen durch die Küche und zur Vordertür hinaus, Jane immer einige Meter vor ihm.

Er ließ die Zaubertafel auf das Tischchen im Flur fallen und eilte hinter ihr her – voller Vorfreude auf Kimmie. Während des vergangenen Jahres hatte er, wann immer es sein Job erlaubt hatte, mit seiner Schwester und seiner Nichte über FaceTime gesprochen, aber er hatte seit August keinen Kontakt mehr zu Ashley gehabt, als seine Einheit auf eine verdeckte Anti-Terrorismus-Mission geschickt worden war.

Nach dem Angriff hatte er darum gebeten, Ashley nicht zu erzählen, dass er verwundet worden war. Man hätte ihr sowieso nichts über die Mission erzählt, und er wollte sie nicht unnötig beunruhigen. Es brauchte nur wenig, um sie aus dem Gleichgewicht zu bringen. Je mehr ihr Leben in geregelten Bahnen verlief, desto besser ging es ihr.

Er fragte sich, was sie dieses Mal aus dem Lot gebracht hatte. Aber die Frau, die vor ihm den Gehweg zum Haus der Calloways entlangmarschierte, war Antwort genug. Neue

Leute im Haus zu haben führte zwangsläufig dazu, Ashleys Routine durcheinanderzubringen.

Je näher sie der Haustür kamen, die mit einem Kranz aus roten Zuckerstangen und blinkenden Lichtern geschmückt war, desto fester wurde der Knoten in Hutchs Bauch. Erst jetzt wurde ihm das Ausmaß des Problems richtig bewusst. Was, wenn seine Schwester nicht mehr zurückkehrte? Auf der anderen Seite – was, wenn doch? Konnte er je wieder darauf vertrauen, dass sie gut für Kimmie sorgte?

Jane klingelte an der Tür.

Hutch war etwas zurückgeblieben. Die Angst hatte seine Schritte verlangsamt. Was, wenn seine Nichte sich nicht an ihn erinnerte?

Er war in der Nacht da gewesen, als Kimmie auf die Welt gekommen war. Kein Mensch weit und breit. Ashley hatte behauptet, nicht zu wissen, wer der Vater war. So wild, wie ihr Leben zu jener Zeit gewesen war, entsprach das vielleicht sogar der Wahrheit. Damals war er so optimistisch gewesen, so verdammt hoffnungsvoll. Er hatte pinke Kaugummizigarren verteilt, als ob er der Vater wäre, Pizza für die gesamte Wochenstation bestellt und mit den Schwestern geflirtet. Auch wenn er gewusst hatte, dass es weder für Ashley noch für ihre neugeborene Tochter leicht werden würde, hatte er gedacht, er könnte etwas bewirken.

Kimmies Geburt war einer der glücklichsten Tage in Hutchs Leben gewesen.

Was für ein Trottel er doch gewesen war.

Die Tür ging auf und da stand Flynn Calloway mit einem Baby auf ihrer Hüfte. Jesse erschien hinter ihr im Türrahmen. Sie wirkten so glücklich.

Der Sturm in Hutchs Bauch breitete sich in seinen Hals aus und wirbelte dort wie ein Tornado umher.

Ein kleiner blonder Junge – derselbe wie auf dem Foto in Janes Zimmer – quetschte sich zwischen Flynn und Jesse durch und stürzte zu seiner Mutter. Sie schloss ihn in die Arme und bedeckte sein Gesicht mit Küssen.

Der Junge kicherte und schmiegte seinen Kopf an den langen, schlanken Hals seiner Mutter.

Im Schein der Lichterkette sah Hutch die Liebe, die in Janes Augen leuchtete, während sie ihren Sohn in den Armen hielt. Sie war der Inbegriff der Weihnacht, pure Mutterliebe. Der Anblick der beiden wirkte so rein, so vollkommen wie die Madonna mit ihrem Kind. Es war wahrscheinlich das Schönste, was Hutch je gesehen hatte.

Er fühlte sich wie ein Eindringling, der hier nicht mehr dazugehörte. Er war gezeichnet, seine Seele schwarz vom Ruß des Krieges, und wenn es nicht um Kimmie gegangen wäre, hätte er sich wohl einfach umgedreht und wäre für immer verschwunden.

Und dann war Kimmie da. Mit einem süßen Lächeln auf ihrem engelsgleichen Gesicht kam sie aus dem Haus.

»Hier ist jemand, der dich sehen will, Kimmie«, sagte Jane, legte eine Hand auf den Kopf des kleinen Mädchens und führte sie, Ben immer noch auf ihrer Hüfte, die Stufen hinunter zum Fußweg.

Jetzt war es zu spät, Hutch konnte sich nicht mehr zurückziehen.

Von seiner Liebe für seine Nichte völlig überwältigt, drängte es ihn vorwärts, und vor lauter Ungeduld vergaß er die immer noch sichtbaren Auswirkungen des Pfeffersprays.

Vergaß seine entzündete Haut und seine blutunterlaufenen Augen. Vergaß die Narben auf seinem Hals und den fehlenden Zeigefinger. Er wollte sie nur noch in die Arme schließen. Sie fest an sich drücken und ihr sagen, wie sehr er sie liebte.

Mit rasendem Puls und einer Brust, die vor lauter Gefühlen zu platzen drohte, streckte er seine Hand aus und wartete darauf, dass sie ihn erkannte und sich in seine Arme warf.

Kimmie sah ihn an und stieß einen gellenden Schrei aus.

Der Schrei des kleinen Mädchens hallte in dem ruhigen Wohngebiet wider.

Jesse, Flynn und Grace Calloway erschraken. Verandalichter flammten auf. Vorhänge wurden zurückgezogen. Ein Hund bellte und löste damit eine Kettenreaktion von Gebell in der gesamten Nachbarschaft aus.

Meredith setzte Ben neben Kimmie auf dem Fußweg ab, beugte sich zu dem kleinen Mädchen und flüsterte ihm ins Ohr: »Alles in Ordnung, Schatz. Das ist dein Onkel Brian.«

»Hutch«, murmelte Jesse. »Alle nennen ihn Hutch.«

»Das ist dein Onkel Hutch«, korrigierte sich Meredith. »Möchtest du ihm Hallo sagen?«

Kimmie verbarg ihr Gesicht an Meredith' Hüfte und schüttelte den Kopf.

»Er ist von weit hergekommen, um bei dir zu sein.«

Das Kind krallte sich mit ihren kleinen Händen an Meredith' Jeans fest und wollte den Kopf nicht heben.

Hutch stand auf dem Rasen der Calloways und wirkte verloren und gebrochen. Seine Einsamkeit war geradezu greifbar.

Meredith' Herz krampfte sich vor Mitleid für den armen Kriegsheimkehrer zusammen, für alle Soldaten und Soldatinnen, die zurückkamen und sich unwiderruflich verändert hatten, und für alle, die gar nicht mehr heimkehrten. Krieg war etwas Furchtbares.

Auch wenn es nicht das Gleiche war, war sie durch ihre eigene Version des Kampfes gegangen. Kannte die Hölle der Gewalt und wie sie einen innerlich veränderte, es einem schwer machte, anderen Menschen zu vertrauen.

Und dann stieg Ben plötzlich die Stufen der Veranda hinunter, ging auf Hutch zu und hob eine Hand. »Hi.«

Ein Teil von Meredith war stolz auf den Mut und das Einfühlungsvermögen ihres Sohnes, ein anderer Teil aber, der Teil, der in den vergangenen fünf Jahren ständig in Panik gewesen war, wollte ihn am Kragen seines Pullovers packen und zurückreißen.

Hutch hob seine linke Hand zum Gruß.

»Kimmies Onkel Hutch kann nicht sprechen«, erklärte Meredith ihrem Sohn.

Ben neigte seinen Kopf und dachte darüber nach. »Du kannst nicht sprechen?«

Hutch schüttelte den Kopf.

Ben drehte sich wieder zu ihr. »Warum kann er nicht sprechen, Mommy?«

»Er ist im Krieg verwundet worden.« Sie kauerte sich neben ihn, um es ihm zu erklären. »Siehst du die Narben auf seinem Hals?«

Hutch sank auf seine Knie, auf Augenhöhe mit ihrem Sohn. Ben trat auf ihn zu und studierte Hutchs vernarbten Hals mit ehrlicher kindlicher Neugier. »Cool.«

Hutch stieß ein kurzes, abgehacktes Lachen aus, das eher wie ein Schnauben klang.

Ben schob sich noch näher an ihn heran und streckte einen Finger aus, um die Narben auf Hutchs Hals nachzufahren. »Haben dir böse Kerle wehgetan?«

Hutch nickte.

»Das ist gemein«, rief Ben aus.

Meredith konnte das Gesicht ihres Sohnes nicht sehen, aber die Haltung seiner kleinen Schultern sagte ihr, dass er die Stirn runzelte. Kimmie hatte ihr Gesicht von Meredith' Hüfte gelöst und linste verstohlen zu ihrem Onkel.

»Ich hasse böse Kerle«, sagte Ben mit fester Überzeugung, so als ob man die Bösen immer so einfach von den Guten unterscheiden könnte. Er drehte sich wieder zu Meredith und Kimmie, die immer noch mit Jesse, Flynn und ihrer kleinen Tochter Grace auf der Veranda standen.

»Schatz, sag nicht hassen«, korrigierte ihn Meredith sanft. »Hass ist nichts Gutes.«

»Aber ich hasse sie wirklich. Sie haben Kimmies Onkel Hutch wehgemacht.«

Die Neugier trieb Kimmie den Fußweg entlang und sie stellte sich neben Ben vor ihren Onkel.

»Ich kenn dich.« Langsam streckte Kimmie eine Hand aus, um Hutchs Gesicht zu berühren. »Du hast mich mit in die Eisdiele genommen.«

Er nickte wieder.

In der Dunkelheit war es schwer zu sagen, aber Meredith meinte, Tränen in Hutchs Wimpern glitzern zu sehen. Aber vielleicht spiegelte sich auch nur die Weihnachtsbeleuchtung in seinen Augen wider.

»Ich hasse böse Kerle auch«, sagte Kimmie mit der gleichen tiefen Überzeugung wie Ben. Dann schlang sie ihre kurzen Ärmchen um Hutchs Hals und drückte ihm einen Kuss auf die Wange.

Vielleicht hatte Hutch keine Tränen in den Augen, sie aber ganz sicher. Meredith presste ihren Handrücken gegen ihre Nase und schniefte. Blinzelnd drehte sie sich zu Jesse und Flynn, deren Augen auch nicht trocken geblieben waren.

Jesse zog einen Schlüsselbund aus seiner Hosentasche und drückte ihn in Meredith' Hand. »Ich hab den Minivan in die Einfahrt gefahren. Du hattest den Schlüssel stecken lassen. Die Stoßstange ist verbogen, aber am meisten abbekommen hat der Zaun.«

Meredith warf einen Blick über ihre Schulter auf den Zaun. Er war in zwei Hälften zerbrochen und neigte sich dem Boden zu. Niemand erwähnte das Pfefferspray. »Danke. Ich bin so dankbar, dass ihr auf die Kinder aufgepasst habt.«

»Kein Problem«, sagte Jesse.

»Jederzeit.« Flynn lächelte. »Die Kinder waren wirklich brav. Ben ist so ein lieber Kerl.«

»Meistens«, meinte Meredith und wuschelte ihrem Sohn durch die Haare.

»Kommst du zu der Plätzchentausch-Party am Freitag?«, fragte Flynn. »Wir würden uns sehr freuen.«

Meredith wollte den Menschen in dieser Stadt nicht zu nahe kommen. Wenn sie Freundschaften schloss, würde es noch viel schmerzhafter werden, wenn sie wieder gehen mussten. »Ich weiß noch nicht.«

Flynn legte ihr eine Hand auf die Schulter. »Bitte komm.«

»Vielleicht. Jetzt muss ich aber erst mal dafür sorgen, dass diese beiden hier nach Hause kommen und zu Abend essen. Noch mal danke für alles.«

Hutch kam auf die Füße und ragte hoch über die Kinder auf. Er schien unsicher, was er nun tun sollte.

Die Calloways wünschten Gute Nacht und schlossen die Haustür, sodass die vier nun allein im Dunkeln standen.

Eine verlegene Stille breitete sich aus. Ben und Kimmie hielten sich an den Händen und schauten von Meredith zu Hutch und wieder zurück.

»Kommt«, sagte Meredith, als wäre es ein ganz normaler Tag. »Lasst uns essen. Es gibt Makkaroni mit Käse. Wer als Letzter die Hände gewaschen hat, ist ein faules Ei.«

5

Jetzt, wo er wieder klar sehen konnte, bemerkte Hutch, wie sehr sich die Dinge verändert hatten. Die Schränke und Schubladen, in denen ein heilloses Chaos geherrscht hatte, als Ashley und Kimmie noch allein hier gewohnt hatten, waren nun ordentlich aufgeräumt. Die Schüsseln waren der Größe und Form nach ineinander gestapelt, Plastik auf der einen Seite, Keramik auf der anderen. Das Besteck lag in einem Besteckkasten sortiert in der Schublade anstatt in einem großen Haufen. Haferflocken und verschiedene Nüsse und Trockenfrüchte füllten die Vorratskammer anstelle der Pop-Tarts, süßen Frühstücksflocken, Cracker und Kekse, die Ashley normalerweise kaufte. Frische Äpfel, Orangen und Bananen lagen in einem Obstkorb auf der Theke. Mit gelben Smiley-Magneten waren Gemälde der Kinder am Kühlschrank befestigt. Ein hüfthohes Regal aus Draht stand an der nördlichen Wand, auf dem ein Weihnachtskaktus in voller Blüte, zwei Weihnachtssterne und verschiedene Setzlinge in kleinen schwarzen Plastiktöpfen aufgereiht waren, die gerade angefangen hatten zu sprießen.

Diese Frau tat seiner Schwester gut. Sie brachte Frieden, Ruhe und Ordnung ins Haus.

Hutch lehnte mit über der Brust verschränkten Armen in der Küchentür und sah zu, wie Jane Makkaroni mit Käse in der Mikrowelle aufwärmte – selbst zubereitet, wie es aussah – und grüne Bohnen auf den Herd stellte. Sie bewegte sich anmutig, und ihre fließenden Bewegungen ließen vermuten, dass sie Tanzstunden gehabt hatte. Die Frau hob sich positiv von den Leuten ab, mit denen sich Ashley normalerweise umgab. Er war absolut fasziniert.

Wer war sie wirklich? Er hatte so viele Fragen, aber er war einfach zu erschöpft, um sich mittels der Zaubertafel zu unterhalten. Würde sein Leben von nun an immer so aussehen? Voller Dinge, die er sagen wollte, aber nicht konnte?

»Sie machen mich nervös«, rief sie ihm über die Schulter zu. »Wenn Sie mich so anstarren.«

Wirklich? Nun, ob sie es glaubte oder nicht, sie machte ihn auch ziemlich nervös.

Sie drehte den Kopf, um ihm einen Blick zuzuwerfen. Das unerwartete Lächeln auf ihrem Gesicht ließ seine Brust schwellen. Sie mag mich. Aber dann erkannte er, dass sie zu Ben sah, der seine nassen Hände ausstreckte, damit sie sie inspizieren konnte.

Schamesröte stieg ihm ins Gesicht.

»Das sind ziemlich saubere Hände. Wenn auch ein bisschen nass«, sagte sie und gab dem Jungen ein Küchenhandtuch zum Abtrocknen.

»Meine auch?« Kimmie streckte ihre Hände aus.

»Perfekt«, bestätigte Jane.

»Wer ist das faule Ei?«, fragte Ben.

»Hmmm. Bist du es?« Jane bückte sich, um an ihrem Sohn zu schnüffeln. »Nein, du riechst blitzsauber.« Sie blähte ihre Nasenflügel und wandte sich zu Kimmie. »Bist du es?«

Kimmie zog ihre Schultern bis zu den Ohren hoch, während Jane an ihr schnüffelte, und kicherte. »Ich bin's nicht.«

Jane hob ihren eigenen Arm und roch daran. Beide Kinder kicherten. »Ich bin's auch nicht.«

Hutch konnte sehen, dass sie dieses Spiel schon öfter gespielt hatten, ein lustiges Ritual zwischen ihnen, als ob sie eine Familie wären. Seine Nichte fühlte sich pudelwohl bei Jane, und er hatte den Eindruck, dass sie sich sehr oft um Kimmie kümmerte.

»Wo kommt dann dieser Gestank nach faulen Eiern her?« Jane streckte ihre Nase in die Luft und schnüffelte wie ein Hund, der einen Knochen witterte.

Die Kinder fingen erneut an zu kichern.

»Ich weiß es!«, rief Kimmie. »Onkel Hutch ist der, der stinkt.«

Die drei fielen über ihn her, lachend und schnüffelnd, und in diesem Moment lösten sich sein Ärger, der Groll und die Einsamkeit, die ihn ständig begleiteten, in Luft auf. In dieser Sekunde war die Wut, die ununterbrochen in ihm gekocht hatte, seit er im Walter Reed aufgewacht war, verschwunden, und einen süßen Moment lang war er wieder sein altes Selbst.

Unglaublicherweise lachte auch er. Er hatte seit dem Angriff kein einziges Mal mehr gelacht. Es fühlte sich wie ein Verrat an seinen Männern an, die an seiner Seite gekämpft und gestorben waren. Sie würden nie wieder mit ihren Familien lachen können.

Janes und Hutchs Blick trafen sich, und sein Lachen verstummte.

Glück strahlte ihm aus ihren dunkelblauen Augen entgegen. Augen, die sagten, dass sie nicht glauben konnte, dass sie mit ihm herumalberte, genauso wenig wie er es glauben konnte. Sie atmete tief ein und machte einen Schritt zurück. Die Wand fuhr wieder hoch. Ihre Gesichtszüge verhärteten sich, ihre Lippen wurden zu einem dünnen Strich und sie war wieder die verängstigte Frau, die das Pfefferspray gegen ihn gerichtet hatte.

Sie hob eine zitternde Hand, fuhr sich mit den Fingern über die Schläfe, als ob sie eine lose Strähne hinter das Ohr streichen würde, aber ihre Haare waren viel zu kurz, als dass Locken sich lösen könnten. Er fragte sich, ob dieser Haarschnitt so neu war, dass sie sich noch nicht an ihn gewöhnt hatte.

Zum ersten Mal erhaschte er einen Blick auf eine gezackte, silbrige Narbe hinter ihrem linken Ohr, die unter ihrem Haaransatz verschwand. Die Narbe sah aus, als ob jemand eine Flasche auf ihrem Kopf zerschlagen hätte. Als ihr bewusst wurde, wo er hinsah, ließ sie ihre Hand fallen und ihre Augen wurden glanzlos, leer.

Was war ihr nur angetan worden?

Die Mikrowelle gab ein »Pling« von sich und Jane atmete hörbar aus. Sie wuselte geschäftig in der Küche umher, um das Essen anzurichten.

»Das Essen ist fertig, Kinder«, sagte sie fröhlich, während sie die Teller zum Tisch trug, doch es klang gezwungen, aufgesetzt, völlig frei von der Freude, die sie zuvor gezeigt hatte.

Die Kinder, die den Stimmungsumschwung zwischen den Erwachsenen nicht bemerkt hatten, kicherten und schnüffelten noch immer.

»Setzen Sie sich zu uns, Hutch«, und deutete auf den Stuhl am Kopfende des Tischs.

Hutch setzte sich, wobei er sich wie ein Gast in seinem eigenen Haus fühlte.

Jane scheuchte die Kinder zum Tisch, streng darauf bedacht, ihn nicht anzusehen. Sie hatte die Kinder gerade auf ihre Stühle gesetzt, als Ben schon wieder aufsprang und seine Arme um Kimmie warf.

»Wir sind Zwillinge«, verkündete er Hutch.

»Zwillinge!«, rief Kimmie, und schlang ebenfalls ihre Arme um Ben.

»Sie haben am gleichen Tag Geburtstag«, erklärte Jane, während sie sich hinsetzte. Ihr Ton sagte ihm, dass sie alles ignorierte, was gerade zwischen ihnen geschehen war, das Lachen, der kurze Moment der Verbundenheit, seine Erkenntnis, dass sehr viel mehr unter der Oberfläche lag, als sie zeigen wollte oder konnte. »Sie glauben, das würde bedeuten, dass sie Zwillinge sind.«

»Sind wir auch«, sagte Ben so entschieden, dass keine weitere Diskussion möglich war.

»Zwillinge«, bestätigte Kimmie.

»Seit der Sekunde, in der sie sich kennengelernt haben, sind sie unzertrennlich«, sagte Jane in nüchternem, keine Gefühlsregung preisgebendem Ton. Sie hatte den Blick fest auf die käsebedeckte Hörnchennudel auf ihrer Gabel gerichtet, als ob sie der Schlüssel zum Geheimnis des Universums wäre. »Das ist der Hauptgrund, warum ich hier bei Ashley eingezogen bin. Es war hart für …«

Sie verstummte. Ließ ihre Gabel sinken. Atmete schneller. Sie hielt ihren Kopf gesenkt, damit er ihr Gesicht nicht sehen konnte.

Hutch wünschte, er könnte sprechen. Er wollte unbedingt wissen, was so hart gewesen war, dass es sie hierher verschlagen hatte. Sie wirkte wie eine stolze Frau, aber sie hatte ein hässliches Geheimnis. Das strömte ihr quasi aus jeder Pore.

Diese Narbe …

Vielleicht war es besser, dass er ihr ohne seine Zaubertafel keine Fragen stellen konnte. Vielleicht war es besser, nicht zu viel zu wissen. Er mochte es nicht, wenn andere Leute versuchten herauszufinden, wie es in seinem Kopf aussah. Was ging es ihn an, wie es in ihrem aussah?

Endlich warf sie ihm einen kurzen Blick zu, der aber absolut nichts preisgab. Sie hatte es geschafft, die Gefühle, die sie gerade noch aufgewühlt hatten, unter Kontrolle zu bringen. »Mögen Sie keine Makkaroni mit Käse?«

Er nickte. Er war so beschäftigt damit gewesen, ihre Körpersprache zu lesen, dass er noch keinen Bissen gegessen hatte.

»Ich kann etwas anderes machen.«

Er schüttelte den Kopf und formte Alles in Ordnung mit seinen Lippen.

»Haben Sie …« Sie deutete auf ihren Hals. »Haben Sie Probleme beim Schlucken?«

Als Antwort darauf nahm er einen Bissen, schluckte und machte ein übertrieben genießerisches Gesicht, was die Kinder wieder zum Kichern brachte. Er und Jane aßen schweigend, während die Kinder miteinander über das bevorstehende Weihnachtsfest schnatterten. Er hatte noch nie zwei Kinder gesehen, die so gut miteinander auskamen.

»Mommy, können Kimmie und ich jetzt die Schokolade haben, die der Weihnachtsmann uns geschenkt hat?«, fragte Ben.

»Erst isst du deine grünen Bohnen.«

Ben sah aus, als wollte er widersprechen, aber nach einem eindringlichen Blick seiner Mutter stopfte er sich eine Bohne in den Mund und kaute, während er gedankenverloren gegen seine Stuhlbeine kickte. Kimmie beäugte ihn, schob ihre Bohnen auf dem Teller hin und her, und dann warf sie Jane einen herausfordernden Blick zu.

»Du auch, Kimmie«, sagte Jane ruhig.

Kimmie rümpfte die Nase, stützte die Ellbogen auf den Tisch und ließ die Schultern hängen. »Ich mag keine grünen Bohnen.«

»Letzte Woche hast du grüne Bohnen gegessen und gesagt, dass du sie magst«, entgegnete Jane mit sanfter, liebevoller Stimme.

»Das war vorher.« Kimmie stupste mit ihrem kleinen, pummeligen Finger gegen eine Bohne.

Jane legte ihre Gabel weg und schenkte Kimmie ihre volle Aufmerksamkeit. »Vor was, meine Süße?«

»Du weißt schon.« Kimmie zuckte mit den Schultern und ihre Augen füllten sich mit Tränen. »Bevor Mommy den Weihnachtsmann besuchen gegangen ist.«

Jane langte über den Tisch, um Kimmies Hand zu streicheln. Sie machte keine falschen Versprechungen oder erfand Entschuldigungen für Ashley. Eine Träne rollte über die Wange seiner Nichte und sie ließ den Kopf hängen.

Hutch wurde mit einem Schlag bewusst, was auf ihn zukam. Bis Ashley beschloss, wieder nach Hause zu kommen, trug er die volle Verantwortung für Kimmie. Er dachte an all die Dinge, die dazugehörten, wenn man sich um ein Kind kümmern musste, wie regelmäßige Mahlzeiten und Baden und sie in den Kindergarten fahren und wieder abholen. Immer zur gleichen Zeit ins Bett bringen, mit ihr zum Arzt gehen und dafür sorgen, dass sie die Zähne richtig putzte. Es bedeutete harte Arbeit und er war nicht in der Verfassung, um sich dieser Aufgabe anzunehmen. Es war der Stoff, aus dem Hollywood-Komödien gemacht sind: ein verkrüppelter Soldat mit PTBS ist verantwortlich für ein quirliges vierjähriges Mädchen. Das mochte zwar eine nette Geschichte sein, wenn man sie auf der Leinwand sah, aber in der Realität gab es viel zu viel, was schiefgehen konnte.

Keine Ahnung. Er hatte keine Ahnung, was er tun sollte.

Das sollte er besser ändern. Und zwar schnell. Kimmie war hier und ihre Mutter war es nicht, und er hatte nicht vor, seine Nichte dem Jugendamt zu übergeben. Er wusste aus eigener Erfahrung, was passierte, wenn man von seiner Mutter getrennt wurde. Er konnte nicht zulassen, dass seiner Nichte das Gleiche widerfuhr.

»Kimmie, beeil dich lieber und iss deine grünen Bohnen«, meinte Jane. »Sonst ist Ben der erste.«

»Was?« Kimmie richtete sich auf und wischte die Tränen ab.

»Er ist fast fertig mit seinen grünen Bohnen. Ich wette, du kannst ihn schlagen, wenn du dich beeilst, und dann kriegst du als erste deine Schokolade«, lockte Jane und lenkte so Kimmies Aufmerksamkeit sanft weg von ihrer verschwundenen Mutter.

»Auf gar keinen Fall!«, rief Ben und schlang seine Bohnen hinunter.

»Ich bin schneller«, sang Kimmie und stopfte sich ebenfalls Bohnen in den Mund.

Jane sah zu Hutch. »Das ist vielleicht nicht der optimale Weg, Kinder dazu zu bringen, ihr Gemüse zu essen, aber …«

Er verstand, was sie meinte, und fand, dass sie es wunderbar machte.

»Ich hab gewonnen!«, nuschelte Kimmie, den Mund voller Bohnen, die ihr zwischen den Lippen heraushingen, und hob die Arme über den Kopf.

»Nee-hee!«, protestierte Ben.

»Gleichstand«, sagte Jane diplomatisch. »Die Schokolade ist in der Tasche meiner Uniform auf dem Bett …«

Noch bevor sie fertig gesprochen hatte, waren die Kinder aufgesprungen und rannten die Treppe hinauf. Jane lächelte leicht und drehte sich auf ihrem Stuhl, um ihnen nachzusehen.

»Ben und ich werden Kimmie wirklich vermissen«, sagte sie.

Hutch versuchte, ihre wehmütige Bemerkung zu überhören, aber auch wenn er ein Delta Force Operator war, war sein Herz nicht aus Stein. Kimmie war ihm wichtig und er brauchte Hilfe. Es war an der Zeit, seinen Stolz abzulegen, so schwer es ihm auch fiel, Jane um etwas zu bitten. Er stand vom Tisch auf und ging aus der Küche.

»Hey, ich weiß, dass ich keine Sterneköchin bin, aber meine Makkaroni mit Käse sind doch nicht so schlecht, oder?«, rief Jane ihm nach. Ihr neckender Ton konnte kaum die Anspannung überdecken, die darunter lag.

Hutch ging in die Diele und schloss seine Hände um die Zaubertafel. Wollte er sich wirklich an eine Frau binden, die er kaum kannte?

Aber Kimmie mochte sie, und ganz ehrlich, wie viele Möglichkeiten hatte er?

Sein Blick fiel auf sein Spiegelbild in dem ovalen Spiegel über dem Dielentischchen. Der Spiegel, der mit Mistelzweigen aus Plastik verziert war, zeigte zerzauste schwarze Augenbrauen, die wie Draht von seiner Stirn abstanden, und trübe, blutunterlaufene Augen. Wangen und Kinn waren von dunklen Bartstoppeln bedeckt, hässliche Narben verunstalteten die Haut an seinem Hals.

Tja. Nicht gerade ein Traumprinz. Da brauchte er sich nichts vorzumachen. Er stand bei niemandem auf der Liste der begehrenswertesten Mitbewohner.

Er würde es ihr nicht übel nehmen, wenn sie ablehnte. Ziemlich wahrscheinlich würde sie das tun. Jede vernünftige Frau würde es so machen. Sie würde nie begreifen, wie viel Überwindung es ihn kostete, vor ihr zu Kreuze zu kriechen. Er tat es für Kimmie.

Wenn es einen anderen Weg gegeben hätte, wäre er ihn gegangen, aber er hatte sonst nichts in der Hand. Sie war alles, was er hatte.

Überrascht zu sehen, dass seine Hand zitterte, nahm Hutch den Griffel, schrieb ICH BRAUCHE SIE auf die Zaubertafel und nahm sie mit zurück zu Jane.

ICH BRAUCHE SIE.

Meredith starrte auf die Worte, die auf der Tafel standen, und eine verwirrte Sekunde lang dachte sie, er meinte es sexuell. Schlimmer noch: ihr Körper reagierte sofort. Ihre Nervenenden kribbelten, und ihr Bauch zog sich zusammen. Ihr wurde warm da unten.

O nein. Sie blickte zu ihm auf, blinzelte, und als sie in seine gequälten Augen sah, wurde ihr klar, dass es um Kimmie ging. Er brauchte ihre Hilfe mit seiner Nichte.

ICH BRAUCHE SIE.

Es brachte sie aus der Fassung, die Worte vor sich zu sehen. Sie löschte die Tafel und gab sie Hutch zurück. In ihren Ohren konnte sie ihr Herz hämmern hören. Hutch hatte seine Hände zu Fäusten geballt, sein Kiefer wirkte angespannt und ein Muskel an seinem Auge zuckte. Dieser Mann war es nicht gewohnt, um Hilfe zu bitten. Normalerweise war er derjenige, der die Kontrolle, das Sagen hatte. Es war ihm sichtlich unangenehm, sich in dieser unterlegenen Position zu befinden.

Es hatte ihn viel Überwindung gekostet, diese drei kleinen Worte niederzuschreiben.

Er kehrte nicht zu seinem Platz am Ende des Tischs zurück, sondern blieb stehen und zwang sie so, zu ihm aufzusehen. Die Kinder kamen wieder ins Zimmer gestürmt, rissen das Papier von ihren kleinen Schokoriegeln und plapperten so schnell, dass Meredith gerade noch verstehen konnte, dass sie über den Weihnachtsmann diskutierten. Von der angespannten Stimmung zwischen ihr und Hutch bekamen die beiden nichts mit.

Meredith stand auf. »Ich mache die Kinder jetzt bettfertig. Danach können wir reden. Sie können es sich ja so lange gemütlich machen. Ein bisschen fernsehen oder so.«

Eigentlich war es noch zu früh, um die Kinder ins Bett zu stecken, aber sie musste Abstand zwischen sich und ihn bringen, um über seinen Vorschlag nachzudenken. Sie hatte keine Ahnung, was sie ihm antworten sollte.

Sie brauchte über eine Stunde, bis die Kinder endlich frisch gebadet und bereit für die Gutenachtgeschichte im Bett lagen. Kimmie bestand auf Das magische Weihnachtsplätzchen, aber Ben bettelte um den Polarexpress. Meredith gab nach und las beide Geschichten vor.

Ja, es war eine Verzögerungstaktik, das wusste sie, aber für diesen kurzen Zeitraum fühlte es sich wunderbar an, sich mit einem Kind an jeder Seite ins Bett zu kuscheln und vorzulesen. Kimmie spielte an ihrem Schnuffeltuch herum, während Ben am Daumen nuckelte.

Seit Ashley abgehauen war, hatte sie beiden Kindern erlaubt, in ihrem Bett zu schlafen. Es war vielleicht nicht die beste Angewohnheit, aber wie konnte sie die kleine Kimmie ganz allein in ihrem Schlafzimmer im Erdgeschoss schlafen lassen? Und wie konnte sie Kimmie erlauben, in ihrem großen Bett zu schlafen, nicht aber Ben?

Kurz vor acht waren beide Kinder eingeschlafen und Meredith schlich auf Zehenspitzen nach unten. Sie wünschte, sie hätte etwas Schmeichelhafteres an als ihre schäbige Jeans und den abgetragenen Pullover, aber was sollte sie sonst anziehen? Sie besaß leider keine schickere Garderobe. Und warum sollte sie sich überhaupt für ihn umziehen?

Das Wohnzimmer war leer. Der Fernseher aus.

Wo war Hutch?

Sie ging in die Küche, wo die Teller bereits abgespült und in den Schrank geräumt waren. Das Radio auf dem Fensterbrett war an, aber so leise gedreht, dass sie es kaum vernahm. Normalerweise hörte sie sanfte, beruhigende Musik, aber der Sender war verstellt. Sie legte ihren Kopf schief und erkannte die melancholische Melodie: »Hero of War« von Rise Against. Der atemberaubende Song über einen traumatisierten Soldaten stellte ihr die Haare im Nacken auf.

Stand der Song auf seiner Playlist? Oder war es lediglich ein unheimlicher Zufall? Aber wie auch immer, der Text machte deutlich, dass es Hutch nicht gut ging. Wie sollte es ihm auch gut gehen, nach allem, was er durchgemacht, was er gesehen hatte? Wie sollte es irgendeinem Soldaten gut gehen, der im Kampf gewesen war?

Aber anstatt Angst zu haben, was nur natürlich gewesen wäre, empfand sie bloß tiefe Trauer und Mitgefühl, und sie hatte den verrückten Impuls, ihn zu suchen, um ihn in die Arme zu nehmen und ihm zu sagen, dass alles gut werden würde.

Ein irrationaler Impuls. Ein leeres Versprechen. Sie hatte noch nicht mal die Macht, es für sich selbst wahr werden zu lassen, wie dann für ihn?

Meredith stieß Luft zwischen ihren Lippen aus, und das Geräusch hallte von den Wänden wider. Sie drehte die Musik ab und ging zu der Schiebetür, die auf die Veranda hinausging. Sie zog den Vorhang zurück und legte ihr Gesicht an die kühle Glasscheibe. Vom Fluss stieg Nebel auf und waberte über die Veranda wie in einem Film Noir. Das Glas beschlug. Sie malte ein Peace-Zeichen. Atme.

Da trat er plötzlich aus der undurchdringlichen Dunkelheit und sah aus wie Humphrey Bogart in Casablanca. Die Nebelschwaden wirbelten um ihn herum und schlossen sich wieder hinter ihm, während er sich durch den flüchtigen Schleier bewegte.

Sie machte einen Satz zurück, erschrocken von seiner mystischen Erscheinung.

Er öffnete die Tür und trat ein, mit ihm kam ein Schwall kalter Luft durch die Tür. Wassertröpfchen bedeckten seine Haut. Seine Ohrmuscheln und seine Nasenspitze leuchteten rot. Er trug keine Jacke und sein T-Shirt klebte an seiner Brust. Ohne sich umzudrehen, schloss er die Tür hinter sich, und die Vorhänge schwangen hin und her, als er sie ebenfalls zuzog.

Seine Unterarme waren muskulös, seine Handgelenke so kräftig wie die eines Feuerwehrmanns. Er warf ihr ein kurzes Lächeln zu, eine kleine Perle, die eine Sekunde lang aufleuchtete, dann aber gleich wieder verblasste. Er hatte schöne Zähne, gerade und weiß.

Einen Moment lang wartete sie darauf, dass er etwas sagte, bis ihr wieder einfiel, dass er nicht sprechen konnte. »Die Kinder schlafen.«

Ein kaum wahrnehmbares Nicken.

»Wo sollen wir uns hinsetzen?«, fragte sie mit der gleichen irrationalen Furcht, die sie verspürte, wenn sie einen Termin beim Zahnarzt hatte.

Er hielt beide Hände seitlich hoch und wartete darauf, dass sie die Entscheidung traf. Die Zaubertafel befand sich auf dem Tisch, wo sie sie hingelegt hatte, die gelöschten Worte waren immer noch leicht sichtbar. Ich brauche Sie.

Die Küche schien zu informell für diese Unterhaltung. Meredith ging ins Wohnzimmer, Hutch folgte ihr.

Sie entschied sich für das Sofa und befürchtete im nächsten Moment, dass er sich neben sie setzen würde, aber er ließ sich in den Sessel fallen, der ein paar Meter entfernt am Fenster stand.

Sie beäugten sich verstohlen. Er scharrte mit seinen Füßen auf dem Teppich. Sie faltete die Hände in ihrem Schoß und versuchte, sich nicht anmerken zu lassen, wie nervös sie war. Er zog einen Kamm aus seiner hinteren Hosentasche, fuhr sich damit durch die feuchten Haare und kämmte sie sich aus der Stirn.

Sie befeuchtete ihre Lippen mit der Zunge.

Schließlich nahm er die Tafel, schrieb ziemlich lang darauf und beugte sich dann nach vorn, um sie über den Sofatisch zu ihr zu schieben.

Ein Hauch seines würzigen männlichen Aromas stieg ihr in die Nase, gemischt mit dem frischen Duft der Abendluft, den er mit hereingebracht hatte.

Sie blickte hinunter auf die Tafel. Um seine Worte auf dem kleinen Feld unterzubringen, hatte er die Buchstaben eng zusammengequetscht, und sie hatte Schwierigkeiten, seine Schrift zu entziffern. Sie kniff die Augen zusammen. Er machte die Lampe neben dem Sessel an.

Ah, Licht. Sie las die erste Zeile.

ICH BRAUCHE HILFE.

Ein guter erster Schritt, oder? Er gab zu, dass er Hilfe brauchte. Sie beäugte ihn durch ihre Wimpern. Er starrte sie an. Meredith senkte den Blick und las weiter.

ICH HABE KIMMIE SEIT EINEM JAHR NICHT GESEHEN. SIE KENNT MICH KAUM. HÄNGT AN IHNEN UND IHREM SOHN. KÖNNEN SIE DABLEIBEN, BIS ASHLEY NACH HAUSE KOMMT? ICH BEZAHLE SIE, PLUS FREIE KOST UND LOGIS.

Während sie ihre Gedanken ordnete, hielt sie ihren Kopf gesenkt, sodass er nicht sehen konnte, was in ihr vorging. Ehrlich gesagt wusste sie nicht, wohin sie sollte, und selbst wenn sie es wüsste, hatte sie kein Geld für einen Umzug.

Aber die Vorstellung, mit ihm in diesem Haus zu bleiben, war ein wenig beängstigend. Nicht, weil sie ihm misstraute, sondern weil sie das eben nicht tat. Sie sollte misstrauisch sein. Sie hatte gelernt, keinem Mann zu trauen. Man konnte nie wirklich wissen, wozu Männer fähig waren. Ein Blick auf Hutch – so still und bullig und kampfgezeichnet –, und jede normale Frau hätte zumindest etwas Bedenken gehabt, allein mit ihm zu sein. Warum misstraute sie ihm nicht – nach allem, was sie durchgemacht hatte?

Vielleicht, weil er so verzweifelt gewirkt hatte, als Kimmie bei ihrem ersten Blick auf ihn so geschrien hatte. Vielleicht, weil ihr Sohn ihn sofort akzeptiert hatte. Vielleicht, weil er das Geschirr abgespült hatte, während sie die Kinder ins Bett gebracht hatte.

Vielleicht, weil sie endlich so weit geheilt war, dass sie den vorsichtigen Versuch wagen konnte, jemandem wieder ein wenig Vertrauen entgegenzubringen.

Vielleicht waren es aber auch die zwei Worte, die ihr durch den Kopf gegangen waren, als sie ihn nach seiner Dusche in ihrem Schlafzimmer hatte stehen sehen – mit feuchtem Haar, den breiten, kraftvollen Schultern, die sich unter seinem engen T-Shirt abzeichneten, und völlig entspannt. Diese beiden Worte, so erschreckend sie auch waren, riefen ein warmes Gefühl in ihr hervor.

Wahrer Norden.

Trotz der Nachwirkungen des Pfeffersprays konnte sie die Symmetrie seines Gesichts erkennen – das Verhältnis von Augen, Nase, Lippen und Kinn war nahezu perfekt. Er war ein gut aussehender Mann, doch die Gefühle, die in ihr aufwallten, rührten nicht nur von seinem äußeren Erscheinungsbild her.

Er strahlte Charakterstärke aus. Es war etwas durch und durch Echtes an ihm, das sagte: Ich bin glaubwürdig. Du kannst mir vertrauen. Eine Ehrlichkeit, die beinahe greifbar war.

Als kleines Mädchen hatte es nichts Schöneres für sie gegeben, als die Geschichte zu hören, wie ihre Mutter ihren Vater kennengelernt hatte. Vom ersten Moment an hatte ihre Mutter gewusst, dass er derjenige war, mit dem sie den Rest ihres Lebens verbringen wollte.

Ihre Mutter hatte sie immer auf ihren Schoß gezogen und war ihr mit einem glückseligen Lächeln auf den Lippen durch die Haare gefahren. »Zum ersten Mal gesehen habe ich ihn beim Heißluftballon-Festival in Albuquerque. Ich lenkte damals meinen ersten Ballon. Es war ein ganz einfacher, mehr konnte ich mir nicht leisten. Er war blau, du kennst ja die Fotos. Dein Vater aber hatte einen Ballon in Form eines Motorrads, weshalb ich ihn für einen eingebildeten Wichtigtuer hielt. Was er auch war.« An dieser Stelle musste ihre Mutter immer lachen.

»Und was ist als Nächstes passiert?«, fragte Meredith dann, wobei sie die Hände unter dem Kinn faltete und sich an ihre Mutter kuschelte.

»Wir erwischten den gleichen Luftstrom in der Box«, sagte sie. Sie meinte damit das Wind-Phänomen, das Albuquerque so beliebt bei Ballonfahrern machte. Wenn die Voraussetzungen stimmten, konnten sie in niedriger Höhe starten und sich von der Luftströmung nach Süden treiben lassen. Wenn der Ballon dann an Höhe gewann, geriet er in eine Strömung, die ihn zurück in die Richtung trieb, aus der er gekommen war. Unter diesen Umständen konnte ein Ballonfahrer zwei Stunden lang hoch und runter, vor und zurück fahren. »Wie es der Zufall wollte, blieben unsere Ballons die ganze Zeit über zusammen. Wir ließen einander keine Sekunde aus den Augen. Als wir landeten, kam dein

Vater zu mir und sagte: ›Du bist mein wahrer Norden.‹ Und ich hab genau dasselbe über ihn gedacht.«

Meredith seufzte dann immer glücklich. Die romantische Liebesgeschichte ihrer Eltern schenkte ihr ein Gefühl von Sicherheit und Geborgenheit.

»Der wahre Norden«, schloss ihre Mutter für gewöhnlich. »Gib dich nie mit weniger als dem wahren Norden zufrieden.«

Trotz der großartigen Geschichte hatte Meredith die Bedeutung dieser Worte damals nicht wirklich verstanden, und das, was sie für ihren wahren Norden gehalten hatte, war die völlig falsche Richtung gewesen.

Doch das Gefühl, das sie nun hatte, war anders als alles, was sie je zuvor empfunden hatte. Es hatte sie so eiskalt erwischt, dass sie ihn angefaucht hatte, als sie ihn in ihrem Zimmer entdeckt hatte.

Und nun war das Wahre-Norden-Gefühl wieder da und versuchte sie zu überzeugen, dass sie Hutch vertrauen sollte.

Tu's nicht, tu's nicht, tu's nicht, skandierte der Teil von ihr, der wusste, wie desaströs es enden konnte, wenn man dem falschen Mann vertraute.

Doch hier ging es nicht nur um sie allein. Sie musste auch an Ben denken. Innerhalb weniger Wochen hatte Ben angefangen, Kimmie wie eine Schwester zu lieben.

Was Grund genug war, so schnell wie möglich von hier zu verschwinden. Je länger sie blieben, desto mehr würde sich ihr Sohn an das kleine Mädchen gewöhnen. Meredith machte die Augen zu und atmete tief ein. Durch die Yogaübungen, die sie in den vergangenen fünf Jahren täglich absolviert hatte, hatte sie gelernt, ihre Gedanken zum Verstummen zu bringen und nur auf ihren Körper zu hören. Langsam atmete sie aus. Atmete noch einmal tief durch, dann noch einmal.

Ihr Körper war völlig entspannt. Die Muskeln waren locker, die Lungen voll, das Herz warm und der Bauch ruhig.

Die gleiche Panik, die sie am Nachmittag überkommen hatte, als sie den Truck in der Auffahrt entdeckt hatte, kroch wie eine schwarze Witwe durch ihren Hinterkopf. War es der Bauch oder der Verstand, der ihre Angst anheizte? Würde sie ihrem sehnlichsten Wunsch, innerlich wieder ganz zu werden, näherkommen, wenn sie Ja sagte? Oder brachte es sowohl sie selbst als auch ihren Sohn in eine gefährliche Situation?

Sie hob ihren Kopf und öffnete die Augen.

Er hatte sich nicht bewegt.

Sie löschte die Tafel, legte sie auf den Couchtisch und räusperte sich.

Hutch lehnte sich in seinem Sessel nach vorn, die Ellbogen auf den Knien, die Hände gefaltet, der rechte Zeigefinger massierte die Naht der heilenden Wunde, wo sein linker Zeigefinger gewesen war.

»Phantomschmerzen?« Sie deutete mit dem Kinn auf seine Hand. Ein gequälter Ausdruck trat auf sein Gesicht, doch war er so schnell wieder verschwunden wie die Worte auf der Zaubertafel. Unter der Oberfläche waren die Gefühle aber immer noch da, so wie die Worte in der Wachsschicht unter der dünnen Deckfolie der Tafel. Unsichtbar, aber tief eingeprägt. Verlegenheit. Scham. Resignation. Niederlage.

Ich brauche Hilfe.

Ich brauche Sie.

Früher einmal war sie so vertrauensvoll, so hilfsbereit gewesen. Übermäßig großzügig, so hatten sie ihre Freunde beschrieben. »Meredith würde einem nicht nur ihr letztes Hemd, sondern auch noch ihre Hose und ihre Schuhe dazu geben.« Aber wenn man einem anderen seine Kleider gab, stand man am Ende nackt und schutzlos da.

»Grenzen«, hatte Dr. Lily Gardner gesagt. Meredith hatte die Therapeutin drei Tage nach ihrer Hochzeitsreise erstmals aufgesucht, nachdem ihr bewusst geworden war, dass sie einen furchtbaren Fehler begangen hatte. »Sie geben immer mehr von sich her, und am Ende wird nichts von Ihnen übrig bleiben. Sie müssen lernen, gesunde Grenzen zu setzen, um eine gesunde Beziehung führen zu können.«

Zu jener Zeit hatte Meredith nicht wirklich verstanden, was das bedeutete. Wie konnte sie Grenzen setzen und jemandem trotzdem nahe sein?

Erst später war ihr klar geworden, dass sie niemandem wirklich nahe sein konnte, solange sie keine Grenzen setzte. Grundregeln aufstellte. Klarmachte, welche Linien sie nicht überschreiten würde. Daran festhielt, welches Verhalten sie von geliebten Menschen akzeptierte und welches nicht. Bedingungslos zu lieben bedeutete nicht, sich jemandes Willen völlig zu unterwerfen.

Leider hatte sie diese Lektionen erst viel zu spät gelernt.

Hutch fuhr sich mit der Hand über den Mund. Auf seiner Stirn schimmerten kleine Schweißperlen. Sein Blick war ruhig, aber Meredith sah, wie die Schlagader an seinem vernarbten Hals rhythmisch pulsierte. Er war nervös. Hatte Angst, dass sie Nein sagen würde.

Sie räusperte sich noch einmal.

Hutch richtete sich auf, seine Wirbelsäule so steif wie ein Stock.

»Ich habe Bedingungen«, sagte sie.

Er ließ sich in seinen Sessel zurücksinken und stieß erleichtert die angehaltene Luft aus.

»Das ist noch kein Ja.« Sie ließ ihre Stimme hart klingen und zeigte streng mit einem Finger auf ihn. »Nicht, solange Sie nicht meinen Bedingungen zugestimmt haben. Es gibt ein paar Grundregeln.«

Er hob die rechte Augenbraue und legte den Kopf schief. Das Licht der Lampe fiel auf sein Gesicht, das zu sagen schien: Da bin ich ja mal gespannt. Lass hören, Kleine.

»Erstens.« Sie zog ihren linken Zeigefinger mit dem rechten nach hinten. »Sie müssen ins Erdgeschoss ziehen. Kimmies Zimmer ist hier unten und sie soll nicht allein im Erdgeschoss schlafen. Außerdem haben Ashley und ich bereits eine Absprache getroffen. Der erste Stock gehört mir, und abgesehen von der Küche und dem Wohnzimmer, die wir zu Gemeinschaftsräumen erklärt haben, gehören das Erdgeschoss und die Garage ihr. Und zu Ihrer Beruhigung, falls Sie sich das gefragt haben: Ich bin nicht in Ihrem Zimmer gewesen. Ich respektiere die Privatsphäre anderer. Das Gleiche erwarte ich von Ihnen.«

Er nickte zustimmend.

»Zweitens.« Sie zog den Mittelfinger zurück. »Es wird nicht geflucht. Als Soldat war ihr Leben rau und hart, und ich bin mir sicher, dass es für einen Alphamann normal ist, jedes erdenkliche Schimpfwort zu benutzen, aber tun Sie das nicht vor mir oder den Kindern.«

Er berührte seinen Mund, hielt seine Hände hoch, zuckte mit den Schultern und lächelte.

Ihr Gesicht wurde heiß. »Entschuldigung. Ich vergesse ständig, dass Sie nicht sprechen können. Aber Wut äußert sich nicht nur in Flüchen, und es gibt bestimmt immer noch Dinge, die Sie wütend machen. Wenn Sie Probleme damit haben, Ihre Emotionen unter Kontrolle zu halten, gehen Sie bitte zu einem Psychologen. Es ist zwar menschlich, wütend zu sein, aber es ist nicht in Ordnung, deshalb aggressiv zu werden.«

Er warf ihr einen Du-hast-ja-keine-Ahnung-was-ich-alles-durchgemacht-habe-Blick zu.

Meredith presste ihre Lippen aufeinander. »Ich finde es wirklich furchtbar, dass Ihnen dort so schlimme Dinge widerfahren sind, aber die Kinder und ich sollten nicht dafür bestraft werden, und ich werde keinerlei Art von Gewalt dulden. Sie schmeißen weder Sachen durch die Gegend, noch schlagen Sie gegen die Wände. Nichts dergleichen. Verstanden?«

Sie sah, wie er die Zähne zusammenbiss, aber sein Nicken war fest und seine Augen spiegelten Zustimmung wider.

»Drittens.« Sie zog den Ringfinger zurück. »Wir arbeiten Hand in Hand, um den Kindern ein schönes Weihnachtsfest zu bereiten. Es geht im Moment so vieles in ihrem Leben vor. Kimmies Mutter ist verschwunden und Sie sind völlig unerwartet aufgetaucht. Es wird seine Zeit brauchen, bis wir uns alle an die neue Situation gewöhnt haben, aber es ist nun mal Weihnachten und ich möchte, dass wir machen, was man eben so macht. Einen Baum aufstellen. Beim Weihnachtsspiel im Kindergarten zusehen. Zum Dickens-Festival gehen und den Weihnachtsmann besuchen. Weihnachtslieder singen. Auch wenn Sie keinen Ton herausbringen, können Sie ja Playback singen. Das volle Programm.«

Er streckte beide Daumen nach oben.

Meredith hielt einen Moment inne. Ihre letzte Bedingung betraf kein leichtes Thema, aber sie musste es ansprechen.

»Viertens.« Sie wedelte mit allen vier Fingern vor ihm. »Ich will nicht, dass irgendjemand auf falsche Gedanken kommt. Nicht Sie, nicht die Kinder, nicht die Nachbarn ...« Nicht ich. »Wir stehen lediglich wie Arbeitgeber/Arbeitnehmerin, Vermieter/Mieterin zueinander. Sie brauchen jemanden, der sich um Kimmie kümmert, bis ihre Mutter zurückkommt, und ich brauche einen Ort, an dem ich über die Feiertage wohnen kann. Allerdings kann unser enges Zusammenleben körperliche Bedürfnisse wecken, und Sie waren im Krieg.«

Dieses Mal sagte sein Gesichtsausdruck: Für was halten Sie mich? Einen Perversling?

»Wir haben eine heikle Wohnsituation. Um irgendwelche Probleme zu vermeiden, werden Sie mich nicht anfassen. Sie werden mich nicht anfassen. Niemals.«

Er kniff belustigt die Augen zusammen, und sie konnte sehen, wie es in seinem Kopf arbeitete.

»Niemals«, wiederholte sie. »Wenn ich einen Herzinfarkt habe, gehen Sie nach nebenan und holen jemanden, der mich wiederbelebt.«

Ein Schmunzeln umspielte seine Mundwinkel.

»Grenzen. Ich setze nur Grenzen.« Sie richtete sich kerzengerade auf. »Wenn Sie irgendwelche Fragen dazu haben, ist jetzt der richtige Zeitpunkt, um sie zu stellen. Aber wenn Sie später noch etwas hinzufügen oder ändern möchten, können wir die Bedingungen notfalls auch noch nachverhandeln.«

Mit der Hand deutete er an, dass im Moment alles in Ordnung für ihn war.

»Stimmen Sie den Bedingungen, die ich gestellt habe, zu?«

Ein langsames, freundliches Nicken.

»Wenn Sie eine meiner Regeln verletzen, werfe ich Sie auf der Stelle raus.«

Er blickte sie überrascht an und berührte seine Brust mit zwei Fingern.

»Ja, Sie. Ich werfe Sie hinaus. Die Kinder brauchen ein Dach über dem Kopf, und im Moment braucht Kimmie dringender eine Mutterfigur als einen Ersatzvater. Sie müssen woanders wohnen, bis Ashley zurück ist. Dann werden mein Sohn und ich ausziehen. Können Sie das akzeptieren? Wenn nicht, ist unsere Vereinbarung hinfällig.«

Er verzog sein Gesicht zu einer Grimasse. Er wollte unbedingt etwas sagen. Er brauchte seine Tafel.

Sie griff im selben Moment nach der Zaubertafel auf dem Couchtisch wie er.

Ihre Hände trafen sich.

Die Berührung wirkte wie ein elektrischer Schlag auf Meredith. Erschrocken sog sie die Luft ein, ihr Brustkorb hob sich, wodurch sich ihre Brüste nach vorn wölbten und Hutchs Blick auf sich zogen.

Sie hielt die Luft an. Sein Blick wanderte von ihren Brüsten zu ihrem Gesicht, und das Verlangen in seinen Augen ließ sich kaum verleugnen.

Er begehrte sie.

Ein Schauer überlief sie, und sie versuchte verzweifelt, ihn zu unterdrücken, damit Hutch ihre Gänsehaut nicht sah und begriff, dass ihr verräterischer Körper ihn genauso begehrte.

»Nur damit Sie's wissen«, sagte sie so beiläufig wie möglich. »Ich besitze einen Colt Defender Kaliber .40, und glauben Sie bloß nicht, ich wüsste nicht, wie man ihn benutzt.«

Er machte artig ein beeindrucktes Gesicht.

»Sind Sie einverstanden?«, fragte sie.

Er nahm die Tafel in die Hand, lehnte sich im Sessel zurück, schrieb etwas darauf und schaute sie dann aus halb geschlossenen Augen an, bevor er die Zaubertafel so drehte, dass sie das Geschriebene lesen konnte.

WANN FANGEN WIR OFFIZIELL AN? ICH GLAUBE NÄMLICH, ICH HABE REGEL NR. 4 SCHON VERLETZT.

6

Ein ganz schön harter Knochen. Jane war um einiges resoluter, als er anfangs gedacht hatte. Um zwei Uhr morgens lag er immer noch hellwach in seinem Bett und ging noch einmal alles durch, was seit dem Nachmittag geschehen war.

Es war nicht alles schlecht. Das erste Mal seit dem Angriff drehten sich seine Gedanken nicht ausschließlich um den Verlust seines Teams, doch innerhalb weniger Stunden hatte sich sein Leben wieder komplett verändert. Nur nicht zur Ruhe kommen, schien die Devise zu lauten. Wer da oben war es, der seine Karten immer wieder neu mischte?

Hör auf, dich selbst zu bemitleiden, Hutchinson. Hier gibt es ein vierjähriges Mädchen, das von ihrer Mutter sitzen gelassen wurde.

Kimmie. Was sollte er mit ihr tun? Ja, er hatte Jane angestellt, um ihn zu unterstützen, zumindest über die Feiertage, aber was war danach, wenn Ashley beschloss, ihr wildes Abenteuer zur Dauereinrichtung zu machen? Er knirschte mit den Zähnen und fragte sich, wer dieses Arschloch war, mit dem sie abgehauen war?

Er schloss seine Augen und versuchte, einzuschlafen, aber in seinem Kopf tobte ein Wirbelsturm aus dunklen Gedanken und schrecklichen Was-Wenns. Vielleicht hätte er die Beruhigungsmittel nicht von einem Tag auf den anderen absetzen sollen angesichts der ganzen Scheiße, die er mit sich herumschleppte. Gupta hatte ihm geraten, die Medikamente auszuschleichen. Er hätte sein Rezept einlösen sollen, nachdem er aus dem Krankenhaus entlassen worden war.

Er würde nicht über Ashley nachdenken, sonst würde er nur in ein dunkles Loch stürzen. Lieber an was anderes denken.

Sein Geist erklärte sich einverstanden und beschwor das Bild herauf, wie Janes und seine Hand sich berührt hatten. Der Blick, den sie danach ausgetauscht hatten, hatte vor Spannung nur so geknistert.

O Mann, was geht hier nur vor sich?

Selbst jetzt konnte er noch die Macht dieser einen Berührung spüren, und er schüttelte verwundert den Kopf. Was immer es war, sie hatte Urbedürfnisse in ihm wachgerufen, und er hatte das Gefühl, seither dauerhaft unter Strom zu stehen.

Meredith hatte scharf Luft eingesogen, und ihre wundervollen Brüste hatten sich unter ihrem ausgebleichten, abgetragenen Pullover nach vorn gewölbt. Er hatte wirklich versucht, nicht hinzustarren, aber er war nicht in der Lage gewesen, dem Impuls zu widerstehen. Er konnte nicht aufhören, sich zu fragen, welche Farbe der BH hatte, der diese wunderbaren Brüste umfing, und das hatte ihn zu der Überlegung gebracht, wie lange er wohl brauchen würde, den BH zu öffnen, um seine Hände auf ihre weiche, warme Haut zu legen.

In diesem Moment begriff sein Gehirn, was sein Schwanz schon im Badezimmer gewusst hatte, als sie ihn ausgezogen hatte.

Er wollte sie.

Sehr sogar.

Und auch wenn er wusste, dass sie lieber sterben würde, als es zuzugeben: sie wollte ihn auch. Er hatte es in ihren Augen gesehen, in der Art, wie sie sich über die Lippen geleckt und sich zu ihm gebeugt hatte. Warum sollte sie Regel Nr. 4 sonst aufstellen? Sie brauchte Regeln, um ihre eigene Begierde im Zaum zu halten.

Der Drang, sie zu küssen, war beinahe übermächtig gewesen. Jede Zelle seines Körpers hatte danach geschrien, sie zu küssen. In früheren Tagen hätte er das auch getan. Ihr gezeigt, was ihr entging, wenn sie sich zurückhielt.

Aber sie hatte Angst.

Hinter ihrer taffen Art verbarg sich eine Frau, die wirklich Schlimmes durchgemacht haben musste. Er hatte das Pfefferspray nicht vergessen und wie verängstigt sie gewirkt hatte, als er auf das Fenster ihres Minivans zugegangen war. Sie war pleite und wohnte bei seiner Schwester, obwohl sie eine Mutter war, die ihre eigene Wohnung haben sollte. Es gab eine Geschichte, und sein Bauch sagte ihm, dass diese alles andere als schön war.

Aber was soll's! Du hast genug eigene Probleme. Das Letzte, was du jetzt brauchen kannst, ist, dir auch noch ihr Päckchen aufzuladen.

Er dachte an sie in ihrem Bett auf der anderen Seite des Flurs, und sein Schwanz wurde hart. Er schluckte und spürte, wie die Narben auf seinem Hals spannten.

Sie hatte natürlich recht. Auf so engem Raum zusammenzuleben, vor allem mit dieser unterschwelligen sexuellen Spannung, führte zwangsläufig zu Problemen. Distanz zu wahren war da sicher die richtige Entscheidung.

Aber konnte er sein Versprechen auch halten?

Er musste es halten. Um Kimmies willen. Das Leben seiner Nichte war schon unbeständig genug. Es war nun seine Aufgabe, ihr das Gefühl zu geben, in Sicherheit zu sein, geliebt und umsorgt zu werden, und das war nicht einfach für einen Soldaten, der sich kaum um sich selbst kümmern konnte.

Noch nicht. Nicht, solange er seine Stimme nicht wiederhatte.

Wenn das, was Gupta und Jenner gesagt hatten, stimmte und sein Sprachverlust nur psychisch bedingt war, war er wirklich ziemlich am Arsch.

Bevor er die Vaterrolle für Kimmie gänzlich übernehmen konnte, musste er sich um seine Probleme kümmern, und das Letzte, was er jetzt brauchen konnte, war, dass die Anziehung zwischen ihm und Jane die Situation verschärfte. Er schwor sich, sich an Janes Regeln zu halten.

An jede einzelne.

Das Bett war leer.

Meredith blinzelte und war sofort hellwach.

Das Bett war leer und die Kinder verschwunden.

Adrenalin flutete durch ihren Körper und sie fuhr von der Matratze hoch. Panik überkam sie. Sie war unaufmerksam gewesen. Hatte zu tief geschlafen, und jetzt waren die Kinder weg. Was, wenn er ins Haus gekommen war und sie gekidnappt hatte?

Ihr Körper reagierte, bevor ihr Verstand die Situation erklären konnte. Mit zitternden Beinen sprang sie aus dem Bett. Dann hörte sie die Kinderstimmen, die von unten heraufdrangen.

Es war alles in Ordnung. Ben und Kimmie waren da. Sie waren in Sicherheit.

Er hatte sie nicht wieder aufgespürt. Er war nicht ins Haus eingedrungen, während sie geschlafen hatte. Er hatte die Kinder nicht gestohlen.

Stattdessen war Captain Brian Hutchinson nach Hause gekommen. Deshalb waren die Kinder nicht da. Deshalb hatten sie sie nicht aufgeweckt, weil sie ihr Frühstück haben wollten. Deshalb hatte sie so gut geschlafen wie seit fünf Jahren nicht mehr.

Hutch war wieder da.

Das war etwas Gutes.

Warum konnte ihr Körper das nicht akzeptieren? Sich ein wenig entspannen?

Weil, Hutch hin oder her, der soziopathische Stalker, der geschworen hatte, sie auf jede erdenkliche Weise zu Tode zu quälen, immer noch irgendwo da draußen war. Und obwohl sie regelmäßig umzog und den Job wechselte, die Haare umfärbte und abgenommen hatte, um ihr Aussehen zu verändern, obwohl sie eine Pistole in einer abschließbaren Kassette unter ihrem Bett aufbewahrte, glaubte sie ihm. Sie wusste, zu was dieses Monster fähig war.

Atme.

Sie nahm einige tiefe, reinigende Atemzüge und machte ein paar Yoga-Lockerungsübungen, um ihre zitternden Muskeln zu beschwichtigen, aber sie konnte sich nicht richtig konzentrieren, solange sie nicht hundertprozentig sicher war, dass es den Kindern gut ging.

Es war Viertel vor sieben. Normalerweise schlief sie nie länger als bis sechs, nicht mal am Wochenende. Wie und warum hatte sie so gut geschlafen? Sie war noch nicht mal aufgewacht, als die Kinder aus dem Bett geklettert waren.

Schnell zog sie eine saubere Uniform an und eilte, ohne sich um ihr Make-up oder ihre Frisur zu kümmern, nach unten.

Sie hörte ihr Lachen, bevor sie sie sah. Kimmies helles Mädchen-Giggeln, Bens jungenhaftes Kichern und Hutch.

Ja, auch Hutch lachte. Sein Lachen, das tief und männlich klang, rollte durch das ganze Haus und versetzte Meredith augenblicklich in gute Laune. Er war vielleicht nicht in der Lage zu sprechen, aber lachen konnte er.

Sie bemerkten Meredith nicht, als sie langsam in die Küche trat. Hutch stand am Herd, links und rechts von ihm zwei Küchenstühle, auf deren Sitzflächen jeweils ein vierjähriges Kind stand. Die Nasenspitzen aller drei Köche waren mit gelbem Pfannkuchenteig beschmiert, auf den Wangen prangten doppelte Striche aus Teig wie Kriegsbemalung. Alle drei trugen eine Schürze. Die Schürzen der Kinder waren viel zu groß und hingen an ihnen herab. Meredith hatte sie noch nie zuvor gesehen und fragte sich, woher Hutch sie hatte.

Auf Kimmies Schürze stand: »Das Leben ist kurz. Iss den Nachtisch zuerst.« Auf Bens stand: »Richtige Männer können kochen.« Hutch hatte einen roten Plastikpfannenwender in der Hand und trug eine dunkelblaue Schürze, die winzig an ihm aussah. Sie verkündete in goldenen Lettern: »Meine Aufgabe: kochen. Deine Aufgabe: essen.«

Unter der Schürze trug Hutch Jeans und ein blau kariertes Flanellhemd, das ihn wie einen Holzfäller aussehen ließ. Sein

Gesicht war glatt rasiert, seine Augen hell und klar. Ein neuer Tag. Ein neuer Anfang.

Auf dem Tresen stand ein Teller mit perfekt gebratenem Speck. In einer großen Pfanne mit Butter bräunten Pfannkuchen in Mickey-Maus-Form. Wie hatte er das geschafft? Es war ihr ein Mysterium, genau wie die Schürzen.

Meredith' erster besorgter Impuls war es, den Kindern zu sagen, sie sollten von den Stühlen steigen, und Hutch dafür zu rügen, dass er ihnen erlaubt hatte, so nahe beim Herd zu stehen. Aber die drei hatten so viel Spaß miteinander, dass sie sich auf die Zunge biss, die Hände hinter ihrem Rücken wie zum Gebet faltete und einfach nur zuschaute.

Eine Minute später hob Hutch den Kopf und blickte ihr in die Augen.

Die Art, wie er sie ansah, entfachte ein Feuer in ihrem Schoß. Sie fühlte sich, als ob sie die Kegel wäre und er die Bowlingkugel, die über eine glänzende, gewachste Bahn auf sie zurollte, um einen perfekten Strike zu landen.

Eine Vision – völlig unerwünscht, aber nicht zu verhindern – tauchte vor ihrem inneren Auge auf. Sie sah sich selbst, wie sie ihn an der Hand nahm, die Treppe hinauf in sein Schlafzimmer zog und ihm die Kleider vom Leib riss, um zu sehen, ob er wirklich etwas kochen konnte, das ihr schmeckte.

Das war völlig verrückt.

Warum hatte sie keine Angst vor ihm? Nach allem, was sie durchgemacht hatte, sollte sie sich vor ihm fürchten. Sie wusste nicht genau, was ihm zugestoßen war, aber die frischen Narben sprachen Bände. Er war in keiner guten Verfassung, genauso wenig wie sie selbst. Warum konnte sie nicht aufhören, jedes Mal, wenn sie ihn ansah, an Sex zu denken? Warum fragte sie sich ständig, wie er wohl schmeckte?

Dieses Gefühl hatte nichts mit seinem markanten Kinn zu tun oder seinen ausgeprägten Wangenknochen, seiner breiten Stirn oder seinem großen, muskulösen Körper. Okay, das stimmte so nicht ganz. Natürlich hatte es etwas mit seiner attraktiven Männlichkeit zu tun. Die meisten Frauen würden sich ihm sofort zu Füßen werfen, das stand außer Frage. Aber warum tat sie es? Sie war schon einmal diesem vor Testosteron strotzenden Alphamännchen-Typ von Mann verfallen, und das hatte sich als der größte Fehler ihres Lebens erwiesen.

War sie so dumm?

Oder war ihr emotionaler Radar inzwischen so sensibel, dass sie in der Lage war, die kleinen Dinge zu empfangen und zu dechiffrieren, die so viel mehr über einen Menschen sagten als bloße Äußerlichkeiten?

Seine angeborene Warmherzigkeit, die seine Augen weich werden ließ, wann immer er die Kinder ansah, und der Klang seines Lachens, herzlich, ehrlich und offen, die die unbeugsame Haltung seiner Schultern Lügen strafte. Sein Sinn für Humor, der so unerwartet zum Vorschein gekommen war, als er gestern Abend Witze darüber gemacht hatte, Regel Nr. 4 gebrochen zu haben. Die Art, wie Jesse über ihn gesprochen hatte, als er ihr nach ihrer Pfefferspray-Attacke gesagt hatte, wer Hutch war – seine Stimme ganz ernst und voller Bewunderung.

Trotz seiner Schroffheit und seiner scharfen Kanten war Brian Hutchinson ein guter Mann.

Aber das spielte keine Rolle.

Meredith konnte sich nicht von seiner Attraktivität leiten lassen. Sie hatte ihm nichts zu bieten. Konnte ihm nichts geben. Sie war auf der Flucht. Gab ihr Bestes, um für ihren Sohn zu sorgen und dem gefährlichen Mann, der ihnen auf den Fersen war, immer einen Schritt voraus zu sein. Für mehr hatte sie weder die Zeit noch die Energie.

»Mommy!«, rief Ben. »Guck, was wir gemacht haben.«

Sie trat an den Herd, um die Mickey-Maus-Pfannkuchen zu bewundern, wobei sie versuchte, Hutchs bloße Füße zu ignorieren. Noch nie hatte sie Füße gesehen, die so sexy waren – nicht zu groß und nicht zu klein, nicht zu schmal und nicht zu breit, mit langen, geraden Zehen und gepflegten Nägeln. Perfekte Füße.

Meredith legte eine Hand auf den Rücken ihres Sohnes, um ihre Gedanken zu fokussieren. »Du hast die gemacht?«

»Er hat mir geholfen.« Ben schlang begeistert einen Arm um Hutchs Hüfte.

Ihr Sohn berührte Hutch und sie berührte Ben, sodass eine physische Verbindung zwischen ihnen drei bestand. Obwohl sie Hutch nicht selbst berührte, war es zu nah, zu sehr eine Verletzung von Regel Nr. 4. Meredith ließ ihre Hand fallen und machte einen Schritt zurück.

»Onkel Hutch.« Kimmie sprang von ihrem Stuhl und stolperte beinahe über ihre Schürze. »Sein Name ist Onkel Hutch.«

»Onkel Hutch«, wiederholte Ben und strahlte Hutch an.

»Wartet, Kinder, ich zieh euch die Schürzen aus, bevor ihr euch damit stranguliert.« Meredith fing an, die Knoten im

Nacken der Kinder zu lösen. »Und seid vorsichtig mit dem Herd. Er ist heiß.«

»Das weiß ich doch«, sagte Ben in dem genervten Ich-bin-schon-groß-lass-mich-mein-eigenes-Ding-machen-Ton, den er sich neuerdings angewöhnt hatte.

Sie benahm sich viel zu sehr wie eine Glucke. Es war ihr bewusst, aber sie hatte gute Gründe dafür. Vielleicht lauerte die Katastrophe schon hinter der nächsten Ecke. Wenn sie auch nur eine Sekunde lang nicht aufpasste, konnte es gut passieren, dass Ben ihr vor der Nase weggeschnappt wurde.

Irgendwann würde Ben seine Unabhängigkeit einfordern, und was dann?

Meredith zog die Ärmel ihres Shirts über die Hände.

Hutch trug das Essen zum Tisch und sie setzten sich wie eine richtige Familie hin, um zu frühstücken.

Die Atmosphäre war anders als beim Abendessen am Tag zuvor. Sie und Hutch hatten eine Übereinkunft getroffen. Alles war geklärt, zumindest für die Zeit bis nach den Weihnachtsfeiertagen, und mehr Sicherheit brauchte sie nicht.

Doch während oberflächlich alles gut klang, konnte Meredith nichts gegen die Wehmut tun, die sie verspürte. Würden Ben und sie so etwas jemals selbst haben – eine Familie, die zusammenhielt, eine Gemeinde, die sie herzlich aufnahm, ein dauerhaftes Zuhause und alles, wofür es stand?

Es war müßig, diese Fragen zu stellen, denn sie kannte die Antwort bereits.

Für sie würde es keine Sicherheit geben. Sie würden immer in Angst leben. Jeden einzelnen Tag ihres Lebens.

Zumindest solange ihr Exmann, LAPD Detective Vick Sloane, am Leben war.

Nachdem Jane gegangen war, um die Kinder zum Kindergarten zu bringen und ihren Dienst im Spa anzutreten, spülte Hutch das Geschirr ab, räumte auf und brachte seine Sachen aus seinem Schlafzimmer ins Schlafzimmer seiner Schwester, so wie Janes Regeln es verlangten. Bevor Ashley eingezogen war, hatte er in dem Zimmer geschlafen, doch seine Spuren waren längst unter dem Chaos ihrer Besitztümer verschwunden. Überall häuften sich Kleider, lagen Make-up und Schmuck herum. Zwar hatte er keine Ahnung, wann sie zurück sein würde, aber er wollte ihre Dinge nicht wegräumen, schließlich konnte sie schon morgen wieder vor der Tür stehen. Deshalb bahnte er sich nur einen Weg zum Bett, wechselte die Laken und beließ es dabei.

Nachdem das alles erledigt war, hatte er nichts mehr zu tun. Es war noch nicht einmal zehn Uhr, und er streifte durchs Haus auf der Suche nach irgendeiner Beschäftigung. Die meiste Zeit seines Lebens hatte er als Soldat verbracht. Der Tagesablauf bei der Army war streng geregelt, und während der letzten Monate hatte er damit zu tun gehabt, sich zu erholen.

Jetzt hatte er auf einmal Zeit.

Er könnte mit dem Boot rausfahren, aber es nieselte. Nicht dass er aus Zucker war, aber er konnte sich nicht wirklich dafür begeistern.

Er könnte versuchen, Ashley aufzuspüren. In ihrem Computer herumschnüffeln und sehen, ob er irgendetwas über dieses Arschloch, mit dem sie abgehauen war, zutage fördern konnte. Aber das hatte er früher schon versucht. Wenn es nicht dieses Arschloch war, dann eben ein anderes. Es endete jedes Mal in einem absolut unangemessenen Drama und mit verrückten, völlig abwegigen Anschuldigungen, bei denen er immer der Bösewicht war. Das war das Frustrierende im Umgang mit Menschen, die an Borderline litten.

Je mehr er versuchte, Ashley zu helfen, desto mehr ging der Schuss nach hinten los. Genauso war es auch bei seiner Mutter gewesen, bis sie den Dämonen nicht länger standgehalten und sich das Leben genommen hatte. Nach vielen Jahren und vielen fehlgeschlagenen Versuchen hatte er schließlich begriffen, dass er nicht die Macht besaß, seine Schwester zu heilen, und dass sämtliche Bemühungen es nur noch schlimmer machten. Während ihrer Kindheit und Jugend hatte er die Verantwortung für sie getragen, und es war beinahe unmöglich, diese Haltung aufzugeben, doch um seiner eigenen geistigen Gesundheit willen musste er es tun. Zur Army zu gehen war seine Rettung gewesen, aber das war ja nun vorbei.

Ashley war eine erwachsene Frau. Wenn sie sich mit irgendeinem dubiosen Kerl aus dem Staub machen wollte, war es nicht an ihm, sie zu stoppen oder zu ändern. Zumindest solange Kimmie in Sicherheit und gut umsorgt war, denn das war alles, was zählte.

Er könnte auch ein paar Nachforschungen anstellen, um herauszufinden, wer Jane Brown wirklich war. Oberflächlich betrachtet schien sie all das zu sein, was sie behauptet hatte, doch sie verheimlichte etwas, das konnte er spüren. Aber wollte er wirklich in diesem Wespennest herumstochern? Sie waren übereingekommen, beide im Haus zu bleiben und den Kindern ein schönes Weihnachtsfest zu bereiten. Wenn er anfing, herumzuschnüffeln, musste er auf Probleme gefasst sein. Und wollte er das wirklich?

Er könnte aber auch den Zaun reparieren, den Jane mit ihrem Minivan umgefahren hatte, und dann die Weihnachtsbeleuchtung als Überraschung für die Kinder anbringen. Er stellte sich ihre glücklichen Gesichter vor und musste lächeln, was sich etwas ungewohnt, aber gut anfühlte.

Ja, ihm gefiel der Gedanke. Weihnachtsbeleuchtung.

Er machte sich auf den Weg in die Garage, wo er den Schmuck aufbewahrte, doch bevor er dort ankam, klingelte es an der Tür. Wer konnte das sein? Wahrscheinlich einer seiner übermäßig hilfsbereiten Nachbarn. Twilight war voll davon, was gut und schlecht sein konnte.

Sein erster Impuls war, die Tür nicht aufzumachen. Er konnte nicht sprechen und er hatte keine Lust, die ganze Misere über die Zaubertafel zu erklären.

Ja, aber gesünder wäre es, die Tür zu öffnen, selbst wenn er sich nicht danach fühlte. Wenn Kimmie nicht wäre, wäre es ihm scheißegal, aber um ihretwillen musste er seinen Kopf klar kriegen.

Komm schon, Hutchinson. Tu das Richtige.

Es klingelte wieder.

Er blickte sich suchend nach der Zaubertafel um, er hatte vergessen, wo er sie hingelegt hatte. Am Frühstückstisch hatte er sie benutzt. Dort war sie nicht. Auch nicht auf der Theke. Er war hilflos ohne das verdammte Ding. Hatte er sie mit nach oben genommen?

Jetzt klopfte es an der Tür, ein starkes, männliches Klopfen.

Wo war die Zaubertafel? Verzögerungstaktik. Er versuchte, Zeit zu schinden. Nimm einfach einen Stift und Papier.

Er schnappte sich den Stift und den Notizblock, die neben dem Telefon in der Küche lagen, und ging auf die Tür zu. Durch den Vorhang, der das Fenster neben der Haustür verdeckte, konnte er die Umrisse dreier Männer ausmachen, die auf der Veranda standen.

Hutch zögerte. Blieb stehen.

»Vielleicht ist er nicht zu Hause«, sagte einer der Männer, und Hutch erkannte die Stimme von Sheriff Hondo Crouch.

Hondo war in Vietnam verwundet worden und nach seiner Rückkehr schwer heroinabhängig gewesen. Er war einer der Glücklichen, die es mit Hilfe von Therapie und der Unterstützung der Gemeinde geschafft hatten, sein Leben umzukrempeln. Letztes Jahr hatte er seine Highschool-Liebe Patsy Cross geheiratet, vierzig Jahre nachdem sie sich das erste Mal ineinander verliebt hatten. Hutch war ihr Trauzeuge gewesen.

»Sein Pickup steht in der Auffahrt«, sagte der zweite Mann.

»Vielleicht ist er fischen gegangen, Nate«, spekulierte Hondo.

Der zweite Mann musste Nate Deavers sein. Nate war ein ehemaliger Navy SEAL, der im vorigen Jahr nach Twilight gezogen war. Nate war sechs oder sieben Jahre älter als Hutch, und die beiden hatten eine freundschaftliche SEAL/Delta-Force-Rivalität entwickelt. Sie zogen den jeweils anderen Zweig der Army durch den Kakao und maßen sich beim Billard und Dart in der Horny Toad Tavern, wenn Hutch auf Heimaturlaub war.

Als er Nate kennengelernt hatte, hatte er ein wenig gehofft, dass Ashley mit ihm zusammenkommen würde. Ashley brauchte einen starken älteren Mann, der mit ihren Stimmungsschwankungen zurechtkam, und Nate wäre Kimmie ein wunderbarer Vater gewesen. Aber der SEAL hatte sich Hals über Kopf in Shannon Dugan, Raylene Pringles Tochter, verliebt. Im Nachhinein war es vielleicht besser so, auf jeden Fall für Nate. Nate und Shannon gaben ein süßes Pärchen ab, und ihm war zu Ohren gekommen, dass Shannon ihr erstes Kind erwartete.

»Das Boot liegt neben dem Haus«, sagte der dritte Mann. »Ich hab es gesehen, als wir hergefahren sind.«

Hutch erkannte auch diese Stimme. Es war der ehemalige Green Beret Gideon Garza.

Er und Gideon waren zusammen zur Highschool gegangen, hatten in der Schule im selben Football-Team gespielt und hatten sich durch die Tatsache verbunden gefühlt, dass beide einen Vater hatten, der sie nicht anerkannte, und eine Mutter, die psychische Probleme hatte. Wenn es eine Person in Twilight gab, die genau wusste, was Hutch gerade durchmachte, dann war es Gideon. Acht Jahre lang hatte jeder in Twilight geglaubt, Gideon wäre im Irak gefallen. Er hatte bei einem Bombenangriff seine Hand verloren und zeitweilig auch sein Gedächtnis und war zum Söldner in Afghanistan geworden. Gideon war nach Twilight zurückgekehrt, nachdem sein biologischer Vater vor ein paar Jahren gestorben war und ihm eine Ranch hinterlassen hatte. Das Leben hatte es nicht gut gemeint mit Gideon, aber er hatte wieder mit seiner Highschool-Liebe Caitlyn Marsh zusammengefunden und entdeckt, dass ihr Sohn Danny sein Kind war. Gideon und Caitlyn hatten geheiratet und noch einen Sohn bekommen.

Es schien, als ob sämtliche verwundete Veteranen in Twilight ihr Happy End bekommen hätten. Alle außer ihm.

»Vielleicht ist er noch nicht so weit«, meinte Nate. »Ihr wisst, wie es ist, wenn man zurückkommt. Man hat das Gefühl, nicht mehr hierher zu passen, und kann sich nicht vorstellen, dass jemand versteht, was man gerade durchmacht.«

»Und genau deshalb sind wir hier«, erwiderte Gideon. »Um ihm Hoffnung zu geben. Ihn wissen zu lassen, dass er nicht allein ist.«

Ein Mitleidsbesuch. Das war es also. Hutch ließ den Stift und den Block auf das Tischchen im Flur fallen.

»Wenn sein Arzt mich nicht angerufen hätte, um mir zu sagen, dass er seine Medikamente nicht aus der Apotheke abgeholt hat, wäre ich nicht so verdammt besorgt. Aber er befindet sich auf einem ganz üblen Weg, und je früher wir ihm unter die Arme greifen, desto besser.«

Scheiße. Das war noch schlimmer als ein Mitleidsbesuch. Es war eine beschissene Intervention. Zur Hölle mit Gupta. Was glaubte er eigentlich, wer er war? Mischte sich in sein Leben ein, nachdem er die Frechheit besessen hatte, ihn aus der Army zu schmeißen. Er verfluchte sich dafür, Gideons Namen als zweiten Notfall-Kontakt in seiner Akte angegeben zu haben.

Einer der Schatten auf der Veranda bewegte sich und Hondo kam in Hutchs Blickfeld.

»Zum Teufel«, sagte Hondo. Seine Stimme klang jetzt lauter. »Ich bin hier, weil ich Iglus Räuberpistolen hören will. Er ist der witzigste Kerl, den ich kenne, und ich mach mir jedes Mal fast in die Hose vor Lachen, wenn er anfängt zu erzählen.«

Hutch wurde klar, dass Hondo ihn auch gesehen hatte und nur so daherredete, damit er nicht glaubte, es handle sich um eine Intervention. Hondo wollte also seine Geschichten hören. Tja, das würde leider nicht passieren. Er würde sich nicht mit ihnen unterhalten. Er würde keine Sprüche klopfen oder irgendwelche Witze reißen.

Denn den Mann, den sie besuchen wollten, gab es nicht mehr.

»Lassen wir ihm etwas Zeit«, schlug Nate vor.

»Sich in Selbstmitleid zu suhlen ist keine Lösung«, meinte Gideon. »Ich weiß das. Ich hab es probiert. Er ist verletzt und weiß nicht, wie er sich aus seinem Schmerz befreien soll.«

Wir haben zwar zusammen auf dem Footballfeld gespielt und das eine oder andere Bier miteinander gekippt, Kumpel, aber das heißt noch lange nicht, dass du mich kennst. Hutch ballte die Fäuste und fuhr mit dem Daumen über den Stumpf seines Zeigefingers.

»Nate hat recht«, meinte Hondo und fing an, sich zu entfernen.

»Warte. Ich kann ihn nicht einfach so hängen lassen. Hat jemand was zum Schreiben? Ich lass ihm eine Nachricht da.«

Eine Weile war es still, vermutlich, während Gideon seine Nachricht schrieb. Hutch kam sich dumm vor, wie er da im Flur stand und darauf wartete, dass sie gingen, aber er wusste nicht, was er sonst tun sollte. Hondo hatte ihn gesehen und wusste, dass er sich versteckte. Und es war ja nicht so, dass er einfach die Tür öffnen, grinsen, sie als Arschlöcher bezeichnen, ihnen auf den Rücken klopfen und mit ihnen ein Bier trinken gehen konnte, als ob alles ganz normal wäre.

Endlich verschwanden sie, und er wartete gut zwei Minuten, bevor er die Tür öffnete und die Nachricht hereinholte, die unter dem Türklopfer klemmte.

Iglu,

wenn du jemanden zum Reden brauchst, sind wir für dich da. Und wenn dir die Decke auf den Kopf fällt, können wir deine Hilfe gut beim Verteilen der Engelsbaum-Geschenke brauchen.

Unter der Nachricht hatte Gideon seinen, Nates und Hondos Namen sowie ihre Telefonnummern aufgelistet.

Die Nachricht war klar und deutlich. Sie streckten ihm eine Hand entgegen. Versuchten zu helfen.

Ohne genau zu wissen, warum, hob Hutch seine Faust, holte aus und schlug mit so viel Kraft gegen die metallene Haustür, dass seine Zähne aufeinanderknallten.

7

Hutchs Pickup stand nicht in der Auffahrt, als Meredith am Donnerstagnachmittag mit den Kindern zurückkam, aber der Zaun war repariert und Weihnachtsbeleuchtung hing an der Dachrinne des Hauses und säumte den Gehweg. In der Mitte des Vorgartens stand ein Weihnachtsmann-Schlitten.

Was für eine süße Überraschung.

Entzückt bestanden Kimmie und Ben darauf, dass Meredith die Lichter sofort einschaltete, obwohl sie ihnen sagte, dass es noch nicht dunkel genug dafür sei. Sie half den Kindern, ihre Jacken auszuziehen und in den Schrank im Flur zu hängen.

Die Zaubertafel lag auf dem Tischchen im Flur. Hutch war ohne sie weggegangen. Ihr neugieriger Sohn spielte damit herum und betätigte den Schieber.

»Lass das, Ben. Sie gehört dir nicht.«

Das leere Haus war blitzsauber, und sie musste zugeben, ein wenig erleichtert zu sein, weil er nicht da war. Während der Arbeit hatte sie sich immer wieder dabei ertappt, wie sie mitten in einer Massage an ihn dachte. Wie mystisch er ausgesehen hatte, als er am Abend zuvor aus dem Nebel getreten war. Wie sexy seine Füße waren. Wie er für sie und die Kinder Frühstück gemacht hatte, mit Pfannkuchen, die um einiges besser schmeckten als ihre. Und er hatte angeboten, auch das Abendessen zuzubereiten.

Sie merkte, wie er sie verzauberte, und das erschreckte sie. Das letzte Mal, als jemand sie verzaubert hatte, hatte es damit geendet, dass sie nun einen Soziopathen zum Exmann hatte.

Zitternd schloss sie die Augen. Hutch war nicht Sloane. Er war echt, aufrichtig, es war nichts Hinterhältiges oder Verschlagenes an ihm. Dennoch verfolgte sie die furchtbare Entscheidung, die sie vor fünf Jahren getroffen hatte. Wie konnte sie je wieder auf ihre eigene Menschenkenntnis vertrauen?

Dr. Lily hatte gesagt, sie solle sich nicht die Schuld geben. Soziopathen würden selbst ausgebildete Fachleute in die Irre führen. Sie seien geschickte Manipulatoren und darin geübt, der Gesellschaft das Gesicht zu zeigen, das sie sehen wollte, zumindest so lange, bis man ihnen ins Netz gegangen war.

Meredith schob den Gedanken an Sloane beiseite. Er hatte ihr Leben bereits genug bestimmt. In winzigen Schritten hatte sie es geschafft, Frieden damit zu schließen, sich Glück und Zufriedenheit zurückzuerobern. Die Vergangenheit konnte man nicht ändern, die Zukunft war ungewiss. Alles, was zählte, war genau dieser Moment, und sie weigerte sich zuzulassen, dass er ihn ruinierte.

Wie versprochen hatte Hutch einen Schmorbraten vorbereitet, der im Schongarer vor sich hin köchelte, sowie eine Schüssel Salat, die mit Frischhaltefolie abgedeckt im Kühlschrank stand.

Sie schickte die Kinder nach oben, um sich umzuziehen, dann legte sie ihnen Rudolph mit der roten Nase in den DVD-Player. Als Kind war das einer ihrer Lieblingsfilme gewesen, und sie hatte es zur Familientradition gemacht, ihn jedes Jahr anzuschauen. Sie machte Popcorn und nahm es mit zur Couch, um es mit den Kindern zu teilen.

Nachdem Rudolph die verschmähten Spielsachen erfolgreich befreit und Weihnachten gerettet hatte, war Hutch immer noch nicht aufgetaucht. Sie hatte seine Handynummer nicht, deshalb konnte sie ihm keine SMS schicken und fragen, ob er zum Abendessen daheim sein würde.

Warum kümmerte sie es, was er tat? Sie waren Mitbewohner, die sich gemeinsam um die Kinder kümmerten. Mehr nicht. Er hatte das Essen gemacht. Sie würde es ihnen servieren. Wenn er beschloss, lange fortzubleiben, ging sie das nichts an. Obwohl es etwas rücksichtslos war, ihr keine Nachricht zu hinterlassen. Das gehörte sich doch wohl, oder etwa nicht? Er hätte ihr einen Zettel hinlegen sollen. Vielleicht musste sie das noch auf ihre Liste mit den Regeln setzen. Er sollte sie wissen lassen, wenn er nicht verfügbar war.

»Wer hat Lust, Zuckerstangen-Rentiere zu basteln?«, fragte sie, als der Film zu Ende war.

»Ich! Ich!«, riefen die Kinder einstimmig und stürzten sich auf Meredith, was sie unwillkürlich zum Lächeln brachte.

»Okay. Wascht eure Hände und dann treffen wir uns am Küchentisch.«

Sie bastelten Rentiere mit Zuckerstangen, indem sie aus roten Pfeifenputzern Geweihe machten und kleine rote Pompons als Nasen und schwarze Wackelaugen anklebten, die sie im Handarbeitsladen gekauft hatte. Die Kinder kicherten ununterbrochen. Ben war richtig aufgeblüht, seit sie hier wohnten. Kimmie genauso.

Wie schade, dass sie und ihr Sohn nach den Feiertagen ausziehen würden.

Ein Mantel der Melancholie legte sich über sie, aber sie gab sich einen mentalen Ruck und schüttelte das Gefühl ab.

Sie brachte die Kinder dazu, ihr beim Aufräumen der Bastelsachen zu helfen, dann hängten sie die Rentiere an Kaffeetassen auf der Theke, damit Hutch sie sehen konnte, wenn er nach Hause kam. Zuletzt deckte sie den Tisch fürs Abendessen.

»Wo ist Onkel Hutch?«, fragte Kimmie.

»Er ist unterwegs.« Meredith wusste nicht, was sie sonst sagen sollte.

Ben zog sie am Saum ihres Pullis. »Wann kommt er zurück?«

»Ich weiß nicht. Wir fangen einfach schon mal ohne ihn an zu essen.«

»Ist er den Weihnachtsmann besuchen gegangen wie meine Mommy?« Kimmie biss sich besorgt auf die Unterlippe.

»Nein, Süße. Wer will mir helfen, Eistee zu machen?«, fragte Meredith. Die Kinder liebten es, die Kapseln in den Teeautomat zu legen, und es lenkte sie von Hutch ab.

Sie aßen zu Abend, dann schickte sie die Kinder zum Spielen ins Wohnzimmer, während sie das Geschirr spülte und die Reste des Essens in den Kühlschrank stellte. Danach setzte sie Ben und Kimmie ins Auto und sie fuhren eine halbe Stunde durch die Nachbarschaft, um sich die Weihnachtsbeleuchtung anzuschauen. Schließlich brachte sie die Kinder ins Bett.

Das Telefon läutete, als sie sich die Zähne putzte, und sie dachte: Hutch! Aber das Display zeigte Flynn Calloways Nummer an. Dankbar für die Ablenkung spülte sie schnell ihren Mund aus und beeilte sich, den Anruf entgegenzunehmen. »Hallo?«

»Jane?«

Meredith hielt einen Moment inne und dachte: Wer ist Jane?, bevor sie sich an den Decknamen erinnerte, den sie sich für Twilight ausgesucht hatte. In den vergangenen fünf Jahren hatte sie in elf Städten und Gemeinden gelebt. Es wurde immer schwieriger, sich an die falschen Namen zu erinnern. Sie versuchte, immer möglichst einfache Namen zu nehmen – Mary, Sue, Ann, Sally, Dee –, und für die letzten drei Umzüge hatte sie den Nachnamen Brown beibehalten, um es sich leichter zu machen, aber das war riskant. In der nächsten Stadt würde sie vielleicht Jane beibehalten und dafür ihren Nachnamen ändern. Je älter Ben wurde, desto schwieriger wurde es mit den Namensänderungen. Für seine Kindergartenanmeldung in Twilight hatte sie seine richtige Geburtsurkunde verwendet; sich gefälschte Dokumente zu besorgen war kompliziert und teuer. Obwohl sie bei Bens Geburt den Vater als unbekannt angegeben hatte und Ben ihren Mädchennamen Sommers trug, hatte sie Angst, dass Sloane – mit seiner allumfassenden Macht als Detective bei der Polizei – ihren durch seine Schulakte aufspüren könnte. Um kein weiteres Risiko einzugehen, würde sie ihn ab dem nächsten Jahr vielleicht zu Hause unterrichten.

»Jane? Hallo? Bist du da?«

»Ja.«

»Ich habe dich doch nicht aufgeweckt, oder?«

»Nein, ich war noch wach.«

»Oh, dann ist ja gut. Ich habe die Weihnachtsbeleuchtung gesehen und gehofft, dass du noch wach bist.«

»Hellwach. Was gibt's?«

»Nichts Wichtiges. Ich wollte dich nur dazu ermuntern,

zur Plätzchentausch-Party zu kommen. Ich weiß, dass du eher eine Einzelgängerin bist …«

Nicht wirklich. Nicht von Natur aus. Nicht freiwillig. Aber Sloane hatte sie dazu gemacht. Sie konnte es sich nicht leisten, sich mit jemandem anzufreunden, zu viel von sich preiszugeben. Sie hatte nur angefangen, zu den Treffen des Buchclubs zu gehen, weil Ashley an dem Tag immer ihren allwöchentlichen Mädelsabend zu Hause abhielt, und da wollte sie nicht stören. Außerdem bot Ye Olde Book Nook, die Buchhandlung, in der sich die Gruppe traf, parallel eine Märchenstunde für Kinder an, sodass sie Ben und Kimmie mitnehmen konnte. Es fühlte sich gut an, aus dem Haus zu kommen, und da sich die Unterhaltung um den Inhalt von Büchern drehte, stellte auch niemand zu persönliche Fragen.

»Ich will dich nicht drängen«, fuhr Flynn fort, »aber wir mögen dich wirklich sehr, und die Gruppe würde sich freuen, dich besser kennenzulernen. Du wirst Spaß haben, das verspreche ich.«

»Ich freue mich über die Einladung, Flynn. Aber ehrlich gesagt …«

»Da muss ich dich kurz unterbrechen.« Flynns Stimme klang nun so fröhlich und unbeschwert wie die von Mary Poppins. »Es gibt keinen Grund für ein Aber.«

Es war schön zu hören, dass alle sie mochten und wollten, dass sie sich der Gruppe anschloss. Die alte Sehnsucht nach Liebe und Zugehörigkeit – die Sehnsucht, die sie beiseitegeschoben hatte, um die grundlegendsten Bedürfnisse zu erfüllen: Essen, Wasser, ein Dach über dem Kopf, Sicherheit, Schutz – regte sich in ihr. Sie wollte hingehen. Nicht nur wegen ihrer eigenen geistigen Gesundheit, sondern auch, um so viel wie möglich von den Einheimischen über Hutch zu erfahren.

»Ich hab dir ja erzählt, dass Ye Old Book Nook morgen Abend den Babysitter spielt, und der Plätzchentausch findet bei Raylene statt, die ganz in der Nähe der Buchhandlung wohnt. Warum zögerst du also noch?«, fragte Flynn.

»Mrs Pringle hat mir von den Regeln des Plätzchentauschs erzählt und klargemacht, dass man keine gekauften Plätzchen mitbringen darf. Ich habe schlicht keine Zeit mehr, selbst welche zu backen.«

»Oh, das ist alles?« Flynn lachte. »Diese Regel kannst du getrost ignorieren. Sie wird ständig gebrochen. Sie bedeutet nur, dass man keine abgepackten Plätzchen aus dem Supermarkt mitbringen soll. Du kannst in der Twilight-Bäckerei ein paar Dutzend von Christine Nobles Plätzchen kaufen. Sie backt die besten in der ganzen Stadt. Die Hälfte der Leute bei der Party werden Plätzchen aus Christines Bäckerei mitbringen.«

»Danke für den Tipp.«

»Also kommst du?«, bettelte Flynn.

»Klar. Warum nicht?«

»Großartig.« Flynn kicherte, als ob sie eine Wette mit jemandem gewonnen hätte, der ihr gesagt hatte, dass sie Meredith auf keinen Fall zum Kommen überreden könnte. »Wir freuen uns darauf, dich besser kennenzulernen.«

»Ich mich auch«, sagte Meredith, auch wenn sie fest entschlossen war, alle Fragen mit Gegenfragen abzuwehren. Fragen über Hutch. »Bis morgen dann.«

Flynn verabschiedete sich, legte auf und überließ Meredith dem stillen Haus.

Als Hutch um zehn Uhr immer noch nicht zu Hause war, schloss sie die Tür ab und ging ins Bett. Grenzen. Sie musste eine fünfte Regel hinzufügen. Um der Kinder willen musste Hutch sie wissen lassen, wenn er nicht nach Hause kam. Ihr persönlich war es egal, was er trieb.

Betrank er sich irgendwo? Oder schleppte er eine Frau ab? Immerhin war er Soldat, und sie hatte keine Ahnung, wie lange er da drüben gewesen war. Sie hätte damit rechnen müssen. Seine starke Potenz war nicht zu verleugnen. Jesse hatte ihr erzählt, dass Hutch zur Delta Force gehörte. Nur die Besten der Besten schafften es in diese elitäre, testosterongesteuerte Einheit, und sie alle teilten bestimmte Charaktereigenschaften – extremes Machogehabe, ein messerscharfer Verstand, höchste Ambitionen.

Seit beinahe fünf Jahren hatte sie nun schon einen leichten Schlaf, ein Ohr lauschte immer auf ungewöhnliche Geräusche, die Augen stets bereit, sich beim kleinsten Anzeichen von Gefahr zu öffnen. Es war das erste Mal, dass sie im ersten Stockwerk wohnten, und auch das bereitete ihr Sorgen. Wenn sich im Erdgeschoss ein Eindringling befand, würden sie und Ben aus dem Fenster klettern müssen, um zu fliehen. Nachdem sie eingezogen waren, hatte sie eine Strickleiter gekauft, die sie für den Notfall im Schränkchen unterm Fenster versteckt hielt.

Zwanzig Minuten nach zehn hörte sie, wie sich die Haustür öffnete. Leise schlüpfte sie aus dem Bett, um die Kinder nicht aufzuwecken, zog ihren Morgenmantel über ihr Nachthemd und tappte nach unten, in der Absicht, Hutch die Leviten zu lesen.

Von der obersten Stufe der Treppe aus konnte sie einen

Berg von Einkaufstüten in der Mitte des Wohnzimmers ausmachen, und gerade kam Hutch mit einer weiteren Ladung zur Tür herein. Er hatte Weihnachtseinkäufe gemacht, nicht getrunken oder herumgehurt.

Grimmig fing sie an, die Treppe hinunterzusteigen.

Er blickte zu ihr auf und ein gut gelauntes Lächeln erhellte sein kantiges Gesicht – nein, das Lächeln war viel mehr als nur gut gelaunt. Es war eines dieser unbezahlbaren spontanen Lächeln, die von ganz tief heraus an die Oberfläche drängten, absolut herzlich und arglos. Es umfing sie wie eine Liebkosung, und sie hatte das Gefühl, die erste und einzige Frau auf der Welt zu sein, der er ein solch unwiderstehliches Lächeln schenkte. Es war ein Lächeln, das sagte: Hallo, Schatz. Ich bin wieder da, schau, was dein siegreicher Held für dich nach Hause gebracht hat. Es war ein Lächeln, das sie völlig entwaffnete.

Meredith zog ihren Gürtel enger und ging entschlossen weiter. Sie würde nicht darauf hereinfallen. »Ich habe mir Sorgen gemacht«, sagte sie. »Warum haben Sie keine Nachricht hinterlassen?«

Sein Lächeln flaute ab, verschwand aber nicht ganz. Hab ich, formte er mit seinen Lippen.

»Wo? Ich habe überall nachgesehen, aber nichts gefunden.«

Er ließ die Tüten fallen und kam mit der Zaubertafel zurück. Er hielt sie so vor sie, dass sie sie lesen konnte.

Sie beugte sich vor und bemerkte, dass seine rechte Hand schwarz und blau war, die Haut an den Knöcheln war aufgeplatzt und geschwollen. Er hatte sich geprügelt.

»Was ist passiert?«

Er sah seine Hand an, als ob es gar nichts wäre, zuckte lässig mit den Schultern und gab ihr die Tafel.

»Wen haben Sie geschlagen?«

Niemanden, sagte er tonlos.

Sie legte eine Hand auf den Mund. Sollte sie es dabei belassen? Auch wenn es aussah wie das Resultat eines Faustkampfs, schien er sonst in Ordnung zu sein. Kein blaues Auge. Keine aufgeplatzte Lippe. Seine andere Hand war unversehrt. Sie beschloss, nicht weiter nachzubohren. »Lassen Sie mich die Wunde versorgen.«

Er schüttelte den Kopf und formte mit den Lippen: Mir geht es gut. Aus dem Ausdruck auf seinem Gesicht konnte sie schließen, dass die Wunde seiner Ansicht nach nicht mehr als ein kleines Ärgernis war, nicht mehr als eine Fliege auf seiner Banane.

Immer noch nervös seine Faust beäugend, warf sie einen schnellen Blick auf die Zaubertafel. Die obere Plastikfolie war leer, aber sie konnte immer noch den Abdruck der Worte sehen, die er geschrieben hatte.

BIN WEIHNACHTSEINKÄUFE MACHEN. WIRD SPÄT.

»Ben«, sagte sie und schämte sich dafür, so schnell ein Urteil gefällt zu haben. »Er hat mit der Tafel gespielt und muss sie gelöscht haben. Tut mir leid, dass ich so voreilig Schlüsse gezogen habe. Ich hab mir Sorgen gemacht.« Warum hatte sie das zugegeben? Sie wollte nicht, dass er dachte, sie hätte wegen ihm nicht schlafen können.

Er schrieb langsam, wobei die verletzte Haut an seinen Knöcheln wieder aufbrach und kleine Blutstropfen hervorquollen. MEIN FEHLER. ICH HÄTTE DIE NACH-

RICHT MIT STIFT UND PAPIER SCHREIBEN SOLLEN.

»Wir müssen unsere Handynummern austauschen. Dann können wir uns Nachrichten schicken. Und hören Sie auf zu schreiben. Ihre Hand blutet sonst.«

Er nickte und bedeutete ihr, näher zu kommen. Das breite Lächeln auf seinem Gesicht war wieder da und wirkte nun geheimnisvoll.

Sie trat auf ihn zu, ihr Atem kam schneller über ihre Lippen. Warum fand sie ihn nur so verdammt anziehend?

Hutch fischte in einer riesigen Toys-«R"-Us-Tüte herum und schälte schließlich ein Thomas-die-kleine-Lokomotive-Rutschauto aus dem Papier. Auf seinem Gesicht breitete sich ein stolzes Lächeln aus, als ob er es gerade geschafft hätte, den Mount Everest ohne Sherpa und Sauerstoff zu besteigen.

»Woher wussten Sie, dass das Bens größter Wunsch ist?«, fragte sie.

Er legte eine Hand hinter sein Ohr, was, wie sie vermutete, bedeuten sollte: Ich habe zugehört. Ihr Sohn liebte Thomas, die kleine Lokomotive, und redete ununterbrochen davon.

»Das ist zu viel, das Ding ist viel zu teuer«, sagte sie, während ihr Herz einen kleinen Springtanz in ihrer Brust vollführte.

Er hob lässig eine Schulter und zeigte ihr immer noch dieses unglaubliche Lächeln, das sagte: Dein Sohn verdient ein schönes Weihnachtsfest.

Meredith hatte keine Ahnung, was sie dazu brachte – ihr Herz oder ihr Bauch. Es war ganz sicher nicht ihr Verstand, denn ihr Kopf schrie: Brich ja nicht Regel Nr. 4. Aber Hutchs

Gesicht leuchtete und er wirkte so glücklich, so stolz auf seine Einkäufe, dass sie sich auf die Zehenspitzen stellte und ihm einen Kuss gab.

Sie küsste seine Wange, als ob sie eine Prinzessin wäre und er ein Ritter, der gerade einhundert Drachen für sie erlegt hatte. Er verspürte den unwiderstehlichen Drang, sich zu ihren Füßen niederzuknien. Seine Haut prickelte süß, wo ihre Lippen ihn verbrannt hatten, und er hob eine Hand, um die Stelle zu berühren.

Allem Anschein nach war sie genauso überrascht wie er. Ihre Augen weiteten sich und sie machte einen Schritt zurück. »Ich … Ich …«

Seine alte Schlagfertigkeit war plötzlich wieder da, und obwohl seine lädierten Finger ihm die Kooperation verweigerten, schrieb er auf die Tafel: GAR NICHT SO LEICHT, SICH AN REGEL NR. 4 ZU HALTEN.

Sie berührte ihre Lippen, auf denen sich ein schüchternes Ich-kann-nicht-glauben-dass-ich-das-gerade-getan-hab-Lächeln ausbreitete. »Ich danke dir, dass du Ben das Spielzeug gekauft hast, das er sich so sehr wünscht. Ich hätte es mir nie leisten können.«

Er hob einen Mundwinkel und die gegenüberliegende Augenbraue und versuchte, nicht zu zeigen, wie sehr sie ihn in Verwirrung stürzte. Das hier war keine gewöhnliche Situation, und sie war keine gewöhnliche Frau.

»Ich möchte nicht, dass du denkst, dass das irgendetwas anderes bedeutet, denn das wäre falsch.« Es lag etwas unerwartet Wildes in ihrer Stimme, als ob sie kein Wort von dem, was sie sagte, glaubte.

Zur Hölle, er wusste nicht, was er denken sollte.

»Das setzt nicht Regel Nr. 4 außer Kraft.«

Er nickte. Nein, Prinzessin, das tut es nicht.

Sie stemmte die Hände in die Hüften. »Du versuchst nicht, zu verhandeln?«

Er warf ihr einen Blick zu, der sagte: Soll ich denn? Er versuchte – erfolglos –, nicht auf ihre Brüste zu starren.

»Nein, natürlich nicht.« Sie wurde langsam richtig gut darin, seine Körpersprache zu deuten. Sie verschränkte die Arme vor der Brust, aber nickte. War ihr bewusst, dass sie nickte?

Wenn das hier vor einem Jahr geschehen wäre, hätte er sie in seine Arme gezogen und sie so geküsst, dass kein Zweifel daran geblieben wäre, was er wollte. Aber nun lagen die Dinge anders.

Er war anders.

Außerdem hatte er das Gefühl, dass sie Widerstand leisten würde, wenn er nach ihr griff, auch wenn sie andere Signale aussandte. Sie war wie eine Orchidee, die in der Wüste blühte, verdammt robust und gleichzeitig verdammt verletzlich. Früher oder später würde die Sonne sie verbrennen.

WIR SIND QUITT, WAS VERLETZUNGEN VON REGEL NR. 4 ANGEHT. Er zeigte ihr, was er geschrieben hatte, dann löschte er die Tafel, um noch mehr schreiben zu können. STREICHEN WIR ALLES UND FANGEN NOCH MAL VON VORN AN. Erleichterung breitete sich auf ihrem Gesicht aus und sie lächelte ihm dankbar, wenn auch etwas angestrengt, zu.

Gut. Großartig. Sie hatten die Sache geklärt. Warum hatte

er dann immer noch das unterschwellige Gefühl, etwas Wichtiges verloren zu haben?

Aus Angst, sie könnte die Enttäuschung auf seinem Gesicht sehen, drehte er sich zu den Einkaufstüten und fing an, seine Einkäufe herauszuholen, um sie ihr zu zeigen – eine Puppe für Kimmie, einen Football für Ben, ein Schneewittchen-Kostüm, ein Matchboxauto, Lego, Bücher mit Geräuscheffekten und zwei Kinderlaptops, einer in Pink und einer in Blau. Er zeigte ihr alles außer einer kleinen blauen Schachtel. Die ließ er ganz unten in der Tüte, außer ihrer Sichtweite.

»Du verwöhnst die Kinder viel zu sehr.« Sie sagte das, als ob Verwöhnen etwas Schlechtes wäre, aber ihre Stimme klang heiter.

Sie wirkte beeindruckt, und ihre Pupillen weiteten sich, als er in ihre wunderschönen blauen Augen blickte. Wenn er gewusst hätte, dass in seinem Haus solche Augen auf ihn warteten, wäre er schon viel früher heimgekehrt.

Nachdem Gideon ihm die Nachricht hinterlassen hatte, hatte er angefangen, darüber nachzugrübeln, warum er die Tür nicht geöffnet hatte. Warum er mit seiner Faust dagegen geschlagen hatte. Er öffnete und schloss seine Hand und genoss den Schmerz. Er war es gewohnt, die Kontrolle zu haben. Normalerweise kümmerte er sich um andere Leute, er war derjenige, der psychisch gesund war. Zumindest bis zu dem Angriff. Aber die Bomben und Kugeln hatten ihm die Kontrolle genommen. Hilfe von seinen Freunden anzunehmen bedeutete, dass er nicht für sich selbst sorgen konnte. Dass man sich nicht darauf verlassen konnte, dass er sich um die Menschen kümmerte, die ihm am Herzen lagen.

Also war er einkaufen gegangen. Die moderne Version der Jagd.

War das lächerlich?

Vielleicht. Das Einzige, was er im Moment sicher wusste, war, dass Jane ihn anstarrte, als habe er gerade wie Atlas die Welt auf seine Schultern gehoben und sie überzeugt davon wäre, dass dadurch alles gut werden würde. Sie brachte ihn dazu, sich geehrt und ehrenwert zu fühlen, tüchtig und kompetent.

»Hast du Hunger?«, murmelte sie.

Er nickte.

»Komm«, sagte sie. »Lass uns die Geschenke verstecken, und dann wärme ich dir den Rest des Schmorbratens auf.«

Damit war das Gleichgewicht zwischen ihnen, das sie durch ihren Kuss gestört hatte, wiederhergestellt. Regel Nr. 4 war wieder in Kraft.

Aber der kühne Delta Force Operator in ihm fragte sich, was er tun musste, damit sie wieder dagegen verstieß.

Am nächsten Morgen stand Meredith vor Sonnenaufgang auf, zog sich Leggings und ein weites T-Shirt an und ging auf den Flur des ersten Stocks hinaus, um Yoga zu üben. Sie hatte es gestern ausfallen lassen, als sie verschlafen hatte, und ein Tag ohne Yoga machte sie nervös.

Aber vielleicht war sie auch wegen etwas anderem nervös.

Vielleicht war es der Kuss, den sie Hutch vergangenen Abend auf die Wange gedrückt hatte. Was hatte sie sich nur dabei gedacht?

Ganz offensichtlich hatte sie gar nichts gedacht. Das war das Problem. Wann immer er in der Nähe war, machte ihr logisches Denkvermögen einen doppelten Salto zum Fenster hinaus.

Warum? Was hatte Hutch an sich, das sie dazu brachte, ihre sorgfältig aufgebaute Abwehr fallen zu lassen? Sie kam ihm viel zu nahe. Das wusste sie.

Umziehen. Sie sollte umziehen.

Aber weniger als drei Wochen vor Weihnachten?

Sie atmete langsam und tief aus und ein und dehnte ihre Lungen. Nach einigen Minuten nahm sie die Dreieckshaltung ein. Im Kopfhörer ihres mp3-Players, den sie an den Bund ihrer Leggings geklippt hatte, sang Enya »Only Time«. Sie schloss ihre Augen und ließ sich von der hoffnungsfrohen Musik zur Ruhe bringen.

Durch die Atemübungen, die Haltungen und die Musik fand Meredith die ruhige Mitte, die sie durch die dunkelsten Tage getragen hatte. Sie würde sie auch durch das hier tragen. Ihre Muskeln entspannten sich, ihr Herzschlag verlangsamte sich, und ein paar glückselige Minuten lang war sie transformiert.

Hutch stand auf der Treppe, und das Herz schlug ihm bis zum Hals. Er hatte Meredith' Schritte im ersten Stock gehört und war heraufgekommen, um sie zu fragen, ob sie Eier zum Frühstück wollte. Er hatte nicht vorgehabt, sie heimlich zu beobachten.

Doch genau das tat er.

Gefangen durch den Anblick ihrer Yogaübungen, stand er wie angewurzelt auf der Treppe. Er konnte sich einfach nicht entscheiden, ob er weiter nach oben oder wieder nach unten gehen sollte.

Sie saß im Lotussitz auf dem Boden, die Ellbogen nach außen gerichtet, die Handflächen in Gebetshaltung aneinandergelegt. Ihr Atem ging regelmäßig, kontrolliert. Ihre Brust hob und senkte sich langsam, während sie ihre Lungen vollständig dehnte. Ihr leicht gewelltes Haar umrahmte ihr strahlendes Gesicht. Sie hatte die Augen geschlossen und ein entrücktes Lächeln umspielte ihre vollen roten Lippen, so als ob sie gerade einen Blick aufs Paradies erhascht hätte.

Ihr bloßer Anblick beruhigte Hutch. Er saugte ihn in sich auf und prägte ihn sich tief ein. Wenn sie wieder weg war, wollte er in der Lage sein, sich an diesen Moment zu erinnern, sodass er ihn hervorholen konnte, wann immer er sich unwohl fühlte oder angespannt war.

Der Gedanke, dass Ben und sie ausziehen würden, rief einen dumpfen Schmerz in der Mitte seines Brustbeins hervor, als ob ein geschickter Schnitzer ein Taschenmesser genommen und ein Loch hineingeschnitten hätte. Wie hatte er es geschafft, sich ihr und ihrem Sohn nach so kurzer Zeit so verbunden zu fühlen?

Nicht gut.

Auch wenn er sich immer, wenn sie in der Nähe war, mehr wie der alte Hutch fühlte. Auch wenn ihre Anwesenheit ihn davon abhielt, mit seinen Handicaps zu hadern. Auch wenn ihr Lächeln ihn demütig werden ließ und den Wunsch in ihm wachrief, ein besserer Mensch zu werden. Er kannte sie kaum. Das hier war nicht mehr als eine Fantasie, die er sich in seinem Kopf zurechtformte.

Aber gestern Abend hatte sie ihn geküsst …

Sie hatte es sofort bereut. Das durfte er nicht vergessen.

Ihre fließenden Bewegungen, wenn sie von einer Haltung in die nächste überging, mit immer noch geschlossenen Augen, geleitet von ihrem Instinkt und ihrer Erfahrung, schlugen ihn in ihren Bann. Was für ein Talent, was für ein Können! Ihr weiches Gesicht war so freundlich, so entspannt, selbst bei den anstrengendsten Übungen.

Er wollte, was sie hatte. Frieden. Ruhe. Zufriedenheit. Wenn Yoga das alles schaffte, meldete er sich noch heute zu einem Kurs an.

Er beobachtete sie noch ein paar Minuten, länger traute er sich nicht. Er wollte nicht, dass sie ihre Augen öffnete und ihn dabei ertappte, wie er sie anstarrte. Zögernd riss er sich los und nahm seine Gedanken mit sich nach unten.

Ja, es war nicht so sehr seine Fantasie, die ein Problem darstellte. Vielmehr war es die Erkenntnis, dass er keine Ahnung hatte, was aus ihm und Kimmie werden sollte, wenn Jane weg war.

Sie stieß ihren lang angehaltenen Atem aus, schlug die Augen ganz auf und sah Hutch nach. Sie hatte es in der Sekunde gewusst, als er die Treppe heraufgestiegen war; zwar hatte sie ihn durch die leise Musik in ihren Ohren nicht gehört, aber gespürt, wie die Bodendielen unter seinen Schritten vibriert hatten. Sie hatte ihre Lider gerade so weit gehoben, dass sie ihn auf der Treppe stehen sehen konnte, wenn sie ihren Kopf ein wenig nach hinten neigte. Sie war sich unschlüssig gewesen, ob sie ihn wissen lassen sollte, dass sie ihn gesehen hatte.

Sie hasste es, wenn man ihr nachspionierte – jedem, der fünf Jahre von einem Irren gestalkt worden war, würde es so gehen –, aber da war etwas in seinem Blick, ein Ausdruck voller Ehrfurcht und Respekt, das sie dazu brachte, nichts zu sagen. Es hatte nicht unheimlich oder voyeuristisch auf sie gewirkt. Stattdessen hatte es den Anschein, als hätte sie ihn verhext, mit einem weiblichen Bann belegt, der ihm nicht erlaubte, seinen Blick zu lösen.

Seine Bewunderung hatte ihr ein Gefühl von Macht gegeben.

Du hast dem Mann eine Show geliefert.

Das hatte sie tatsächlich. Es ließ sich nicht leugnen. Sie hatte mit ihren Yogafertigkeiten angegeben. Seit wann war sie so kühn?

Vor allem: Warum war sie so kühn?

Und sie hatte ihn genauso intensiv beobachtet wie er sie. Sie hatte sein Gesicht gelesen wie ein Navigator, der eine Landkarte studierte, um einen Eindruck von der Straße zu bekommen, die vor ihm lag, ganz nach dem Motto: Gefahr erkannt – Gefahr gebannt. Gab es Dinge, die es zu vermeiden galt? Eine morsche Brücke? Ein Straßenabschnitt voller Schlaglöcher? Eine Massenkarambolage?

Aber das Szenario lenkte sie von diesen Fragen ab. Sie studierte die harten Muskeln seiner breiten Brust, die klaren Linien seiner schlanken Taille, die Art, wie ihm seine dunklen Haare in die Stirn fielen.

Wunderbar. Dieser kleine Abstecher.

Es war nichts Falsches daran, ihn anzuschauen, solange es nicht zu einer Berührung führte wie am vergangenen Abend.

Ihre Wangen brannten und ihre Gedanken wären sicherlich dieser holprigen Straße gefolgt, wenn ein Geräusch nicht ihren Blick zur Schlafzimmertür gelenkt hätte, wo Kimmie und Ben standen, wie zwei aufgeregte Welpen herumzappelten und ihr einen guten Morgen wünschten.

Womit sie Meredith vor ihren unnützen Gedanken retteten.

8

Die Kälte brannte auf Meredith' Wangen, als sie den Gehweg entlangeilte. In ihren behandschuhten Händen hielt sie eine Schachtel Zitronenplätzchen, die sie in der Twilight Bakery gekauft hatte, nachdem sie Kimmie und Ben in der Buchhandlung abgeliefert hatte.

Sie stieg die Stufen der Veranda vor Raylene Pringles Haus hinauf, das im Tudor-Stil gehalten war. Von drinnen hörte sie Lachen und Musik. Paul McCartney sang »Wonderful Christmastime«. Dieses Jahr fühlte es sich an, als ob Sir Paul tatsächlich recht haben könnte. Der Duft von Zimt, Pfefferminze, Pinien und Holzrauch wehte heraus auf die Veranda. Rot und weiß blinkende Lichter zwinkerten ihr vom Türrahmen aus zu.

Sie hob ihre Hand, um zu klopfen, hielt dann aber zögernd inne. Mehr als alles auf der Welt wollte sie in dieses Haus gehen, die Gesellschaft der lebhaften Frauen dort drinnen genießen – Witze machen, herumalbern, nach Herzenslust Plätzchen essen und Wein trinken. Sie sehnte sich danach, normal zu sein, sich einzufügen, das wunderbare Gefühl wiederzuerlangen, geliebt und geschätzt zu werden, das sie als Kind hatte erfahren dürfen. Sie wollte das Gleiche für ihren Sohn.

Drinnen würde sie Wohlwollen, Weihnachtsvorfreude und eine Gemeinschaft vorfinden, die nichts lieber wollte, als sie mit offenen Armen bei sich aufzunehmen. Es wäre so einfach, sich hineinfallen zu lassen und sich selbst zu erlauben, das Gefühl des Angenommenseins zu genießen.

Aber wenn sie das tat, würde es noch schmerzhafter werden, Twilight wieder zu verlassen. Und sie würde gehen müssen. Für sie gab es kein dauerhaftes Zuhause. Früher oder später würde Sloane sie wieder finden. Das tat er immer. Immer wieder umzuziehen und ihre Identität zu ändern war der einzige Weg, ihm einen Schritt voraus zu bleiben.

»Er ist nicht der Terminator«, hatte Dr. Lily gesagt, zwei Tage bevor Sloane sie umgebracht hatte. »Er ist nicht allmächtig.«

Doch das war er, und ihre Psychologin hatte einen hohen Preis bezahlt, weil sie nicht erkannt hatte, wie skrupellos er tatsächlich war. Das LAPD betrachtete es als Unfall, als Dr. Lily mit ihrem Wagen vom Mulholland Drive abkam. Natürlich gehörte Sloane zu den Cops, die in dem Fall ermittelten. Aber ganz gleich, was die Polizei sagte, in ihrem Herzen wusste Meredith, dass die Bremsen des Oldtimer-Porsches ihrer Ärztin manipuliert worden waren. Das war eines der vielen Schicksale gewesen, mit denen Sloane ihr täglich gedroht hatte.

Sie stellte sich vor, wie dasselbe oder noch Schlimmeres den Menschen, die sie in Twilight kennengelernt hatte, zustieß. Ashley, Kimmie, Hutch, Raylene, Flynn, Jesse. Der Gedanke war unerträglich.

Noch war es nicht zu spät, wieder zu gehen.

Sie machte auf dem Absatz kehrt, nur um zwei Frauen aus dem Buchclub gegenüberzustehen, die den Fußweg hinter ihr heraufkamen. Sarah Walker, Autorin von Das magische Weihnachtsplätzchen, die unter dem Pseudonym Sadie Cool veröffentlichte, und Emma Cheek, eine Hollywood-Schauspielerin, die nun Regisseurin war und das Twilight Playhouse Theatre besaß. Die brünette Sarah war groß und ruhig, die rothaarige Emma klein und quirlig.

»Du bist gekommen!«, rief Emma und legte einen Arm um Meredith' Taille. In ihrem anderen Arm trug sie einen Korb voller Plätzchen. Mit ihrem rot-grün karierten Rock und dem grünen Pullover, an dessen Vorderteil kleine Glöckchen genäht waren, sah sie aus wie eine der Elfen des Weihnachtsmanns. Über ihre Schulter rief sie Sarah zu: »Und du hattest gesagt, sie würde nicht kommen.«

Sarah senkte ihre langen, dichten Wimpern. »Ich hab nur daran gedacht, wie schwierig es für mich bei meiner ersten Plätzchentausch-Party gewesen ist. Ihr könnt einen ganz schön erdrücken.«

»Aber auf eine positive Art«, sagte Emma zu Meredith gewandt. »Sarah ist schüchtern, aber es wird schon besser. Oooh! Du hast Christines Zitronenplätzchen mitgebracht. Ich sitze neben dir.«

Bevor Meredith sich eine Ausrede einfallen lassen konnte, hatte Emma sich mit ihrem freien Arm bei ihr untergehakt und zog sie durch die Haustür. Sarah kam hinter ihnen her.

»Wir klopfen nicht?«, fragte Meredith und blieb stehen.

»Wir Twilighter legen keinen Wert auf Formalitäten, und Raylene erwartet uns«, erklärte Emma. »So muss sie nicht ständig zur Tür rennen, wenn jemand auftaucht.«

Vom Foyer aus, wo sie ihre Jacken auszogen und an die Garderobe hängten, konnte Meredith ein loderndes Feuer im Kamin sehen, das das Haus erwärmte, und einen Baum mit künstlichen Schneeflocken, der ausschließlich mit Dallas-Cowboy-Schmuck dekoriert war. Frauen blickten ihnen aus dem Wohnzimmer entgegen und riefen ihnen Begrüßungen zu. Manche von ihnen kannte Meredith aus dem Buchclub, und ein paar gehörten zu ihren Massage-Kundinnen.

Emma überreichte Raylene, die Meredith eine Tasse mit Eierpunsch in die Hand drückte, ihren Plätzchen-Korb. »Der hier ist alkoholfrei«, sagte Raylene zu Meredith. »Das gute Zeug steht in der Küche, zusammen mit einer Auswahl an Weinen, wenn Sie wollen.«

»Danke.«

»Komm«, sagte Emma, die immer noch bei ihr untergehakt war. »Ich stell dir alle vor.«

Es befanden sich mindestens dreißig Frauen im Raum. Meredith würde sich nie alle Namen merken können. Sie schüttelte Hände, lächelte und machte Smalltalk, und zum ersten Mal seit langer Zeit fühlte sie sich wie ein ganz normaler Teil der Gesellschaft. Oh, das war gefährlich. Sie könnte sich schnell daran gewöhnen, wieder Freunde zu haben.

Nachdem alle Gäste angekommen waren, zogen sich die älteren Frauen in die Küche zurück, während die jüngeren es sich im Wohnzimmer bequem machten. Meredith fand sich in einer Ecke der riesigen Ledergarnitur wieder, mit Emma zu ihrer Linken und Flynn zu ihrer Rechten. Sarah saß neben Flynn. Auf der anderen Seite von Emma saß die Floristin Caitlyn Garza. Emma hatte Meredith zugeflüstert, dass Caitlyn mit Hutchs bestem Freund verheiratet war, der im Irakkrieg gekämpft hatte, wo er seine linke Hand verloren hatte, als eine Sprengfalle in die Luft gegangen war.

Emma besorgte einen Korkenzieher und öffnete verschiedene Weine – Chardonnay, Cabernet, Riesling und Pinot Noir. Meredith ließ sich von Emma, die sie offensichtlich unter ihre Fittiche genommen hatte, ein Glas Riesling einschenken. Meredith war ein Leichtgewicht, was Weine anging – sie bevorzugte weiß, leicht und lieblich gegenüber rot, schwer und trocken.

Die Frauen luden rote Plastikteller mit Köstlichkeiten auf dem Tisch ab – eine Käseplatte, Cracker, geschnittenes Obst, Gemüsesticks, Chips, Dips und Plätzchen. Haufenweise. Gewürzplätzchen und Pfefferminzplätzchen. Husarenkrapfen mit Maraschinokirschen. Pecan-Sandplätzchen und rote Käsekuchen-Plätzchen. Karamell-Makronen und russisches Teegebäck. Pfefferkuchenmänner und Orangen-Schoko-Plätzchen. Zimtsterne und Walnuss-Monde und die unverzichtbaren Zuckerplätzchen mit Buttercreme-Topping. Kimmie und Ben würden sich über die Reste freuen, die sie mit nach Hause brachte.

Obwohl sie versuchte, nicht zu viel Süßes zu essen, war Meredith regelrecht süchtig nach Plätzchen, und sie konnte sich nicht entscheiden, mit welcher Sorte sie anfangen sollte, also nahm sie sich von jeder eins. Vielleicht würde sie den Kater am nächsten Morgen bereuen, aber heute Abend wollte sie diese kleine Oase der Gemeinschaft, Nachbarschaft und Verbundenheit in der Wüste ihres Lebens, das sie seit fünf Jahren auf der Flucht verbrachte, genießen.

Dünnes Eis. Dort, wo du gerade mit deinen Schlittschuhen herumkurvst, ist das Eis so dünn wie Papier.

»Also.« Nachdem sich alle ihre Teller beladen und einen Sitzplatz gefunden hatten, beugte sich die temperamentvolle Emma nach vorn. »Wir sterben alle vor Neugier darüber, was drüben im Hutchinson-Haus vor sich geht. Du und Hutch lebt zusammen?«

Sie hätte nicht erwartet, dass der zierliche Rotschopf so direkt sein würde. »Nein«, stritt Meredith ab. »Nun, ja. Aber nicht auf diese Weise. Ich miete nur den ersten Stock.«

»Oh, ich wollte nicht wissen, ob ihr miteinander schlaft.« Emma lachte. »Ich meine, er ist ja gerade erst heimgekommen, vor, was, ein paar Tagen? Außer, du bist eine, die nichts anbrennen lässt. Ist es so, Jane? Hutch ist ja einer der begehrtesten Junggesellen in Twilight. Sämtliche Single-Frauen der Stadt werden wissen wollen, ob du Absichten mit ihm hast.«

»Ganz sicher nicht.« Meredith gab ihrer Stimme eine gewisse Schärfe. Grenzen. Grenzen waren wichtig. Besonders, wenn sie sich inmitten einer Gruppe befand, neigte Meredith dazu, mit dem Strom zu schwimmen. Sie war nie jemand gewesen, der Ärger machte. Nun, zumindest nicht, bis Sloane sie in diese Rolle gezwungen hatte. Er hatte sie abgehärtet, das musste sie dem verdammten Soziopathen lassen.

»Warum nicht?«, fragte Emma. »Hutch ist wirklich heiß und er ist so ein wundervoller Kerl. Die Crème de la Crème. Besser als all unsere Männer zusammen.« Sie zwinkerte ihren Freundinnen zu. »Hab ich recht, Mädels?«

Ein zustimmendes Murmeln brandete durch den Raum.

»Hutch ist total witzig, aber gleichzeitig ist er praktisch veranlagt und bodenständig«, sagte Flynn. »Eine seltene Kombination.«

Meredith lehnte sich auf der Couch zurück und legte das russische Teegebäck, das sie in ihrer Hand hielt, zurück auf den Teller. Puderzucker klebte an ihren Fingern und sie rieb ihre Fingerspitzen aneinander, um ihn loszuwerden. »Ich habe einen Sohn.«

»Einen Sohn, der einen Vater braucht.«

»Emma«, warnte Sarah. »Meredith fühlt sich nicht wohl.«

Emma wirkte bestürzt. »Meine Güte. Ich wollte nicht aufdringlich sein. Es ist nur so, dass wir Hutch alle sehr gern haben und ihn glücklich sehen wollen.«

Alle nickten zustimmend.

»Als das Gebäude an der Ecke, in dem Jesses Motorradladen und mein Nähtreff untergebracht waren, niedergebrannt ist, hat Hutch eine Spendenaktion ins Leben gerufen, die uns den Wiederaufbau ermöglicht hat«, sagte Flynn.

»Und hör dir das an.« Emma legte eine Hand auf Meredith' Schulter. »Als Joe, der jüngere Bruder von Sam, meinem Mann – er und Hutch waren beste Freunde in der Grundschule –, an Hodgkins erkrankt ist und seine Haare wegen der Chemo verloren hat, hat Hutch sich seine Haare aus Solidarität abrasiert.«

»Einmal hat er einen Jungen vor dem Ertrinken im Jachthafen gerettet«, sagte Sarah. »Good Morning Texas hat einen Beitrag darüber gebracht.«

Eine nach der anderen erzählten sie ihre Geschichten über Hutch. Wann immer einer seiner Freunde ein gebrochenes Herz hatte, war Hutch der erste, der ihn abends mit in die Stadt nahm, um ihn auf andere Gedanken zu bringen. Er besuchte Hochzeiten, Beisetzungen und Geburtstage von Verwandten, Freunden und Nachbarn. Er spielte gerne gutmütige Streiche. Er war derjenige, an den man sich wendete, wenn man Hilfe beim Umzug oder beim Streichen der neuen Wiege brauchte.

Manche ihrer Beschreibungen überraschten Meredith. Nicht die mutigen und großherzigen Wesenszüge von Hutch, sondern der unbeschwerte, lebenslustige Teil. Was die Frauen als verspielte Charaktereigenschaft beschrieben, musste tief unter Schmerz und Trauer vergraben sein, auch wenn Meredith bei seinem Umgang mit den Kindern immer wieder einen kurzen Blick darauf erhaschen konnte. Der Krieg hatte ihn ganz klar verändert. Die Tatsache, dass er nicht sprechen konnte, machte den Unterschied noch deutlicher.

»Was ist ihm im Nahen Osten widerfahren?«

Alle verstummten.

»Sein gesamtes Team ist bei einer verdeckten Mission ums Leben gekommen«, sagte Flynn. Mehr wissen wir auch nicht. Der Einsatz war streng geheim, und das Militär hat es geschafft, die Medien völlig im Dunkeln darüber zu lassen.«

»Wir würden noch nicht einmal das wissen, wenn mein Mann es nicht aus geheimen Quellen erfahren hätte.« Caitlyn Garza ergriff zum ersten Mal das Wort. Sie duftete dezent nach Rosen, und sie hatte eine angenehm ruhige Art an sich, die Meredith gefiel. Es war keine Schüchternheit wie bei Sarah, die schnell gesprächig wurde, wenn sie sich wohlfühlte; stattdessen schien Caitlyn eine Frau zu sein, die ihre Worte aufsparte und sie nur dann benutzte, wenn sie das Gefühl hatte, sie könne wirklich etwas zum Gespräch beitragen. »Gideon hat immer noch Kontakte da drüben.«

Meredith hatte gewusst, dass das, was Hutch in Afghanistan durchgemacht hatte, sehr schlimm gewesen sein musste, aber ihr war nicht klar gewesen, wie schlimm. Er hatte sein ganzes Team verloren. Der arme Kerl.

»Will noch jemand Wein?«, zwitscherte Emma, aber die Fröhlichkeit in ihrer Stimme klang aufgesetzt.

Ein paar der Frauen ließen sich nachschenken.

»Wenn er so ein großartiger Fang ist, warum ist Hutch dann nicht verheiratet?«, fragte Meredith.

»Er hat einmal um die Hand einer Frau angehalten«, antwortete Caitlyn. »Aber sie hat wegen Ashley Nein gesagt. Immer wenn Ashley das Gefühl hatte, Hutch würde sie zugunsten seines Mädchens vernachlässigen, wurde sie rasend vor Eifersucht. Einmal ist Ashley in die Wohnung seiner Freundin eingebrochen und hat sämtliche Kleider zerschnitten. Das war zu viel für die Frau, und natürlich würde Hutch nie seine Schwester im Stich lassen.«

»Hutch hat wegen seiner Mutter und seiner Schwester wirklich viel durchgemacht. Der Mann ist ein Heiliger, dass er das alles ertragen hat.«

Interessiert beugte sich Meredith nach vorn. »Was hat er denn ertragen?«

»Hat er es dir nicht erzählt?« Emma stopfte sich ein Plätzchen in den Mund.

»Er hat mir erzählt, dass Ashley an Borderline leidet.«

»Genau wie seine Mutter. Sie hat sich erhängt, als Hutch sechzehn war, und er war derjenige, der sie gefunden hat.« Emma wirkte aufgewühlt. »Er und Ashley kamen in unterschiedliche Pflegefamilien und der Junge hat Himmel und Hölle in Bewegung gesetzt, damit er für mündig erklärt wurde, sodass er sich um sie kümmern konnte.«

Meredith legte eine Hand an den Hals. »Das ist ja furchtbar! Was ist mit Hutchs Vater?«

Flynn schüttelte den Kopf. »Sein Vater hat sich nie um ihn gekümmert. Genau wie Kimmies Vater.«

»Es ist wirklich traurig«, seufzte Sarah, »wie die Dynamik

in einer Familie manchmal von Generation zu Generation weitergegeben wird.«

»Hutch hatte keine Kindheit«, fuhr Flynn fort. »Obwohl er einer der heißesten Kerle der Stadt war, hatte er während der Highschool nie eine Freundin. Er musste viel zu früh viel zu viel Verantwortung übernehmen.«

»Es ist nicht fair«, sagte Sarah. »Der arme Mann kann noch nicht mal einen Penny in den Sweetheart-Brunnen werfen und sich wünschen, wieder mit seiner Highschool-Liebe zusammenzukommen, weil er einfach keine hatte.«

Verwirrt runzelte Meredith die Stirn. »Wovon redest du?«

Sarah blinzelte und riss ungläubig die Augen auf. »Du hast nie von der Sweetheart-Legende gehört?«

»Nein.«

Flynn biss einem Pfefferkuchenmann den Kopf ab, kaute nachdenklich und sagte dann: »Deine Bildung ist sehr lückenhaft.«

»Ich kann nicht glauben, dass dir niemand von der Sweetheart-Legende erzählt hat.« Sarah schien das sehr zu bekümmern. »Hast du nie den Sweetheart-Brunnen im Sweetheart-Park bemerkt?«

»Ich war noch nie in dem Park.« Sie war viel zu beschäftigt gewesen mit ihrer Arbeit und ihren Bemühungen, nicht aufzufallen.

Emma blickte die anderen Frauen an. »Wer hätte gern die Ehre, Jane die Legende zu erzählen?«

»Lassen wir Flynn den Vortritt«, sagte Sarah. »Sie war die erste aus unserer Generation, die mit ihrer Highschool-Liebe wiedervereint wurde.«

Flynn stellte ihren Teller ab und rieb sich aufgeregt die

Hände. Ihre Augen leuchteten, als sie in die Geschichte eintauchte. »Es begann mit Jon Grant und Rebekka Nash, die als Teenager durch den Bürgerkrieg auseinandergerissen worden waren. Jon war ein Union-Soldat, Rebecca eine Südstaatenschönheit. Obwohl ihre Liebe für immer verloren zu sein schien, hörten sie nie auf, aneinander zu denken. Fünfzehn Jahre später trafen sie sich wieder am Ufer des Brazos, wo nun die Stadt Twilight steht. Das war, bevor sie den Fluss zum Lake Twilight aufgestaut haben. Keiner der beiden hatte geheiratet, noch wussten sie, dass der andere nach Texas gezogen war. Ein Blick genügte, um ihre Romanze wieder aufflammen zu lassen. Der Sweetheart-Brunnen wurde zum Gedenken an ihre unsterbliche Liebe errichtet.«

»Und so«, fuhr Emma fort, »war die Legende geboren, dass man, wenn man einen Penny in den Brunnen wirft, mit seiner Jugendliebe wiedervereint wird.«

Meredith sah sich in dem Raum voller Frauen um, und alle wirkten so ernst, dass sie unwillkürlich lachen musste.

Niemand stimmte mit ein.

»Ihr veräppelt mich, oder? Ihr könnt nicht alle ernsthaft an diese Legende glauben.«

»Mach dich ruhig darüber lustig«, sagte Flynn, »aber jede Einzelne von uns in diesem Raum hat ihre Jugendliebe geheiratet, nach Jahren der Trennung, und jede von uns hat einen Penny in den Brunnen geworfen und es sich gewünscht.«

»Du machst Witze. Jede Einzelne von euch?«

Alle Frauen im Raum hoben die Hand.

»Und das Gleiche trifft für die hier zu.« Flynn deutete mit dem Daumen in Richtung Küche, wo sich die älteren Frauen versammelt hatten.

»Aber Legenden sind nicht real«, beharrte Meredith. »Oder sie sind nur eine absolute Übertreibung einer wahren Begebenheit.«

Sarah hob ihre Hände, so als ob sie Meredith die Tafeln mit den Zehn Geboten hinhalten würde. »Sag das mal Jon und Rebecca.«

»Es muss eine sich selbst erfüllende Prophezeiung sein. Ihr glaubt an die Geschichte und setzt alles daran, dass es so kommt, und es funktioniert.«

Flynn zuckte mit den Schultern. »Vielleicht. Vielleicht auch nicht. Aber wir glauben daran.«

Das war wirklich verrückt, aber Meredith war hier Gast, deshalb sagte sie es nicht laut. »Was geschieht mit Leuten wie mir und Hutch, die keine Jugendliebe haben?«

»Oooh.« Emma presste ihre Hände aneinander und legte sie an ihre Wange, als wollte sie sagen: Das ist wirklich zu traurig. »Du hattest auch keinen Freund in der Highschool?«

»Nein.«

»Wie kommt's? Du bist so hübsch mit deiner hellen Haut und deinen faszinierenden blauen Augen.« Emma schlug sich eine Hand vor den Mund. »Ich bin zu neugierig. Ignorier die Frage einfach.«

»Ich wurde zu Hause unterrichtet. Meine Eltern waren Ballonfahrer. So verdienten sie ihr Geld, und wir reisten durchs ganze Land und besuchten Festivals und Jahrmärkte.«

Emmas Augen leuchteten auf. »Das muss Spaß gemacht haben!«

»Ja, zeitweise war es aufregend und machte Spaß, aber das Leben auf der Straße hat auch seine Schattenseiten. Es kann ganz schön ermüden und man muss ziemlich unabhängig sein. Man hat keine Familie und Freunde, auf deren Hilfe man zurückgreifen kann.« Auch wenn das Leben auf der Straße manchmal eine echte Herausforderung gewesen war, hatte es sie für ihr Leben auf der Flucht vorbereitet.

»Wow«, sagte Flynn. »Ich kann mir nicht vorstellen, wie es ist, ohne eine starke Gemeinschaft von Freunden und Verwandten aufzuwachsen.«

»Nun, Ballonfahrer bilden eine eigene Gemeinschaft, auch wenn einen oft ein ganzes Land von seinen Freunden trennt. Es war das einzige Leben, das ich kannte, bis meine Eltern bei einem Ballonunfall ums Leben kamen, als ich sechzehn war. Von da an habe ich bei meiner Großmutter gewohnt. Dann wurde sie krank und ich habe sie bis zu ihrem Tod gepflegt.« Meredith hetzte durch die Geschichte, um sie hinter sich zu bringen. Warum erzählte sie ihnen das alles? Sie zogen sie viel zu sehr in ihre Welt hinein.

Sarah beugte sich rüber, um Meredith' Hand zu tätscheln. »Du und Hutch habt so viel gemeinsam.«

Ja, keine Jugendliebe, Eltern, die früh gestorben sind, zu früh zu viel Verantwortung auf ihren Schultern. Meredith nahm einen Schluck Wein, um nicht weiter darüber nachzudenken.

»Spielt Bens Vater noch eine Rolle?«, fragte Flynn, die offensichtlich schon Verkupplungspläne schmiedete.

»Bens Vater ist tot«, antwortete Meredith schlicht. Das erzählte sie jedem, und sie betrachtete es nicht als Lüge. Denn der Mann, den sie geheiratet hatte, war nicht der Mann, für den sie ihn gehalten hatte. Der bezaubernde Mann, in den sie sich ein paar Wochen nach dem Tod ihrer Großmutter Hals über Kopf verliebt hatte, war ein Monster. Sie schaffte es nicht, irgendjemandem davon zu erzählen. Immerhin hatte Sloane die einzige Person, die ihr Geheimnis gekannt hatte, umgebracht, und er würde wieder töten, wenn es seinen kranken Zwecken diente.

»Weißt du«, sagte Sarah mit glänzenden Augen, »es gibt noch eine andere Legende in Twilight, die für die Leute gilt, die keine Jugendliebe haben.«

Meredith lachte wieder. Die Legende mochte zwar total verrückt sein, aber sie hatte sie heute Abend schon zweimal zum Lachen gebracht. Das war auf jeden Fall nicht schlecht. »Mir geht es gut. Ich brauche keinen Mann, weder von der Highschool noch sonst woher.«

»Jeder Mensch braucht Liebe«, sagte Emma.

»Ich bekomme genug Liebe. Ich habe den wundervollsten vierjährigen Sohn, den es überhaupt gibt.«

»Ben ist ein toller Junge«, stimmte Flynn zu. »Aber eine Frau hat auch andere Bedürfnisse.«

»Du musst nicht daran glauben«, unterbrach Sarah, »aber darf ich dir die Geschichte zumindest erzählen?«

»Ihr seid unverbesserlich.« Was schadete es? Vielleicht würde auch diese Legende sie zum Lachen bringen. »Dann schieß los.«

»Genau genommen war ich gar nicht Travis' Highschool-Liebe.« Sarah klang, als hätte sie irgendeine Sweetheart-Grundregel verletzt. »Ich war in ihn verknallt, aber er behandelte mich wie eine kleine Schwester.«

»Was hat dir dann geholfen?«, spielte Meredith mit.

»Die Legende des Schicksalsplätzchens.«

»Ich bin gespannt.«

Sarah rutschte auf ihrem Platz hin und her. »Wenn man

am Weihnachtsabend mit einem Schicksalsplätzchen unter dem Kopfkissen schläft, träumt man von seiner wahren Liebe. Es funktioniert. Jedes Jahr, in dem ich mit einem Schicksalsplätzchen unter dem Kissen geschlafen habe, von der Zeit an, in der ich ein Teenager war, bis zu dem Jahr, in dem Travis und ich ein Paar wurden, habe ich von ihm geträumt. Ich habe das Rezept dabei, falls du es ausprobieren möchtest.«

»Gibt es hier irgendwo Schicksalsplätzchen?«, fragte Meredith, um ihr den Gefallen zu tun. »Ich würde gerne eins probieren.«

»Oh, du musst frische backen für den Weihnachtsabend. Du solltest kein altes verwenden. Aber – ja.« Sie nahm ein Plätzchen von Meredith' Teller. »Das ist das Schicksalsplätzchen.«

»Mmm. Okay. Was passiert, wenn man von jemandem träumt, den man nicht mag?«

»Wirst du nicht«, sagte Sarah im vollen Brustton der Überzeugung.

Meredith knabberte das Schicksalsplätzchen. Sie schmeckte Haferflocken, Kokosflocken, Cranberries, weiße Schokolade und Macadamianüsse heraus. Es war ein ganz einfaches Rezept, aber es schmeckte köstlich, und das sagte sie auch.

»Von meiner Großmutter«, sagte Sarah mit stolzgeschwellter Brust und griff in die Tasche ihres Sweatshirts. Sie zog einen Stapel laminierter Karteikarten hervor, auf die das Rezept der Schicksalsplätzchen gedruckt war, und überreichte eine der Karten Meredith. »Probier's aus. Wenn sonst nichts passiert, dann hast du zumindest eine Ladung Plätzchen, um die sich die Leute reißen werden.«

»Danke.« Meredith steckte die Karte in ihren Geldbeutel. Kimmie und Ben würde es Spaß machen, die Plätzchen am Weihnachtsabend zu backen. »Ich möchte mich herzlich bei euch für den schönen Abend bedanken. Es war gut, mal aus dem Haus zu kommen.«

»Oh«, sagte Emma. »Musst du schon gehen?«

»Es ist halb neun.« Meredith nickte zur Uhr über dem Kamin.

»O je, schon so spät«, meinte eine der anderen Frauen und sprang von ihrem Stuhl auf.

Damit war die Party beendet. Meredith suchte nach Raylene, um ihr für den netten Abend zu danken. Als sie sich durchs Wohnzimmer zurückschlängelte, waren die meisten der jüngeren Frauen dabei, Keksdosen einzusammeln, sich ihre Jacken anzuziehen, sich zu umarmen und Gute Nacht zu sagen.

Alle bis auf Caitlyn Garza, die immer noch auf der Couch saß. Als sie Meredith erspähte, stand sie auf und kam zu ihr.

»Kann ich dich einen Moment sprechen?«, sagte Caitlyn leise.

Meredith zögerte. »Mh, ich sollte wirklich heim.«

»Es geht um etwas, was du unbedingt hören solltest.« Caitlyns Ton war ernst.

»Okay.« Meredith folgte Caitlyn mit klopfendem Herzen in eine Ecke des Wohnzimmers, in der sie für sich waren.

Caitlyn presste die Lippen aufeinander und trommelte mit den Fingern auf ihr Kinn. »Hör zu, jeder liebt Hutch und er ist ein großartiger Kerl, und wenn du romantische Absichten hegst, will ich dich nicht abschrecken, aber …«

»Tu ich nicht.« Meredith schüttelte heftig den Kopf. »Ich hege gar keine Absichten.«

»Bist du dir sicher? In Twilight wird die Liebe gerne romantisch verklärt und dieser Haufen hier tut nichts lieber, als Leute miteinander zu verkuppeln. Es könnte schnell passieren, dass man sich von ihrem Enthusiasmus anstecken lässt.«

»Du hast gesagt, Hutch war ein guter Kerl, nicht ist ein guter Kerl. Was meinst du damit?«

»Die Sache ist die. Er wird nie mehr wieder so sein wie vorher. Den Kerl, den wir kannten, gibt es nicht mehr. Und es bleibt abzuwarten, ob der neue Hutch besser oder schlechter ist als der alte.«

Meredith schluckte, dachte an Hutchs aufgeplatzten Handknöchel und dass sie die Sache einfach auf sich beruhen lassen hatte, anstatt nachzuhaken. »Willst du mir sagen, dass er gewalttätig sein könnte?«

»Er war zwar Mitglied einer Spezialeinheit, aber diese Kerle sind bekannt für ihre Selbstkontrolle. Selbst wenn er sich geändert hat, glaube ich nicht, dass er dir jemals wehtun würde.«

»Du glaubst nicht, dass er es tun würde, aber die Möglichkeit besteht.« Ihr wurde eiskalt.

Caitlyn stieß ihren Atem aus. »Lass mich dir erzählen, was mir widerfahren ist. Gideon, mein Mann, war lange Zeit im Nahen Osten, und es hat ihn verändert. Wir haben eine harte Zeit durchgemacht, nachdem er zurückgekommen ist. Auch wenn du Hutch gegenüber keine romantischen Gefühle hegst – wenn du mit ihm unter einem Dach lebst, solltest du ein paar Dinge über die Veteranen wissen, die von dort drüben zurückkehren, besonders über diejenigen, die verwundet wurden.«

Das Glücksgefühl, das der Wein, das Essen und die nette Gesellschaft hinterlassen hatte, war augenblicklich verflogen. Ihre Knie wurden schwach, und heiße Übelkeit breitete sich von ihrem Bauch her in dem unausweichlichen Muster aus: Sie hatte das unheimliche Gefühl, dass etwas ihren Nacken hinaufkrabbelte, eine unsichtbare schwarze Spinne, die sich durch ihr Gehirn bohrte. Stacheln der Angst zupften an ihrer Haut und die Narbe hinter ihrem Ohr brannte.

»Und das ist?«, flüsterte sie.

»Die Mehrheit von ihnen leidet unter einer Form von PTBS. In Hutchs Fall kann es ganz mild sein, aber es würde mich sehr wundern, wenn das, was da drüben geschehen ist, nicht irgendwelche negativen Auswirkungen auf ihn hätte.«

»Ich verstehe.« Ihr war speiübel. Lieber Gott, bitte mach, dass ich mich nicht übergebe.

»Ich will dich nicht beunruhigen. Bevor er zu der Spezialeinheit kam, war Hutch der ehrlichste, offenste Mann, den ich je getroffen habe, und das ist ein Wunder, wenn man bedenkt, wie er aufgewachsen ist. Er ist ein widerstandsfähiger Kerl und ich möchte nicht schlecht über ihn reden, aber ich hätte das Gefühl, etwas zu versäumen, wenn ich dir nicht erzählen würde, was ich über die Auswirkungen einer PTBS weiß.«

»Bitte.« Meredith leckte sich nervös über die Lippen. »Ich möchte es wissen.«

In ruhigem Ton erzählte Caitlyn, wie sie von Gideon mit einer Pistole bedroht worden war, nachdem sie ihn aus dem Tiefschlaf geweckt hatte. »Es war eine automatische Reaktion. Bei den Green Berets war er darauf trainiert worden, immer in Alarmbereitschaft zu sein, aber der Vorfall hat uns beiden Angst gemacht, und unsere Beziehung wäre beinahe daran zerbrochen. Gideon war so voller Reue und Selbsthass.«

Meredith traute sich beinahe nicht, die nächste Frage zu stellen, aber sie musste es wissen. »Wie geht es Gideon heute?«

Ein strahlendes Lächeln breitete sich auf Caitlyns Gesicht aus und ihre Stimme wurde heiter. »Er hat sich komplett erholt. PTBS ist heilbar, aber es passiert nicht von einem Tag auf den andern. Und Hutchs Fall ist komplizierter, weil er nicht sprechen kann. Es ist schwierig, eine Einsatznachbesprechung abzuhalten, wenn man nicht reden kann.«

»Was hast du getan, um Gideon da rauszuhelfen?« Meredith konnte kaum glauben, dass sie diese Frage stellte. Sie sollte ihren Sohn schnappen und verschwinden, anstatt zu versuchen, Hutch über seine PTBS hinwegzuhelfen.

»Wir sind zusammen zur Therapie gegangen, aber Gideon war ja in der Lage, sich freier auszudrücken. Eine herkömmliche Therapie wird bei Hutch vielleicht nicht funktionieren. Alles, was Stress und Angst reduziert, könnte helfen. Sport. Biofeedback. Atemübungen.«

»Yoga?«

»O ja, Yoga wäre gut. Die Veteranen leiden vor allem unter Schuldgefühlen, und in Hutchs Fall, der ja sein ganzes Team verloren hat …« Sie schüttelte den Kopf. »Er muss sich ziemlich isoliert und einsam fühlen, aber er hasst es, das zu zeigen.«

Meredith war völlig aufgewühlt von den vielen widersprüchlichen Gefühlen, die sie empfand. Der mitfühlende Teil von ihr wollte ihm unbedingt helfen, aber der Teil, der die Gewalt nicht vergessen konnte, die ihr widerfahren war, brüllte sie an, endlich die Augen aufzumachen. Es war nicht ihre Aufgabe, ihn zu heilen.

»Zeit mit anderen Veteranen zu verbringen, die genau wissen, was man durchmacht, hilft auch«, fuhr Caitlyn fort. »Gideon und ein paar der anderen Veteranen wollten Hutch kürzlich besuchen, aber er kam nicht an die Tür.«

»Vielleicht war er nicht zu Hause.«

Caitlyn schüttelte den Kopf. »Sie konnten ihn durch den Vorhang sehen. Er stand im Flur, als ob er die Tür öffnen wollte, sich aber einfach nicht dazu durchringen konnte.«

»Vielen Dank, dass du mir das alles erzählt hast.« Meredith versuchte ein Lächeln, doch sie spürte, dass es nur bis zu ihren Lippen kam, ihre Augen aber nicht erreichte. »Es ist nett, dass du dich um mich sorgst.«

»Hör zu, wenn du jemanden zum Reden brauchst ...« Caitlyn unterbrach sich, um einen Stift und einen Zettel aus ihrer Handtasche zu kramen. Sie schrieb ihre Telefonnummer auf und gab sie Meredith. »Wenn du reden möchtest, kannst du mich jederzeit anrufen.«

»Das ist wirklich lieb von dir.«

»Mach dir keine Sorgen. Es gibt Hoffnung für Hutch. Gib ihn nicht auf. Ich bin mir sicher, dass er das überstehen wird, aber der Weg, der vor ihm liegt, ist steinig. Ich bin wirklich froh, dass er dich hat.«

Er hat mich nicht, wollte Meredith sagen, aber die Wahrheit war, dass sie sich, solange sie in seinem Haus wohnte, mit ihm auseinandersetzen musste.

Wenn nicht Weihnachten vor der Tür stünde, wenn sie nicht pleite wäre, würde sie Ben in den Minivan setzen und abhauen.

Kimmie ohne Mutter bei ihrem verletzten Onkel zurücklassen? Genau das war das Problem, oder? Wie könnte sie das kleine Mädchen guten Gewissens alleinlassen?

9

Nachdem Jane bei der Plätzchentausch-Party gewesen war, bemerkte Hutch eine Veränderung an ihr.

Er ertappte sie dabei, wie sie ihm besorgte Blicke zuwarf, auf die Art, wie man einen zahmen Zirkustiger beäugt, während man sich fragt, ob der Tag kommen würde, an dem das wilde Tier keine Lust mehr auf das Spiel hatte und anfing, das Publikum zu zerfleischen.

Was hatte sie auf der Party über ihn zu hören bekommen?

Er mochte zwar nicht mehr sprechen können, er mochte zwar eine PTBS haben, aber er würde ihr oder den Kindern niemals Schaden zufügen. Trotzdem konnte er es ihr nicht verübeln, dass sie vorsichtig war. Sie kannte ihn nicht. Er konnte ihr zwar das Blaue vom Himmel herunter versprechen, aber Taten zählten immer mehr als Worte, und sie beobachtete jede seiner Bewegungen.

Am Samstagmorgen stand er wie gewohnt vor Sonnenaufgang auf. Statt oben im Flur fand er Jane unten im Wohnzimmer, wo sie in ihren Yogakleidern auf einer lila Yogamatte saß.

Verdammt. Schweiß trat ihm auf die Stirn. Wenn sie vorhatte, die ganzen verführerischen Posen vor seiner Nase einzunehmen, während sie diese hautenge schwarze Leggings trug und total sexy und noch ganz zerzaust vom Schlaf aussah, musste er zurück in sein Zimmer und sich auf die einfachste Weise überhaupt um seine körperlichen Bedürfnisse kümmern.

In dem Moment entdeckte er die zweite Yogamatte. Diese war blau.

Sie saß im Schneidersitz da, klopfte mit der Hand auf die blaue Matte und winkte ihn mit gekrümmtem Finger heran.

Er schüttelte gleichzeitig seinen Kopf und seine erhobenen Hände.

Sie nickte und winkte weiter mit ihrem süßen kleinen Finger. »Komm.«

Er schüttelte weiter den Kopf, setzte sich aber in Bewegung. Warum tat er das?

Sie drückte die Play-Taste des Ghettoblasters, der neben ihr auf dem Boden stand, und Musik, die wohl beruhigend wirken sollte, plätscherte in den Raum. Irgendeine Tussi sang von etwas, was nur die Zeit zeigen würde.

»Nichts allzu Schwieriges heute Morgen«, sagte Jane. »Nur ein paar Atemübungen. Die werden dir dabei helfen, dich zu entspannen. Später gehen wir zu den Haltungen über. Die Atemübungen nennt man Pranayama.«

Als ob es ihn interessieren würde. Dennoch setzte er sich auf die Matte neben ihr.

Sie schenkte ihm ein sanftes Lächeln, das seinen Widerstand dahinschmelzen ließ. Die Frau war wie der Ozean, schön, beruhigend und verdammt energisch.

Während der folgenden halben Stunde leitete sie ihn durch eine Reihe von Atemübungen, die seinen Körper vom Scheitel bis zu den Zehen prickeln ließen und dafür sorgten, dass seine Lungen sich so frei anfühlten wie schon seit Jahren nicht mehr. Hm, vielleicht war an diesem ganzen Yoga-Hokuspokus doch was dran?

»Das hast du wirklich gut gemacht«, sagte Jane. »Ich bin stolz auf dich. Morgen machen wir weiter.«

Er nickte ruckartig mit dem Kopf. Zum Teufel, Hutchinson, hör auf damit. Du siehst aus wie ein bescheuerter Wackeldackel.

»Wenn du weiter übst, wird Yoga dein Leben verändern, das verspreche ich dir.«

Da war er sich nicht so sicher, aber ihr Lächeln machte ihn süchtig, und er wollte mehr davon. Brauchte mehr davon. Und, hey, vielleicht hatte sie ja recht. Vielleicht würde dieses Atem-Dings seinen Geist zur Ruhe bringen, was wiederum seine Anspannung lösen würde, was wiederum dazu führen könnte, dass seine Sprache zurückkehrte.

»Ich habe heute Morgen zwei Massagetermine«, sagte sie. »Aber wenn ich zurückkomme, gehen wir mit den Kindern zum Dickens-Festival.«

Als Jane zur Mittagszeit zurückkam, hatte er die Kinder warm eingepackt und sich mental darauf eingestellt, sich über den Stadtplatz zu kämpfen, auf dem es sowohl von Touristen als auch von Einheimischen nur so wimmeln würde. Sie mussten auf einem überfüllten Parkplatz fast einen Kilometer vom Stadtzentrum entfernt parken und den Rest zu Fuß gehen.

Hutchs Magen krampfte sich jedes Mal zusammen, wenn jemand ihn grüßte. Viele Leute wollten mit ihm plaudern, ihm für seinen Dienst danken und ihn nach seinem Befinden fragen. Wann immer es ging, versuchte er, mit einem gezwungenen Lächeln und einem Nicken davonzukommen. Dutzenden Leuten klarzumachen, dass er nicht sprechen konnte, war anstrengend und führte dazu, dass er sich wie ein Schatten seines alten Selbst fühlte. Er sah die mitleidigen Blicke und das bedauernde Kopfschütteln, und er hasste es.

Nach einer Weile übernahm der kleine Ben die Aufgabe und bewahrte ihn davor, die bescheuerte Zaubertafel rauszuziehen, indem er jedes Mal, wenn jemand auf sie zukam, automatisch sagte: »Onkel Hutch kann nicht sprechen.«

Das Kind rutschte ganz schnell auf Hutchs Liste seiner Lieblingsmenschen nach oben.

Nach ungefähr einer Stunde fing Hutch an, sich zu entspannen und die Veranstaltung zu genießen. Er versuchte, alles durch die Augen der Kinder zu sehen. Vor viel zu langer Zeit hatte er vergessen, wie es war, einfach unvoreingenommen zu staunen.

Sie ließen die Kinder Ponyreiten, und Kimmie jauchzte vor Angst und Freude, als das Pony anfing, sich unter ihr zu bewegen. Sie kauften Essen an den verschiedenen Ständen – gebratene Truthahnschenkel, Corn Dogs, Würstchen am Stiel, weiche, saftige Brezeln und heiße gebrannte Nüsse. Sie tranken Limonade und heißen Apfelwein und beendeten ihr Mahl mit dem besten Fudge, das sie je gegessen hatten. Die einheimischen Händler waren gekleidet wie in Dickens Romanen. Königliche Leibgardisten und Bobbys spazierten die Gehwege entlang. Sie schüttelten Scrooge und Marley, Tiny Tim, Miss Havisham und Oliver Twist die Hand. Kimmie und Ben ließen sich die Gesichter schminken und nahmen an der Scrooge-Schnitzeljagd teil, bei der jeder einen Preis erhielt. Die Kinder gewannen Malbücher und Wachsmalstifte.

Es war ein perfekter Tag, und am Ende veränderte sich die Stimmung zwischen Jane und Hutch noch einmal.

Auf dem Weg zurück zum Minivan nahmen sie eine Abkürzung durch den Sweetheart-Park. Die Kinder rannten voraus und spielten Fangen, der Klang ihrer Schritte und ihr helles Lachen hallte durch den ganzen Park.

Die Sonne wich der Dämmerung, und nostalgische Gaslaternen verströmten ihr künstliches Licht, während sie Seite an Seite durch den Park wanderten. Der Drang, ihre Hand zu nehmen, war so stark, dass Hutch seine Hand in die Tasche seiner Jeans stecken musste.

Die Kinder im Blick behaltend, überquerten sie den Holzsteg, der über einen Zufluss des Brazos führte. Als sie sich dem Ende der kleinen Brücke näherten, blieb Jane mit einem Schuh an einer unebenen Holzplanke hängen und verlor das Gleichgewicht. Bevor Hutch nach ihr greifen konnte, stolperte sie über den Rand des Stegs ins Wasser.

Doch anstatt des erwarteten Platschs hörte er ein dumpfes Geräusch, und Jane rief: »Oh!«

Er spähte über den Rand der Brücke und sah, dass sie auf einer hölzernen Plattform mit Rädern gelandet war, die man mit roten Nelken geschmückt hatte. Jemand musste das Ding nach der Parade am Morgen dort abgestellt haben.

Lachend schaute Jane aus ihren großen Augen zu ihm herauf. Unter dem plötzlichen Gewicht neigte sich der Festwagen jäh nach vorn, und Nelken regneten in Kaskaden auf sie nieder. Die umherwirbelnden Blumen brachten den vorderen Teil der Plattform zum Blühen, sie sammelten sich in den Ecken, bedeckten Janes Körper mit purpurnen Blüten und legten einen dunkelroten Schleier über ihr ebenholzschwarzes Haar und ihre blasse Haut, bis nur noch ihre Augen und Wangen herausschauten.

Wie hoch war die Wahrscheinlichkeit, dass ein Wagen voller Blumen dastehen würde, um ihren Sturz abzufangen? Das konnte einfach kein Zufall sein. Dieser Festwagen verkörperte den Geist von Weihnachten und alles, wofür er stand – Großzügigkeit, Güte, Liebe –, und Jane war mitten im Zentrum, die sprudelnde Quelle, aus der sich alles Gute ergoss.

Es war ein romantischer Gedanke. Poetisch. Und passte überhaupt nicht zu dem Mann, dessen Leben so lange von Krieg und Kampf bestimmt worden war. Doch irgendetwas gab ihm das Gefühl, eine außerkörperliche Erfahrung zu machen. Es war sie. Jane war diejenige, die ihn in himmlische Höhen emporhob, die ihn aus dem Morast niedrigsten menschlichen Verhaltens herauszog. Er hatte keinen Namen für das, was er fühlte, denn er hatte noch nie so empfunden wie in diesem Moment.

Unfähig, sich von der Stelle zu rühren, neigte er seinen Kopf, betrachtete sie, sah helles Entzücken in ihren Augen, sah, wie die Blumen sich wellenförmig auf ihr bewegten, während sie atmete, und er musste seine gesamte Willenskraft aufbieten, um nicht hinunter ans Ufer des Bachs zu springen, sie vom Wagen zu heben und sie zu küssen.

»Mommy!«, rief Ben und zerbrach die süße Stille des Hier und Jetzt. »Wo seid ihr?«

»Morgen gehe ich mit Ben in die Kirche«, sagte sie, nachdem die Kinder an diesem Abend todmüde ins Bett gefallen waren. »Soll ich Kimmie mitnehmen?«

Hutch hatte keine Ahnung, was ihn ritt. Er war nie religiös gewesen, aber er nahm die Zaubertafel und schrieb eine

Frage darauf, die sie genauso zu überraschen schien wie ihn selbst. KANN ICH AUCH MITKOMMEN?

Jane schenkte ihm ein Lächeln, das seinen Atem zum Stocken brachte. »Ja«, antwortete sie, und ihr Blick wurde ganz weich. »Wir würden uns sehr freuen.«

Also ging Hutch mit in die Kirche. Er saß in der Bank neben Jane, Kimmie zu seiner Linken, Ben zu Janes Rechten, und war sich nur allzu bewusst, wie nah sie einander waren. Sie berührten sich fast. Während des Gottesdienstes betrachtete er sie heimlich aus den Augenwinkeln.

Die Morgensonne, die durch die Buntglasfenster fiel, beleuchtete sie von hinten, und sie sah aus wie ein Engel, ganz weich und durchscheinend. Glücklich. Sie sah glücklich aus.

Ihr Aroma, ein heimeliger Duft nach Seife, Zuckerplätzchen und Himbeershampoo, liebkoste seine Nase und brachte sein rechtes Bein in einem gefährlichen Impuls dazu, sich einen Zentimeter nach rechts zu bewegen, sodass es ihren Schenkel berührte.

Hutch genoss den Moment wie einen guten alten Whiskey und verglich seine jetzige Situation mit der vor wenigen Monaten. Er hatte viel verloren, doch wie viel hatte er dazugewonnen!

Sie gehört dir nicht. Du machst dir was vor.

Was tat er hier? Was sollten diese Fantasien? Er war zu durcheinander, um seine Impulse unter Kontrolle zu halten. Er hatte ihr nichts zu bieten. Nicht, solange er nicht sprechen konnte. Nicht, solange er nicht seine Pilgerreise zu den Familien der tapferen Männer gemacht hatte, die an seiner Seite gekämpft und ihr Leben gelassen hatten. Im Moment war er zu gebrochen, zu zersplittert, und sie verdiente etwas Besseres als das.

Ja? Du willst sie also? Dann fang an zu sprechen. Wenn nicht um deinetwillen, dann tu es für Kimmie.

Wenn Gupta und Jenner recht hatten, wenn sein Sprachverlust rein psychische und keine physischen Ursachen hatte, dann besaß er die Macht, wieder zu sprechen. Was würde es brauchen, um dorthin zu gelangen?

Jane benetzte zwei Finger mit ihrer Zunge und strich Bens widerspenstigen Haarwirbel glatt. Der Ausdruck auf ihrem Gesicht war so voller Liebe, dass Hutch beinahe nicht anders konnte, als sie zu berühren. Aber er hatte versprochen, es nicht zu tun. Stattdessen zog er seinen Kamm aus der Hosentasche und gab ihn ihr, um Bens widerspenstigem Haar Herr zu werden.

Sie nahm den Kamm entgegen und gab das liebevolle Lächeln an ihn weiter. Für den Bruchteil einer Sekunde berührten sie beide den Kamm, sodass sie kurz durch ein dünnes Stück Plastik miteinander verbunden waren.

Der Pfarrer sprach über den Glauben. Dass er Berge versetzen könne. Dass alles, was es brauche, um sein Leben zu ändern, Glaube von der Größe eines Senfkorns sei.

»Aber wahrer Glauben«, sagte der Pfarrer, »hat nichts mit Kontrolle oder Erfolg zu tun. Es geht darum, loszulassen, sich freizumachen von unseren falschen Überzeugungen, die uns nicht weiterhelfen. Um Frieden zu finden, müssen wir darauf vertrauen, dass Frieden möglich ist. Um Liebe zu finden, müssen wir darauf vertrauen, dass sie in greifbarer Nähe ist.«

Hutch drehte sich zu Jane, und im gleichen Moment wandte sie sich zu ihm.

Ihre Blicke trafen sich, und er konnte beinahe den lauten Knall hören, als der Blitz im Boden einschlug, zischend und heiß. Sie riss ihre Augen auf, ihre Lippen teilten sich und er konnte ihre geraden, perlweißen Zähne sehen. Ihr Atem ging schnell, genau wie seiner.

»Vertraut«, rief der Pfarrer inbrünstig. »Vertraut darauf, dass alles gut sein wird. Vertraut darauf, dass euer Leben genauso verlaufen wird, wie es soll.«

Der Chor erhob sich und begann zu singen: »Trust in Me Now.« Alle um sie herum standen auf und blickten auf den Liedtext, der auf die Leinwand vorn in der Kirche projiziert wurde.

Seinetwegen konnte man ihn gern blasphemisch nennen, aber er hatte nur noch Augen für Jane. Sie sah ihn an und er sah sie an, und es war, als bekäme sein ganzes Leben endlich einen Sinn. Alles, was er getan hatte, hatte ihn hierhergeführt, und nichts hatte sich je so richtig angefühlt. Selbst wenn Hutch zweihundert Jahre alt werden würde, würde er diesen Moment des absoluten Staunens niemals vergessen.

Jane sagte auf dem Heimweg kein Wort zu ihm. Schwieg sie aus Respekt, weil sie wusste, dass er sich nicht unterhalten konnte, während er fuhr? Achtung, Achtung: Bitte schreiben Sie während der Fahrt nicht auf einer Zaubertafel? Oder hatte sie das, was in der Kirche zwischen ihnen geschehen war, genauso aus der Bahn geworfen wie ihn?

Aber wie auch immer, das Schweigen war nicht unangenehm. Eigentlich fing er sogar an, es zu mögen. Im Vergleich zum Lärm des Krieges war Schweigen tatsächlich Gold.

Aber er durfte sich nicht zu sehr daran gewöhnen oder zu viel Gefallen daran finden. Er durfte nicht zulassen, dass sein

Handicap ihn schwächte. Er würde wieder sprechen. Solange er das nicht konnte, würde es ihm nicht besser gehen. Wenn er Jane seine wachsenden Gefühle für sie gestehen wollte, musste er einen Weg finden, es ihr zu sagen – nicht zu schreiben. Ich mag dich. Ich will dich. Lass uns diese bescheuerten Regeln über Bord werfen und sehen, wohin es uns führt.

Das erste Mal, seit er das Krankenhaus verlassen hatte, konnte Hutch wieder klar sehen, er hatte wieder ein Ziel vor Augen. Egal wie lang es dauerte, egal was er dafür auf sich nehmen musste, er würde wieder sprechen. Er würde seinen Schwur halten und die Reise zu den Familien seiner Teamkameraden antreten.

Und wenn er zurückkam, würde er ein neues Leben anfangen. Das war es, was er sich am meisten wünschte – einen gesunden Geist, eine klare Stimme, einen starken Körper und einen Neuanfang.

An den folgenden drei Tagen übte Hutch Yoga mit Jane. Nachdem sie zur Arbeit gegangen war und die Kinder in den Kindergarten gebracht hatte, folgte er seiner morgendlichen Routine. Hundert Liegestütze und fünfzig Klimmzüge. Ein leichtes Training, gerade genug, um seinen Puls ein wenig hochzutreiben. Dann versuchte er zu sprechen. Er stellte sich vor den Schlafzimmerspiegel und starrte finster auf sein Spiegelbild. Alles, was er brauchte, war eine einzige Silbe, ein einziger Laut. Der Sprachtherapeut im Walter Reed hatte ihm gesagt, dass der einfachste Laut ein Baa sei.

Er atmete tief ein – das Volumen seiner Lunge hatte sich bereits durch Pranayama verbessert – und spannte sein

Zwerchfell an, sodass die Luft aus seinen Lungen die Luftröhre hinaufgepresst wurde, wo der Luftstrom aber immer erstarb. Es war, als ob seine Halsmuskulatur sich gegen ihn gestellt hätte, dichtmachen würde, festgerostet wäre, jegliche Kooperation verweigern würde. Er konnte spüren, wie sein Kehlkopf vibrierte und versuchte zu tun, was er von ihm verlangte, aber es bestand keine Verbindung zwischen seinem Kehlkopf und seinem Mund, so als ob ein Stecker aus der Steckdose gezogen worden wäre.

Er versuchte es ein, zwei, drei, vier Mal. Ein klägliches Röcheln kam heraus, mehr ein Würgen als ein echter Sprechlaut, und dann machte sein Hals dicht und er konnte keinen weiteren Laut mehr hindurchpressen. Er sog Luft durch die Nase ein und fühlte, wie sie auf ihrem Weg nach unten zitterte.

Drei Tage lang passierte immer das Gleiche. Mehr. Er musste sich mehr anstrengen.

Am vierten Tag versuchte er es ein Dutzend Mal. Als er keine Verbesserung feststellen konnte, versuchte er es noch ein Dutzend Mal. Am nächsten Tag fügte er eine Einheit am Abend hinzu, bevor er ins Bett ging. Ihm war egal, dass sein Hals rau war und seine Nackenmuskeln schmerzten. Er hatte die Ausbildung der Delta Force überlebt. Im Vergleich dazu war das hier, als ob einem ein Dutzend Haremsdamen Luft zufächelten und Trauben in den Mund steckten.

Ein weiterer Tag verging und noch einer. Nichts änderte sich.

Er zwang sich, weiterzumachen, versuchte, noch mehr zu üben. Nada.

Seine Frustration wuchs. Warum schaffte er es nicht? Warum konnte er nicht sprechen? Er zog in Erwägung, zu einem Therapeuten zu gehen, aber was sollte das bringen, wenn er kein Wort sagen konnte?

Um mit seiner Frustration fertig zu werden, brachte er die Tage damit zu, alle Bäume auf seinem Grundstück, die während seiner Abwesenheit wild gewuchert waren, zu beschneiden und die Äste zu Brennholz zu verarbeiten. Er brachte ein Klafter Holz zu Dotty Mae Densmore hinüber. Seine Nachbarin war über achtzig und lebte allein, und er machte sich Sorgen um sie.

Dotty Mae dankte ihm überschwänglich, und dann, als er sich gerade zum Gehen gewandt hatte, sagte sie: »Ich erinnere mich daran, wer du gewesen bist.«

Hutch hielt inne und hob fragend eine Augenbraue.

»Als du ein Kind warst. Bevor du zur Army bist. Bevor deine Mutter vollends verrückt geworden ist.«

Warum sagte sie das alles?

Er hätte es einfach dabei belassen sollen, ihr zuwinken und gehen. Stattdessen nickte er, als sie ihm eine Tasse Kaffee anbot, und setzte sich an ihren Küchentisch. Es gab nicht viele Menschen, die heute noch über seine Mutter sprachen. Es gab nicht mehr viele, die sie wirklich gekannt hatten. Nicht viele, die kein Problem damit hatten, über den Tod zu sprechen.

Aber in ihrem fortgeschrittenen Alter blickte Dotty Mae dem Tod direkt ins Gesicht. Sie verstand, wie auch Hutch, wie auch alle Soldaten, die ihre Stiefel auf fremden Boden gesetzt hatten, dass der Tod ein unausweichlicher Teil des Lebens war, der Sensenmann gleich hinter der nächsten Ecke lauerte und sich eins pfiff, während er darauf wartete, dass man endlich auftauchte.

»Ein Schuss Pfefferminzschnaps?«, fragte sie, nachdem sie den Kaffee eingeschenkt und eine dampfende Tasse vor ihn hingestellt hatte. »Zur Feier des Tages.«

Hutch war kein großer Fan von Pfefferminz und noch weniger von Schnaps, aber er hatte seit dem Angriff keinen Tropfen Alkohol mehr getrunken. Er schob ihr seine Tasse hin und sie gab einen kräftigen Schuss Schnaps aus einem Flachmann hinein, den sie aus der Tasche ihrer Schürze gezogen hatte. Sich selbst schenkte sie genauso viel ein.

»Manche Menschen können nicht gerettet werden.« Dotty Mae schraubte den Flachmann zu. »Aber du kannst es.« Sie nahm einen großen Schluck des schnapsversetzten Kaffees, seufzte zufrieden und lehnte sich in ihrem Stuhl zurück. »Und Jane. Auch sie kann gerettet werden.«

Vor was gerettet werden? Was wusste Dotty Mae über Jane, was er nicht wusste? Himmel, wie er sich wünschte, sprechen zu können. Hutch fuhr sich mit den Fingern durch die Haare. Sie wurden langsam zottelig, selbst für die Männer in der Unit, die dem Dresscode der Army nicht unterworfen waren.

»Und Ashley?«, sagte Dotty Mae und schüttelte den Kopf. »Dieses Mädchen …«

Sie beendete ihren Gedanken nicht.

Hutch kippte seinen Kaffee hinunter, warf der älteren Dame ein angespanntes Lächeln zu und machte, dass er davonkam. Ab und zu war es doch ein Segen, nicht sprechen zu können. Als Jane von der Arbeit nach Hause kam, hatte er ein Feuer im Kamin gemacht und das Essen stand auf dem Herd. Sie warf ihm einen dankbaren Blick zu und meinte, dass er nicht jeden Tag das Abendessen zubereiten brauchte.

Aber was hatte er sonst zu tun? Außerdem machte es ihm Spaß, sich um sie und die Kinder zu kümmern. Es gab ihm das Gefühl, nützlich zu sein.

In den Tagen vor Weihnachten entwickelten sie eine angenehme Routine, die sich um die Betreuung der Kinder drehte. Manchmal ertappte er sie dabei, wie sie ihn völlig verwundert anstarrte, so als ob sie nicht glauben könnte, dass sie sich von ihm angezogen fühlte. Einmal flammte ein Funken des alten Hutchs auf und er zwinkerte ihr zu. Sie wandte sich mit roten Wangen und einem O-mein-Gott-das-kann-nicht-wahr-sein-Lächeln auf ihrem Gesicht ab, und für ein paar Minuten vergaß er alles um sich herum und genoss nur das glückliche Flattern in seinem Bauch.

Ashley rief kein einziges Mal an, und als Hutch ihr eine SMS schickte, antwortete sie nicht. Laut Jane war sie jetzt schon seit zwei Wochen verschwunden.

Kimmie hatte aufgehört, nach ihrer Mutter zu fragen, und Hutch wusste nicht, was schlimmer war: die Trauer, die ihn jedes Mal überkam, wenn sie nach ihr fragte, oder die Trauer, die tief in ihn einsank, als sie nicht mehr fragte.

Er machte sich Sorgen. Ja, es war nicht das erste Mal, dass Ashley ohne Vorwarnung oder Erklärung verschwand, aber sie war noch nie so lange weggeblieben. Er erinnerte sich, dass seine Mutter einmal, als er zwölf und Ashley acht gewesen war, mit irgendeinem Kerl, den sie ihn einer Bar getroffen hatte, abgehauen und erst nach drei Wochen wieder aufgetaucht war. Ihn allein mit Ashley zurückgelassen hatte, ohne etwas zu essen im Haus. Er hatte Gemüse aus dem Garten der Nachbarn gestohlen. Sie mussten ihn gesehen haben, denn danach stand ein Korb voller Lebensmittel vor der

Tür. Wenigstens hatte Jane ihre Tochter in der Obhut einer so verantwortungsbewussten Person wie Jane gelassen.

Am Samstag fand das Krippenspiel in Kimmies und Bens Kindergarten statt. Beide Kinder spielten Weise aus dem Morgenland, und Jane versuchte, die beiden so weit zur Ruhe zu bringen, dass sie ihnen ihre Kostüme anziehen konnte. Doch die beiden waren total aufgekratzt, plapperten ununterbrochen und hüpften wie Flummis auf und ab.

»Wenn ihr beide herumspringen wollt, dann bitte«, sagte Jane. Sie machte den Ghettoblaster in der Küche an, wählte eine Playlist aus, und »I'm Alive« von Michael Franti & Spearhead perlte durch den Raum. Beim ersten Ton fingen die Kinder und Jane an, wie wild zu tanzen, ein Ausdruck absoluter Glückseligkeit auf dem Gesicht.

Hutch stand mit über der Brust gekreuzten Armen in der Tür und sah ihnen zu.

»Tanz, Onkel Hutch, tanz!«, rief Kimmie.

Jane lächelte, winkte ihn mit gekrümmtem Finger näher und lud ihn ein, sich ihrem kleinen verrückten Zirkel der Springtanzenden anzuschließen.

Ben rannte zu ihm, schnappte seine Hand und zog ihn in die Mitte der Küche, gerade in dem Moment, in dem der nächste Song –»Best Day of My Life« von American Authors – anfing.

Mit glänzenden Augen tanzte Jane zu ihm und stieß ihn ganz unschuldig mit ihrer wunderbaren Hüfte in die Seite. »Los, zeig uns, was du draufhast.«

Ja, zeig's ihr, sagte der alte Hutch. Er pfiff auf Regel Nr. 4, schnappte sich ihre Hand und wirbelte sie durch den Raum. Eine seiner Exfreundinnen hatte ihn genötigt, Tanzstunden mit ihr zu nehmen, und er wusste, wie man sich auf der Tanzfläche bewegte. So, was sagst du nun, Süße? Er ließ sie tief nach hinten sinken.

Sie riss ihre Augen auf und ihre Lippen formten sich zu einem glücklichen, überraschten O. Offensichtlich hatte auch sie Regel Nr. 4 vergessen.

Die Kinder wollten auch mitmachen. Sie hüpften auf und ab und bettelten darum, mit einbezogen zu werden, und dann tanzten sie zu viert, Hand in Hand, im Kreis. Eine Einheit. Ganz.

Wie eine Familie.

Nur, dass sie das nicht waren.

Das Tempo der Musik verlangsamte sich, als nun Lenkas wehmütiges, aber hoffnungsvolles »Everything's Okay« anfing. Die musikalische Veränderung führte dazu, dass Jane ihre Hand fallen ließ, einen Schritt zurück trat und ihren Blick abwandte.

»Okay, Kinder, jetzt haben wir die überschüssige Energie verbrannt. Zieht euch eure Kostüme an.« Sie klatschte in die Hände. »Hopp, hopp. Beeilt euch!«

Auf dem Weg zum Kindergarten sagte Kimmie immer wieder mit aufgeregter Stimme: »Meine Mommy kommt und schaut mir zu. Mommy kommt zum Krippenspiel.«

Hutch sah hinüber zu Jane und sie erwiderte seinen Blick. Ihre dunklen Augen waren voller Sorge, und sie knabberte sich nervös ihren Lippenstift ab. Er schüttelte den Kopf und hoffte, dass sie nicht die Tränen in seinen Augen sah, die er mühsam unterdrückte.

Sie saßen nebeneinander im Publikum, während die hinreißenden Vierjährigen die Geburt Jesu nachspielten. Sie machten viele Fotos und klatschten wie verrückt, als das fünfzehnminütige Stück zu Ende war.

Die Frau, die neben Hutch saß, beugte sich herüber und sagte: »Sie und Ihre Frau sehen so glücklich aus. Es ist wirklich schön, dass Sie mit ihr zur Aufführung der Kinder gekommen sind. Ich krieg meinen Mann samstags nicht vor Mittag aus dem Bett. Wie lange sind Sie schon verheiratet?«

Hutch schüttelte den Kopf und deutete auf seinen nackten Ringfinger.

Die Frau knuffte Hutch in die Seite. »Worauf warten Sie noch, warum machen Sie sie nicht zu Ihrer Frau? Sie werden wohl kaum jemanden finden, der besser zu Ihnen passt.«

Hutch lächelte.

»Männer«, murmelte die Frau, und als sie aufstand, um zu gehen, tippte sie Jane auf die Schulter. »Schätzchen, er wird die Kuh nicht kaufen, solange die Milch umsonst ist.«

Jane warf ihm einen Was-zur-Hölle-soll-das-heißen-Blick zu. Er zuckte nur mit den Schultern und zwinkerte ihr zu.

Sie lief rot an.

Kimmie sprang von der Bühne und rannte auf sie zu. Ein langer Bart klebte an ihrem Kinn, mit ihrer pummeligen kleinen Hand umklammerte sie einen Holzstab, und während sie auf sie zukam, ging sie auf die Zehenspitzen und drehte ihren Kopf hin und her, um die Erwachsenen, die von ihren Stühlen aufstanden, zu begutachten. »Wo ist sie? Wo ist meine Mommy?«

»Wer will eine heiße Schokolade, wenn wir nach Hause kommen?«, fragte Jane, als Ben zu ihnen kam.

»Onkel Hutch?« Der weiße Bart zitterte und Tränen strömten über Kimmies Wangen. »Wo ist Mommy?«

Er konnte nicht antworten. Konnte noch nicht einmal sprechen, um seine Nichte zu trösten. Verdammt! Er musste diese beschissene Stummheit überwinden. Hutch grub seine Fingernägel in seine Handflächen, während ihn Wut, Frustration und Schuldgefühle wie ein Faustschlag in die Magengrube trafen.

Jane kniete sich hin, um auf Augenhöhe mit Kimmie zu sein, und nahm ihre Hand. »Schatz, deine Mommy konnte nicht kommen, aber ich habe viele Fotos gemacht, damit sie sehen kann, was für ein wunderbarer Weiser du warst.«

Seine Nichte warf sich in Janes Arme, vergrub ihr Gesicht an ihrer Brust und schluchzte herzzerreißend. Jane stand auf und trug Kimmie zum Minivan. Ben und Hutch folgten ihnen.

Die Fahrt nach Hause war trübsinnig, nur Kimmies leises Schluchzen war zu hören. Jane saß auf dem Rücksitz mit den Kindern, streichelte sanft Kimmies Rücken und küsste sie auf ihren Kopf.

»Es tut mir leid, Kimmie«, sagte Ben. »Es tut mir leid wegen deiner Mommy.«

Als sie zu Hause ankamen, schickte Jane die Kinder in ihre Zimmer, um ihre Kostüme auszuziehen, und Hutch und sie gingen in die Küche, um das Mittagessen vorzubereiten. Ihre düstere Stimmung stand im krassen Gegensatz zu dem Spaß, den sie vor einer Stunde im selben Raum miteinander gehabt hatten. Hutch holte die Rinderbrust aus dem Kühlschrank, die er vor ein paar Tagen draußen im Smoker zubereitet hatte, und fing an, sie in Scheiben zu schneiden. Jane stand an der Theke und strich Senf auf dicke Scheiben italienischen Weißbrots.

Sie hielt mitten in der Bewegung inne und legte das mit Senf bedeckte Messer auf ein Küchentuch. »So kann das nicht weitergehen. Was sollen wir wegen Ashley machen? Es ist schrecklich, was sie ihrer eigenen Tochter antut. Ich kann nicht verstehen, dass sie nicht angerufen hat. Was, wenn ihr etwas zugestoßen ist? Sollten wir sie nicht als vermisst melden?«

Hutch fand die Situation genauso schrecklich wie sie, aber sie begriff nicht, dass sich viele Menschen mit Borderline so verhielten. Sie taten etwas Impulsives und/oder Irrationales, brachten sich in eine unangenehme Situation und schafften es dann nicht, zuzugeben, dass sie Scheiße gebaut hatten.

Häufig glaubten die Betroffenen, dass sie überhaupt nichts mehr wert wären, wenn sie zugaben, einen Fehler gemacht zu haben. Einmal hatte er Ashley dabei erwischt, wie sie Geld aus seinem Portemonnaie klaute, und sie bettelte um Verzeihung und sagte: »Ich bin das Allerletzte. Ich verdiene es nicht zu leben.«

Es lag so viel Schmerz in ihren Augen, dass er wusste, dass sie nicht nur auf die Tränendrüse drückte. Sie glaubte tatsächlich, dass sie es nicht wert war, ihr zu verzeihen. Seine Schwester war wirklich überzeugt davon, dass sie es nicht verdiente zu leben, wenn sie einen Fehler machte.

Er versuchte, Ashley zu beruhigen. Sagte ihr, dass jeder Mensch Fehler machte. Doch weil sie nicht in der Lage war, die Misere ihres verdrehten Glaubenssystems zu ertragen, wurde sie wütend und ging auf Hutch los. Sie sagte, wenn er ihr mehr Geld geben würde, wäre sie nicht gezwungen, ihn zu bestehlen.

»Du hast mich gedemütigt«, erklärte sie mit puterrotem Gesicht. »Das ist alles deine Schuld.«

Hutch hatte verwirrt gezwinkert, kalt erwischt von der psychischen Krankheit seiner Schwester. Da war ihm zum ersten Mal richtig klar geworden, dass er niemals gewinnen konnte. Der beste Weg, mit ihr umzugehen, war, sich emotional zu lösen und sich zu weigern, sich in ihren Wahn hineinziehen zu lassen. Das mochte für andere zwar kalt erscheinen, aber es war die einzig mögliche Strategie, wenn er überleben wollte. Er wünschte nur, er hätte die Kunst der emotionalen Loslösung schon vor Jahren gelernt; es hätte das Leben mit seiner Mutter um einiges leichter gemacht.

Aber Jane hatte nicht ganz unrecht. Was, wenn Ashley die Sache über den Kopf gewachsen war? Was, wenn sie nicht anrufen oder heimkommen konnte, auch wenn sie es wollte? Aber was sollte er tun? Er hatte keine Ahnung, wo er anfangen sollte, nach ihr zu suchen. Es war ja nicht so, dass er einfach das Telefon in die Hand nehmen konnte und die Fluggesellschaft oder Hotels anrufen konnte. Schon gar nicht konnte er nach Mexiko fliegen und anfangen, mit seiner bescheuerten Zaubertafel in der Hand auf Englisch Fragen zu stellen.

Verdammt. Seine Nichte brauchte ihn, und er war komplett nutzlos.

»Ich kann einfach nicht verstehen, wie eine Mutter ihrem Kind so etwas antun kann.« Jane stemmte die Hände in die Hüften und starrte ihn finster an.

Er wusste, dass sie nicht auf ihn sauer war, sondern auf Ashley, dennoch stiegen Schuldgefühle, dunkel und schwer, in ihm auf.

»Du musst etwas unternehmen.«

Hutch zog seinen Finger über seine Kehle, als ob er sie aufschlitzen würde, und warf Jane ebenfalls einen finsteren Blick zu. Die Sache machte ihn genauso wütend wie sie. Sogar noch viel mehr. Es ging um seine Familie, nicht um ihre. Er war so sauer, dass er den Mund öffnete, um ihr genau das zu sagen, doch dann schloss er seine Lippen wieder.

Tu es. Sprich.

Er atmete tief ein, presste die Luft aus seinen Lungen durch seinen Hals und spürte das wohlbekannte Zusammenziehen. Mach weiter. Er presste weiter, und der Laut, der aus seinem Mund kam, klang wie ein schwacher, heiserer Knall. »Baa.«

Baa.

Der Laut, den er die ganze letzte Woche über immer und immer wieder geübt hatte. Die simple Silbe, der er nicht herausgekriegt hatte. Er sollte außer sich sein vor Freude, dass er es endlich geschafft hatte. Stattdessen war er wütend. Er hörte sich an wie ein verdammtes Schaf.

Baa.

Er biss die Zähne zusammen. Monate voller Wut, Schuld, Verzweiflung, Verwirrung und Depressionen lagen hinter ihm, und das war das Ergebnis.

Baa.

Jane holte die Zaubertafel vom Tisch und drückte sie ihm mit funkensprühenden Augen in die linke Hand. Auch sie war wütend.

Sie waren nicht sauer aufeinander. Das wusste er. Sie waren frustriert wegen Ashley und machten sich Sorgen um

Kimmie und sie ließen es aneinander aus, aber er konnte einfach nicht anders, als verletzt zu reagieren.

Hutch spannte seinen Kiefer an. Er nahm die Tafel und wollte sie auf den Tisch zurückzuwerfen. Dieses dumme Kinderspielzeug war nicht das richtige Mittel, um ihr zu sagen, was er fühlte. Doch sein Mittelfinger hatte noch nicht gelernt, seinen fehlenden Zeigefinger zu ersetzen, und er schätzte den Kraftaufwand falsch ein, den es brauchte, um die Tafel über das Kochfeld zurück auf den Esstisch zu werfen.

Die Tafel flog aus seiner Hand, schoss über das Kochfeld, über den Tisch und krachte gegen die Wand, und irgendwelchen merkwürdigen physikalischen Gesetzen folgend prallte sie an der Wand ab und kam wie ein Bumerang zurückgeflogen. Jane konnte sich gerade noch ducken, bevor die Tafel knapp über ihren Kopf hinwegzischte und Hutch mitten auf der Brust traf.

Angst flutete durch Meredith' Körper, und sie wurde fünf Jahre zurückversetzt in eine Zeit kurz nach ihren Flitterwochen. Sloane hatte sie quer durch den Raum geschleudert, weil sein Steak leicht angebrannt war, und ihr das erste Mal die Nase gebrochen.

Das Blut wich ihr aus dem Gesicht und ihr wurde von einer Sekunde zur anderen eiskalt. Ganz aus Reflex flog ihre Hand zu ihrer Nase, um sie zu schützen. Caitlyn hatte versucht, sie zu warnen, aber sie hatte sich einlullen lassen und war nachlässig geworden, weil es so gut gelaufen war zwischen ihr und Hutch.

Dumme Kuh.

Sie würde nicht an diesen dunklen Ort zurückkehren, zu der törichten jungen Frau, die geglaubt hatte, dass die Liebe stärker wäre als alles andere. Sie hatte Hutch gewarnt, dass sie keine Wutausbrüche dulden würde, und hatte es auch so gemeint.

»Raus!«, schrie sie und zeigte mit dem Finger in Richtung Haustür. »Raus hier, sofort!«

Hutchs Blick zeugte von tiefer Reue. Seine Seelenqual ließ seine Wangen hohl erscheinen. Sie konnte sehen, dass es ihm wirklich leidtat, aber es war zu spät. Wenigstens konnte er nicht sprechen, ihr Kontra geben und versuchen, sich rauszureden, um seinen Rauswurf zu verhindern.

»Raus«, sagte sie noch einmal, ihre Stimme war nur mehr ein kaltes Flüstern. Sie zitterte am ganzen Körper. »Ich meine es ernst. Zwing mich nicht, die Polizei zu rufen.« Das war ein Bluff. Sie konnte es sich nicht leisten, die Polizei zu rufen, und sie befanden sich in seinem Haus, aber sie musste ihn glauben machen, dass sie es tun würde.

Er nickte, nahm die Zaubertafel, die zwischen ihnen auf den Boden gefallen war, und richtete sich auf. Sein Gesicht zeigte keinerlei Emotionen. Er presste die Tafel an seine Brust, drehte sich um und ging los.

Die Kinder standen mit weit aufgerissenen Augen in der Tür. Kimmie lutschte an ihrem Daumen. Ben weinte.

»Wo gehst du hin, Onkel Hutch?« Bens Stimme klang schrill.

Hutch blickte Meredith' Sohn nicht an. Er ging einfach um die Kinder herum zur Haustür.

»Onkel Hutch«, kreischte Kimmie und klammerte sich an sein Bein. »Geh nicht! Geh nicht.«

Meredith' Magen krampfte sich zusammen. Warum musste das vor den Kindern passieren? So weh es auch tat, den Kindern das anzutun, sie konnte jetzt nicht zurückrudern. Nach seinem Wutausbruch wegen der Zaubertafel hatte sie keine Ahnung, zu was Hutch sonst noch fähig war, und sie würde nicht dasitzen und abwarten, bis sie es herausfand.

»Kimmie«, sagte sie mit fester Stimme. »Lass deinen Onkel los. Er muss gehen. Er geht nicht für immer weg. Er wird wiederkommen, um dich zu besuchen, aber jetzt muss er erst einmal gehen.«

Hutch blieb stehen und löste Kimmie von seinem Bein. Tränen strömten dem kleinen Mädchen übers Gesicht. Er ging vor Kimmie in die Knie und wischte mit seinem Daumen sanft die Tränen von ihren Wangen. Er nickte, lächelte und küsste sie auf die Stirn.

»Du musst mit jemandem sprechen«, sagte Meredith. »Du schaffst das nicht allein. Du brauchst professionelle Hilfe.«

Sie sah in seinen Augen, dass er ihr widersprechen wollte. Sie nahm an, dass er ihr sagen wollte, dass es ziemlich heuchlerisch war, ihm irgendwas über geistige Gesundheit zu erzählen, wenn sie ganz offensichtlich selbst Probleme hatte, aber er konnte ja nicht sprechen.

Hutch richtete sich auf. Seine Augen lagen tief in ihren Höhlen, als ob er direkt vor ihr zerfallen würde. Meredith' Magen zog sich zusammen, und sie fürchtete, sich übergeben zu müssen. Er wandte sich zur Tür.

Die Kinder liefen ihm nach. Er blieb wieder stehen und drehte sich zu ihnen um. Schüttelte ernst seinen Kopf. Beide Kinder schluchzten.

Er nahm Jacke und Mütze von der Garderobe und trottete zur Tür hinaus. Seine Bewegungen waren langsam und wirkten steif, so als würde er unter schweren Arthritis leiden.

10

Janes Entscheidung, ihn aus dem Haus zu werfen, war absolut richtig gewesen. Es tat natürlich weh, die Kinder zurückzulassen, aber was, wenn eins von ihnen im Weg gestanden hätte, als er die Zaubertafel geschleudert hatte? Auch wenn er nicht vorgehabt hatte, aus der Schreibtafel ein Wurfgeschoss zu machen, hatte er es dennoch getan.

Und Jane hatte den Schneid besessen, ihren Prinzipien treu zu bleiben, auch wenn es die Kinder in Verzweiflung gestürzt hatte. Er respektierte und bewunderte ihre Stärke.

Ziellos fuhr er durch die Stadt und haderte mit sich selbst wegen dem, was er getan hatte. Leute lächelten und winkten ihm zu, als er vorbeifuhr, und er zwang sich, zurückzulächeln und zu winken. Die Einwohner von Twilight waren einfach viel zu nett.

Warum, zum Teufel, hatte er die Tafel geschleudert? Die Art, wie Jane ihn angeschaut hatte, so panisch wie ein Kaninchen in einer Schlangengrube, tat ihm in der Seele weh. Jemand hatte sie verletzt. Schwer verletzt. Nein, nicht jemand. Ein Mann. Ein Mann hatte sie verletzt. Sie verprügelt.

Blinder Hass durchfuhr ihn wie ein glühendes Schwert. Er wollte den Hurensohn finden, der sie verletzt hatte, und ihn verprügeln, bis er darum bettelte, sterben zu dürfen.

Gewalt.

Jahrelang war sie Bestandteil seines täglichen Lebens gewesen. Töten. Blutvergießen. Er hatte es getan, um sein Land zu verteidigen, um seine Mitbürger zu schützen. Aber dieses

Leben war vorbei. Er hatte ein neues Leben begonnen, und nun war er die Bedrohung für die Menschen, die er liebte.

Der Feind.

Sein Magen rebellierte und er musste den Truck rechts ranfahren, um sich zu übergeben. Er krümmte sich zweimal, während seiner Kehle ein animalischer Klagelaut entwich. Er lehnte sich gegen den Wagen, wischte den Mund ab und fuhr sich mit dem Ärmel über die Augen.

Die Ursache für den Schmerz, den er verspürte, war etwas viel Größeres als der Vorfall mit der Zaubertafel. Es ging um die Männer, die ihr Leben auf diesem Gebirgskamm in der Wüste zwischen Kugelhagel und Bombenexplosionen verloren hatten. Es ging um den Finger, der von seiner Hand gerissen worden war. Um das Schrapnell, das in seinen Hals eingedrungen war. Es ging um seine Schwester und ihren Wahnsinn und seine Unfähigkeit, irgendetwas dagegen zu tun.

Hutch starrte hinunter auf seine Hände. Die Hände eines Mörders. Das war seine Natur. Das, wofür er ausgebildet worden war. In der Unit glaubte man, dass es kaum ein Problem auf der Welt gab, das nicht durch eine Kugel oder eine gut platzierte Bombe gelöst werden konnte, und diese Denkweise hatte er übernommen. Sie war quasi Pflicht, wenn man in der Anti-Terror-Einheit kämpfte.

Kein Wunder, dass Jane vor ihm Angst hatte. Er war zu schrecklichen Dingen fähig. Aber niemals würde er ihr oder den Kindern absichtlich Schaden zufügen. Eher würde er sich umbringen.

Die Wunden auf seinen Fingerknöcheln heilten, aber sie erinnerten ihn an seine Wut, die er nicht vollständig unter

Kontrolle hatte. Er hatte versucht, allein gegen seine Emotionen anzukämpfen, aber es funktionierte nicht. Teamarbeit hatte man ihm beigebracht, vom ersten Tag im Bootcamp, bei seiner Ranger-Ausbildung wie auch während seines Trainings für die Unit. Beigebracht? Nicht wirklich. Der Gedanke, dass er Teil eines Teams war und nicht länger ein »Ich«, war ihm quasi mit dem Vorschlaghammer eingebläut worden. Teamwork. Jedes zweite Wort, das er gehört hatte. Teamwork. Teamwork. Teamwork. Niemals etwas im Alleingang machen.

Er hatte versucht, es allein anzugehen. Deshalb war er gestolpert. Deshalb war er gescheitert. Teamwork. Er hatte sein Team verloren, und wegen diesem Verlust hatte er den wichtigsten Grundsatz des Militärs gebrochen. Teamwork.

Er brauchte Hilfe.

Er blickte auf und sah, dass er direkt gegenüber der Feuerwache von Twilight angehalten hatte. Sein Blick wanderte zu den Männern, die Spielzeug in einen geschlossenen Anhänger luden. Männer, die er kannte. Hondo. Nate. Gideon.

Die Männer, die ihm ihre Hände entgegengestreckt hatten.

Hatte ihn sein Unterbewusstsein, das verzweifelt nach Hilfe suchte, hierher gelenkt?

Die drei Männer beluden den Anhänger mit Spielzeug, das die Leute für die alljährliche Engelsbaum-Aktion zur Feuerwache gebracht hatten. Es sollte an bedürftige Familien in Hood County verteilt werden.

Hondo hielt inne, und ihre Blicke begegneten sich. Nate blieb neben ihm stehen. Dann Gideon. Sie alle hoben eine Hand, um ihn zu grüßen.

Er nahm seine Zaubertafel, seinen Autoschlüssel und seinen zerbrochenen Stolz und ging über die Straße zu seinen Rettern.

Die Kinder waren untröstlich, weil Hutch weg war. Das ganze Wochenende über liefen sie mit Trauermiene durchs Haus und hatten nicht einmal Lust auf die Spielekonsole, als Meredith ihnen erlaubte, für dreißig Minuten damit zu spielen.

Meredith musste zugeben, dass sie ihn auch vermisste. Sie hatte seine Anwesenheit zu schätzen gelernt, nicht nur, weil er ihr mit den Kindern half, sondern weil sie es als sehr angenehm empfand, die Haushaltspflichten gemeinsam mit ihm zu erledigen. Ihr fehlte das Wissen, dass ein Mann im Haus war, der sie beschützen konnte. Sie vermisste seinen maskulinen Duft und die Art, wie er sie ansah, als ob sie etwas Besonderes wäre.

Hutch war auch nur ein Mensch. Er hatte einen Fehler gemacht, aber sie war misstrauisch. Sie hatte zu viel durchgemacht, um es darauf ankommen zu lassen. Sie hatte Grenzen gesetzt. Hatte ihm von Anfang an klargemacht, wie ihre Regeln lauteten. Er hatte sie gebrochen, und sie hatte jedes Recht dazu, ihn hinauszuwerfen.

Er hat auch eine Regel gebrochen, als er dich beim Tanzen berührt hat, und das war dir völlig egal.

Okay, man konnte sie als doppelzüngig bezeichnen, weil sie die Regeln mit negativen Konsequenzen geltend machte, während sie Regelverstöße mit angenehmen Folgen durchgehen ließ.

Wie groß war Hutchs Aggressionsproblem wirklich? Konnte sie ihn guten Gewissens zurück ins Haus lassen?

Malte sie ihn nur so schwarz wegen ihrer Erfahrungen mit Sloane? War sie unfair oder lag sie richtig? Ihr Kopf, das unnütze Ding, schwirrte von diesen Fragen.

»Erst geht Mommy weg, dann Onkel Hutch«, seufzte Kimmie traurig, als Meredith das Kind am Samstagabend neben sich ins Bett legte. »Du gehst nicht auch noch weg, oder, Tante Jane?«

»Ihr Name ist Mommy«, sagte Ben von der anderen Seite des Betts.

»Kann ich auch Mommy zu dir sagen?«, fragte Kimmie. »Zumindest, bis meine eigene Mommy wieder heimkommt?«

»Natürlich.« Meredith küsste Kimmie auf den Kopf. O Ashley, wo, zum Teufel, steckst du nur?

Die Kinder waren bald eingeschlummert, aber Meredith konnte einfach nicht schlafen. Sie stand wieder auf und versuchte, Ashley anzurufen, so wie sie es jeden Tag mehrmals getan hatte, seit Ashley nach Mexiko abgehauen war. Und wie jedes Mal erreichte sie nur die Mailbox.

»Hallo, wenn du ein guter Mensch bist, dann hinterlass eine Nachricht«, kam Ashleys fröhliche Stimme vom Band. »Wenn nicht, fahr zur Hölle.«

Während der vergangenen zwei Wochen hatte Meredith die Nachricht schon hundertmal gehört, und auch wenn sie sie befremdlich gefunden hatte, war ihr nicht wirklich klar gewesen, wie sehr die Worte Ashleys Persönlichkeitsstörung widerspiegelten und die Art, wie die Betroffenen die Welt in gut oder böse, schwarz oder weiß, Engel oder Teufel einteilten. Sie fragte sich unwillkürlich, ob sie an irgendeinem Punkt Ashleys innere Grenze von gut zu böse überschritten hatte.

Wenn die Frau endlich beschließen sollte, wieder nach Hause zu kommen, würde Meredith mit Hutch über eine Intervention sprechen. Ganz offensichtlich brauchte seine Schwester professionelle Hilfe, und Kimmie hatte es verdient, mit einer psychisch stabilen Mutter aufzuwachsen. Seit Hutch ihr von Ashleys Diagnose erzählt hatte, hatte sie etwas recherchiert, und auch wenn die Therapie teuer und langwierig war, bestand die Chance, eine Borderline-Persönlichkeitsstörung zu überwinden, wenn man wirklich bereit war, daran zu arbeiten.

»Ashley«, sagte sie. »Hier ist Meredith. Wenn du diese Nachricht hörst, dann ruf mich bitte, bitte, bitte zurück.«

Sie legte auf und fühlte sich schlechter als vor dem Anruf. Sie wanderte durchs Haus und fragte sich, wo Hutch wohl die Nacht verbrachte. Hatte sie überreagiert? Ließ sie ihn für seine schwierige Vergangenheit bezahlen?

Sie kaute an ihrem Daumennagel, hob den Hörer wieder ab und rief Caitlyn Garza an. Caitlyn antwortete beim dritten Klingeln, gerade als Meredith beschlossen hatte, zu aufdringlich zu sein, und auflegen wollte.

»Hier ist Mer…, äh, Jane Brown«, sagte sie schnell. »Hab ich dich aufgeweckt?«

»Wir haben ein drei Monate altes Baby im Haus.« Caitlyn lachte. »Ich schlafe nur selten. Ich hab dem Kleinen gerade die Windel gewechselt, und Gideon ist beim Selbsthilfetreffen der Veteranen.«

»Geht er nach so langer Zeit immer noch dorthin?«

»Oh, inzwischen leitet er die Gruppe. Hilft anderen GIs, die in der gleichen Verfassung sind, wie er es mal war. Wie dein Hutch.«

Er ist nicht mein Hutch, wollte Meredith protestieren, doch beließ es dabei. »Ich wünschte, Hutch würde zu Gideons Selbsthilfegruppe gehen.«

»Er ist gerade dort.« Die andere Frau klang überrascht. »Wusstest du das nicht?«

»Nein.«

»Ups. Ich hoffe nicht, dass ich etwas ausgeplaudert habe, was Hutch für sich behalten wollte. Ich hatte einfach angenommen, dass er es dir erzählt hat.«

Meredith sagte eine ganze Weile nichts. Wie ehrlich konnte sie sein?

»Bist du nach da?«

»Ich habe ihn aus dem Haus geworfen«, gestand Meredith.

»Hutch? Was hat er getan?«

»Es ist nicht so schlimm wie das, was Gideon getan hat. Tatsächlich frage ich mich, ob ich aus einer Maus einen Elefanten gemacht habe.« Stockend erzählte sie Caitlyn, was passiert war.

»Du hast einmal schlechte Erfahrungen mit einem gewalttätigen Mann gemacht, oder?«, fragte Caitlyn.

»Woher weißt du das?«

»Ich hab es gespürt.«

Man konnte es spüren? Meredith biss sich auf die Unterlippe. »Hab ich überreagiert?«

»Hast du dich bedroht gefühlt?«

Hatte sie das? »Ich hab nicht gedacht, dass Hutch mich körperlich angreifen würde. Es war eher so, dass ich mich in alte Zeiten zurückversetzt gefühlt habe, verstehst du?«

»Vielleicht leidest du selbst unter einer PTBS.«

Ja. Dr. Lily hatte sie wegen einer PTBS behandelt und sie

hatte gedacht, sie hätte sie überwunden. Doch als Hutch seine Fassung verloren hatte, war sie direkt zu dem Tag zurückkatapultiert worden, an dem Sloane sie zum ersten Mal geschlagen hatte.

»Ich bin nicht lange bei ihm geblieben«, sagte Meredith. »Du sollst nicht denken, dass ich mich als Fußabtreter behandeln lasse.«

»Ich verurteile dich doch nicht.« Caitlyns Stimme war ganz sanft.

»Ich war schwanger und naiv. Ich dachte, ich könnte ihn ändern. Ich dachte …«

»Du musst dich vor mir nicht rechtfertigen. Weiß Hutch von dem Mann, der dir so wehgetan hat?«

»Nein«, gab Meredith zu. »Ich kann nicht glauben, dass ich dir das alles erzähle.«

»Das ist in Ordnung«, versicherte Caitlyn ihr. »Was du mir erzählst, bleibt auch bei mir. Nicht einmal Gideon wird davon erfahren. Danke für dein Vertrauen.«

»Ich musste mit jemandem darüber sprechen.«

Es stimmte. Sie hatte niemanden, dem sie sich anvertrauen konnte, seit Sloane ihre Therapeutin umgebracht hatte. Sie hatte sich nicht getraut, andere in ihre Misere mit hineinzuziehen, aus Angst, dass noch jemand das gleiche Schicksal ereilen könnte wie Dr. Lily. Aber Caitlyn war so einfühlsam gewesen, und sie verstand, was mit Hutch passierte.

»Es ehrt mich, dass du mich ausgewählt hast.«

Sie verabredeten sich für die kommende Woche auf einen Kaffee und legten auf.

Hutch besuchte also eine Selbsthilfegruppe. Das war eine

gute Nachricht. Ein Schritt in die richtige Richtung. Meredith lächelte, und Hoffnung erfüllte ihr Herz. Er bekam Hilfe. Sie freute sich für ihn. Und für Kimmie.

Ihr Handy piepste, als eine SMS ankam. Vielleicht von Ashley?

Nein, die Nachricht war von Hutch.

Sie war so lang, dass der Server sie in vier einzelne SMS unterteilt hatte.

Liebe Jane,
ich kann gar nicht sagen, wie leid es mir tut, dass ich die Tafel an die Wand geschleudert habe. Ich hatte nicht vor, sie so stark zu werfen. Ich habe mich immer noch nicht ganz an ein Leben ohne Zeigefinger gewöhnt, und es fällt mir schwer, Entfernungen und den nötigen Kraftaufwand einzuschätzen. Aber ich will mich nicht herausreden. Ich war wütend, als ich die Tafel geworfen habe. Nicht auf dich, sondern auf Ashley und auf mich selbst, und ich habe es an dir ausgelassen. Ich habe einen Fehler gemacht, ich war dumm und habe mich kindisch benommen, und das verdienst du nicht. Meine Wut hat dich verletzt, und das bereue ich zutiefst.
Es bringt mich um, dass du und die Kinder unglücklich seid wegen mir. Am Anfang unserer Übereinkunft habe ich versprochen, meine Wut vor dir und den Kindern unter Kontrolle zu halten, und dieses Versprechen habe ich gebrochen. Ich habe euch alle enttäuscht.
Ich weiß, dass eine Entschuldigung nicht genügt. Es ist leicht zu sagen, dass es einem leidtut, aber ich möchte den Schaden wirklich wiedergutmachen. Ich habe erste Schritte unternommen, um meine Wut besser in den Griff zu bekommen. Ich

bin der örtlichen Veteranen-Selbsthilfegruppe beigetreten, und auch wenn ich ihnen nicht sagen kann, was ich durchmache, profitiere ich sehr von den Treffen.
Ich verstehe, wie ernst die Situation ist, und hoffe, dass du um der Kinder willen einen Weg in deinem Herzen finden wirst, mir zu verzeihen und mir zu erlauben, wieder nach Hause zu kommen. Wenn du es nicht über dich bringst, das zu tun, verstehe ich es vollkommen. Du verdienst es, in einem friedlichen, harmonischen Haus zu leben. Bitte schreib mir, wenn du bereit bist, mich zu sehen.
Hutch

Sie sank auf die Couch und las die Nachricht ein zweites Mal. Sollte sie Nein sagen und ihn auf Abstand halten? Oder sollte sie ihm noch eine Chance geben? Immerhin war es sein Haus. Rein rechtlich gesehen hätte er sie hinauswerfen können, wenn er wollte.

Lange Zeit saß sie einfach nur da, machte verschiedene Yoga-Atemübungen und lauschte auf ihre innere Stimme.

Schließlich nahm sie ihr Handy und schickte Hutch eine SMS.

Ich gehe mit den Kindern morgen zum Weihnachtsmann auf dem Stadtplatz. Du kannst mitkommen, wenn du möchtest.

Nervös wie ein Teenager vor seinem ersten Date ging Hutch auf dem Stadtplatz auf und ab, während er darauf wartete, dass Jane und die Kinder auftauchten. Um sich zu beschäftigen, ließ er sich in der Buchhandlung einen Zehn-Dollar-Schein in Münzen wechseln, mit denen er auf den umliegenden Parkplätzen die Parkuhren fütterte. Er hoffte, damit ein paar Leuten, die Weihnachteinkäufe erledigten, ein Lächeln aufs Gesicht zu zaubern.

Inzwischen wussten die meisten in der Stadt, dass er seine Stimme verloren hatte, und wenn jemand anhielt, um Hallo zu sagen, berührten die Frauen ihn ausnahmslos am Arm, während die Männer ihm lieber leicht auf die Schulter klopften. Das erste, was aus ihrem Mund kam, war irgendeine Version von: »Wir haben gehört, was mit deiner Stimme passiert ist, und es tut uns so leid, was dir da drüben zugestoßen ist. Vielen Dank für deinen Einsatz. Du bist ein wahrer Held.«

Dieser letzte Kommentar traf ihn jedes Mal bis ins Mark. Er war kein Held. Tatsächlich war er das Gegenteil. Er war ein Mörder. Als er in die Army eingetreten war, hatte er noch an die glänzenden Ideale der Tapferkeit, Ehre und Verteidigung seines Landes gegen fremde Eindringlinge geglaubt. Erst als er seine Stiefel auf den Boden eines fremden Landes gesetzt hatte, war ihm klar geworden, dass er der fremde Eindringling war. In der Hitze des Gefechts lösten sich philosophische Argumente in Luft auf, und es ging nur noch ums nackte Überleben. Heldentum spielte keine Rolle mehr. Noch taten das Ehre oder Tapferkeit. Es ging nur darum, zu töten oder getötet zu werden. Das war die harte Realität der Menschen, die in einem Kriegsgebiet lebten, ungeachtet der Seite, auf der man kämpfte.

Erst später, wenn ein Kämpfer versuchte, sich wieder in die Gesellschaft einzugliedern, fingen die Konsequenzen seiner Taten an, ihn zu verfolgen. In Gideons Selbsthilfegruppe hatte er erfahren, dass alle anderen genauso fühlten wie er. Dass sie sich nicht für Helden hielten, weil sie schlimme

Dinge getan hatten, um zu überleben. Es bestand eine große Kluft zwischen dem, wie andere sie sahen, und dem Bild, das die Kämpfer selbst von sich hatten.

Vergebung, hatte Gideon zu ihm gesagt, sei seine einzige Hoffnung.

Gideon hatte ihm auch eine Hausaufgabe gegeben. Geh in Uniform unter die Leute. Nimm ihr Lob an. Nimm deine Gefühle an. Beurteile weder das eine noch das andere als gut oder schlecht. Lass die Gefühle auf dich wirken und dann lass sie wieder gehen.

Der Minivan fuhr in eine Parklücke an der nördlichen Seite des Gerichtsgebäudes. Hutch stand an der Westseite des Platzes, in der Erwartung, dass Meredith den Highway 51 in die Stadt nahm. Sie kam wohl nicht direkt von zu Hause.

Er eilte um den Platz herum, um sie zu begrüßen, und erst, als Jane aus dem Wagen stieg – in Leggings, Stiefeln, einem kurzen Jeansrock und einer Jacke aus grauem Kunstfell –, ihn ansah und lächelte, wurde ihm bewusst, dass er die ganze Zeit die Luft angehalten hatte.

Die Kinder kletterten auf der Seite des Gehwegs aus dem Auto und rannten zu ihm hin.

Er ging in die Knie, um ein Kind in jeden Arm zu schließen, und nahm ihre Küsse in Empfang, die sie ihm gleichzeitig von beiden Seiten auf die Wangen drückten. In diesem Moment fühlte er sich tatsächlich wie ein verdammter Held. Seit drei Tagen wohnte er nicht mehr im Haus. Es fühlte sich an wie drei Jahre.

»Oooh«, sagte eine Touristin zu ihrem Mann. »Ist das nicht wunderbar? Ein Dad, der über Weihnachten aus dem Krieg heimkommt, um bei seinen Zwillingen zu sein.«

Selbst wenn er in der Lage gewesen wäre zu sprechen, hätte er sie nicht korrigiert.

Jane trat auf den Gehweg. Sie hatte immer noch ein Lächeln auf dem Gesicht, so herzerwärmend wie eine heiße Suppe an einem kalten Wintertag. »Hallo.«

Er richtete sich wieder auf und beide Kinder legten ihm eine behandschuhte Hand in seine. Er schenkte Meredith ebenfalls ein Lächeln und hoffte, dass er nicht so schüchtern und linkisch wirkte, wie er sich fühlte.

Meredith ging voraus über die Straße zur Werkstatt des Weihnachtsmanns, die auf dem Rasen vor dem Gerichtsgebäude aufgebaut war. Eine lange Reihe Kinder, die mit ihren Eltern warteten, schlängelte sich den Fußweg entlang. Die Kioske in der Nähe verkauften heiße Schokolade und gebrannte Mandeln. Es roch nach Pinien und Pfefferminze. Aus einem Lautsprecher tönte »Jingle Bell Rock«.

Die Kinder klammerten sich an seine Hände und plapperten ununterbrochen. Kimmie erzählte Hutch von einem Bild, das sie für ihn gemalt hatte, während Ben darüber redete, wie cool Thomas, die kleine Lokomotive, war.

Jane blieb am Ende der Schlange stehen. Hutch und die Kinder reihten sich hinter ihr ein. Ihm stieg der Duft von Hefe und Vanille in die Nase, so als ob Meredith den Morgen mit Backen verbracht hätte.

Anscheinend hatte sie seine Gedanken gelesen, denn sie sagte: »Ich hatte heute überhaupt keine Kunden. Anfang Dezember ist mein Kalender immer randvoll, jeder will sich vor den Feiertagen noch massieren lassen, um ein bisschen zu entspannen, aber das nimmt ab, je näher Weihnachten rückt. Also haben wir Stollen gebacken. Meine Großmutter hat den früher jedes Jahr gemacht.«

Es war das erste Mal, dass sie irgendetwas Persönliches über ihre Familie erwähnte. Ihm gingen tausend Fragen durch den Kopf. Lebte ihre Großmutter noch? Und ihre Eltern? Wenn ja, womit verdienten sie ihr Geld? Würde sie über die Feiertage zu ihnen fahren? Würden sie zu Besuch zu ihr kommen?

Und es gab so vieles, das er ihr sagen wollte. Wie zum Beispiel, dass die Mutter seiner Mutter, die er im Alter von acht verloren hatte, jedes Jahr Früchtebrot gebacken hatte. Er hatte immer vom Zitronat stibitzt, wenn sie die Zutaten auf die Arbeitsfläche gestellt hatte, aber sie hatte ihn nie deswegen geschimpft. Sie war auch diejenige gewesen, die ihm die Grundlagen des Kochens beigebracht hatte. Er wollte Jane erzählen, wie sehr ihm seine Großmutter gefehlt hatte, nachdem sie gestorben war, weil es nun niemanden mehr gegeben hatte, um ihn und Ashley vor ihrer Mutter zu schützen.

Er wollte Jane sagen, wie hübsch sie aussah und wie dankbar er war, dass sie ihm mit Kimmie half. Und er wollte sie fragen, was ihr größter Weihnachtswunsch war und wo sie sich selbst in einem Jahr sah.

Doch selbst, wenn er hätte sprechen können, hätte er diese Fragen nicht gestellt. Er bewegte sich auf dünnem Eis, und er wollte nichts tun, was das Gleichgewicht zu seinen Ungunsten verschieben könnte.

»Ich hab Angst«, flüsterte sie und kam so nah an ihn heran, dass er ihren warmen Atem an seinem Ohr spürte, »dass Kimmie den Weihnachtsmann darum bittet, ihre Mommy an Weihnachten heimzubringen. Sie hat aufgehört, nach

Ashley zu fragen, aber ich weiß, dass sie sich immer noch nach ihr sehnt.«

Hutch schüttelte den Kopf. Er fand es furchtbar, was seine Schwester ihrer Tochter antat. Wenn Ashley nach Hause kam, würde er ein Machtwort sprechen. Entweder sie würde sich wegen ihrer Persönlichkeitsstörung behandeln lassen oder er würde sie vor Gericht zerren, um das Sorgerecht für Kimmie zu erstreiten. Wenn er die Sache ganz allein anging, war es eher unwahrscheinlich, dass ihm das Sorgerecht für seine Nichte zugesprochen wurde, aber wenn Jane aussagte, hatte er eine echte Chance.

Würde Jane sich bereit erklären, zu seinen Gunsten auszusagen, wenn es so weit kam?

Es war ein Kampf, an den zu denken er noch nicht wirklich bereit war.

Kimmie nieste. Jane kramte eine kleine Packung Taschentücher aus ihrer Handtasche und reichte ihr eines.

»Danke, Mommy«, sagte Kimmie. »Ups, ich meine, Tante Jane.«

Jane warf Hutch über Kimmies Kopf hinweg einen bedeutungsvollen Blick zu.

Der Himmel war bedeckt, es hatte um die sieben Grad, vom Lake Twilight her wehte eine leichte Brise, die jedoch nicht unangenehm war. Jesse und Flynn standen mit ihrer Tochter Grace vor ihnen in der Schlange. Sie winkten und die Frauen riefen sich etwas zu – irgendetwas Merkwürdiges über eine bestimmte Sorte von Plätzchen.

»Kommst du wieder nach Hause, Onkel Hutch?«, fragte Kimmie.

Er wusste nicht, was er ihr sagen sollte, deshalb umging er

die Frage, indem er einen Verkäufer heranwinkte, der einen Wagen mit Popcorn vor sich herschob, und zwei kleine Tüten Karamell-Popcorn für die Kinder kaufte. Jane warf ihm einen tadelnden Blick zu. »Sie werden beim Abendessen keinen Hunger mehr haben.«

Kleinlaut zuckte er mit den Schultern.

Am Eingang der Weihnachtsmann-Werkstatt wurden sie von einem halben Dutzend Elfen empfangen, die ihnen Zuckerstangenketten aus Plastik um den Hals hängten und sie in die Holzhütte schoben, über deren Tür »Nordpol« gepinselt war. Drinnen stand der Schlitten des Weihnachtsmanns, der von neun sprechenden Rentieren gezogen wurde, angeführt von Rudolph mit seiner roten Nase.

Kimmie nieste wieder und Jane reichte ihr ganz automatisch noch ein Taschentuch.

»Ich frage mich, ob sie gegen irgendetwas allergisch ist«, sagte Jane besorgt. »Vielleicht fliegen schon irgendwelche Pollen.«

Endlich waren sie an der Reihe. Kimmie und Ben bestanden darauf, sich dem Weihnachtsmann zusammen auf den Schoß zu setzen, jeder auf ein Knie. Elfen schossen professionelle Fotos, aber Jane hatte ihr Handy in der Hand und machte selbst wie wild Bilder.

Wie nicht anders zu erwarten, wünschte sich Ben vom Weihnachtsmann ein Thomas-die-kleine-Lokomotive-Rutschauto. Als Kimmie dran war, hielt Hutch den Atem an. Würde sie den Weihnachtsmann bitten, ihre Mommy nach Hause zu bringen?

»Und was wünschst du dir, Kleine?«, fragte der Weihnachtsmann fröhlich.

Kimmie blickte ihm direkt in die Augen und sagte: »Ich möchte, dass Tante Jane meine neue Mommy wird und Onkel Hutch mein Daddy.«

Der Weihnachtsmann schaute verwirrt drein. »Gibt es ein Spielzeug, das ich dir aus meiner Werkstatt bringen kann?«

Kimmies kleines Gesicht fiel in sich zusammen, und Hutch hätte am liebsten losgeheult. Sie senkte den Kopf und murmelte: »Vielleicht eine Prinzessinnen-Puppe.«

Wenn Ashley da gewesen wäre, hätte er sie an den Schultern gepackt und geschüttelt, damit sie endlich zur Vernunft käme, aber wenn seine Schwester da gewesen wäre, würde sich Kimmie nicht nach einer guten Mutter sehnen.

Der Weihnachtsmann gab jedem Kind eine Zuckerstange und hob sie von seinem Schoß, nachdem sie ihm versprochen hatten, brave Kinder zu bleiben.

Jane nahm Ben an die Hand und Hutch nahm Kimmies Hand. Eine Elfe führte sie zum Ausgang. Die Uhr am Gerichtsgebäude schlug vier, als sie auf die südliche Seite des Platzes hinaustraten.

Hutch wusste nicht, was er jetzt tun sollte. Er sah hinüber zu Jane.

Sie war mitten auf dem Gehweg stehen geblieben und starrte in die Menge. Ihr Blick war starr, und jegliche Farbe war aus ihrem Gesicht gewichen.

»Mommy«, sagte Ben. »Deine Hand ist ganz kalt.«

Jane antwortete nicht.

Hutch folgte ihrem Blick und erspähte einen Mann, der etwa seine Größe und seine Statur hatte und gerade an der Ostseite des Platzes um die Ecke verschwand. Er blickte zurück zu Jane und sah dieselbe nackte, absolut hoffnungslose

Angst in ihrem Gesicht, die er bei afghanischen Frauen und Kindern gesehen hatte, nachdem ihre Dörfer vom Krieg zerstört worden waren. Sie zitterte am ganzen Körper, von Kopf bis Fuß.

Hatte sie einen Anfall? Beunruhigt trat Hutch näher an sie heran.

»Mommy?« Ben zog an ihrem Arm.

Jane fuhr herum und blinzelte. Sie wirkte völlig verzweifelt, und tiefe Sorgenfalten hatten sich wie Klammern um ihren Mund gelegt.

Wer war dieser Mann? Was war er, dass sein bloßer Anblick sie in einen panischen Zombie verwandelte?

Zu gerne hätte er seine Hand ausgestreckt und sie berührt, aber er wusste nicht, wo er stand. Vielleicht würde seine Berührung die hauchdünne Rettungsleine der Versöhnung, die sie ihm mit ihrem Angebot, an diesem Nachmittag mitzukommen, zugeworfen hatte, wieder zerreißen. Und er konnte sie ja nicht fragen, was los war, oder sie mit Worten beruhigen.

Also stand er nur da und schenkte ihr einen Blick, von dem er hoffte, dass er seine Sorge um sie zeigte und ausdrückte, was er nicht sagen konnte – es interessiert mich, ich mache mir Sorgen, bitte sag mir, was los ist.

»Hutch«, sagte sie mit einer Stimme, die nicht weniger zitterte als ihr Körper. »Würdest du bitte nach Hause kommen?«

11

Lieber Gott, betete Meredith, bitte lass es nicht Sloane sein.

Viele Male in den vergangenen fünf Jahren hatte sie gedacht, sie hätte ihn in der Menge gesehen. Anfangs war es öfters vorgekommen, dann wurde es allmählich seltener, bis er sie schließlich vor zwei Jahren in Denver aufgespürt hatte. Danach hatte sie ihn überall gesehen.

Doch seit sie nach Twilight gezogen war, hatte sie angefangen, sich sicher zu fühlen, und sie hatte Sloane kein einziges Mal gesichtet.

Sie hatte keine Ahnung, ob es die herzliche, offene Gemeinschaft hier war, die sie eingelullt hatte, oder Hutchs Auftauchen oder beides, aber sie war dumm genug gewesen, nicht mehr so wachsam zu sein wie sonst. Sie hatte nicht mal bemerkt, dass es so war – dass sie vertrauensvoller, offener geworden war –, aber Stück für Stück hatte sie begonnen, sich hier sicher zu fühlen.

Der Mann war zu weit weg gewesen, um wirklich beurteilen zu können, ob es falscher Alarm war oder nicht, aber sie würde kein Risiko eingehen. Sie musste entweder abhauen oder Hutch sofort wieder ins Haus holen. Doch selbst dann sollte sie vielleicht besser einfach packen und gehen. Wenn Kimmie und Hutch nicht wären, würde sie augenblicklich nach Hause rasen, ihr Zeug in den Koffer werfen und losfahren.

Vielleicht würde sie das trotzdem tun, sobald Hutch eingeschlafen war.

Hutch schaute sie merkwürdig an.

Sie zwang sich zu einem Lächeln. »Wir vermissen dich.«

Weder nickte Hutch noch schüttelte er den Kopf. Er stand einfach nur still da, stark wie eine alte Eiche, sein Blick sanft und voller Sorge. Sie verspürte das überwältigende Bedürfnis, ihren Kopf an seiner Brust zu vergraben und ihm alles zu gestehen.

Vor ein paar Tagen hatte sie sich wegen seiner Gewaltbereitschaft Sorgen gemacht. Jetzt, im Angesicht der Möglichkeit, dass Sloane sie wieder gefunden hatte, wünschte sie, sie könnte Hutch alles erzählen und jedes bisschen des Kämpfers, das er in sich hatte, auf ihren Exmann loslassen.

»Juhu!«, schrie Kimmie. »Onkel Hutch kommt mit uns nach Hause.«

»Hutch?«, fragte Meredith mit unnatürlich hoher Stimme. »Kommst du mit uns?«

Er setzte ein Lächeln auf, das die Besorgnis auf seinem Gesicht und die Anspannung in seinem Körper Lügen strafte. Sie konnte ihm nichts vormachen. Irgendetwas stimmte nicht. Er ließ sie einen Herzschlag lang warten, und noch einen. Dann fing er langsam an zu nicken.

Vor Erleichterung stieß sie einen tiefen Seufzer aus. Ihre Dankbarkeit war so schwer wie der kalte Dunst, der in der Luft hing. Bald würde es schneien. Sie konnte es spüren. »Danke.«

Kimmie nieste.

»Komm, meine Süße. Wir gehen jetzt nach Hause und essen eine Suppe, damit dir wieder warm wird.« Meredith nahm das kleine Mädchen auf den Arm und Hutch setzte Ben auf seine Schultern. Zusammen gingen sie zurück zu ihren Fahrzeugen, während Meredith mit ihrem Blick die Menge fieberhaft nach Sloane absuchte. Sie konnte ihn nicht noch einmal entdecken, aber allein die Tatsache, dass sie gedacht hatte, sie hätte ihn gesehen, reichte, um sie in Panik zu versetzen.

»Kannst du die Kinder in meinem Minivan nach Hause fahren?«, fragte sie Hutch, als sie die Fahrzeuge erreicht hatten.

Sie hasste es, Ben auch nur für eine Sekunde aus den Augen zu lassen, aber sie musste damit anfangen, ihre Spuren zu verwischen. Wenn es schon nicht möglich war, Ben bei sich zu haben, war Hutch im Moment der Einzige, dem sie ihren Sohn ruhigen Gewissens anvertrauen konnte. Der Mann hatte bei der Delta Force gekämpft. Wenn er Sloane nicht schlagen konnte, dann konnte es noch nicht mal der Teufel selbst.

Hutch schaute skeptisch, aber er nickte, und sie tauschten die Fahrzeuge.

Sie stieg in seinen Truck und beobachtete, wie er den Kindern in ihre Sitze half. Die Fahrerkabine roch nach ihm, männlich und beruhigend. Ihr Herz pochte wie wild und ihre Hände zitterten am Lenkrad.

Sie atmete tief durch und absolvierte ein paar ihrer Yogaübungen, um sich zu beruhigen. Aus Panik zu handeln würde nur dazu führen, dass sie Fehler beging, wie an dem Tag, als sie mit dem Pfefferspray auf Hutch losgegangen war. Sie musste vorsichtig sein. Sie konnte sich nicht den kleinsten Fehler erlauben.

Ihr nacktes Leben, wie auch das ihres Sohnes, hing davon ab, dass sie einen kühlen Kopf bewahrte.

In dieser Nacht wurde Hutch vom Knarren seiner Schlafzimmertür aus dem Tiefschlaf gerissen. Automatisch schnellte seine Hand unter sein Kopfkissen und tastete nach seiner Pistole, die längst nicht mehr dort war. Als er nach Hause gekommen war, hatte er sie zum Schutz der Kinder im Waffenschrank eingeschlossen. Da nutzte sie ihm jetzt viel, wenn er sich gegen einen Angreifer verteidigen musste.

Aber von diesem nächtlichen Eindringling ging keine Gefahr aus.

Es war seine Nichte, die in dem milchigen Gelb des Mondes, das durch einen Schlitz im Vorhang fiel, über die Türschwelle trat. Sie zog ihre Kuscheldecke hinter sich her und wimmerte leise.

Guter Gott! Zum Glück hatte er seine Waffen weggeschlossen.

Hutch schwang seine Beine über den Bettrand und griff nach der Jeans, die über dem Fußteil des Betts hing. Normalerweise schlief er nackt, aber wegen der Kinder war er dazu übergegangen, seine Boxershorts anzulassen.

Kimmie rieb sich die Augen. »Mir geht's nicht gut, Onkel Hutch.«

Er warf sich ein T-Shirt über, kniete vor ihr nieder und zog sie an seine Brust. Sie drückte sich in seine Armbeuge und legte ihren Kopf an seine Schulter.

Das Kind glühte!

Mit Kimmie im Arm stand er auf und streckte seine Hand aus, um die Nachttischlampe anzuknipsen. Ihr Gesicht war rot, Schweißperlen glitzerten unter ihrer Stupsnase auf der Oberlippe und ihre Lippen waren trocken und rissig.

Sie hatte Fieber und war dehydriert.

Wie hatte das so schnell passieren können? Am Nachmittag war es ihr noch gut gegangen, als sie beim Weihnachtsmann auf dem Schoß gesessen und ihm unrealistische Wünsche über eine eigene Familie zugeflüstert hatte. Ihre blauen Augen, die normalerweise klar und hell waren, waren trüb, und einen Moment lang starrte sie ihn unverwandt an. An ihren Wimpern hingen kleine Tränen. Sie versuchte, sich mit dem Handrücken über die Lippen zu fahren, aber ihr Arm fiel mitten in der Bewegung wieder hinunter. Sie war zu schwach, um sich den Mund abzuwischen, sie konnte den Arm nicht lange genug oben halten.

Armes Kind.

Ihre Augen fielen zu und das gesamte Gewicht ihres kleinen Körpers lag an seiner Brust. Ihr Atem ging schnell und heiß. Zu schnell und zu heiß. Das schweißnasse Haar klebte ihr am Kopf.

Hutchs Puls fing an zu rasen und ein kalter Schauer jagte ihm über den Rücken, der im krassen Gegensatz zu Kimmies Temperatur stand. Er hatte am ganzen Körper Gänsehaut. Galle brannte in seiner Kehle und ein Geschmack wie von oxidierten Pennys breitete sich in seinem Mund aus. Eine Angst, die heftiger war als alles, was er je verspürt hatte, packte ihn am Kragen und schüttelte ihn wie ein Kaninchen im Maul eines Pitbulls.

Er stolperte aus dem Schlafzimmer, ein Arm unter Kimmies Po, den anderen fest um ihren Rücken gelegt, ihre kleinen Beine eng um seine Hüfte geschlungen. Er riss die Tür zum unteren Badezimmer auf und machte das Licht an.

Kimmie stöhnte, als es hell wurde, und vergrub ihr Gesicht an seiner Brust.

Tut mir leid, Kleine, bitte entschuldige.

Fieberhaft durchsuchte er mit einer Hand die Schubladen, riss Schranktüren auf, wühlte darin herum. Kein Thermometer. Oh, seine verdammte Schwester. Sie hatte ein vierjähriges Kind. Wie konnte es sein, dass sie kein Fieberthermometer im Haus hatte?

Bei der Army hatte er eine medizinische Ausbildung genossen. Jeder in der Unit konnte mehr als nur Erste Hilfe und Wiederbelebungsmaßnahmen leisten, aber bisher hatte er sein Wissen nur an kräftigen Erwachsenen unter Beweis stellen müssen. Er hatte Druckverbände angelegt, Wunden genäht, Spritzen verabreicht. Aber hier ging es um ein Kind. Hier konnte er nicht herumpfuschen. Er wünschte, er könnte sie fragen, was ihr sonst noch fehlte. Hatte sie Bauchschmerzen? Kopfschmerzen? Tat ihr sonst irgendwas weh?

Sein Kopf fühlte sich an wie Brei. Es war, als wäre sein Gehirn plötzlich zu Quecksilber geworden, das er mit seinen bloßen Händen zusammenzuhalten versuchte, ihm aber immer wieder durch die Finger floss, glänzend, hell und einfach nicht zu fassen.

Dreh jetzt bloß nicht durch, Mann. Dieses Kind braucht dich.

Jane. Sie war eine Mutter. Eine gute Mutter. Sie hatte bestimmt ein Fieberthermometer.

Erleichterung durchflutete ihn. Jane würde wissen, was zu tun war.

Er schob Kimmie höher auf seiner Hüfte und rannte, immer zwei Stufen auf einmal nehmend, die Treppe hinauf. Er sah Licht unter ihrer Tür. Gott sei Dank, Jane war wach.

Er war so außer sich, dass er nicht anklopfte, sondern einfach den Türknauf drehte und in ihr Zimmer stürzte.

Ihr Bett war immer noch gemacht und ein Koffer, vollgestopft mit Kleidern, lag offen auf der Bettdecke. Was war das? Sie packte? Wollte sie weg?

Der Koffer verwirrte ihn, und einen Moment lang glaubte er zu träumen. Aber er konnte den Flickenteppich unter seinen nackten Füßen spüren und Kimmies glühende Haut an seiner. Außerdem waren Träume normalerweise nicht so körperlich spürbar. Außer es handelte sich um Albträume; die hatte er in letzter Zeit oft, aber sie drehten sich immer ums Kämpfen.

Auf dem Rollbett bewegte sich Ben und setzte sich gähnend auf. Seine Haare standen ihm in alle Richtungen vom Kopf ab, wie die Federhaube eines Helmspechts. Er blinzelte und rief: »Mommy!«

Die Tür des angrenzenden Badezimmers öffnete sich und Jane streckte den Kopf heraus. Sie war gerade dabei, ihre Haare mit einem Handtuch trocken zu rubbeln. Haare, die vor Kurzem noch pechschwarz gewesen waren, jetzt aber die Farbe von poliertem Kupfer hatten.

Janes Augen weiteten sich, als sie Hutch erblickte.

Er eilte zu ihr und schnappte sich ihre erstarrte Hand. Sie ließ das Handtuch zu Boden fallen, das mit Haarfärbemittel befleckt war. Er hielt ihr Handgelenk umklammert und presste ihre Handfläche gegen Kimmies Stirn.

»Sie glüht ja.«

Er nickte.

»Leg sie aufs Bett. Warte, ich räum den Koffer weg.« Sie packte den Koffer und schleuderte ihn, ohne ihn zu schließen, in die Ecke. Er landete mit einem dumpfen Schlag auf dem Boden, und die Kleider verteilten sich auf dem ganzen Teppich.

Hutch setzte Kimmie auf dem Bett ab. Sie fiel auf die Matratze, stöhnte leise, dann verdrehte sie ihre Augen und ihr Körper versteifte sich. O Scheiße! Hutchs Hände flogen an seine Wangen. Was geschah mit seiner Nichte?

Sofort drehte Jane das Kind auf die Seite und legte vorsichtig Kissen an seinen Rücken.

»Sie hat einen Fieberkrampf.«

Kimmie zitterte und zuckte, ihr kleiner Körper schüttelte sich unkontrolliert.

Jemand gab einen Klagelaut von sich, der wie von einem Tier klang, das in eine Falle geraten war. Hutch merkte, dass er selbst ihn ausgestoßen hatte. Kimmie hatte einen Anfall. Da konnte er nicht lange fackeln, er würde den Notarzt rufen. Janes Handy lag auf dem Nachttisch. Er schnappte es sich, schaltete es an und erkannte, dass er der Notrufzentrale kein einziges Wort sagen konnte.

»Es ist in Ordnung, Hutch«, sagte Jane in ruhigem Ton. »Es ist gleich vorbei.«

Kimmies Augenlider hoben sich flatternd. Ihr Blick war glasig und sie schaute sich verwirrt um.

Jane streichelte Kimmie übers Haar. »Ganz ruhig, mein Schatz, alles wird gut«, sagte sie sanft.

»Was ist mit Kimmie?«, fragte Ben besorgt.

»Sie hat ein wenig Fieber, Liebling, das ist alles. Versuch, wieder einzuschlafen«, beruhigte Jane ihren Sohn.

Ben kuschelte sich wieder unter seine Decke, ließ Kimmie aber nicht aus den Augen.

Hutch sank gegen die Wand. Seine Beine waren nicht länger in der Lage, ihn aufrecht zu halten.

Jane blickte zu ihm herüber. »Fieberkrämpfe sind schrecklich anzuschauen, aber meistens brauchen die Kinder keine Behandlung. Ich messe Fieber und gebe ihr etwas Ibuprofen-Saft, um ihre Temperatur zu senken, und dann bringen wir sie morgen zum Arzt. Es ist nicht nötig, sie mitten in der Nacht einem teuren und traumatischen Besuch in der Notaufnahme auszusetzen.«

Hutchs Brust hob und senkte sich, seine Kehle war wie zugeschnürt. Ihm war schwindelig, und er rutschte an der Wand hinunter, bis sein Po den Boden berührte.

»Du hyperventilierst.« Jane stand auf, kam zu ihm und legte ihm eine Hand auf die Schulter. »Ich brauche keine zwei Patienten. Denk an die Atemübungen, die ich dir beigebracht habe. Versuch es, während ich das Ibuprofen und ein kaltes Tuch für Kimmies Stirn hole.«

Hutch nickte. Was für ein Waschlappen von Delta Force Operator war er eigentlich? Sich so gehen zu lassen! Ja, klar, Kugeln und Stichwunden waren eine Sache. Aber ein krankes Kind? Gott im Himmel. Er presste eine Hand gegen die Stirn.

Jane verschwand im Badezimmer, und er saß da, atmete tief ein und aus und versuchte, einen Funken seiner Würde und Selbstkontrolle zurückzuerlangen. Eine Minute später kam Jane mit einem digitalen Fieberthermometer, einem feuchten Waschlappen, einer Flasche Fiebersaft und einem kleinen Plastikbecher zurück. Sie maß Kimmies Temperatur und legte den kalten Waschlappen auf die Stirn des Kindes. Ihre Bewegungen wirkten routiniert. So als ob sie es schon hundert Mal zuvor getan hätte.

»Neununddreißig fünf«, sagte sie zu Hutch.

Das klang in seinen Ohren besorgniserregend hoch.

»Hatte sie schon öfter Fieberkrämpfe?«

Hutch hob hilflos seine Schultern. Er hatte keine Ahnung.

»Hast du Kopfschmerzen?«, fragte Jane an Kimmie gewandt.

Das Mädchen schüttelte den Kopf.

Jane tupfte ihm das Gesicht mit dem Waschlappen ab. »Tut dein Nacken weh?«

»Nein«, murmelte Kimmie mit schwacher Stimme.

»Kannst du mir das nachmachen?« Jane drehte ihren Kopf von einer Seite zur andern.

Kimmie tat es ihr gleich.

»Gutes Mädchen.« Jane streichelte mit einem Finger über Kimmies Wange. »Das ist ein gutes Zeichen«, sagte sie über ihre Schulter zu Hutch. »Wenn ihr Fieber durch eine spinale Hirnhautentzündung verursacht wäre, hätte sie rasende Kopfschmerzen, einen steifen Hals und Nackenschmerzen.«

Hutch rappelte sich vom Boden auf und stellte sich neben das Bett.

»Ich setz dich jetzt auf«, sagte Jane zu Kimmie. »Dann kannst du etwas Saft nehmen, damit das Fieber weggeht. Kannst du schlucken?«

Kimmie nickte stumm. Ihre Wangen leuchteten so rot wie der Anzug des Weihnachtsmanns. Jane gab den Saft in den kleinen Messbecher, dann zog sie Kimmie an den Schultern hoch. »Schluck ihn ganz schnell runter.«

Seine Nichte schluckte die Medizin und Jane ging zurück ins Badezimmer, um Kimmie ein Glas Wasser zu holen, damit sie nachspülen konnte.

»Gutes Mädchen.« Jane tätschelte Kimmies Rücken. »Du schläfst heute Nacht hier bei mir.« Sie schlug die Decke zurück und half Kimmie, darunterzukriechen. Zu Hutch sagte sie: »Ich lasse sie hier schlafen, damit ich sie besser im Auge behalten kann.«

Hutch wollte widersprechen. Ihr sagen, dass es seine Aufgabe war, sich um seine Nichte zu kümmern, aber er hatte keine Stimme, und die verdammte Zaubertafel lag im Erdgeschoss.

Jane schaltete das Licht im Schlafzimmer aus, ließ aber das im Badezimmer an. Kimmie schloss ihre Augen, ihr Atem beruhigte sich und innerhalb von fünf Minuten war sie eingeschlafen.

»Ich übernehme jetzt, wenn du wieder ins Bett gehen möchtest.« Jane wirkte wie eine professionelle Krankenschwester. Ihr frisch gefärbtes rotes Haar leuchtete in dem Lichtstreifen, der aus dem Badezimmer fiel. Der ausgekippte Koffer lag hinter ihr auf dem Fußboden, überall auf dem Boden waren Kleider verstreut.

Er dachte an ihre Veränderung, nachdem sie die Werkstatt des Weihnachtsmanns verlassen hatten. Wie sie diesen Mann angestarrt hatte, der in der Menge verschwunden war, wie ihr Gesicht blass geworden war, wie sie am ganzen Körper gezittert hatte. Wie sie ihn schon mal allein mit den Kindern nach Hause geschickt hatte. Er hatte die ganze Zeit über gewusst, dass sie etwas verbarg. Nun konnte er es nicht länger ignorieren.

Hutch drehte sich zur Tür und hörte, wie sie erleichtert aufseufzte. Wenn sie dachte, er würde einfach gehen und es dabei belassen, dann hatte sie sich getäuscht.

Meredith hatte gepackt, um die Stadt zu verlassen. Ihr Bauch hatte die ganze Zeit gebrüllt: Renn, renn, renn! Hatte geschrien, dass es Sloane gewesen war, den sie in der Stadt gesehen hatte, auch wenn es keinerlei Beweis dafür gab.

Aber ihr Kopf hatte gezögert, den Plan in die Tat umzusetzen. Ben war glücklich hier. Weihnachten stand vor der Tür, und die kleine Kimmie wäre allein mit einem Mann, der nicht sprechen konnte und nicht ihr Vater war.

Sie hatte drei Schokoriegel gegessen, um für ihre körperliche Veränderung Gewicht zuzulegen, und hatte ihre Haare rot gefärbt. Das letzte Mal hatte sie vor drei Jahren in Kansas City rotes Haar gehabt.

Sie saß eine halbe Stunde neben Kimmie, dann maß sie noch mal Fieber. Es war auf achtunddreißig drei gefallen. Dem Himmel sei Dank. Mit vor Erleichterung wackligen Knien ging sie ins Badezimmer, um sich kaltes Wasser ins Gesicht zu spritzen, und fuhr sich mit den Fingern durch ihr feuchtes, kurzes Haar. Zeit, es wieder wachsen zu lassen. Gott, sie waren gerade mal zwei Monate hier gewesen, und nun musste sie schon wieder von vorne anfangen. Als sie damals geflohen war, hatte sich alles ums nackte Überleben gedreht, aber mit der Zeit war es immer schwieriger geworden, an einem Ort zu wohnen und dabei in ständiger Alarmbereitschaft zu bleiben.

Das Leben auf der Flucht schadete Ben, und je älter er wurde, desto schlimmer wurde es. Wie könnte es auch anders sein? Sie wünschte sich so sehr, ihm mehr bieten zu können als dieses Geisterleben. Sie wollte, dass er eine normale Kindheit hatte und sich sicher und geborgen fühlte. Aber das konnte sie ihm nicht geben.

Tränen traten ihr in die Augen, während sie in den Spiegel starrte – so oft schon hatte sie den Wohnort gewechselt und ihr Erscheinungsbild verändert. Sie wusste überhaupt nicht mehr, wer sie eigentlich war. Wenn sie das Yoga nicht hätte, wäre sie längst schon verrückt geworden.

Sie nahm die leere Schachtel des Haarfärbemittels, um sie in den Mülleimer neben dem Waschbecken zu werfen. Da hörte sie plötzlich eine Türangel quietschen. Ihre innere Stimme brüllte panisch: Sloane! Meredith machte einen Satz, wirbelte herum, und mit rasendem Puls riss sie die Badezimmertür auf.

Hutch stand vor ihr und sah sie an. Sein Blick war finster und durchdringend, seine Halsmuskeln waren angespannt, seine Schultern gebeugt. Das Licht des Badezimmers fiel in sein Gesicht, was es aber nicht weniger düster wirken ließ. In seinen großen Händen hielt er die Zaubertafel. Der rote Griffel baumelte an seiner Schnur.

Meredith' Blick wanderte von seinem unergründlichen Gesicht zur Tafel. WER BIST DU?

Sie erstarrte, ihre Hand umklammerte die Schachtel des Haarfärbemittels.

Er machte einen Schritt auf sie zu, drängte sie zurück und versperrte ihr den Weg durch die Tür.

Sie ließ die Schachtel auf den Rand des Waschbeckens fallen und reckte ihr Kinn vor. »Du hast nichts auf diesem Stockwerk verloren. Ich verstehe, warum du mit Kimmie nach oben gekommen bist, das war eine Ausnahmesituation, aber jetzt musst du verschwinden.«

Er schüttelte den Kopf, löschte seine Frage von der Tafel und schrieb: DIESE VEREINBARUNG HABE ICH MIT JANE BROWN GETROFFEN.

Panik durchflutete ihren Körper und ließ ihre Wangen erst weiß und dann rot werden. »Wie …« Sie räusperte sich. »Wie hast du es herausgefunden?«

ICH BIN KEIN TROTTEL, schrieb er. DU HÄLTST MICH VIELLEICHT FÜR EINEN, ABER DA HAST DU DICH GETÄUSCHT.

»Nein, ich halte dich nicht für einen Trottel.« Sie schüttelte den Kopf und biss sich auf die Unterlippe.

Er starrte sie finster an und machte einen Schritt auf sie zu.

Sie stieß einen leisen Schrei aus, stolperte rückwärts und krachte gegen die Wand. Was nun? Wohin sollte sie?

Ärgerlich löschte er die Zaubertafel und kritzelte in engen, wütenden Buchstaben: WAS FÜR EIN SPIEL SPIELST DU?

»Kein Spiel.« Sie schüttelte energisch den Kopf.

Sein Blick wurde noch finsterer.

»Ich schwöre es.«

Wer bist du?, formte er stumm mit den Lippen.

Sie könnte ihm einen ihrer anderen Decknamen nennen. Ihn hinhalten, bis sie hier abhauen konnten.

Und wohin wollten sie mitten in der Nacht gehen?

Irgendwohin. Es war nicht das erste Mal, dass sie Hals über Kopf abhauen mussten.

Aber sie war es so leid, davonzulaufen. War es leid, sich zu verstecken. War es leid, dass Leute sie bei einem falschen Namen nannten. Und sie schuldete ihm eine Erklärung. Was, wenn du es ihm erzählst und er zur Polizei geht? Was dann?

Sie musste ihm vertrauen. Irgendwann musste sie wieder anfangen, jemandem zu vertrauen. Hoffentlich würde er ihre Geschichte glauben.

Und wenn er es nicht tat?

Er trat noch einen Schritt auf sie zu, seine Kiefermuskeln wirkten hart wie Granit.

Sie hielt beide Hände hoch. »Okay, okay. Ich erzähl's dir, aber du musst mir etwas versprechen.«

Er kniff seine Augen zusammen.

»Bitte«, flüsterte sie.

Irgendetwas in ihren Augen musste ihn überzeugt haben, denn er wich bis zur Tür zurück.

Er verschränkte die Arme fest vor der Brust und sagte stumm: Rede.

»Nicht hier. Die Kinder müssen schlafen. Gehen wir in das andere Schlafzimmer.«

Er nickte kurz und ging voraus. Meredith folgte ihm, und ihre Angst wuchs mit jedem Schritt. Würde er ihr glauben? Oder würde er die Polizei rufen?

Er stieß mit dem Fuß die Tür des Schlafzimmers auf, schaltete das Licht ein und wartete, bis sie vor ihm eingetreten war. Sie blickte hinunter auf das University-of-New-Mexico-Sweatshirt, das mit kastanienbrauner Haarfarbe befleckt war. Wie dumm von ihr, dass sie es behalten hatte, wo es doch ihre Wurzeln preisgab. Aber eigentlich spielte es keine Rolle mehr. Er wusste bereits, dass mit ihr etwas nicht stimmte.

Wie lange war es her, dass sie sich das letzte Mal allein mit einem Mann in einem Schlafzimmer befunden hatte?

Der Vorhang des zur Straße gelegenen Fensters war offen und ließ das farbenfrohe Spiel der blinkenden Weihnachtsbeleuchtung herein. Er drückte die Tür hinter ihr ins Schloss.

Sie schluckte und drehte sich zu ihm.

Sein Gesicht war völlig ausdruckslos.

Sie atmete tief ein. »Mein richtiger Name ist Meredith Sommers. Er war einmal Meredith Sloane. Solange ich verheiratet war.«

Er legte die Zaubertafel auf die Kommode, verschränkte die Arme vor der Brust, seine Augen wirkten hart.

Sag's einfach. Lass es einfach raus.

Sie öffnete ihren Mund, schloss ihn, und dann machte sie ihn wieder auf. »Ich hab gelogen, als ich dir erzählt hab, Bens Vater wäre tot. Er ist alles andere als tot. Ich wünschte nur, er wäre es.«

Gott, sie hatte das Gefühl, sich übergeben zu müssen. Über Sloane zu sprechen, auch nur an ihn zu denken führte jedes Mal dazu, dass ihr übel wurde. Sie schloss kurz die Augen, leckte sich über die Lippen und warf Hutch schließlich einen verstohlenen Blick zu.

Sein Gesichtsausdruck hatte sich überhaupt nicht verändert, wirkte immer noch kalt und wie versteinert.

»Es tut mir leid, dass ich dich angelogen habe.« Ihr Kinn zitterte, und sie blinzelte schnell, um die Tränen zu unterdrücken. Sie hasste Lügen. Hasste es, dass ihr Leben in den vergangenen Jahren aus nichts anderem bestanden hatte. Lügen hatten sie verzerrt, sie schrumpfen lassen. Aber reinen Tisch zu machen war so schwer.

Meredith legte eine Hand vor den Mund, blickte hinab auf ihre nackten Füße und krallte ihre Zehen in den Teppich, so als ob sie sich selbst im Boden verankern wollte.

Es war die Scham, die ihr die Tränen in die Augen trieb und beinahe über ihre Wangen rinnen ließ – Scham, weil sie so dumm gewesen war, es nicht besser gewusst hatte, sich selbst in eine Situation gebracht hatte, die bedeutete, dass sie ihr restliches Leben auf der Flucht verbringen würde.

Sie schlang ihre Arme um ihren Oberkörper und wandte sich von ihm ab, um aus dem Fenster zu blicken und ihren Mut zusammenzunehmen. Auf der anderen Straßenseite blinkte die rote Nase des Draht-Rentiers in Flynns und Jesses Vorgarten munter vor sich hin. Sie konnte die Kälte spüren, die durch die Glasscheibe des Fensters drang, und roch den Rauch von Holzfeuer. Weihnachten. Es sollte eine glückliche Zeit sein, aber sie hatte Meredith schon immer abgrundtief traurig gemacht. Sie hatte keine Familie, mit der sie sich unter dem Christbaum versammeln konnte. Es waren nur sie und Ben.

Bis zu diesem Jahr. Bis Twilight. Bis Hutch und Kimmie.

Wann hatte sie angefangen, sie als eine Familie zu betrachten? Sie massierte ihre Stirn mit ihren Fingerspitzen. Es tut mir leid, mein Kleiner, entschuldigte sie sich in Gedanken bei Ben. Es gibt so vieles, was mir leidtut.

Sie hörte, wie Hutch sich hinter ihr bewegte. Er wurde langsam ungeduldig.

Meredith holte tief Luft, hielt inne, atmete aus, und ohne sich umzudrehen gestand sie: »Es gibt noch etwas, was du über mich wissen solltest.«

Er kam näher. Sie konnte seine Anspannung spüren, und sie sah sein Spiegelbild in der Scheibe des Fensters. Ihre Blicke trafen sich.

»Ich werde wegen versuchten Mordes an einem Polizeibeamten gesucht.«

12

Hutch hatte sich einiges vorgestellt, aber das, was sie ihm nun gebeichtet hatte, war noch nicht mal in seinen wildesten Träumen vorgekommen. Unsicher, ob er sie richtig verstanden hatte, beugte er seinen Kopf und blickte in ihre verzweifelten Augen.

Sie nickte, befeuchtete ihre Lippen und fuhr sich mit den geöffneten Handflächen über ihre Oberschenkel.

Er hatte sein Leben damit verbracht, auf alles vorbereitet zu sein – zuerst mit einer unberechenbaren Mutter, dann als Mitglied der Delta Force –, trotzdem hatte sie ihn kalt erwischt. Es dauerte einen Moment, bis die Information in sein betäubtes Gehirn vorgedrungen war. Jane war auf der Flucht, weil sie versucht hatte, einen Polizeibeamten umzubringen.

Meredith. Ihr Name war Meredith.

Er mochte den Namen, und er mochte sie. Mochte? Wem versuchte er etwas vorzumachen? Das, was er empfand, war um einiges größer als nur mögen.

Sie sah viel mehr wie eine Meredith aus als eine Jane – hoheitsvoll, eigenständig, eine Stufe höher als alle anderen. In diesem Moment war er froh, nicht sprechen zu können, weil er sie nie bei ihrem falschen Namen genannt hatte. Wenn sie seine Stimme zum ersten Mal hörte, wollte er, dass ihr wahrer Name über seine Lippen kam. Meredith.

Du bist etwas zu voreilig, Hutchinson. Erst mal musst du

sprechen können. Und dann muss sie noch hier sein, damit sie hören kann, wie du ihren Namen sagst.

Sie klang so verloren, dass er eine Hand ausstreckte, um sie zu berühren, um sie zu beruhigen, um ihr zu zeigen, dass er sie nicht verurteilte, um sie zu ermutigen, weiterzusprechen, aber er zögerte, weil er ihr nicht Angst machen oder sie verärgern wollte, indem er die Regeln brach.

Hey, sagte der unnachgiebige Teufel auf seiner Schulter, sie hat die Regeln als erste gebrochen, indem sie dir ihre wahre Identität verheimlicht hat. Die Voraussetzungen haben sich geändert.

Er folgte seinem Instinkt und hoffte, dass es die richtige Entscheidung war. Er fasste sie sanft bei den Schultern und drehte sie zu sich. Ihr Blick wirkte verloren, aber ihr Kinn reckte sich trotzig nach vorn. »Der Polizist, auf den ich geschossen habe, war mein gewalttätiger Exmann.«

Aber sie hatte ihn nicht getötet? Was für eine Schande. Jeder Mann, der eine Frau misshandelte, sollte seine gerechte Strafe dafür bekommen, und Hutch war bereit, den Job für sie zu Ende zu bringen.

»Ich schätze, ich sollte von vorn anfangen«, sagte sie, auch wenn sie so aussah, als würde sie sich lieber sämtliche Zähne ohne Betäubung ziehen lassen.

Er schüttelte den Kopf, um ihr zu sagen, dass sie ihm keine Erklärung schuldig war, aber sie hob einen Zeigefinger und legte ihn an ihre Lippen. »Du musst wissen, mit was du es zu tun hast. Ich hätte es dir schon früher sagen sollen, aber ich wusste einfach nicht wie. Ich habe so lange geschwiegen, um mich zu schützen, dass ich vergessen habe, wie man jemandem vertraut.«

Und trotzdem war sie nun hier und vertraute sich ihm an. Sie musste es nicht tun. Sie hätte auch einfach ihre Sachen packen und verschwinden können.

Meredith räusperte sich und erzählte ihm von ihren Eltern – Ballonfahrer, die mit ihrer Tochter durchs ganze Land gezogen waren und ein Nomadenleben geführt hatten.

»Wir waren wie Zigeuner und haben in einem kleinen Wohnmobil gelebt. Ich wurde von meinen Eltern unterrichtet. Trotz – oder gerade wegen – meiner ungewöhnlichen Kindheit war ich ein glückliches Kind.« Ein kleines Lächeln schlich sich auf ihre Lippen, als sie von ihren Eltern erzählte, die ihr immer das Gefühl gegeben hatten, geliebt zu werden.

Er freute sich für sie. Er wünschte, er könnte das Gleiche von sich behaupten.

»Doch obwohl ich genug zu essen und ein warmes Bett hatte, träumte ich von einem geregelten Leben.« Sie gab ein bitteres Lachen von sich, als ob das der lächerlichste Traum der Welt wäre.

Hutch schaute ihr tief in die Augen und hörte Meredith gebannt zu.

Das Licht, das in ihren Augen aufgeleuchtet war, als sie von ihren Eltern erzählt hatte, erlosch wieder. »Als ich sechzehn war, sind sie beide bei einem Unfall ums Leben gekommen. Ich war bei den Verfolgern, und ich ... ich ...« Sie machte eine Pause und blinzelte. »... ich habe gesehen, wie sie abgestürzt sind.«

O verdammt, nein.

Er dachte an seinen eigenen Verlust, den er mit sechzehn erlitten hatte. Nur eine Minute vor der Ankunft von Ashleys Schulbus war er ins Haus gegangen. Er erinnerte sich, wie er die Leiche seiner Mutter gefunden und erkannt hatte, dass sie ihre Drohungen nun tatsächlich wahrgemacht hatte. Sie war für immer gegangen. Er hatte den Abschiedsbrief aufgehoben. Du hast mich dazu getrieben, Brian. Sie war wütend auf ihn gewesen, weil er ihren nutzlosen, kiffenden Freund am Tag zuvor aus dem Haus geworfen hatte.

Ohne irgendetwas zu fühlen hatte er den Brief zusammengeknüllt, in seine Tasche gesteckt und ganz ruhig den Notruf gewählt. Dann war er nach draußen gegangen, um Ashley – gerade noch rechtzeitig – abzufangen.

In dieser Nacht hatte er seinen sonst so kühlen Kopf verloren. Von Trauer getrieben, war er randalierend durch die Straße marschiert und hatte jeden Briefkasten mit seinem Baseballschläger zertrümmert. Caitlyns Vater, Richter Blackthorne, hatte ihn eingefangen, doch anstatt ihn der Polizei auszuliefern, hatte er ihm einen Rat gegeben. Er hatte ihm nahegelegt, zur Army zu gehen, sobald er mit der Highschool fertig war. Der Richter hatte ihn auch zu den Besitzern der Briefkästen begleitet, bei denen er sich entschuldigte und ihnen versprach, den Schaden zu ersetzen.

Wenn der Richter nicht gewesen wäre – der später seinen Fall verhandelt und ihn für volljährig erklärt hatte, damit er Ashley aus der Pflegefamilie holen konnte –, hätte sein Leben einen viel dunkleren Verlauf genommen, da war er sich sicher.

Er war froh, dass er Meredith nichts von alledem erzählen konnte. Er hatte mit der Vergangenheit vor langer Zeit abgeschlossen. Hatte mit erstaunlichem Erfolg weitergemacht, wenn man bedachte, woher er kam. Er war kopfüber in die Army eingetaucht, hatte sie als eine Flucht vor seinem Leid benutzt. Doch dann katapultierte ihn ein Angriff auf der anderen Seite des Erdballs geradewegs an seinen Ausgangspunkt zurück.

Meredith wischte die Tränen weg, die sich unter ihren Augen gesammelt hatten, und atmete tief durch. »Ich möchte mich nicht in Selbstmitleid suhlen. Ich erzähle dir das alles nur, damit du verstehst. Bei der Plätzchentausch-Party haben sie mir erzählt, dass du deine Mutter verloren hast, als du sechzehn warst. Was für eine miese Gemeinsamkeit, die wir da haben.«

Er nickte und machte eine Bewegung, als ob er mit einer Angel einen tonnenschweren Marlin an Land ziehen wollte, um Kampf und Widerstand zu illustrieren. Dann öffnete er die Hände und ließ los.

»Genau. Man kann sich nicht für immer an seiner Trauer festklammern, sonst zieht sie einen nach unten. Es kommt der Punkt, an dem man einfach loslassen muss.«

Ja, hier stand er und predigte ihr in seiner selbst erfundenen Zeichensprache über das Loslassen, und dennoch klammerte er sich an seine Trauer, seine Wut und seine Verbitterung über das, was geschehen war. Es war einfach, Ratschläge zu geben, aber anscheinend schaffte er selbst es nicht, sie zu befolgen.

Doch wie konnte er die Vergangenheit wirklich loslassen, solange er nicht seine Pflicht erfüllt und die Familien der Männer besucht hatte, die ihr Leben an seiner Seite gelassen hatten? Und das konnte er nicht tun, solange er nicht sprechen konnte.

Es lief alles auf das eine hinaus. Die verdammte Stimme. Was war ein Mann ohne seine Stimme?

»Nach dem Tod meiner Eltern habe ich bei meiner Großmutter gelebt. Sie war die einzige nahe Verwandte, die ich noch hatte, und endlich erfüllte sich mein Wunsch, dauerhaft an einem Ort zu leben. Ich hatte mich riesig darauf gefreut, zur Highschool zu gehen, aber ich war so lange zu Hause unterrichtet worden, dass es mir schwerfiel, mich einzufügen. Zum Glück war mir meine Mutter eine so gute Lehrerin gewesen, dass ich das letzte Schuljahr überspringen konnte. Stattdessen habe ich eine Ausbildung zur Masseurin gemacht, damit ich mir die Krankenpflegeschule finanzieren konnte. Meine Eltern hatten nichts besessen außer ihren Ballonen und unserem Wohnmobil, und meine Großmutter lebte von ihrer Rente. Ich konnte nicht von ihr erwarten, dass sie mir das College bezahlte.«

Was für ein gewitztes, widerstandsfähiges Mädchen sie gewesen war. Er wünschte, er hätte sie schon damals gekannt.

»Während meinem ersten Jahr am College erkrankte meine Großmutter an Krebs. Vier harte Jahre lang kämpfte sie dagegen an. Sie wollte unbedingt miterleben, wie ich meinen College-Abschluss mache.« Trauer und Bedauern legten sich auf ihr Gesicht. »Grandma starb zwei Tage vor der Abschlussfeier.«

Er berührte ihren Oberarm.

Sie neigte ihren Kopf und blickte zu ihm auf. Ihr Haar wurde langsam wieder etwas länger und das Rotbraun ließ ihre Haut weicher erscheinen. Hatte sie überhaupt eine Ahnung, wie schön sie war?

Verlegen legte sie eine Hand in den Nacken. »Ich habe mein Haar so oft gefärbt, dass ich überhaupt nicht mehr weiß, welchen Braunton es eigentlich hat.«

Schwarz, blond, brünett, rot, Hutch war es völlig egal, welche Farbe ihr Haar hatte. Sie könnte es grasgrün färben und wäre in seinen Augen immer noch die schönste Frau der Welt.

Meredith. Wie er sich wünschte, sprechen zu können, um ihren Namen immer und immer wieder zu sagen.

»Ich rede um den heißen Brei herum, stimmt's?« Sie schlang die Arme um sich und rieb sich mit den Händen über die Oberarme, so als ob ihr kalt wäre und sie versuchen würde, sich aufzuwärmen, aber die Temperatur im Raum war absolut angenehm.

Die Kälte, die sie spürte, kam von innen heraus. Hutch spannte seinen Kiefer an und ballte seine Hände zu Fäusten. Am liebsten hätte er dem Hurensohn, der sie so verletzt hatte, sofort eine reingehauen. Er war genauso wenig erpicht darauf, die Geschichte ihres gewalttätigen Exmanns zu hören, wie sie darauf erpicht war, sie zu erzählen. Aber ihre Beziehung steckte so lange in einer Sackgasse fest, bis sie es hinter sich gebracht hatte, das wussten sie beide.

»Aufgrund meines unsteten Lebens, dem Verlust meiner Eltern, meiner Massageausbildung und dem College hatte ich nie wirklich Verabredungen. Dann musste ich meine Großmutter pflegen, als sie krank wurde. Ich hatte nie Zeit für ein richtiges Sozialleben. Ich hatte Freunde, klar, aber keine wirklich engen, weil ich keine Zeit hatte für die Dinge, die Teenager normalerweise so tun.«

Er ließ ihr Zeit, sich zum Kern ihrer Geschichte vorzutasten. Das Geheimnis, das sie bald mit ihm teilen würde, war so tief vergraben, dass es dauerte, um zu ihm vorzudringen.

»Seine Name ist …« Meredith machte eine Pause, warf

einen Blick über ihre linke Schulter, dann über ihre rechte, als ob sie fürchten würde, er hätte sich hinter ihr versteckt. »… Vick Sloane.«

Hutch hasste ihn schon jetzt.

»Ich traf Sloane einen Monat nach meinem Collegeabschluss, als ich ein Praktikum absolvierte. Er landete bei mir in der Notaufnahme, nachdem ihn eine Prostituierte gebissen hatte. Eine andere Krankenschwester kümmerte sich um die Prostituierte, die schlimm verprügelt worden war. Die Frau behauptete, Sloane wäre derjenige gewesen, der sie geschlagen hatte. Er behauptete, es wäre ihr Zuhälter gewesen. Es stand die Aussage eines LAPD-Detective gegen die einer Hure. Rate mal, wer gewonnen hat. Es hätte mir eine Warnung sein sollen, aber ich war damals so verdammt gutgläubig. Ich bin auf sein schnurrbärtiges Lächeln und seine überzeugenden Lügen hereingefallen.«

Sie senkte den Kopf und erschauerte.

Vorsichtig streckte Hutch eine Hand aus und fasste sie sanft am Kinn, um ihr Gesicht anzuheben, bis ihre Blicke sich trafen, und schüttelte langsam den Kopf. Sie war jung gewesen, offen und vertrauensvoll. Sie sollte sich nicht dafür schämen, unschuldig gewesen zu sein.

»Ich war zweiundzwanzig und eine frisch examinierte Krankenschwester, er war dreiunddreißig und Polizeibeamter. Ich war überwältigt von seiner Aufmerksamkeit. Kein Mann hatte mir je so formvollendet den Hof gemacht wie er.«

Hutchs Herz litt mit ihr. Er wünschte, er könnte die Zeit zurückdrehen und derjenige sein, den sie mit zweiundzwanzig traf. Wenn es so gewesen wäre, wenn sie sich gegenseitig gehabt hätten, um wie vieles anders wäre ihr Leben dann verlaufen?

Sie wandte sich wieder von ihm ab und ging, die Arme immer noch um sich geschlungen, zum Fenster, um hinauszustarren. Eine ganze Weile lang war das einzige Geräusch im Raum ihr simultaner Atem. Das gemeinsame Yoga hatte dazu geführt, dass sie im gleichen Rhythmus atmeten. Er lächelte kurz bei dem Gedanken. Das war nicht der richtige Zeitpunkt, um darüber nachzudenken, bei welchen anderen Dingen sie einen gemeinsamen Rhythmus finden könnten.

Leise fragte sie: »Was hat es mit Soziopathen auf sich? Woher wissen sie so genau, wen sie sich aussuchen müssen?«

Er wünschte, er könnte ihr eine Antwort geben, doch selbst, wenn er hätte sprechen können, wäre er nicht in der Lage gewesen, ihr zu erklären, was dunkle Herzen antrieb.

»Sloane war so charmant.«

Irgendwann einmal war auch Hutch charmant gewesen. Genau das hatten die Frauen so an ihm geliebt. Er hatte seinen Kopf geneigt, der Frau seiner Wahl ein verschwörerisches Lächeln geschenkt, sie mit seinem Laserblick festgenagelt und irgendetwas Unterhaltsames oder Witziges gesagt.

Es hatte immer funktioniert. Nie hatte er versagt. Kein einziges Mal.

»Er hat mich völlig umgehauen.« Sie schauderte. »Ich hasse den Satz noch immer. Deshalb war ich auch so beunruhigt, als Ashley mit diesem Kerl abgehauen ist. Sie hat gesagt, er habe sie völlig umgehauen.«

Voller Unbehagen kratzte er an seinen Fingerknöcheln. Die Wunden von seinem Schlag gegen die Haustür heilten und juckten.

»Nur drei Wochen nach unserem ersten Date machte er mir einen Heiratsantrag. Ich war so einsam ohne meine Großmutter, trauerte immer noch um sie, und Sloane sah so aus, als wäre er alles, was ich mir je gewünscht hatte. Beständig, stabil, mit einem sicheren Job. Er versprach mir ein Haus, Kinder, alles Drum und Dran.«

Hutch konnte es kaum ertragen zu sehen, wie sie sich selbst fertigmachte, aber er hatte im Fall seiner Mutter und von Ashley nicht anders reagiert. Und er machte sich immer noch fertig, weil er sein Team verloren und als Einziger überlebt hatte.

Sie stöhnte leise. »Ich bin voll darauf reingefallen.«

Hutch stellte sich hinter sie und strich mit einer Hand über ihren Rücken. Zu seiner Überraschung lehnte sie sich an ihn.

»Sloane war ein angesehener Cop. Er nahm Risiken auf sich, die andere nicht auf sich nehmen würden. Das war natürlich Teil seiner Pathologie, aber keiner hat es so gesehen. Die Leute hielten seine Arroganz für Selbstbewusstsein. Mir ging es genauso. Ich dachte, er wäre stark und tüchtig und selbstsicher. Ich merkte nicht, dass sein souveränes Auftreten nur ein Deckmantel für seine Gemeinheit und Grausamkeit war.«

Sie drehte sich wieder zu ihm. Je mehr sie über Sloane sprach, desto mehr fiel sie in sich zusammen – sie ließ ihre Schultern hängen, ihr Blick war stumpf, ihre Stimme zitterte.

Wenn dieser Bastard in diesem Moment vor ihm gestanden hätte, hätte Hutch ihm mit Freude das Gesicht zu Brei geschlagen, mehrere Male, bevor er ihn getötet hätte. Er stellte sich den Faustkampf vor. Schmeckte Blut. In den vergangenen Monaten hatte er seine Vorliebe für Blut, Krieg und Gewalt, für Zwietracht und Krisen – alles Dinge, die ihn bisher beflügelt hatten –, völlig verloren, aber für Sloane hätte er liebend gerne eine Ausnahme gemacht.

»Ich habe meine Arbeit als Krankenschwester geliebt, aber Sloane wollte nicht, dass ich weiter arbeitete. Also kündigte ich meinen Job vor der Hochzeit. So dumm war ich.« Sie schlug sich mit der flachen Hand gegen die Stirn. »So verdammt dumm. Es war sein erster Schritt, mich zu isolieren. Und in der Minute, in der er mir den Ring ansteckte und ich offiziell zu ihm gehörte, fing die Hölle an.«

Ihr Blick glitt in die Ferne, so als ob sie sich wünschen würde, in der Zeit zurückgehen und diese junge Frau retten zu können. Sie kam jetzt zu dem schwierigen Teil. Dem Teil, den er lieber nicht hören wollte.

Er konnte spüren, dass ihre Knie zitterten. Er nahm sie am Ellbogen und führte sie zum Bett. Sie setzte sich auf die Bettkante, zog ihre Knie an die Brust, schlang die Arme um sich und wiegte sich leicht vor und zurück.

»Hast du den Film *Der Feind in meinem Bett* gesehen?«

Als Kind war er ziemlich in Julia Roberts verknallt gewesen – ja, er hatte den Film gesehen. Er nickte. Julias Charakter war mit einem Mann verheiratet, der so gewalttätig und dominierend war, dass nichts im Haus auch nur einen Zentimeter verrückt werden durfte, sonst verprügelte er sie. Das Leben mit ihm war so unerträglich, dass die Heldin ihren eigenen Tod vortäuschte, um dem Soziopathen zu entkommen, doch er spürte sie wieder auf.

Der Film war verdammt verstörend gewesen, denn selbst

als der vorpubertäre Junge, der er damals gewesen war, hatte er erkannt, wie leicht seine Mutter unter den Einfluss eines solchen Mannes hätte geraten können. Er erinnerte sich, dass er gerne eine Pistole gehabt hätte, um Julia vor ihrem geisteskranken Ehemann zu beschützen.

»Genau so war es«, sagte Meredith, und fuhr fort, im Detail das Ausmaß seiner Misshandlungen zu beschreiben. Sie erzählte von ihrer schockierenden Erkenntnis, dass sie ein Monster geheiratet hatte, das sie nie wieder gehen lassen würde. »Nur dass ich nicht meinen eigenen Tod vortäuschen musste, um von ihm loszukommen, sondern es geschafft habe, eine großartige Psychologin zu finden, die mir dabei geholfen hat. Sie hat mir falsche Papiere besorgt und mich an einem geheimen Ort versteckt. In Anbetracht von Sloanes Beruf und seinem Einfluss war ihr klar, dass ich ein besonderer Fall war. Leider musste sie mit dem Leben dafür bezahlen.«

Er zog eine Augenbraue hoch.

Meredith erzählte ihm, dass Sloane, wie sie glaubte, die Bremsen des Wagens ihrer Psychologin manipuliert hatte, nachdem er in ihre Praxis gestürmt war und sie sich geweigert hatte, ihm Meredith' Aufenthaltsort preiszugeben.

»Ich habe Sloane drei Monate nach der Hochzeit verlassen, und dann habe ich gemerkt, dass ich schwanger war.«

Hutch sank neben ihr auf die Matratze. Sein erster Impuls war, sie in den Arm zu nehmen, aber er hatte Angst, sie könnte denken, dass er mehr von ihr wollte, weil sie auf einem Bett saßen. Deshalb versuchte er es erst gar nicht.

»Ich war so glücklich, als Ben auf die Welt kam«, sagte sie. »Mir war egal, wer sein Vater war, und ich schwor mir, dass mein kleiner Junge in seinem Leben nichts als Liebe kennenlernen sollte. Und du hast ja selbst gesehen, was für ein wunderbarer Kerl er ist.«

Er nickte. Ben war tatsächlich ein äußerst liebevolles Kind. Das war nicht nur das befangene Urteil einer Mutter.

»Ich habe alles getan, um für seine Sicherheit zu sorgen. Ich bin von Stadt zu Stadt gezogen und habe immer wieder meinen Namen und mein Aussehen verändert. Habe immer über meine Schulter geschaut. Immer den Atem angehalten und nur darauf gewartet, dass Sloane mich wiederfindet.«

Er streichelte mit seinem Daumen über ihre Fingerknöchel. Ihr trauriges Lächeln brach ihm das Herz.

»Jetzt weißt du also, warum ich nicht gezögert habe, mein Pfefferspray zu benutzen. Du bist ungefähr so groß wie Sloane und hast eine ähnliche Statur, und als du aus dem Haus kamst, habe ich ihn gesehen, obwohl ich wusste, dass er es nicht war.«

Er wollte ihr sagen, dass sie sich deshalb keine Sorgen machen musste. Sie konnte gerne jeden Tag mit Pfefferspray auf ihn losgehen, wenn sie sich dadurch sicherer fühlte.

Sie zog ihre Ärmel über die Hände. »Ich konnte nicht als Krankenschwester arbeiten, in einer Klinik hätte Sloane mich sofort gefunden, deshalb habe ich jeden Aushilfsjob angenommen, den ich nur finden konnte. Es ist schwierig, von einem Hungerlohn ein Kind zu ernähren und an einem halbwegs sicheren Ort zu wohnen. Eine Zeit lang hatte ich zwei Jobs, aber da war ich kaum bei Ben zu Hause. Dann fiel mir ein, dass ich Sloane nie von meiner Ausbildung als Masseurin erzählt habe.«

Er war zutiefst beeindruckt von ihrem Mut, ihrer Widerstandskraft und ihrem Einfallsreichtum. Sie hatte es geschafft, fünf Jahre auf der Flucht vor einem Soziopathen zu überleben, ohne dass ihr jemand dabei geholfen hätte. Sie war wirklich bemerkenswert.

»Immer wenn ich in eine neue Stadt komme, erzähle ich dem Besitzer des Spa eine Version meiner Geschichte, zeige ihm meinen echten Ausweis und meine Massagelizenz und sage, dass ich auf der Flucht vor meinem gewalttätigen Exmann bin und meine Identität zu meinem eigenen Schutz geheim halten muss. Bisher hat jeder Verständnis gezeigt und mein dunkles Geheimnis für sich behalten.«

Sie hatte so viel gelitten. Der Gedanke an ihren Schmerz war wie ein Samurai-Schwert, das sich geradewegs durch sein ramponiertes Herz bohrte. Er wünschte sich so sehr, er hätte da sein können, um sie zu beschützen, um ihr Sicherheit zu geben.

Meredith atmete tief ein und fuhr fort: »Was ich ihnen nicht erzählt habe, war, dass ich in Colorado wegen versuchten Mordes gesucht werde.«

Nervös zupfte sie an einem losen Faden am Ärmel ihres Sweatshirts. »Als Ben zwei Jahre alt war, spürte Sloane uns in Fort Collins auf. Sein Fehler war, dass er mich immer noch für die naive junge Frau hielt, die er geheiratet hatte. Du hättest sein Gesicht sehen sollen, als ich den Colt gezogen und ihm gesagt habe, dass er aus meiner Wohnung verschwinden soll.«

Wow. Hutchs ganzer Körper spannte sich an, als er sich vorstellte, wie sich die zierliche Meredith einem Mann, der so groß war wie er, entgegenstellte. Er konnte sie vor seinem inneren Auge sehen, eine Löwenmutter, die bereit war zum Kampf.

»Er glaubte nicht, dass ich auf ihn schießen würde, und ging auf mich los, in der Annahme, dass ich aufgeben würde.« Ein bissiges Lachen brach aus ihr heraus. »Du hättest sehen sollen, wie er geschaut hat, als ich abgedrückt hab und die Kugel ihn mitten in die Brust traf. Ich dachte, ich hätte ihn getötet. Ich betete darum. Aber ich habe nicht innegehalten, um mich davon zu überzeugen. Ich habe Ben und meine Handtasche geschnappt und bin so schnell ich konnte davongefahren. Bis ich es in den Nachrichten hörte, war mir nicht in den Sinn gekommen, dass der Hurensohn eine schusssichere Weste trug. Natürlich ...«, schloss sie, ihre Stimme voller Bedauern, »... glaubte die Polizei seine Version der Geschichte.«

Gewalt. Noch mehr Gewalt. Ihr Leben war voll davon.

Auch seine Lebensgeschichte war von Gewalt durchzogen – genau wie die von Meredith' Exmann. Warum hatte sich Sloane in die eine Richtung entwickelt und Hutch in eine andere? Lag es an den Genen? Der Erziehung? Der Lebenserfahrung? An allen dreien?

Was führte dazu, dass ein Mann in einer Machtposition böse wurde?

War er selbst schuldig geworden, weil er seine Macht missbraucht hatte? Die Grenzen konnten so leicht verschwimmen. Er dachte an einige unklare Situationen, an fragwürdige Ad-hoc-Entscheidungen, die er hatte treffen müssen.

Ja, er hatte sich immer eingeredet, im Recht zu sein. Es war leicht, wenn man glaubte, man wäre im Recht. Er kämpfte auf der Seite der Guten, klar. Aber im Leben ging es eben nicht zu wie in den alten Western, in denen die Bösen schwarze Hüte und die Guten weiße trugen.

Wie konnte man sein Selbstbild wieder mit dem, was man getan hatte, in Einklang bringen? Wie stimmte man seine Identität mit seinen Idealen ab?

Als Hutch das Walter Reed Hospital verlassen hatte, hatte er keine Ahnung mehr gehabt, wer er eigentlich war. Seine Identität war zusammen mit seiner Stimme verschwunden. Er war nicht länger Teil der Unit. Seine Teamkameraden, seine engen Freunde und Kampfgefährten, waren tot. Sie waren seine Familie gewesen. Seine Identität. Ohne sie war er völlig verloren.

Und dann kam er nach Hause, wo er Meredith, Ben und Kimmie vorfand, die ähnlich verloren waren und jemanden brauchten, um sie wieder auf Kurs zu bringen. Er hatte sein Bestes gegeben, um die Lücke auszufüllen, und etwas Merkwürdiges war geschehen. Er hatte nicht eine neue Identität, sondern seinen wahren Kern gefunden.

Er war zur Vaterfigur geworden. Jemand, auf den man sich verlassen konnte. Bilder eines guten Vaters gingen ihm durch den Kopf. Nicht der Vater, den er nie gehabt hatte, sondern die Vorbilder, die ihm die vielen großherzigen Männer in Twilight gewesen waren, wie zum Beispiel Hondo Crouch.

Die Erkenntnis, wie die Männer der Stadt ihn unter ihre Fittiche genommen hatten, traf ihn wie ein Hammerschlag. Das war etwas, was er sich noch nie so richtig bewusst gemacht hatte. Judge Blackthorne war mit ihm Angeln gegangen und hatte seine Liebe zum Fluss an ihn weitergegeben. Hondo hatte ihm gezeigt, wie man Dinge baute und reparierte. Flynns Vater, Floyd MacGregor, hatte seine Kochkünste vertieft. Die Männer von Twilight hatten ihn geformt und davor bewahrt, völlig vom Weg abzukommen. Zeitweise war er kurz davor gewesen, im Gefängnis zu landen, weil er immer wieder wegen seiner Mutter und Schwester in Streit geriet, um sie zu verteidigen. Doch die Männer hatten seine Aggressionen kanalisiert und ihm bessere Wege aufgezeigt.

»Verstehst du jetzt, warum ich in Panik geraten bin, als du die Zaubertafel geworfen hast? Ich weiß, es war nicht richtig, dich mit Sloane über einen Kamm zu scheren, aber ich habe so lange in Angst gelebt, dass ich überreagiert habe.«

Er schüttelte den Kopf. Sie hatte getan, was sie tun musste, um sich sicher zu fühlen.

»Du hast inzwischen wahrscheinlich erraten, dass ich gedacht habe, ich hätte Sloane in der Stadt gesehen, und das ist der Grund, warum ich gepackt habe. Wahrscheinlich liege ich falsch. Es ist nicht das erste Mal, dass ich denke, ich hätte Sloane gesehen, obwohl er es gar nicht war. Ich will nicht weg hier, aber ich habe Angst.«

Das Licht der Weihnachtsbeleuchtung fiel durch den halb offenen Vorhang und blinkte rhythmisch, als das vorprogrammierte Muster sein Tempo änderte. Die Farbe, die von Weiß zu Blau und wieder zurück wechselte, verlieh dem Raum einen eisigen Winterwunderglanz.

Sie saßen Seite an Seite auf dem Bett, und durch die Unterfederung der Matratze hindurch konnte er spüren, wie sie zitterte. Im gleichen Moment wandten sie sich einander zu und schauten sich in die Augen.

»Halt mich fest, Hutch«, flüsterte sie. »Bitte, halt mich fest.«

Hutch zog sie in seine Arme und drückte ihren Kopf sanft an seine Brust. So verharrten sie eine lange Zeit. Die Zärtlichkeit, die er für sie verspürte, war überwältigend, doch gleichzeitig überkam ihn eine unbändige Wut auf den Bastard, der sie dazu zwang, ein Leben auf der Flucht zu führen, ein Schattendasein zu fristen.

Nach einigen Minuten löste sie sich von ihm.

Er sah sie an, und sie sah ihn an. Seine Kehle schnürte sich zu beim Gedanken daran, was sie durch ihren Exmann erlitten hatte, bis er fürchtete, an der Galle, die seine Wut aufsteigen ließ, zu ersticken.

»Ich habe so viele Fehler gemacht«, sagte sie schwach.

Er legte seinen Zeigefinger auf ihre Lippen. Schsch. Er hatte selbst Tausende Fehler gemacht.

Ihre Lippen öffneten sich und sie lehnte sich an ihn.

Gott, er wollte sie küssen, mehr als alles andere auf der Welt, aber er würde es nicht tun. Er würde die Situation nicht ausnutzen.

»Hutch.« Sie benetzte ihre süßen Lippen. »Würde es dir etwas ausmachen, wenn ich dich küsse?«

Etwas ausmachen? Warte kurz, ich muss mal schnell ein paar Rückwärtssaltos machen.

Er beugte sich ein wenig nach vorn, um ihre Absicht zu testen, ließ ihr aber genug Raum, um sich zurückzuziehen, falls sie es sich anders überlegte. Das war hart, denn er war verrückt nach ihr, wollte sie so heiß und leidenschaftlich küssen, dass sie nicht anders konnten, als übereinander herzufallen, aber dafür hatte sie zu viel durchgemacht.

»Du brauchst dich nicht zurückzuhalten«, sagte sie, als ob sie seine Gedanken gelesen hätte. »Ich bin nicht aus Porzellan. Ich bin eine echte, lebendige Frau.«

Ja, das bist du.

»Ich möchte von einem guten Mann mit einem guten Herzen geküsst werden.«

O Baby, warum musstest du das sagen? Ich bin verdammt weit entfernt davon, ein guter Mann zu sein.

Ihre Augen weiteten sich und nahmen ein dunkles Mitternachtsblau an. Zögernd neigte er seinen Kopf und hielt seinen Blick auf ihre wundervollen Lippen gerichtet. Die vollkommensten Lippen, die er je gesehen hatte. Er fühlte sich wie in einem Märchen, einem Zeichentrickfilm für Kinder. Er war der bullige Oger und sie die wunderschöne Prinzessin.

Er hielt inne und wartete darauf, dass sie den ersten Schritt tat.

»Ich hab's mir anders überlegt«, sagte sie.

Kein Problem, das ist in Ordnung. Seine Muskeln waren so angespannt, dass eine Kanonenkugel einfach daran abgeprallt wäre. Wenn ein Delta Force Operator etwas konnte, dann, sich unter Kontrolle zu halten. Zu früh. Es war zu früh. Er hatte es gewusst.

»Ich möchte, dass du mich küsst.«

Das war eine überraschende Wendung. Er warf ihr einen Blick zu, der sagte: Bist du dir sicher?

»Ganz sicher«, bestätigte sie.

Er berührte ihre Lippen so leicht mit seinen, dass es mehr eine Vereinigung des Atems denn der Haut war. Hundert Ängste und Erwartungen verschmolzen in der bangen Berührung ihrer Lippen zu einer zitternden Frage.

Möchtest du es wirklich?

Hutch meinte, ihr Herz durch ihre Kleider hämmern zu sehen, und am Rauschen seines Bluts in den Ohren konnte er hören, wie sein eigener Puls sich beschleunigte.

Er versank in ihren Augen und ließ sich darin treiben. Bis zu diesem Moment war ihm nicht bewusst gewesen, dass das hier genau das war, wonach er sich sein ganzes Leben lang gesehnt hatte. Er blickte hinter all den Schmerz, all das Leid und Unglück, das sie zu ihm geführt hatte, und staunte darüber, wie sie es geschafft hatte, das Gute in sich, ihre Hoffnung und Schönheit im Angesicht solch dunkler Mächte zu bewahren.

Sie erwiderte seinen Kuss mit all der Leidenschaft, die in den vergangenen Wochen in ihnen gewachsen war, und es war Meredith, die den Kuss noch vertiefte. Ihre kecke Zunge drängte sich neckend zwischen seine Zähne, und er entspannte seinen Kiefer und öffnete sich ganz für sie.

Das könnte schnell aus dem Ruder laufen, Hutchinson.

Sie stöhnte leise auf, legte beide Hände um seinen Unterarm, klammerte sich an ihm fest.

Mehr. Er brauchte mehr. Diese Kostprobe war süß, aber nicht annähernd genug.

Er neigte ihren Kopf nach hinten, legte ihren wunderbar weißen Hals bloß und küsste sie fest auf die Unterseite ihres Kinns.

Die Heizung sprang an, blies warme Luft aus der Deckenlüftung und ließ so die Flammen noch heißer lodern.

Meredith setzte sich rittlings auf seinen Schoß und ging auf Forschungsreise. Sie schob eine Hand unter sein T-Shirt, und er spürte ihre Hitze, als sie die Hand über seine bloße Brust gleiten ließ und ihn damit fast um den Verstand damit brachte. Einen Moment lang ließ er sich blind von seinem Verlangen leiten, um dem näher zu kommen, was er unbedingt wollte.

Er küsste sich an der linken Seite ihres Halses hinauf bis zu ihrem Ohrläppchen und knabberte sanft daran. Meredith wand sich vor Entzücken. Seine Zunge fand die gezackte Narbe hinter ihrem Ohr, und er brauchte nicht danach zu fragen, sie lieferte ihm auch so die Antwort.

»Sloane hat eine Bierflasche auf meinem Kopf zerschlagen.«

Ein absoluter Stimmungskiller, aber er war froh, dass sie es ihm gesagt hatte. Froh, dass sie ihn daran erinnerte, warum das, was sie hier taten, eine schlechte Idee war. Meredith war emotional in keiner guten Verfassung. Sie benutzte ihn als Rettungsanker. Er war diesem Prinzip nicht völlig abgeneigt, aber sie war zu labil, um weiter zu gehen, ob es ihr bewusst war oder nicht.

Er zog sich zurück.

»Nicht aufhören!«, protestierte sie und umfasste sein Gesicht mit ihren Händen. »Bitte. Ich brauche das. Ich brauche dich.«

Gott, er war auch nur ein Mensch, ein Normalsterblicher, und sie war die erotischste Frau, die je auf seinem Schoß gesessen hatte. Er wusste nicht, ob er die Willenskraft besaß, sie abzuweisen.

Das Geräusch einer kleinen Faust, die an die Tür klopfte, ließ sie gleichzeitig hochfahren. Vom Flur rief Ben mit schwacher Stimme: »Mommy, ich bin ganz heiß und zittrig.«

13

Sein Kuss hatte sie völlig verstört.

Meredith lag hellwach in ihrem abgedunkelten Schlafzimmer, ein krankes Kind an jeder Seite, und dachte darüber nach, was zwischen ihr und Hutch geschehen war.

Nach seinem Blick zu urteilen, war er genauso verwirrt wie sie. Aus der Bahn geworfen von der schieren Macht ihrer Lust aufeinander. Wenn Ben nicht an die Tür geklopft hätte …

Sie stieß ihren Atem aus und legte einen Handrücken auf ihre Stirn. Obwohl sich die Spannung zwischen ihnen vom ersten Tag an, als sie ihn im Badezimmer ausgezogen hatte, aufgebaut hatte, hätte Meredith nie erwartet, dass es sich so verdammt gut anfühlte, ihn zu küssen.

Klischees schossen ihr durch den Kopf – wie ein Erdbeben, ein Feuerwerk, ein Donnerschlag –, aber keine dieser Phrasen traf auch nur annähernd zu. Sie hatte das Gefühl, blind auf die Welt gekommen zu sein, und erst durch Hutch war ihr das Augenlicht geschenkt worden. Da draußen gab es eine ganze Welt, von deren Existenz sie nie gewusst hatte. Der Vorhang vor ihren Augen hatte sich gehoben, und es gab so viel zu sehen.

Wie konnte ein einziger Kuss so viel versprechen? Sowohl zärtlich als auch erregend sein? Und warum musste er vom kompliziertesten Mann kommen, den sie je getroffen hatte?

Sie strich sich mit den Fingerspitzen über die Lippen, in Gedanken bei dem Kuss, schloss ihre Augen und seufzte. Sie hatte ihn gebeten, sie zu küssen, und er hatte ihr den Gefallen getan. Es war so lange her, dass jemand sie mit solcher Zärtlichkeit geküsst hatte, und sie hatte es wie ein Schwamm in sich aufgesogen.

Und nun wusste er alles. Sie hatte ihr Innerstes bloßgelegt, hatte ihm nichts vorenthalten. Er kannte all ihre Geheimnisse und sie kannte kein einziges von ihm.

Was hatte sie nur getan? Was hatte sie sich dabei gedacht? Sie hätte ihm die Wahrheit nicht sagen müssen. Sie hätte einfach verschwinden können. Es wäre um so vieles einfacher gewesen, einfach abzuhauen.

Das konnte nicht so weitergehen. Zwischen ihnen durfte nichts mehr passieren.

Aber seine Lippen …

Meredith legte ihre Hand von der Stirn auf ihren Mund und biss sich leicht auf den Knöchel ihres Zeigefingers. Fehler. Ihn zu küssen war ein Fehler gewesen. Hatte die sexuelle Spannung nur größer gemacht, anstatt sie zu mildern. Warum musste er nur so wahnsinnig gut küssen? Verrückt. Das war vollkommen verrückt. Sie quälte sich mit etwas, das sie nicht haben konnte. In Ordnung. Er war eine wunderbare Mischung aus anbetungswürdiger Männlichkeit, purer körperlicher Erotik und einer beunruhigend entwaffnenden Gutherzigkeit. Aber sie beide brauchten jemanden, der sie rettete, und sie war klug genug, um zu wissen, dass zwei Ertrinkende sich nur gegenseitig unter die Wasseroberfläche ziehen. Er musste seinen eigenen Rettungsanker finden, und sie konnte nicht gerettet werden. Nicht, solange Vick Sloane auf Gottes Erdboden wandelte.

Ben war ihre größte Sorge, ihre einzige Sorge; seine Sicherheit und sein Glück würden immer an erster Stelle stehen.

Ihr Atem wurde langsamer, und eine Ruhe überkam sie, die sie tiefer in die Landschaft ihres eigenen Geistes führte. Der Luftstrom war beinahe versiegt, ihre Lungen brannten, schmerzten, weil sie wusste, dass es für sie niemals ein Happy End mit Hutch geben würde, so sehr sie es sich auch wünschte.

Am nächsten Morgen fuhren Meredith und Hutch mit den Kindern zum Kinderarzt. Eine leichte Virusinfektion. Ging gerade rum. Bettruhe. Viel trinken. Fiebersaft. In drei Tagen würden sie wieder ganz die Alten sein.

Bei Tag betrachtet sahen die Dinge nicht mehr ganz so düster aus, und Meredith war froh, dass sie nicht Hals über Kopf davongerannt war, nachdem sie Sloane gesehen zu haben glaubte. Sonst wären sie jetzt, wo Bens Fieber seinen Höhepunkt erreichte, irgendwo auf der Straße. Aber das war nicht der einzige Grund, aus dem sie dankbar war. Die letzte Nacht, in der sie ihr Geheimnis mit Hutch geteilt hatte, in der sie jemandem zum ersten Mal seit fünf Jahren die volle Wahrheit über sich erzählt hatte, schenkte ihr ein Gefühl der Befreiung, mit dem sie nicht gerechnet hätte.

Anstatt ständig aufzuwachen, um nach den Kindern zu sehen, hatte sie so gut wie noch nie in ihrem Leben geschlafen.

Das war die positive Seite dessen, was vergangene Nacht geschehen war.

Am anderen Ende des Spektrums stand die Tatsache, dass die Lage zwischen Hutch und ihr angespannter war denn je. Die sexuelle Anziehung, die in den letzten Wochen unterschwellig vor sich hin geköchelt hatte, war gestern innerhalb einer Stunde hochgekocht und war nun heftig am Brodeln. Es war nicht möglich, diese chemische Reaktion wieder rückgängig zu machen. Und ja, sie wusste, dass sie klischeehafte Metaphern vermischte. Die Situation brachte sie völlig durcheinander. Sie konnte nicht gehen, nicht mit einem kranken Kind. Wollte nicht gehen. Aber die Funken, die zwischen ihr und Hutch nur so sprühten, waren nicht zu leugnen. Früher oder später würden sie einen Waldbrand verursachen. Wollte sie wirklich da sein, wenn das passierte?

Was alles noch schlimmer machte, war der Umstand, dass die Anzahl ihrer Massagetermine in der Woche vor Weihnachten dramatisch abnahm, sodass Meredith mehr Zeit im Haus verbringen musste. Unter normalen Umständen wäre das etwas Gutes gewesen, aber nachdem Hutch und sie sämtliche Regeln gebrochen und Grenzen überschritten hatten, wusste sie nicht, wie sie so viel gemeinsame Zeit überstehen sollten, ohne in Versuchung zu geraten.

Die ersten drei Tage verliefen relativ reibungslos, weil die kranken Kinder sie auf Trab hielten. Das einzige persönliche Gespräch zwischen ihr und Hutch drehte sich um die Geschenke, die Ashley für Kimmie bei Wal-Mart hatte zurücklegen lassen. Mittels der Zaubertafel ließ Hutch sie wissen, dass er sich darum kümmern würde.

»Könntest du auch meine Sachen für Ben mitbringen, wenn du schon da bist?«, fragte sie und holte ihre Handtasche, um ihm Geld zu geben.

Hutch schüttelte den Kopf und schrieb: DAS GEHT AUF MICH.

»Nein, ich kümmere mich selbst um mein Kind. Du brauchst meine Geschenke nicht zu bezahlen.« Sie reckte stur ihr Kinn vor und hielt ihm das Geld hin. »Nimm es.«

Zunächst dachte sie, er würde sich weigern, aber dann trat ein Ausdruck auf sein Gesicht, als ob er gerade eine brillante Idee gehabt hätte, und er nahm das Geld.

»Hmm, was hast du vor?«

Sein unbekümmertes Achselzucken sagte: Das errätst du nie.

Ein Tag vor Heiligabend, mit Einverständnis des Kinderarztes, gingen sie mit den Kindern einen Christbaum kaufen. Sie spazierten auf dem geschotterten Platz umher und suchten nach dem perfekten Baum.

Als sie an einer pinkbeflockten Pinie vorbeikamen, spürte Meredith ein Zupfen an ihrem Jackensaum. »Mommy«, sagte Kimmie. »Können wir den hier nehmen?«

Meredith wurde eiskalt, und ihr Herz fing heftig an zu pochen. Kimmie hatte sie Mommy genannt. Ach verdammt, Ashley. Komm heim. Es ist Weihnachten und du verpasst den schönsten Teil davon.

Sie biss die Zähne zusammen und blickte auf. Hutch und sie sahen einander an. Auch er hatte es gehört. Ihr ursprüngliches Übereinkommen hatte gelautet, dass sie bis nach den Weihnachtsfeiertagen blieb, aber damals waren sie noch davon ausgegangen, dass Ashley bis dahin wieder zu Hause wäre. Was würde aus Hutch und Kimmie werden, wenn sie nicht zurückkam?

»Wir nehmen keinen pinken. Jungs haben keine pinken Weihnachtsbäume, oder, Onkel Hutch?«, fragte Ben.

»Aber ich bin ein Mädchen, und Mädchen mögen pinke Bäume.« Kimmie zog einen Schmollmund und verschränkte die Arme vor der Brust.

Ben schüttelte energisch den Kopf. »Kommt gar nicht in Frage.«

Kimmie legte bittend ihre Hände aneinander und sah Hutch aus ihren großen blauen Augen an. »Bitte, Onkel Hutch?«

»Nein«, sagte Ben und gab ihr einen Schubs.

»Entschuldigung, junger Mann«, schimpfte Meredith. »Wir schubsen nicht. Du entschuldigst dich sofort bei Kimmie.«

Ben ließ den Kopf hängen. »'tschuldigung.«

Kimmie streckte ihre Nase in die Luft. »Hmpf.«

»Ihr erster Streit«, sagte Meredith zu Hutch und lachte. »Sie waren zu lange drinnen eingesperrt.« Zu Kimmie sagte sie: »Wir kaufen keinen pinken Baum, aber später trinken wir heiße Schokolade mit pinken Marshmallows bei Perks.«

»Juhu!«, jubelten die Kinder einstimmig und waren wieder glücklich.

Wenn sie es zulassen würde, wäre es so einfach, sich das hier als ihr Leben vorzustellen: sie die Mutter zweier Kinder, verheiratet mit einem tapferen Mann wie Hutch, der sie beschützte. Einem Mann, dem sie ihre dunkelsten Geheimnisse anvertrauen konnte. Sie hätte nie für möglich gehalten, dass sie solch einen Mann finden würde. Aber er gehörte ihr ja nicht, oder? Sie durfte nie vergessen, dass ein Monster hinter ihr her war, das zuschnappen würde, sobald sie auch nur eine Sekunde unaufmerksam war.

Aber wie verlockend der Traum war!

Hutch ging voraus zum hinteren Teil des Platzes, blieb aber nach ein paar Schritten stehen, damit sie aufholen konnten. Die Kinder rannten zwischen den Bäumen umher, lachten und spielten Fangen.

»Seid vorsichtig, wenn ihr auf dem Schotter rennt«, warnte Meredith genau in dem Moment, in dem ihr eigener Stiefel an einem losen Stein hängen blieb und ihr Knie einknickte. Und dann fiel sie. In Erwartung des Aufpralls kniff sie die Augen zu und biss die Zähne zusammen.

Doch anstatt auf den Steinen aufzuschlagen, schloss sich ein Paar starke männliche Arme um sie. Hutch. Nachdem er sie wieder aufgerichtet hatte, ließ er seine Hand auf ihrem Rücken liegen. Massierte sie mit dem Handballen sanft im Kreis, eine wunderbar tröstliche Geste, die sagte: Alles in Ordnung. Ich bin hier. Ich stärke dir den Rücken.

Sie drehte ihren Kopf und sah ihm direkt in die Augen. Über den Lautsprecher erklang »Baby, It's Cold Outside«.

Sie standen ganz nah beieinander, keiner von beiden bewegte sich. Sie genoss seinen Duft und bewunderte sein Haar, das zu einem natürlichen Scheitel nach rechts fiel. Sie fragte sich, was er wohl dachte. Sie wünschte sich, er könnte sprechen. Zu gern hätte sie gewusst, wie seine Stimme klang.

Meredith konnte ihren Blick nicht von ihm abwenden. Hutch. Brian. Ein Bild von einem Mann, bei dessen Anblick jeder Frau die Knie weich werden würden: natürlich gebräunte Haut, Lederjacke, Narben an seinem Hals und auf seiner Hand, die ihn nur noch anziehender machten. Die sagten, dass er ein Mann war, der gelebt und überlebt hatte.

Er deutete auf einen Baum. Der da.

Ach ja. Der Grund, warum sie hier waren. Um einen Christbaum zu kaufen.

Der Verkäufer half ihnen, den Baum auf den Pickup zu laden. Sie waren mit zwei Autos gekommen, wegen der Kindersitze.

Die Kinder, beide noch etwas schwach von ihrem Kampf gegen den Virus, hoben die Arme und wollten getragen werden. Hutch nahm Kimmie hoch, und Meredith setzte sich Ben auf ihre Hüfte.

»Du wirst langsam zu schwer«, sagte sie, traurig über die Tatsache, dass dies wohl das letzte Weihnachten war, an dem sie ihren Sohn noch herumtragen konnte.

Bei Perks bekamen sie einen Tisch am Fenster, sodass sie hinausschauen und den Stadtplatz in all seiner Weihnachtspracht bewundern konnten. Pärchen spazierten händchenhaltend umher, während aus Lautsprechern ein Weihnachtslieder-Medley erklang. Leute, die in letzter Sekunde noch Weihnachtsgeschenke besorgten, eilten von Geschäft zu Geschäft. War es möglich, sich in weniger als drei Monaten in eine ganze Stadt zu verlieben? Anscheinend ja, denn Meredith hatte ihr Herz bereits an Twilight verloren.

Caitlyn und Gideon Garza betraten zusammen mit ihren beiden Jungs das Café. Sie winkten und kamen herüber. Caitlyn balancierte den zweijährigen Levy auf ihrer Hüfte. Meredith lächelte, als sie sich an Ben in dem Alter erinnerte. Sie hatte immer mindestens drei Kinder gewollt, doch Sloane hatte diesen Traum für immer zunichtegemacht. Angesichts des Lebens, das sie führte, konnte sie keine feste Beziehung eingehen – und schon gar nicht ein zweites Kind bekommen.

»Es ist alles so aufregend.« Caitlyns Augen leuchteten. »Habt ihr den Wetterbericht gehört? Es soll an Weihnachten Schnee geben! In Nordtexas. Könntet ihr das glauben?«

»Tonnenweise«, meinte ihr älterer Sohn Danny.

»Schnee, nicht Eis«, stellte Gideon klar. »Für euch Auswärtigen.« Er grinste Meredith zu. »In dieser Gegend gibt es eher Eisregen als Schnee.«

»Weißt du, wie oft wir Schnee an Weihnachten haben?«, staunte Caitlyn. »Das kam vielleicht drei- oder viermal vor, seit das Wetter in Nordtexas aufgezeichnet wird!«

»Steck deine Erwartungen nicht allzu hoch«, warnte Gideon. »Du weißt, dass sich das Wetter hier von einer Sekunde zur anderen ändern kann.«

Die Aussicht auf Schnee versetzte die Kinder in helle Aufregung. Ben schnitt Levy lustige Grimassen.

»Und habt ihr von dem Geheimnisvollen Weihnachtsmann gehört?« Caitlyn setzte Levy ab, damit er zu Ben auf den Stuhl klettern konnte.

»Nein.« Meredith beobachtete ihren Sohn, wie er mit dem jüngeren Kind redete. Ben versuchte, Levy zu erklären, was Schnee war.

»Nun«, sagte Caitlyn munterer, als Meredith sie je erlebt hatte. »Vor zwei Tagen hat jemand bei Wal-Mart sämtliche zurückgelegten Geschenke bezahlt. Es gibt so viele hart arbeitende Mütter und Väter in der Stadt, die dank dieses Wohltäters nun ein großartiges Weihnachtsfest haben werden.«

»Das ist wirklich nett«, sagte Meredith, und ihr Blick wanderte zu Hutch. »Weiß man denn, wer es gewesen sein könnte?«

»Wal-Mart hat dem Geheimnisvollen Weihnachtsmann absolute Anonymität versprochen, aber jemand hat das Pronomen ›er‹ verwendet. Alle Fernsehsender in Fort Worth haben ihre Kamerateams hergeschickt, um über die Geschichte zu berichten. Es erregt Aufsehen, was für eine Touristenstadt immer gut ist.«

»Es war also ein Mann?« Meredith suchte Hutchs Blick. Vor zwei Tagen war Hutch zu Wal-Mart gefahren, um die Spielsachen abzuholen, die sie und Ashley zurückgelegt hatten. »Das muss jemand ein Vermögen gekostet haben.«

»Sie sagen, so um die fünftausend Dollar«, meinte Caitlyn.

Hutchs Gesicht verriet absolut nichts. Er guckte so unschuldig wie ein Lamm. Aber seine Augen verdunkelten sich kaum merklich, und er konnte ihrem Blick nicht länger standhalten. Er stand auf und bedeutete Caitlyn, sich auf seinen Stuhl zu setzen. Dann nahmen er und Gideon den Nachbartisch und schoben ihn an ihren, sodass alle zusammensitzen konnten.

»Ich mag deine neue Haarfarbe«, sagte Caitlyn zu Meredith. »Daumen hoch.«

Meredith berührte ihren Kopf. Sie hatte fast vergessen, dass sie sich die Haare gefärbt hatte, und eine Welle der Angst durchlief sie. Sie war noch nie in einer Stadt geblieben, nachdem sie die Haarfarbe geändert hatte. »Danke.«

Caitlyn beugte sich zu Meredith und flüsterte ihr ins Ohr: »Der Mann ist völlig besessen von dir.«

Meredith schreckte hoch. »Was?«

Sie nickte in Hutchs Richtung. »Er kann seine Augen nicht von dir lassen.«

Hutch starrte sie tatsächlich an. Hitze durchströmte

Meredith' Körper, trotz der kalten Luft, die mit dem letzten Gast hereingekommen war. Die Kuhglocke über der Tür bimmelte fröhlich.

»Mommy«, sagte Kimmie. »Deine Backen haben die gleiche Farbe wie die Marshmallows in meinem Kakao.«

Die Unterhaltung wandte sich wieder dem Schnee, dem Geheimnisvollen Weihnachtsmann und dem Engelsbaum-Projekt zu, für das Gideon und Hutch zusammen arbeiteten. Morgen würden sie Spielsachen und Lebensmittel an bedürftige Familien in der Gemeinde ausliefern.

Es machte Spaß, dazusitzen und zu plaudern wie eine normale Familie mit ihren Freunden. Heiße Schokolade zu trinken und Schokoladentorte zu essen.

Meredith' Blick wanderte über den Platz zu dem Punkt, an dem sie Sloane vermeintlich gesehen hatte. Sie berührte wieder ihr Haar und war nicht in der Lage, ihr Unwohlsein abzuschütteln.

Ja, die Leute, die durch das Fenster hereinschauten, dachten bestimmt, sie führten ein Bilderbuchleben.

Sie lagen absolut falsch.

Am Morgen des Heiligen Abends fing es an zu schneien. Genau wie Danny vorausgesagt hatte, kamen tonnenweise dicke, nasse Flocken vom Himmel, und für eine kleine Weile erlaubte sich Meredith, an Weihnachtswunder zu glauben.

Vielleicht würde Ashley rechtzeitig zu Weihnachten nach Hause kommen.

Sowohl Meredith als auch Hutch hatten weiterhin mindestens einmal am Tag versucht, Ashley zu erreichen, ohne Erfolg. Aber seit Kimmie krank geworden war, schickte ihr

Meredith alle paar Stunden eine SMS. War die Frau immer noch mit ihrem Freund in Acapulco? Wenn nicht, wo steckte sie und warum hatte sie nicht zumindest angerufen?

Sie und Hutch sprachen nun häufiger über Ashleys Verschwinden als am Anfang, aber er schien immer noch zuversichtlich, dass sie wieder auftauchte. Meredith konnte ihm schlecht sagen, was er tun sollte. Er kannte seine Schwester und ihre psychische Krankheit viel besser als sie. Außerdem, was sollte er ihrer Meinung nach tun? Er konnte nicht sprechen. Er konnte zwar nach Mexiko fliegen und nach ihr suchen, aber was dann? Er mochte zwar ein ehemaliger Delta Force Operator sein, aber er war ein einzelner Mann. Und sie hatten keine Ahnung, wo Ashley steckte. Meredith wusste auch, dass er nicht gehen und sie und die Kinder alleinlassen wollte. Vor allem nicht nach dem, was sie ihm über Sloane erzählt hatte.

Hutch hatte Hondo gebeten, seine Beziehungen zur Polizei spielen zu lassen, um Ashley aufzuspüren, aber das Einzige, was Hondo bekommen hatte, war die Bestätigung von American Airlines, dass Ashley das Flugzeug nach Acapulco mit einem One-way-Ticket bestiegen hatte und es keinen Beleg für ihren Rückflug gab. Auf dem Flug hatte es keinen Mann namens Eric gegeben, und Meredith fragte sich, ob sie den Namen des Mannes falsch verstanden hatte.

Die Information über das One-way-Ticket besiegelte die Sache für Hutch. ICH GLAUBE NICHT, DASS SIE ZURÜCKKOMMT, schrieb er auf die Zaubertafel, nachdem ihm Hondo die Neuigkeit eröffnet hatte, und das brach Meredith das Herz.

An Heiligabend rief Sarah Walker an. »Vergiss nicht, die

Schicksalsplätzchen zu backen. Es ist deine einzige Chance dieses Jahr, von deiner wahren Liebe zu träumen.«

»Okay, okay. Ich geb auf. Ich backe die Schicksalsplätzchen.«

»Und du schläfst heute Nacht mit einem davon unter deinem Kopfkissen?«

»Ja, ja.«

»Schwörst du?«

»Wenn es dir so viel bedeutet.«

»Wir machen doch noch eine Romantikerin aus dir.« Sarah lachte. »Frohe Weihnachten.«

Hutch ging einkaufen, um sicherzustellen, dass sie genug Vorräte zu Hause hatten, und er stapelte das Holz, das er gehackt hatte, neben dem Kamin.

Am Abend lag der Schnee über einen halben Meter hoch. Hutch stand mit der Zaubertafel in der Hand an der Glasschiebetür und schaute hinaus, während Meredith mit den Kindern Plätzchen backte, die die Luft mit einem wunderbaren Duft erfüllten. Er drehte sich zu Meredith und zeigte ihr, was er geschrieben hatte. WIE IM MÄRCHEN.

Er benutzte die Tafel jetzt nicht mehr so oft wie kurz nach seiner Heimkehr. Sie hatten ihre eigene Sprache entwickelt und kommunizierten über Blicke und Körpersprache. Es erzeugte eine besondere Intimität zwischen ihnen, die über die körperliche Anziehung hinausging, und führte dazu, dass Meredith sich nach Dingen sehnte, nach denen sie sich lieber nicht sehnen sollte.

»Darf ich dir ein Bild malen, Onkel Hutch?«, fragte Ben.

Hutch reichte ihm die Tafel.

»Ich will ihm zuerst ein Bild malen«, rief Kimmie, sprang

von ihrem Stuhl und rannte zu Ben, um ihm die Tafel aus der Hand zu reißen.

»Kinder«, tadelte Meredith. »Es ist Heiligabend und der Weihnachtsmann beobachtet uns.«

»Ich hatte sie als Erster.« Ben schnappte sich die Tafel zurück.

»Das ist meine!« Kimmie kriegte die Deckfolie zu fassen und zog daran.

Die Folie riss.

Ben riss die Augen auf. »Du hast sie kaputt gemacht!«

Kimmie brach in Tränen aus. »Entschuldigung, Onkel Hutch. Das wollte ich nicht.«

»Es ist in Ordnung«, tröstete Meredith sie. »Wir besorgen Onkel Hutch eine neue. Aber es ist schon spät. Wir stellen jetzt Plätzchen und Milch für den Weihnachtsmann und Futter für sein Rentier vor die Tür, und dann machen wir euch bettfertig.«

Hutch hob das Unterteil der Zaubertafel auf, der nun die Deckfolie fehlte. Alles, was er je darauf geschrieben hatte, war tief in die schwarze Wachsschicht eingegraben. Eine Sekunde lang glitt ein Ausdruck unwiederbringlichen Verlusts über Hutchs Gesicht. Ein Blick, der so hoffnungslos war, dass es Meredith das Herz brach.

Die Zaubertafel war komplett ersetzbar und sie wusste, dass er nicht auf die Kinder böse war, aber seine Augen sprachen Bände. Die Tafel symbolisierte seine Stimme – zerrissen, kaputt, nutzlos –, und er war seiner Heilung keinen Schritt näher als an dem Tag, an dem er nach Hause gekommen war.

Es war das schönste Weihnachtsfest, das Meredith je erlebt hatte.

Es war genauso, wie sie sich den Weihnachtsmorgen immer vorgestellt hatte. Als Kind hatten ihre avantgardistischen Eltern und ihre Freunde immer eine Weihnachtsballonfahrt unternommen, wenn das Wetter es zuließ. Im Dezember campten sie normalerweise in Florida, Kalifornien oder Südtexas. Ein oder zwei Mal hatten sie Weihnachten auch bei ihrer Großmutter in Albuquerque verbracht, aber meistens war sie über die Feiertage zu ihnen gekommen.

Das Ballonfahren lag Meredith zwar im Blut, aber sie hatte nie richtig Feuer gefangen. Am Weihnachtsmorgen mit einem Ballon aufzusteigen war nichts anderes als an jedem anderen Morgen, auch wenn ihr Vater den Korb mit Stechpalmenzweigen schmückte und ihre Mutter Eierpunsch zu ihrem Frühstückspicknick kredenzte. Mom und Dad lachten ausgelassen und sangen Weihnachtslieder, aber das machte Meredith immer ein wenig traurig, weil sie keine richtige Wohnung hatten, in der sie der Weihnachtsmann besuchen konnte. Keinen Kamin, durch den er kommen konnte.

Die Geschenke, die sie bekam, waren normalerweise klein, geeignet für ihre unstete Lebensweise. Wenn man von Campingplatz zu Campingplatz, von Festival zu Festival zog, konnte man nur mit leichtem Gepäck reisen, für Spielzeug war nicht viel Platz. Mom backte Naschereien für sie, und an den Ständen am Straßenrand kauften sie Orangen und Nüsse für Meredith' Weihnachtsstrumpf. Unter dem Weihnachtsbäumchen auf dem Tisch ihres Wohnmobils fand sie jedes Jahr vier Geschenke. Ihre Mutter glaubte an die Vierer-Regel, wenn es ums Schenken ging – etwas, was man sich wünscht, etwas, was man braucht, etwas zum Anziehen, etwas zum Lesen. Und für jedes neue Geschenk musste Meredith etwas Altes hergeben.

Stadtkinder, die zu den Ballonfestivals kamen, meinten, sie hätte ein cooles Leben, und wünschten sich Eltern wie die ihren, doch Meredith wollte nichts lieber, als normal zu sein. Sich einzufügen.

Sie träumte davon, eines Tages ihre eigene Familie zu haben. Am Weihnachtsmorgen aufzuwachen und die entzückten Gesichter ihrer Kinder zu sehen, wie sie haufenweise Geschenke öffneten, die sie nie wieder hergeben mussten. Sie würde das Frühstück zubereiten – Pfannkuchen und heiße Schokolade – und ihr Mann würde massenhaft Fotos schießen, und dann würden sie nach draußen in den Schnee gehen – in ihrer Fantasie lag an Weihnachten immer Schnee – und Iglus bauen. Sie würden Weihnachtslieder hören und sich am Abend ins Auto setzen und herumfahren, um die Weihnachtsbeleuchtung zu bewundern.

Auch wenn sie sich dumm vorgekommen war, hatte sie am vorigen Abend eins der Schicksalsplätzchen unter ihr Kopfkissen geschoben. Es hatte keine Minute gedauert, bis sie in einen tiefen Schlaf gesunken war.

Und sie hatte geträumt. Und wie sie geträumt hatte!

Von einem gut aussehenden Soldaten mit freundlichen Augen. Einem großen Mann, der kein Wort sprach, sondern sie einfach in die Arme schloss und mit ihr zu »I'll Be Home For Christmas« tanzte. Dann ließ er sie tief nach hinten sinken und küsste sie.

Als Meredith vor Sonnenaufgang die Augen öffnete, hatte

sie ein glückliches Lächeln auf den Lippen. In ihr war eine Ruhe, wie sie sie noch nie zuvor verspürt hatte.

Hutch. Sie hatte von Hutch geträumt.

Sarah würde sagen, das bedeutete, dass Hutch ihre wahre Liebe wäre. Ihre Mutter würde sagen, dass sie ihren wahren Norden gefunden hätte. Alles, was Meredith wusste, war, dass sie nun tatsächlich daran glaubte – an die Schicksalsplätzchen, an Heißluftballons, an lange zärtliche Küsse an kalten Winterabenden.

Sie glaubte an die Liebe. Sie glaubte an Hutch.

Und Pfannkuchen.

Der Duft von Pfannkuchen, der in ihr Schlafzimmer zog, ließ sie, von Kopf bis Fuß mit Spannung geladen, ihre Bettdecke zurückwerfen und aus dem Bett springen. Sie rannte die Treppe hinunter und fand Hutch und die beiden kichernden Kinder am Herd versammelt, wo sie wie an jenem ersten Morgen Mickey-Maus-Pfannkuchen buken, und Freude durchflutete ihr Herz.

Die zurückgezogenen Vorhänge der Glasschiebetür ließen das weiche Licht des dämmernden Morgens herein und gaben den Blick frei auf eine glitzernde weiße Schneefläche. Weiße Weihnacht. Das Leben konnte nicht besser werden als jetzt.

Wenn sie in diesem Moment sterben müsste, würde sie glücklich sterben.

Als Hutch sie erblickte, schenkte er ihr ein Lächeln, das ganz anders war als sonst. Sein Lächeln war irgendwie voller, reicher, ohne etwas zu verbergen. Sie hatte sich ihm geöffnet, und dadurch öffnete auch er sich weiter.

Ihr Herz machte einen Sprung. Hutch schaltete das Radio

ein und »Jingle Bell Rock« erklang. Er hielt ihr eine Hand hin.

Obwohl sie noch ihren Pyjama trug, ihre Haare verstrubbelt waren und sie sich noch nicht geschminkt hatte, sah er sie an, als ob sie die schönste Frau wäre, die er je gesehen hatte.

Sie nahm seine Hand und er wirbelte sie durch den Raum.

Die Kinder sprangen von ihren Stühlen und fingen an, um sie herum zu tanzen, schüttelten ihre Beine und ließen ihre Arme kreisen. Der Raum war von so viel Weihnachtsfreude erfüllt, dass ihr die Tränen in die Augen traten.

Und wenn sie es richtig sah, hatte auch Hutch feuchte Augen.

Er schenkte ihr einen vielsagenden Blick, und sie dachte, er bedeutete, dass er sie nun nach hinten sinken lassen würde. Sie bereitete sich darauf vor, dass er sie noch einmal von sich wirbelte und wieder herzog, bevor er sie in seinen Arm fallen ließ, aber stattdessen neigte er seinen Kopf und küsste sie, direkt vor den Augen der Kinder.

Tief, leidenschaftlich, süß, geheimnisvoll, jedes wunderbare Gefühl der Welt legte er in diesen Kuss. Er brauchte kein Wort zu sagen, denn sein herrlicher Kuss sagte alles. Kein Mann würde je eine Stimme brauchen, wenn er so küssen konnte. Alles, was er sagen wollte, lag in diesem Kuss.

Ich will dich, ich brauche dich, ich respektiere dich. Ich begehre dich. Ich liebe dich.

Liebe.

Sie bildete es sich nicht ein. Sie konnte die Liebe auf seinen Lippen schmecken, und es war der Geschmack von Weihnachten. Schicksalsplätzchen und Pfefferminz-Zuckerstangen. Lebkuchen und Buttercreme. Es war der Geschmack von in Erfüllung gegangenen Wünschen, Hoffnungen und Träumen.

Es spielte keine Rolle, wie lange dieser Moment dauern würde. Genau jetzt, in dieser Minute, hatte Meredith alles, was sie sich je gewünscht hatte. Eine Heimat. Kinder. Einen wunderschönen Weihnachtsbaum, unter dem Geschenke lagen. Bedeutungsvolle Musik, als John Lennon und Yoko Ono mit »War Is Over« aus dem Radio erklangen. »So, this is Christmas and what have you done? Another year over …«

Wieder ein Jahr um und was hatte sie getan? Sie hatte ihren wahren Norden gefunden. Ihre Mutter wäre so stolz auf sie.

Die Kinder versuchten, das Frühstück so schnell wie möglich hinter sich zu bringen und stopften sich die Pfannkuchen in den Mund, damit sie endlich zu ihren Geschenken konnten. Sie waren entzückt darüber, dass der Weihnachtsmann einen Bissen von dem Schicksalsplätzchen genommen hatte, das sie draußen für ihn hingelegt hatten. Auch das Rentierfutter war weg und auf dem Holzstapel neben dem Kamin prangte ein rußiger Fußabdruck. Kluger Hutch.

»Dürfen wir jetzt unsere Geschenke aufmachen, Mommy, dürfen wir, ja, dürfen wir?«, fragte Ben mit Ahornsirup in den Mundwinkeln.

Kimmie war schon von ihrem Stuhl aufgesprungen und wirbelte im Wohnzimmer umher. Meredith suchte Hutchs Blick. Er nickte. Sie ließen ihr eigenes halb aufgegessenes Frühstück stehen, damit die Kinder ihre Geschenke auspacken konnten.

Geschenkpapier flog herum. Folie wirbelte durch die Luft. Es wurde aufgerissen, herausgezogen. Entzückte Schreie. Glückliches Quietschen. Hutch filmte mit einer Videokamera. Meredith machte Fotos mit ihrem Handy. Wenn Ashley nach Hause kam, hatten sie jede Sekunde für sie festgehalten.

Ashley.

Sie war der fehlende Teil, die eine Sache, die das Fest unvollständig machte.

Wenn das Yoga Meredith etwas gelehrt hatte, dann war es, sich nicht auf das zu konzentrieren, was fehlte, sondern das wertzuschätzen, was sie hatte. Entschlossen lenkte sie ihren Geist von den schmerzlichen Gedanken an Ashley weg und konzentrierte sich stattdessen auf das, was direkt vor ihren Augen war.

»Thomas, die kleine Lokomotive!«, rief Ben. »Mach die Schachtel auf, Onkel Hutch. Schnell!«

Kichernd zog Hutch ein Taschenmesser hervor und fing an, die Schachtel zu bearbeiten.

»Guck mal, Mommy.« Kimmie hatte ein Diadem aufgesetzt und durchsichtige Plastikschuhe angezogen. »Ich bin Cinderella.«

Mommy. Kimmie nannte sie weiterhin Mommy.

»Ja, das bist du, meine Süße.« Meredith lächelte sie an. »Ja, das bist du.«

Hutch befreite Thomas, die kleine Lokomotive, aus der Schachtel und Ben stürzte sich auf das Spielzeug. Freude strömte aus jeder Pore seines Körpers. Genau darum ging es am Weihnachtsmorgen: glückliche Kindergesichter.

O Ashley, du verpasst hier so viel. Verbringst Weihnachten

lieber mit einem Mann, den du nicht mal richtig kennst, als hier mit deinem Kind.

Sie spürte einen Stups am Knie und sah auf. Sie blickte direkt in Hutchs Gesicht, der ihr eine kleine, in Silberpapier gewickelte Schachtel mit einer leuchtend roten Schleife entgegenstreckte.

Das Päckchen war so groß wie eine Schmuckschatulle, und einen schrecklichen Moment lang dachte sie, es wäre ein Verlobungsring. Sofort stand ihr das Bild vor Augen, wie Sloane ihr nur drei Wochen nach ihrem Kennenlernen einen Heiratsantrag gemacht hatte. Wie sie so dumm gewesen war, auf seine falsche Fassade hereinzufallen, sich in seine Arme geworfen und »Ja, ja, ich heirate dich« ausgerufen hatte.

Meredith saß da wie versteinert und starrte auf die hübsche Schachtel auf Hutchs Handfläche. »Du hättest mir kein Weihnachtsgeschenk kaufen müssen. An Weihnachten geht's doch nur um Kinder.«

Was sollte sie tun, wenn es Schmuck war, oder, noch schlimmer, ein Ring? Das würde er ihr doch nicht antun, oder? Nicht nach all dem, was sie ihm erzählt hatte.

Ihr Magen krampfte sich zusammen. Sie mochte ihn so sehr, war sogar kurz davor, sich richtig in ihn zu verlieben, aber Sloane war ein grausamer Lehrer gewesen und sie hatte schnell gelernt. Sie traute sich selbst nicht mehr, wenn es um Herzensangelegenheiten ging.

Hutch kauerte vor ihr und sah sie erwartungsvoll an. Würde er gleich auf die Knie gehen?

Nein, nein, nein.

Er legte eine Hand auf ihr Knie, blickte ihr in die Augen und schickte ihr eine mentale Botschaft: Was ist los?

Sie zwang sich zu einem Lächeln und tat so, als ob alles in Ordnung wäre. Es gab keinen Grund, gleich vom Schlimmsten auszugehen. Sie zog an der Schleife, die sofort nachgab und sich zu einem langen Band auflöste, das von ihrem Schoß auf den Boden fiel.

Mit steifen Fingern nestelte sie an der glatten Folie. Sie löste den Tesafilm, der das Geschenkpapier zusammenhielt. Es fiel auseinander und gab den Blick auf eine schwarze Schachtel frei, auf der in silbernen Lettern der Name einer Firma eingeprägt war.

Wahrer Norden.

Sie war so schockiert, dass ihr Herz buchstäblich eine Sekunde lang stehen blieb. Sie atmete scharf ein, dann fing ihr Herz wieder an zu schlagen. Es hämmerte wie ein überlasteter Presslufthammer.

Seine Hand schloss sich um ihr Knie und mit zwei Fingern hob er ihr Kinn an, um sie dazu zu zwingen, ihm in die Augen zu schauen. Sorge erfüllte seine dunklen Augen. Was ist los?

»Nichts«, sagte sie, während sie mit den Fingerspitzen über die eingeprägten Buchstaben fuhr. Wahrer Norden. »Überhaupt nichts.«

Ihre Mutter war ein verrückter Freigeist gewesen, die daran geglaubt hatte, dass das Universum einem Zeichen schickte, welchen Weg man gehen sollte. Wenn man diesen Zeichen folgte, würden sie einen ans Ziel bringen. Ihrer Überzeugung nach war der Umstand, dass Meredith' Vater und sie an jenem sonnigen Morgen vom gleichen Luftstrom erfasst worden waren, als sie Seite an Seite gen Norden schwebten, das Zeichen dafür gewesen, dass sie füreinander bestimmt waren. Er war ihr wahrer Norden.

Meredith hatte nie an solche Dinge geglaubt. Es entbehrte jeglicher Logik, widersprach der Wissenschaft und sämtlichen Naturgesetzen. Aber nun saß sie hier mit einem Mann, für den ihre Gefühle immer schneller wuchsen, und hielt eine Schachtel in den Händen, die genau die Worte trug, die ihre Mutter immer benutzt hatte, um ihre Lebensphilosophie zu beschreiben. Wenn du den Richtigen gefunden hast, wird er dein wahrer Norden sein.

Wenn das kein Zeichen war, was dann?

Sie hatte noch nie von einem Juwelier namens Wahrer Norden gehört. Dennoch hielt sie die Luft an, als sie den Deckel der Schachtel anhob.

Darunter, auf einem Bett aus Styropor, lag eine pinkfarbene Dose Pfefferspray in Hosentaschengröße. Unter der Dose lag eine Karte, auf der stand: Für meine Meredith. Damit du sicher bist, wenn ich nicht da bin.

Meine Meredith.

Sie hob den Kopf.

Er kniete vor ihr, die Schultern zurückgenommen, die Brust nach vorn gestreckt, sein Kiefer entspannt – eine verführerische Pose, die sagte: Ich bin wie ein Fels in der Brandung, vertrau mir.

Sie lachte und nahm das Pfefferspray in die Hand. »Du hast einen ziemlich niederträchtigen Sinn für Humor, Brian.«

Sein linker Mundwinkel ging nach oben und er zwinkerte ihr verschmitzt zu, so als ob er sagen wollte: Das ist ja noch gar nichts.

»Mommy«, sagte Ben und zupfte an seiner Pyjamahose, die ihm wohl in die Pofalte gerutscht war. »Jetzt ist nur noch ein Geschenk ohne Namen da. Ist es für mich?«

»Nein, das Päckchen gehört Hutch.«

»Ach Mann. Ich dachte, es wär meins.«

»Ich hab dir gesagt, dass es nicht deins ist«, sagte Kimmie. »Aber deins ist es auch nicht.«

Mit jedem Tag benahmen sich die beiden mehr und mehr wie Bruder und Schwester. Ihr liebenswertes Geplapper brachte sie zum Lächeln. »Ben, warum gibst du Hutch nicht sein Geschenk?«

Hutchs Lächeln war so schief wie eine Tür, die halb aus den Angeln hing. Aufrichtig. Verführerisch. Unwiderstehlich. Sie mochte dieses Lächeln. Es steckte sie an. Sie lächelte zurück.

Für einen langen Moment saßen sie einfach nur da und strahlten sich an.

Im Radio spielten sie zu Weihnachten Pachelbels Kanon in D-Dur. Es war ihr Lieblingsstück, was klassische Musik anbetraf. Im Himmel wurde ganz sicher Pachelbel gespielt. Die wundervollen Klänge rührten an Meredith' lange gehegte Hoffnungen, und eine Träne rann ihr über die Wange.

Hutch beugte sich vor und legte ihr zärtlich die Hand unters Kinn. Sanft wischte er die Träne mit seinem großen, schwieligen Daumen fort. Ihre Unterlippe bebte. Er wusste genauso gut wie sie, wie wertvoll und flüchtig dieser Moment war. Sie atmeten im gleichen Takt, hielten den Atem an, atmeten gleichzeitig wieder aus.

Kimmie wackelte mit ihrem Diadem im Takt der Musik und stampfte über die Holzdielen. Ben stieß Hutch mit dem Knie in die Rippen. »Machst du es gar nicht auf?«

Hutch nahm die Schleife ab und setzte sie Ben auf den Kopf.

»Hey!« Ben lachte und legte beide Hände auf die Schleife.

Kimmie kicherte. »Du siehst wunderschön aus.«

Hutch entfernte das Geschenkpapier.

»Es ist nicht viel«, entschuldigte sich Meredith.

Er neigte seinen Kopf nach hinten und schenkte ihr einen Blick, der besagte, dass es ihm völlig egal war, was sich in der Schachtel befand. Die Tatsache, dass das Geschenk von ihr kam, war genug.

»Wir haben Fudge für dich gemacht«, sagte Kimmie im überlauten Flüsterton einer Vierjährigen.

Hutch öffnete die Schachtel, nahm das Gebäck heraus, das Meredith mit den Kindern für ihn gemacht hatte, und bot jedem ein Stück davon an.

»Da ist noch etwas anderes drin«, sagte Meredith.

Er inspizierte die Schachtel und zog ein zusammengefaltetes Stück Papier heraus, das unter dem Fudge gesteckt hatte. Es war ein Gutschein für eine Massage.

Das Glitzern in seinen Augen wurde silbrig. Er faltete den Gutschein zusammen, schob ihn direkt über seinem Herzen in die Brusttasche seines Hemds und klopfte fest darauf, als wäre es das beste Geschenk, das er je bekommen hatte.

14

Hutch räumte das Geschenkpapier-Chaos im Wohnzimmer auf, während Meredith den Braten für das Weihnachtsessen in den Ofen schob. Dann machten sie gemeinsam den Abwasch. Die Kinder wollten unbedingt nach draußen und im Schnee spielen, also packten sich alle vier warm ein und gingen in den Garten.

Sie zeigten den Kindern, wie man sich rückwärts fallen ließ und einen Schneeengel machte, und dann veranstalteten sie eine Schneeballschlacht. Meredith und die Kinder gegen Hutch. Sie kreischten und lachten, als Hutch so tat, als wäre er der Yeti, und die Kinder in Schneehaufen warf, woraufhin sie sich sofort wieder auf ihn stürzten.

Der Rauch von Holzfeuer kringelte sich aus den Schornsteinen in der Nachbarschaft. Der Duft von Truthahn lag in der Luft. Auch andere Familien waren draußen gewesen, überall standen Schneemänner in den Gärten. Um sich von ihnen abzuheben, beschlossen sie, stattdessen lieber ein Iglu zu bauen. Als sie fertig waren, krochen die Kinder hinein, um darin zu spielen.

»Ich muss nach dem Braten schauen«, sagte Meredith zu Hutch. »Bleibt nicht mehr allzu lange draußen. Sie hatten vor Kurzem noch Fieber.«

Hutch nickte und sah ihr nach, unfähig, seinen Blick von ihrem wundervollen Hintern zu nehmen. Er berührte seine linke Brusttasche, in der sein Massagegutschein steckte. War dieser Frau eigentlich bewusst, dass sie mit diesem Geschenk

Benzin in eine offene Flamme goss? Meredith blieb stehen, als sie die Haustür erreicht hatte. Sie drehte sich um und ertappte ihn dabei, wie er sie anstarrte. Ein glückliches Lächeln trat auf ihr Gesicht, das nur für ihn bestimmt war.

In Hutchs Brust wurde es ganz warm. Wenn er den Rest seines Lebens damit verbringen könnte, dieses Lächeln auf ihr Gesicht zu zaubern, dann würde er wirklich zufrieden sterben. Die Wärme dehnte sich aus, ging in seinen Blutkreislauf über und zirkulierte in seinem System, bis sein ganzer Körper prickelte.

Er wollte sie. Sein Verlangen wurde immer größer. Seine Hoffnung wuchs.

Jede Zelle seines Körpers summte ihren Namen – Meredith, Meredith, Meredith.

Aber er hatte ihr nichts zu bieten. Er hatte etwas Geld auf die Seite gelegt und er würde seine staatliche Rente bekommen, aber er hatte keinen Job und konnte noch nicht einmal sprechen. Vielleicht würde er nie wieder sprechen können. Es brachte ihn um, dass er mit ihr keine richtige Unterhaltung führen konnte. Ihr nicht mit seiner eigenen Stimme sagen konnte, wie viel sie ihm bedeutete.

Er ballte seine behandschuhten Hände zu Fäusten.

Sie winkte ihm zu.

Er winkte zurück und fühlte sich von seinen Gefühlen völlig übermannt. Zu sehr. Er wollte sie zu sehr. Es war nicht gesund, dieses Verlangen.

Sie fröstelte, schlang ihre Arme um sich, nickte in Richtung Haus und schenkte ihm ein letztes breites Weihnachtslächeln, bevor sie nach drinnen ging.

Gott, er war so verdammt glücklich, auch wenn es nur für

diese kurze Zeit war. Dass eine Frau wie sie ihn auf diese Weise anlächelte. Als ob er etwas ganz Besonderes wäre. Es gab Leute, die ihr ganzes Leben lang nicht auch nur in die Nähe von etwas so Göttlichem kamen.

Die Kinder lachten ihn aus ihrem Iglu heraus an. Zwei kleine Gesichter mit roten Nasen und Wangen, die ihn anstrahlten. Er wollte ihnen sagen, dass sie wie Rudolph aussahen, aber er konnte die Worte nicht aussprechen. Stattdessen deutete er an, eine Tasse heiße Schokolade zu trinken, rieb seine Hände aneinander und tat so, als ob er sich vor einem prasselnden Feuer aufwärmen würde.

»Auf keinen Fall«, rief Ben.

Beide Kinder schüttelten den Kopf und verkrochen sich so tief im Iglu, dass er sie nicht mehr sehen konnte.

Hutch kniete sich in den Schnee, zog sie aus dem Iglu und trug sie, ein lachendes Kind auf jedem Arm, nach drinnen.

Ihre Gesichter hätten als Tomaten durchgehen können und ihre Augen glänzten, während sie über den Schnee quasselten. Vor nicht mal einer Woche hatten beide noch mit Fieber im Bett gelegen, und jetzt war es, als wären sie nie krank gewesen. Kinder waren wirklich ein Wunder. Sie wurden so schnell wieder gesund.

Ben und Kimmie hüpften zu Meredith und sangen einstimmig: »Heiße Schokolade, heiße Schokolade, wir wollen heiße Schokolade.«

»Wo ist deine Mütze?«, fragte Meredith ihren Sohn.

Ben zuckte immer wieder mit den Schultern und scharrte ruckartig mit den Füßen, sodass es aussah, als würde er einen Veitstanz aufführen.

»Du verlierst ständig deine Wintersachen. Ich hab doch

keinen Goldesel, mein Sohn«, schimpfte sie nachsichtig. »Geh und such sie.«

»Na gut.« Ben düste zur Hintertür.

Meredith wandte sich an Hutch. »Kannst du mit ihm gehen? Tut mir leid, dass ich so übervorsichtig bin, aber seit ich gedacht hab, ich hätte Sloane in der Stadt gesehen …«

Hutch verstand, was sie meinte. Sie hasste es, den Jungen aus den Augen zu lassen, aber ihr war auch klar, dass er älter wurde und sie ihn nicht an ihre Schürze binden konnte. Für Bens Alter gab Hutch einen besseren Wachhund ab als sie. Außerdem war er viel eher geeignet, mit Sloane fertig zu werden, falls er tatsächlich auftauchen sollte. Meredith schien der Überzeugung zu sein, dass der Bastard, den sie geheiratet hatte, so unbesiegbar war wie Lex Luthor.

Er trat zur Hintertür hinaus auf die Veranda und ging ums Haus in den Vorgarten.

Ben war nirgends zu sehen.

Okay, Kleiner, wo bist du? Panik bohrte sich wie ein glühendes Schwert in seinen Bauch. Ganz cool bleiben. Kein Grund, gleich auszuflippen. Der Junge war wahrscheinlich einfach nur über die Straße gegangen, um den Calloways Hallo zu sagen.

Hinter Hutch lag der Brazos, der ziemlich angeschwollen war. Das Kind hätte einen Kopfsprung direkt von der Veranda machen und im Wasser verschwinden können. Vor seinem geistigen Auge sah er, wie der Körper des Jungen im kalten, trüben Wasser herumgewirbelt wurde. Seine Hände wurden feucht, ihm wurde heiß und kalt vor Übelkeit. Durch den Schnee stolperte er zum Rand der Veranda und spähte über die Brüstung.

Nichts als Steine, Bäume und rasch dahinfließendes Wasser. Der Junge war nicht hier hinuntergefallen. Das glaubte er nicht. Ganz ruhig. Dreh jetzt bloß nicht durch.

Verdammt. Wenn er doch nur schreien könnte. Nach Ben rufen könnte. Er ging zurück zum Vorgarten und suchte die Straße mit einem Blick ab, hochkonzentriert wie ein Kämpfer, der jedes kleinste Detail zur Kenntnis nahm, während er nach dem Feind Ausschau hielt.

Von Norden kam langsam ein weißes Auto die Straße entlanggekrochen.

Er fühlte, wie sich ein Loch in seinem Bauch auftat, in dem ein Wirbelsturm herumtobte und sein ganzes Inneres in sich aufsog. Wer kommt da? Freund oder Feind?

Wo war der Junge? Nicht in dem Auto. Wenn jemand in dem weißen Wagen Ben entführt hätte, würde sich das Fahrzeug vom Haus wegbewegen, nicht auf es zu.

Der weiße Wagen schob sich näher. Hutch konzentrierte sich voll und ganz auf das einzige sich bewegende Objekt in der menschenleeren, schneebedeckten Landschaft und erkannte Dotty Mae Densmore hinter dem Steuer. Was machte die kleine alte Frau bei diesem Wetter auf der Straße? Wenn er nicht nach Ben suchen würde, würde er ihr anbieten, den Wagen für sie heimzufahren.

Wie hatte das Kind so schnell verschwinden können? Er war nur eine Minute nach ihm nach draußen gegangen.

Reiß dich zusammen! Fußspuren. Such nach Fußspuren.

Fußspuren. Leicht zu verfolgen.

Nach ihrer Schneeballschlacht war der Vorgarten bedeckt von einem Durcheinander an Fußabdrücken. Es war eine wilde Mischung aus seinen großen Stiefeln, Meredith' kleinen Schuhen und winzigen Abdrücken gleicher Größe, die von der Mitte des Vorgartens zum Iglu und wieder zurück zum Haus führten. Sonst konnte er keine Fußspuren entdecken. Keine, die zur Straße, nach links zum Nachbarhaus oder nach rechts zum Brachland führten, das sich hinter dem weißen Lattenzaun erstreckte. Sofern nicht jemand das Kind aus der Luft geschnappt hatte, musste es im Iglu sein.

Erleichterung durchströmte ihn und presste die angehaltene Luft aus seinen Lungen. Hutch ging langsam auf das Schneehaus zu. Nun gab es keinen Grund mehr zur Eile. Er wusste, wo der Junge steckte.

Der saure Geschmack verschwand aus seinem Mund und seine Muskeln zitterten nach der Anspannung. Während eines Kampfes war er nie in Panik geraten. Deshalb hatten sie ihn Iglu genannt. Cool. Gefasst. Besonnen und gelassen.

Wenn es um sein eigenes Leben ging, war er völlig furchtlos, aber wenn es um Kinder ging – um seine Kinder, denn auch wenn Kimmie und Ben nicht seine leiblichen Sprösslinge waren, fühlte er sich für sie verantwortlich, als ob sie sein eigen Fleisch und Blut wären –, dann lagen die Dinge ganz anders.

Hutch war nicht besonders poetisch veranlagt. Er neigte nicht zu tiefsinnigen Gedanken. Aber in diesem Moment im Schnee hatte er eine Erleuchtung: Er liebte diese beiden Kinder.

Ben streckte seinen Kopf zum Iglu heraus und grinste schelmisch.

Auf der Straße fuhr der weiße Wagen über eine vereiste Stelle, und Dotty Maes Mund öffnete sich zu einem weiten O, als ihr Auto ins Rutschen geriet und sie die Kontrolle darüber verlor.

Hutch rannte los, aber seine Beine fühlten sich so nutzlos an wie Schaufelräder, die versuchten, sich durch einen See aus Zuckerrübensirup zu wühlen. Egal wie schnell er sich bewegte, er würde Ben nicht rechtzeitig erreichen, um ein Desaster zu verhindern.

Unsichtbare Finger schlossen sich um Hutchs Kehle, drückten sie zusammen, nahmen ihm den Atem. Zu spät. Zu spät. Er konnte nichts dagegen tun.

Wie bei einem Autoballett auf Eis drehte sich der weiße Wagen einmal um seine eigene Achse, rutschte über eine weitere vereiste Stelle und schoss quer über die Straße, direkt auf das Iglu zu. Durch die Windschutzscheibe traf ihn Dotty Maes Blick, und etwas, das sich anfühlte wie feuchtheiße Elektrizität, bohrte sich in sein Herz – ein blauer Blitz, der einen Baum spaltete, ihm im Bruchteil einer Sekunde den Todesstoß versetzte. Er versengte die Spitze seiner Zunge und schoss heiß glühend durch seinen Hals hinunter in seine Lungen.

Nein! Nein! Seine Füße und sein Herz stolperten, und er fiel in den Schnee.

Das Scheinwerferlicht des Wagens glitt an der Weihnachtsbeleuchtung entlang, die den Fußweg säumte, doch auf Hutch wirkte es wie das Aufleuchten von Mündungsfeuer. Augenblicklich wurde der Schnee zu Sand, und er befand sich nicht mehr in Twilight, sondern in den Straßen von Aliabad. Es war nicht der Mittag des Weihnachtstags, sondern kurz nach Sonnenaufgang am Labor Day. Sie waren mit leeren Händen dagestanden, ihre Zielperson längst über alle Berge. Die Unit versagte nicht oft, aber wenn sie es tat, dann spektakulär.

In der Rückblende sah Hutch jetzt, was er damals nicht gesehen hatte, weil er nicht hatte glauben wollen, was er da sah. Es war nicht seine Stimme gewesen, die ihn in Abas Ghar im Stich gelassen hatte.

Es waren seine Augen gewesen.

Hutch streckte eine Hand aus, öffnete den Mund, und mit einer rauen, heißeren Stimme, die er nicht als seine eigene erkannte, brüllte er: »Ben! Komm sofort aus dem Iglu!«

Meredith hatte gerade den Braten auf eine Servierplatte geschoben und ein Küchenhandtuch in die Hand genommen, um ein paar Spritzer Bratensaft auf der Arbeitsfläche aufzuwischen, als sie einen Mann Bens Namen schreien hörte.

Sie riss die Augen auf. Wer war das?

Als Nächstes ertönte ein hoher Schrei, gefolgt von einem dumpfen Schlag, dann ein lang anhaltendes Hupen, als ob jemand mit dem Kopf auf die Hupe eines Autos gefallen wäre.

Sie warf das Geschirrhandtuch von sich, rannte an Kimmie vorbei, die im Wohnzimmer mit dem Lerncomputer spielte, den Hutch ihr zu Weihnachten geschenkt hatte, und riss die Haustür auf. Sie blinzelte, und ihr Gehirn versuchte zusammenzubringen, was ihre Augen sahen.

Dotty Maes Wagen stand im Vorgarten, seine Vorderreifen steckten im Iglu. Im Inneren des Autos erkannte sie Dotty Maes schmale Gestalt, die von den Airbags eingehüllt war. Das anhaltende Hupen lockte die Nachbarn aus ihren Häusern. Jesse kam über die Straße gerannt.

Hutch kniete mit dem Rücken zu ihr im Vorgarten und hielt Ben fest in seinen Armen. Mit seiner Mütze schief auf dem Kopf sah Ben zu ihr herüber und hob eine Hand. »Hallo Mommy, ich hab meine Mütze gefunden, und, ach ja, Hutch hat gesprochen.«

Nachbarn versammelten sich um das Auto. Dotty Mae war bei Bewusstsein und redete, aber keiner wollte sie herausholen oder sie selbst aussteigen lassen. Eine Krankenwagensirene heulte auf und näherte sich rasch.

Benommen stieg Meredith die Stufen der Veranda hinunter und ging zu Hutch und ihrem Sohn.

Ben immer noch fest umklammert, kam Hutch auf die Füße und drehte sich zu ihr.

Sie sah in seinem Gesicht, was geschehen war. Ben war im Iglu gewesen, als Dotty Maes Wagen darauf zu geschleudert war. »Du hast gesprochen.«

»Ja«, sagte er. Seine Stimme war kratzig, wie wenn man mit einem Messer einen verkohlten Toast bearbeitete, aber das Timbre und die Tonhöhe waren genauso, wie Meredith sie sich vorgestellt hatte – tief und klangvoll –, und wie typisch für Texas dehnte er die Vokale.

»Um Ben das Leben zu retten.« Sie begriff jetzt erst richtig, dass ihr Sohn beinahe getötet worden wäre. Ihre Beine gaben nach und sie fiel auf die Knie.

Aber Hutch war sofort an ihrer Seite, setzte Ben ab und zog sie wieder hoch. »Meredith«, murmelte er. »Es geht ihm gut. Dir geht es gut. Uns allen geht es gut.«

Der Krankenwagen kam mit blinkendem Blaulicht und heulender Sirene um die letzte Kurve. Das Martinshorn stoppte abrupt, als der Wagen neben dem weißen Auto zum Stehen kam. Zwei Rettungssanitäter sprangen heraus und stürmten zu Dotty Mae.

Hutch legte eine Hand auf Meredith' Rücken und hielt sie aufrecht. Er war ihre Stütze. Ihr Fels. »Atme, mein Yoga-Mädchen. Atme einfach.«

Sie atmete ein paar Mal tief ein und aus, hatte aber keine Geduld dafür. »Komm her, du«, sagte sie, zog Ben in ihre Arme und hielt ihn ganz fest.

»Mommy!« Er wand sich. »Du erdrückst mich.«

Widerwillig ließ sie ihn los und blickte auf in Hutchs magnetische dunkle Augen. Er hatte ihren Sohn gerettet. Hutch. Ihr wahrer Norden. Die Liebe, die sie für ihn empfand, war übermächtig, ein überquellender Kelch, und sie konnte das Gefühl genauso wenig unterdrücken, wie sie aufhören konnte zu atmen.

O Gott, ich stecke wirklich in großen Schwierigkeiten.

Unfähig, den süßen Schmerz ihrer Emotionen länger zu ertragen, wandte sie ihren Blick ab. Drüben beim Auto versuchten die Sanitäter, Dotty Mae zu überreden, mit ins Krankenhaus zu kommen, um sich untersuchen zu lassen, auch wenn sie darauf bestand, dass ihr nichts passiert war. »Kümmern Sie sich um den kleinen Jungen«, sagte sie zu ihnen. »Ich hab ihn beinahe umgepflügt.«

Einer der Sanitäter ging auf Ben zu, aber Hutch hob eine Hand. »Der Junge wurde nicht verletzt.«

Seine kraftvolle, gebieterische Stimme brachte den Sanitäter dazu, augenblicklich stehenzubleiben. Der Mann nickte. »In Ordnung, Sir.«

Kimmie kam zu ihnen in den Garten. Sie wollte wissen, was geschehen war. Die Sanitäter überredeten Dotty Mae schließlich, mit ihnen zu gehen. Nachbarn, darunter auch Flynn und Jesse, kamen zu ihnen und redeten von Glück im

Unglück und dass es für Dotty Mae vielleicht an der Zeit wäre, ihren Führerschein abzugeben. Sie gratulierten Hutch, dass er seine Stimme wiedererlangt hatte. Er nickte. Das Lob war ihm unangenehm, und er sagte kaum ein Wort. Jemand bot an, Dotty Maes Auto zu ihrem Haus hinüberzubringen. Ein anderer meinte, er würde ins Krankenhaus fahren, um nach Dotty Mae zu sehen. Ein dritter ging los, um Dotty Maes Sohn über das Geschehen zu informieren und ihm wahrscheinlich den Marsch zu blasen, weil er seine Mutter am Weihnachtstag alleine ließ.

Kimmie, Ben und ein paar Nachbarskinder fingen eine Schneeballschlacht an. Diese dauerte, bis ein Elternteil von einem Schneeball getroffen wurde und die Leute anfingen, ihre Kinder einzufangen und sie nach Hause zu treiben, um mit den Weihnachtsfeierlichkeiten fortzufahren.

Flynn verlagerte eine lächelnde Grace von der einen Hüfte auf die andere und legte Meredith eine Hand auf die Schulter. »Für Hutch muss es ein großer Moment sein, seine Stimme wiedergefunden zu haben. Jesse und ich haben überlegt, dass wir euch gern anbieten würden, heute Abend die Kinder zu nehmen, damit ihr beiden mal richtig miteinander reden könnt.«

Die Großzügigkeit der anderen Frau berührte Meredith. Sie legte eine Hand an ihre Brust. »Das ist wirklich nett von dir, aber es ist Weihnachten und ihr habt sicher andere Pläne mit der Familie.«

»Ach, wir haben unser Familiending schon an Heiligabend hinter uns gebracht. Ehrlich, es würde uns überhaupt nichts ausmachen. Und wir sind ja direkt gegenüber, falls ihr euch einsam fühlt und nachkommen wollt. Oder …« Flynn beugte sich zu ihr und senkte ihre Stimme. »… ihr könnt die Kinder auch über Nacht bei uns lassen, falls Hutch sich dir öffnet und ihr mehr Zeit füreinander braucht.«

»Wir sind nicht … Es ist nicht so …« Meredith wollte schon anfangen, die Tiefe ihrer Beziehung zu Hutch zu leugnen und zu protestieren, aber wenn sie es sich recht überlegte, war die Gelegenheit vielleicht gar nicht so schlecht, um die Gefühle, die Hutch in ihr wachrief, etwas genauer unter die Lupe zu nehmen. Und wer weiß, vielleicht kam ja auch gar nichts dabei heraus. »Bist du dir sicher?«

Ein wissendes Lächeln breitete sich auf Flynns hübschem Gesicht aus. »Wir werden Spaß miteinander haben. Einen Film anschauen und Spiele spielen, und Grace wird sich über die Spielkameraden freuen.«

Flynn war immerhin die Erzieherin der Kinder, und Meredith musste irgendwann wieder anfangen, anderen Menschen zu vertrauen. Aber was, wenn Sloane sie aufspürte? Es wäre so typisch für ihn, ausgerechnet an Weihnachten aufzutauchen und alles zu ruinieren. Aber wenn es so sein sollte, wäre es für Ben dann nicht sogar sicherer, wenn er nicht bei ihr wäre? Hin und her gerissen blickte sie zu Hutch hinüber, dem Jesse gerade den gleichen Vorschlag unterbreitete. Er nickte.

»Es ist deine Entscheidung«, sagte Flynn. »Wir wollen uns nicht einmischen, wir haben nur gedacht, dass ihr zwei bestimmt einiges zu besprechen habt.«

Meredith schluckte ihre Vorbehalte hinunter und nahm die helfende Hand, die sich ihr entgegenstreckte. Ben wird gleich gegenüber sein. »Vielleicht für ein paar Stunden. Vielen Dank für das Angebot.«

»Großartig. Du kannst ihnen ja ein paar Klamotten einpacken, falls ihr sie doch über Nacht bei uns lassen wollt.«

»Ja, das mach ich.«

Flynn wandte sich an Kimmie und Ben. »Kinder, habt ihr Lust, zu uns rüberzukommen? Wir können Wie der Grinch Weihnachten gestohlen hat anschauen, Mensch-ärgere-dich-nicht spielen, Popcorn machen und Thomas, die kleine Lokomotive, lesen.«

»Und Das magische Weihnachtsplätzchen?«, fragte Kimmie.

»Und Das magische Weihnachtsplätzchen«, bestätigte Flynn.

»Juhu!« Kimmie klatschte in die Hände.

»Mommy.« Ben sah sie an. »Ist das in Ordnung?«

»Natürlich ist das in Ordnung.«

Zweifelnd sah er sie an. »Wirklich?«

Sie hatte die Zügel zu kurz gehalten. Sie wusste das, aber es war so schwer, sie lockerzulassen. »Wirklich.«

»Cool.« Er drehte sich zu Flynn. »Dann los.«

Meredith blieb zitternd in der Kälte stehen, bis Hutch ihr seinen Arm um die Schulter legte und flüsterte: »Der erste Schritt ist am schwersten, du Glucke, aber es wird alles gut gehen.«

Flynn wartete, bis Meredith die Kleider der Kinder zusammengesucht hatte. Hutch räumte derweil die Küche auf und stellte den Braten für später in den Kühlschrank. Dann standen sie zusammen auf der Veranda und winkten den Kindern nach, bis sie im Haus der Calloways verschwunden waren.

»Sieht so aus, als wären wir allein«, sagte Hutch und führte sie nach drinnen.

Er schloss die Haustür, und das allein verhinderte, dass Meredith über die Straße rannte, um Flynn zu sagen, dass sie es sich anders überlegt hatte. Sie wollte ihren Sohn zurück.

Aber ihre Situation hatte Bens Leben schon genug eingeschränkt. Er hatte keine Familie, keine festen Freunde. Wenn sie Ben die Möglichkeit geben wollte, zu einem starken und selbstbewussten Mann heranzuwachsen, musste sie anfangen, ihm ein wenig Unabhängigkeit zu schenken – auch wenn der Gedanke daran ihr die Luft zum Atmen nahm.

Das Haus wirkte leer ohne die Kinder.

»Du kannst deine Meinung immer noch ändern«, sagte Hutch mit einer mitternachtstiefen Stimme, die ihr eine Gänsehaut über den Rücken jagte. »Soll ich sie zurückholen?«

»Willst du das?« Sie biss sich auf die Unterlippe. »Willst du sie wieder holen?«

»Ich will nur, dass es dir gut geht.«

Die Schlichtheit dieser Aussage und die Ehrlichkeit in seinen Augen sagten ihr, dass es stimmte. »Ich … Ich denke, wir brauchen etwas Zeit allein. Um wirklich miteinander zu reden.«

»Ja«, sagte er heiser. Er lehnte mit dem Rücken an der Haustür. Sie stand im Flur, ein paar Schritte von ihm entfernt, und erinnerte sich daran, wie sie ihn am ersten Tag in sein eigenes Haus geführt hatte.

Sie legte eine Hand an ihren Hals.

»Bist du nervös?«

Deinetwegen? Nein. Niemals. Langsam schüttelte sie den Kopf. »Bist du es?«

»Zum Teufel, nein.« Er fuhr sich mit den Fingern durchs

Haar und atmete aus. »Ich muss zugeben, ich hab noch nie so empfunden. Völlig neues Terrain für mich.«

»Wie geht's deinem Hals?«

Er schenkte ihr ein schiefes, zurückhaltendes Lächeln. »Ich bin ein bisschen eingerostet, aber ich kann sprechen.«

Sie schluckte, dann lenkte sie ihren Blick auf seine Brusttasche. »Möchtest du deinen Gutschein einlösen? Eine Massage hilft dir vielleicht, dich zu entspannen.«

Seine Lippen öffneten sich überrascht. »Meredith Sommers, bist du dir im Klaren darüber, was du da vorschlägst?«

»Ich bin mir bewusst, wie empfindlich du auf Berührungen reagierst«, sagte sie. »An dem Tag, als wir uns kennengelernt haben …«

»Ich entschuldige mich für meine spontane Erregung, aber immerhin hast du mich ausgezogen.«

»Und ich hatte dir gerade Pfefferspray ins Gesicht gesprüht. Wie viele Männer kriegen unter diesen Umständen eine Erektion?«

»Was soll ich sagen? Du bist eben total heiß.«

Sie lachte leise, geschmeichelt von dem sehnsüchtigen Ausdruck in seinen Augen, und legte zwei Finger an ihre Lippen.

»Wirklich, ich meine es ernst. Allein darüber zu reden reicht schon, um die gleiche Reaktion bei mir hervorzurufen. Bist du sicher, dass du mich massieren willst, weil …«

Sie stürzte zu ihm und gab ihm einen so schnellen, stürmischen Kuss, dass er überrascht die Augen aufriss. »Ich weiß, dass du gerade erst wieder angefangen hast zu reden, aber sag bitte nichts.«

Er nickte energisch.

Bist du sicher, dass du bereit dafür bist? Du weißt genau, wohin diese Massage führen wird. Ja. Exakt. »Die Massageliege ist in meinem Schlafzimmerschrank. Die Liege, die ich bei der Arbeit benutze, gehört dem Hot Legs Spa. Gib mir eine Sekunde …«

»Wir brauchen keine stinkige Massageliege.« Hutch beugte sich vor, fasste sie am Arm und zog sie zu sich. Stolpernd kam sie auf ihn zu und fiel in seine Arme.

»Vorsicht. Du hättest mich beinahe umgehauen. Und du weißt ja, wie es mir damit geht.«

Sofort ließ er sie los.

»Ich hab nur Spaß gemacht.«

»Ich aber nicht. Ich möchte nichts tun, was dich an ihn erinnert.«

Sie sah ihm nicht in die Augen, sondern streckte ihre Hand aus, um mit dem Knopf seines Hemdes zu spielen. »Du bist in keiner Weise wie er, aber er beherrscht mein Leben.«

Er schloss seine Hände um ihre. »Meredith.«

Sie hielt die Luft an.

»Sieh mich an.«

Zögernd hob sie den Kopf. In seinen Augen lag nichts als Güte, Geduld und Liebe.

»Du bist noch nicht bereit für diesen Schritt.«

»Doch, das bin ich.«

»Wir kennen uns gerade mal drei Wochen.«

»Viele Leute schlafen schon bei ihrem ersten Date miteinander, und wir mögen uns zwar erst seit drei Wochen kennen, aber wir haben zusammengewohnt und es war … wunderbar.« Sie romantisierte ihre Beziehung nicht. Sie hatten, was die heiklen Themen anbetraf – ihre Meinungsverschiedenheiten, die Sorge um die Kinder, das Auf und Ab ihres emotionalen Gepäcks, ihre Kommunikationsbarriere –, gut zusammengearbeitet und waren beide zu besseren Menschen geworden, weil sie sich den Problemen gestellt hatten.

»Selbst, als du mich aus dem Haus geworfen hast?«

»Ja.« Sie legte eine Hand an seine Brust. »Weil wir beide etwas daraus gelernt haben und uns dadurch nähergekommen sind.«

Er streichelte mit seinen Fingerspitzen über ihre Schläfen. »Ich will dich. Mehr als du dir vorstellen kannst. Aber es muss sich für uns beide richtig anfühlen.«

»Es fühlt sich richtig an. Nichts hat sich je richtiger angefühlt.« Sie hatte Angst, dass er nicht mit ihr schlafen wollte.

»Ich kann mir nichts Schöneres vorstellen, als den Weihnachtstag damit zu feiern, zum ersten Mal mit dir zu schlafen.«

»Dann bring mich nach oben.« Sie sprang in seine Arme.

Er fing sie auf. Sie schlang ihre Beine um seine Taille, legte ihm ihre Arme um den Hals und ließ ihren Kopf an seine Schultern sinken. Sonnenstrahlen durchbrachen die Gewitterwolken der vergangenen fünf Jahre und sie war endlich zu Hause. Angekommen.

Er trug sie die Treppe hinauf, und sie konnte den gleichmäßigen, beruhigenden Schlag seines Herzes an ihren Brüsten spüren.

Es war so einfach. Wer hätte gedacht, dass es so einfach sein würde, mit ihm zusammen zu sein. Mühelos wie ein Vogel, der sich vom Wind tragen lässt.

Sie bog ihren Kopf nach hinten, um ihn anzusehen.

Dunkle Augen, ein markantes Kinn, eine maskuline Nase und ein narbenbedeckter Hals. Narben, die ihr überhaupt nicht mehr auffielen. Auf manche Leute wirkte er bestimmt beängstigend, in Meredith' Augen aber war er der bestaussehende Mann der Welt. Wie konnte es sein, dass sein Gesicht ihr innerhalb kürzester Zeit so vertraut geworden war? Es fühlte sich an, als würden sie sich schon ihr ganzes Leben lang kennen.

Er war so sanft im Umgang mit Kimmie, so gutherzig zu ihrem Sohn, unendlich geduldig mit beiden Kindern. Vom ersten Moment an hatte sie ihn sexy gefunden, auch wenn sie sich solche Gedanken nicht wirklich erlaubt hatte. Doch je besser sie ihn kennenlernte, desto mehr fühlte sie sich von ihm angezogen. Was sie für ihn empfand, war viel komplizierter als bloße sexuelle Attraktion, auch wenn das einen großen Teil ausmachte.

Sie konnte es nicht erwarten, sich ihm hinzugeben, seinen Körper in ihrem zu spüren.

Hutch öffnete die Tür zu ihrem Schlafzimmer, trat über die Schwelle und schloss sie mit seinem Fuß hinter ihnen. Er setzte sie auf dem Bett ab, machte einen Schritt zurück und ließ seinen bewundernden Blick über ihren Körper gleiten. Sein Haar kringelte sich über seinen Ohren, und sie hätte am liebsten ihre Finger darin vergraben. Ein bedeutungsvolles Lächeln trat auf sein Gesicht, das sagte: Ich will dich nackt sehen.

»Du bist wunderschön«, murmelte er. Seine Stimme brach beim letzten Wort – rostig, wie er es nennen würde.

Sie fühlte sich selbst ziemlich rostig, und ihre Hände fingen wieder an zu zittern. Es war ein großer Schritt für sie.

Das erste Mal seit … Nein, sie würde nicht an ihn denken. Würde nicht zulassen, dass er diesen kostbaren Moment ruinierte.

Wenn sie das hier geplant hätte, wäre alles ganz anders gelaufen. Sie hätte ihn nach allen Regeln der Kunst verführt. Hätte ihre Beine rasiert. Sich besonders Mühe mit ihrem Make-up gegeben. Hätte sexy Dessous gekauft, statt einen Baumwollslip zu tragen, der nicht zu ihrem BH passte. Sie hätte Kerzen angezündet und stimmungsvolle Musik aufgelegt. Eine große Packung Kondome gekauft.

Kondome. O nein. Würde es jetzt daran scheitern?

Er kam langsam auf sie zu.

Ihr Puls beschleunigte sich. Sie streckte ihm eine Handfläche entgegen. »Warte.«

Er blieb auf der Stelle stehen und seine Augen verdunkelten sich. »Hast du deine Meinung geändert?«

»Verhütung.« Sie klang wie eine selbstbewusste, moderne Frau. Es war so lange her, dass sie sich sexy gefühlt und sich getraut hatte, für ihre Belange einzustehen. »Hast du was?«

Das schiefe Lächeln, das seinen Mund umspielte, war schelmisch. »Baby, man sagt nicht umsonst, dass die Delta Force allzeit bereit ist.«

»Willst du damit sagen, dass ihr alle schwanzgesteuert seid?«, neckte sie ihn.

Er brach in Lachen aus. »Was für eine Ausdrucksweise, Ms Sommers.«

»Du hast mit den sexuellen Anspielungen angefangen.«

»Das stimmt.« Er trat näher an sie heran. »Um deine Frage zu beantworten …« Er zog sein Portemonnaie aus seiner Gesäßtasche, öffnete es, und ein Kondom fiel ihr in den Schoß.

Sie hob es mit zwei Fingern auf und fragte: »Glaubst du, das reicht?«

»Ich habe eine ganze Schachtel in meinem Schlafzimmer.«

Mutig streckte sie ihre rechte Hand aus, legte sie an seinen Rücken und zog ihn zu sich, bis die Beule in seiner Jeans am Reißverschluss ihrer Hose lag.

In einer fließenden Bewegung langte er nach dem obersten Knopf ihrer Bluse, bekam ihn aber nicht gleich auf. Sie sah, wie sich die Muskeln unter den dunklen Stoppeln auf seinem Kiefer anspannten. Er schämte sich wegen seines fehlenden Fingers.

Sie nahm seine große Hand in ihre Hände, beugte den Kopf und küsste die Narbe, wo einst sein Zeigefinger gewesen war.

»Meredith.« Er hauchte ihren Namen. »Es ist das erste Mal, dass ich mit einer Frau schlafe, seit mir das passiert ist.«

»Wohl nicht mehr ganz so professionell wie früher, was?« Sie neckte ihn wieder in der Hoffnung, noch mal dieses schelmische Grinsen auf sein Gesicht zu zaubern.

Er nahm ihr Kinn in seine Hand, hob ihr Gesicht, legte seine Stirn an ihre und blickte ihr tief in die Augen. »So wie früher will ich auch nie wieder sein, Baby. Zwischen uns wird es immer ernst sein.«

Völlig überwältigt von der Intensität seines Blicks, flüchtete sie sich in die Leichtigkeit des Flirtens. »Du meinst, mit mir kann man keinen Spaß haben?«

»Das hab ich nie gesagt.« Er knurrte, und mit der Stirn immer noch an ihrer drückte er sie nach hinten, bis sie auf dem Rücken lag.

Sie starrte zu ihm hoch, während er sich auf sie setzte, die

Knie in die Matratze gestemmt. Eins ihrer Beine hing vom Bett, das andere hatte sie um seine Hüfte geschlungen. Sie spürte seine Erektion in ihrem Schritt, und sein unergründlicher Blick ruhte auf ihr.

Einen schrecklichen Moment lang überkam Meredith Panik. Sie schlug mit der Hand gegen seine Brust und stieß ihn von sich.

15

Hutch taumelte rückwärts. Nach dem, was sie ihm über ihren Exmann erzählt hatte, hatte er fast mit so etwas gerechnet. Anscheinend war er nicht der Einzige im Haus, der unter PTBS-bedingten Flashbacks litt.

»Ist schon in Ordnung«, beruhigte er sie, noch bevor sie etwas sagen konnte. »Ich hab's verstanden.«

Sie setzte sich kopfschüttelnd auf und schlang ihre Arme um sich. »Ich weiß nicht, warum ich das getan hab. Ich will dich. Ich will mit dir zusammen sein.«

»Wir müssen das nicht heute Abend tun. Kein Grund zur Eile.«

»Aber ich will es tun.«

»Wir können es nicht herbeizwingen. Du bist bereit, wenn du bereit bist.«

»Warum nicht? Du hast genau den Schock gebraucht, Dotty Mae auf das Iglu mit Ben zurasen zu sehen, um dich zum Sprechen zu zwingen.«

»Das ist etwas anderes.«

»Ist es das?«

»Ich möchte nicht mit einer Frau schlafen, die die Zähne zusammenbeißt, um es sich hinter sich zu bringen.« So sehr er sie auch wollte – ein Teil von ihm war immer noch damit beschäftigt, die Tatsache zu verarbeiten, dass er seine Stimme wiedererlangt hatte. Er freute sich natürlich darüber, aber wollte er vielleicht nur mit Meredith schlafen, um sich nicht mit seinen Gefühlen auseinandersetzen zu müssen?

Hutch fuhr sich mit der Hand übers Kinn. Er war ganz sicher nicht bereit, über das Thema nachzudenken, und noch weniger, es in einer ausführlichen Diskussion zu erörtern.

»Ich möchte es versuchen«, beharrte Meredith.

»Wir könnten einfach nur nebeneinander liegen.«

»Ich glaube nicht, dass mir das reicht.«

»Es gibt keinen Grund zur Eile«, beruhigte er sie. Er wollte sie berühren, hatte aber Angst, dass dies wieder etwas Dunkles aus ihrer Vergangenheit zurückholen würde. »Ich gehe nicht weg.«

Sie schluckte und schob sich über die Matratze.

Er setzte sich neben sie.

Gleichzeitig ließen sie sich auf die Kissen fallen und starrten an die Decke.

»Ich hasse ihn«, sagte sie mit so viel Wut in ihrer Stimme, dass Hutch zusammenzuckte. »Er hat mir alles genommen. Selbst das.«

»Nein. Er hat es dir nicht genommen. Und er wird es auch nicht kriegen«, versicherte Hutch ihr. »Er wird uns nicht kriegen.«

»Ich bin ein gebrochener Mensch.«

»Nicht mehr als ich es bin. Aber man kann es reparieren. Man kann uns reparieren.«

»Ich wünschte, ich könnte das glauben.«

»Heute Morgen habe ich noch gedacht, ich könnte nicht repariert werden, und sieh mich jetzt an. Fast vier Monate lang konnte ich kein einziges Wort sagen, und jetzt plappre ich wie ein Äffchen.«

Sie gab ein leises Lachen von sich, das alle Zweifel in ihm

zum Schweigen brachte. »Du gibst mir das Gefühl, dass alles möglich ist.«

»Was uns angeht, ist es auch so.«

»Du klingst so sicher.«

»Das liegt nur an dir.«

»Er ist erbarmungslos«, warnte sie ihn. »Wie ein Hai. Er wird mich nie loslassen.«

»Ich bringe ihn um.«

»Um den Rest deines Lebens im Gefängnis zu verbringen wegen einem Drecksack wie Sloane? Nein.«

»Baby, ich war bei der Delta Force. Er würde einfach spurlos verschwinden.«

»Im Ernst, könntest du das tun?«, fragte sie ihn mit ehrfurchtsvoller Stimme.

»Wenn jemand versuchen würde, dir oder Ben wehzutun, würde ich es tun.«

»Töten ist nicht gut.«

»Nein, ist es nicht«, stimmte er ihr zu. »Aber manchmal muss man sich selbst verteidigen.«

»Früher habe ich geglaubt, das Leben eines jeden Menschen wäre wertvoll. Bis ich Sloane kennengelernt habe.«

Sie verfielen in Schweigen.

»Zur Hölle mit diesem Bastard. Du weißt, dass er ein Soziopath ist. Warum lässt du zu, dass er dein Leben beherrscht?«

»Weil er ein Experte darin ist.«

»Wie war es, bevor du ihn getroffen hast? Wie war es mit den anderen Männern, mit denen du zusammen gewesen bist?«

Sie atmete tief ein, wobei sie den Vorgang in zwei klar

voneinander getrennte Teile teilte: erst atmete sie tief in den Bauch ein, und dann noch einmal, um ihre Lungen gänzlich mit Luft zu füllen. »Mehr gibt es nicht. Ich war nie mit jemand anderem zusammen. Ich war Jungfrau, als ich geheiratet habe.«

O verdammt, Baby, nein. »Also hattest du bisher nur schlechten Sex.«

»Grausamen Sex«, stellte sie klar. »Ich kenne es nicht anders.«

»Er hat dich zu Dingen gezwungen, die du nicht wolltest. Hat dir wehgetan.«

Sie antwortete nicht.

»Danke, dass du mir das erzählt hast«, sagte er ganz ruhig, ohne sie die rasende Wut spüren zu lassen, die er für den Sadisten empfand, der sie so schrecklich behandelt hatte. Kastration war zu gut für diesen Bastard.

Hutch legte seine Hand zwischen sie auf die Matratze und wartete, ob Meredith sie nehmen würde. Sie zögerte nicht. Sie legte ihre Handfläche auf seine und ihre Finger verflochten sich ineinander, ketteten sie aneinander.

Nach einer Weile sagte sie: »Vielleicht sollten wir unsere Jeans ausziehen. Es uns ein bisschen gemütlicher machen.«

»Bist du dir sicher?«

»Du brauchst mich das nicht immer zu fragen.«

»Doch, das tu ich.«

»Na gut. Ja, ich bin mir sicher.«

Sie ließ seine Hand los und stand auf. Mit dem Rücken zu ihm öffnete sie schüchtern ihre Jeans und schob sie nach unten.

Er hätte vielleicht nicht gucken sollen, aber er konnte einfach nicht anders. Das Grau, das durch das Fenster hereinfiel, tauchte sie in ein sanftes, diffuses Licht. Er sah zu, wie sie ihre Hose ganz hinunterzog, und beim Anblick ihres pinken Slips atmete er scharf ein. Nicht nur, weil sie die heißeste Frau war, die er je gesehen hatte, sondern weil ihn das Gefühl überkam, nicht mehr ohne sie leben zu können. Er würde einen Weg finden, sie davon zu überzeugen, dass sie und Ben bei ihm sicher waren, dass sie geschätzt und geliebt wurden. Dass er, wenn nötig, sein Leben für sie geben würde.

Sie drehte sich zu ihm um. »Das ist jetzt aber unfair. Ich bin halb nackt und du hast immer noch deine Hose an.«

Er machte sich nicht die Mühe, aufzustehen, sondern drückte einfach seinen Rücken durch, öffnete mit dem Daumen den Knopf seiner Hose und machte den Reißverschluss auf.

Sie benetzte ihre Lippen und verfolgte jede seiner Bewegungen mit ihrem Blick.

»Willst du mir zusehen?«

»Du hast mir auch zugesehen.«

Er lachte. »Ja, das hab ich.«

»Ich werde dir sogar helfen.« Sie trat ans Fußende des Betts, griff nach den Hosenbeinen, zog ihm seine Jeans aus und warf sie lässig über ihre Schulter. »Schon besser«, sagte sie. »Fühlst du dich wohl?«

»So wohl, wie sich ein Kerl mit einer mächtigen Erektion nur fühlen kann.«

Ihr Blick schoss zu seinem Schritt, aber sie schaute schnell wieder weg. »Tut mir leid.«

»Du brauchst dich nicht zu entschuldigen. Ich habe nur eine Tatsache festgestellt. Ich erwartete nicht, dass du etwas deswegen unternimmst.«

»Oh.« Sie klang enttäuscht und legte sich wieder neben ihn aufs Bett.

Dieses Mal war sie diejenige, die ihre Hand zwischen sie legte.

Er enttäuschte sie nicht.

Küss sie. Die Worte blinkten wie eine Leuchtreklame vor seinem inneren Auge, aber seine Ausbildung in der Spezialeinheit hatte seine Disziplin wie ein Rasiermesser geschärft. Egal wie heiß sie war, er würde nichts überstürzen. Sie bestimmte das Tempo, und das würde er respektieren. Und wenn er zwanzig Jahre warten musste, bis sie bereit war, dann war es eben so.

»Danke«, flüsterte sie, »dass du so geduldig mit mir bist.«

»Danke, dass du mir genug vertraust, um hier bei mir zu sein«, entgegnete er. »Danke, dass du nicht davongelaufen bist.«

»Ich kann nicht versprechen, dass ich bleibe. Wenn Sloane mich aufspürt, muss ich gehen. Ich werde dich und Kimmie nicht in Gefahr bringen.«

Er wollte ihr widersprechen, aber die Angst vor ihrem Exmann war geradezu greifbar. Er würde sie nicht davon überzeugen können, dass er sie beschützen würde, indem er es einfach nur sagte. Er musste Taten sprechen lassen. Das klang abgedroschen, ja, aber seine Erfahrung hatte ihm gezeigt, dass es viel mehr als nur ein Klischee war.

Hutch drehte sich auf die Seite und zog sie in seine Arme, sodass sie sich an ihn schmiegen konnte. Er streichelte ihr Haar und erzählte ihr, wie er das Haus eigenhändig saniert und ausgebaut hatte und sich dabei vorgestellt hatte, eines Tages mit seiner eigenen Familie darin zu wohnen.

Sie erzählte ihm vom Ballonfahren. Wie es war, in der Morgendämmerung in den Himmel aufzusteigen, die Luft noch kühl und dünn. Wie die heißen Flammen der Brenner die farbenfrohen Ballone höher und höher hoben, bis sie schließlich den richtigen Luftstrom erwischten und in der weiten Stille des Himmels dahinschwebten. Ihre Stimme klang träumerisch, so als ob sie ein anderes Land betreten hätte.

Sie sprachen stundenlang über Dinge, die sie sich zuvor nicht hatten sagen können. Meredith' Stimme war voller Liebe, wenn sie von Ben sprach und wie das Muttersein alles verändert hatte. Er erzählte ihr von Kimmies Geburt, bei der er dabei gewesen war. Sie diskutierten Filme, Bücher, Gärtnern, das Gesundheitswesen, Politik, Religion und Reisen. Worüber sie nicht sprachen, war Meredith' Leben mit ihrem Exmann, Hutchs Erlebnisse in der Unit und Ashleys Verbleib; keiner von ihnen wollte die wachsende Nähe zwischen ihnen durch diese Themen trüben. Darüber wollten sie lieber ein anderes Mal sprechen.

Hutch war positiv überrascht, dass sie anscheinend mehr gemeinsam hatten, als er gedacht hatte. Beide liebten Sushi und Crème brûlée, wenn auch nicht unbedingt zur selben Mahlzeit. Sie waren sich einig, dass der Sonntagnachmittag die traurigste Zeit der Woche war und dass es nichts Tröstlicheres gab, als in der Dämmerung auf seiner Veranda zu sitzen und auf den Brazos hinauszuschauen. Sie gestanden einander, laut Selbstgespräche zu führen, wenn sie ein Problem wälzten. Sie entdeckten, dass sie im Alter von vier beide imaginäre Spielkameraden gehabt hatten. Er hatte mit einem unsichtbaren Indianerjungen gespielt, der den völlig unwahrscheinlichen Namen Horatio trug. Sie hatte sich die Zeit mit einem Känguru namens Bouncy vertrieben. Beide waren genügsam, auch wenn sie lachend zugeben mussten, dass diese Eigenschaft aus der Not heraus geboren war.

Selbst in ihren Abneigungen passten sie zueinander. Er hasste es, in einer Schlange zu warten. Sie liebte es, weil es ihr die Möglichkeit gab, ein paar Absätze in dem E-Book auf ihrem Smartphone zu lesen. Sie bügelte äußerst ungern, für ihn war es eine meditative Beschäftigung. Er strich gern Wände, fand die nötigen Vorbereitungen aber nervig. Sie liebte die Vorbereitungen, langweilte sich aber beim Streichen. Sie mochte Hühnerbeine, während er die Brüste bevorzugte.

»Natürlich tust du das.« Sie lachte.

Er zog sie fester an sich, überwältigt von der Freude darüber, dass er sie gefunden hatte. Die Einsamkeit des Kindes, das ohne einen Vater und mit einer psychisch labilen Mutter hatte aufwachsen müssen, der Schmerz, der sich hinter seinem immerwährenden Lächeln und seiner Coolness verbarg, war verschwunden.

Meredith. Er ließ sich ihren Namen immer wieder durch den Kopf gehen, der Inbegriff aller guten Dinge. Meredith.

»Hutch?«, flüsterte sie.

»Mh?«

»Würdest du mich bitte wieder küssen?«

»In Ordnung«, sagte er, obwohl er wusste, dass es ihn umbringen würde, sie nur zu küssen, ohne weiterzugehen. Doch er wusste auch, dass sie Zeit und Raum brauchte, bevor sie ihre Beziehung weiter vertiefen konnten. »Aber nur küssen, mehr nicht.«

»Bist du dir sicher?«

»Hey, das ist doch mein Spruch.« Er küsste ihren Nacken.

»Verstehst du jetzt, wie nervtötend er ist?«

»Da hast du absolut recht.«

Sie drehte sich zu ihm und blickte ihn an. »Bitte.«

»Ich muss dich vorwarnen. Wenn es dich zu sehr erregt, springe ich aus dem Bett.«

»Ich werde mich beherrschen«, versprach sie.

Ja, aber würde sie ihr Versprechen auch wirklich halten? Er zog sie in seine Arme und sie küssten sich, bis ihre Lippen wund waren; gemächliche, verträumte Küsse, die beruhigen sollten, statt die Flamme zu entfachen. Doch trotz seiner Zurückhaltung führte ihr weicher, süßer Geschmack und das feuchte, aufreizende Geräusch ihrer Lippen dazu, dass seine Erregung wuchs.

Ein Verlangen, das so verzweifelt war wie ein Fisch ohne Wasser, ergriff Besitz von seinem Körper. Er hielt die Luft an, um der wachsenden Lust in seinen Lenden Einhalt zu gebieten. Seine Begierde trieb ihm den testosterongeschwängerten Schweiß aus den Poren. Ihr Geschmack breitete sich wie Honig auf seiner Zunge aus, träge und verführerisch. Komm schon, du willst doch mehr, oder?

Natürlich wollte er das. Er wollte sie voll und ganz.

Meredith überschritt die gedachte Grenzlinie und ließ ihre Finger über seine Brust hinunter zu seinem Bauch wandern.

Er hielt ihr Handgelenk fest. »Stopp. Du befindest dich außerhalb des Spielfelds.«

»Wer sagt, dass ich nach den Spielregeln spiele?«

»Oh, das ist lustig.« Er kicherte und ahmte den zimperlichen Ton einer Frau nach: »Regel Nr. 4: Du fasst mich nicht an. Ich fasse dich nicht an. Niemals.«

Sie setzte sich lachend auf und boxte ihn leicht gegen die Schulter. »So höre ich mich aber nicht an.«

»Hey, es war deine Regel.«

»Und ich habe gesagt, dass wir sie jederzeit neu verhandeln können.«

»Ist es das, was wir hier tun?« Er senkte seine Augenlider. »Neu verhandeln?«

»Ja, das ist es.«

»Und wie lauten die neuen Regeln?«

»Anfassen ist ab jetzt erlaubt.«

»Das ist zu vage. Ich brauche genauere Angaben.« Er stützte sich auf seinem Ellbogen auf und betrachtete sie. »Ich bin eher der detailorientierte Typ.«

Sie zog ihre Knie an die Brust und schob ihre Hände unter die Füße. Sie trug eine rot-grün karierte Flanellbluse, und darunter blitzte ihr pinkes Höschen hervor. Sie sah verdammt süß aus.

»Darf ich dich hier berühren?« Er streckte einen Finger aus, um ihr Schlüsselbein nachzufahren.

Sie schluckte. Nickte. Lehnte sich zurück, um ihm den Weg frei zu machen.

Er ließ eine Hand hinunter zu ihrem Dekolleté wandern. »Hier?«

»Ja«, flüsterte sie.

»Aha.« Seine Hand glitt hinüber zu einer ihrer Brustwarzen, die so hart waren, dass er sie durch den Stoff ihres BHs und ihres T-Shirts sehen konnte. Gänsehaut breitete sich auf ihrem Körper aus und sie erschauerte.

»Ist dir kalt?«, fragte er.

»Nein.«

»Du zitterst.«

»Tu ich das?«

»Wenn dir nicht kalt ist, dann musst du wohl Angst haben. Wenn du Angst hast, gehe ich nicht weiter.«

»Ich hab keine Angst.« Ihr Blick liebkoste sein Gesicht. »Ich bin nur aufgeregt.«

»Ich zittere auch«, gestand er.

»Du? Du bist doch durch nichts zu erschüttern. Das sagt jeder.«

»Das ist bloß Geschwätz.« Er hielt eine Hand hoch, damit sie es sehen konnte. Sie zitterte in der Luft.

»Wenn du Angst hast«, machte sie ihn nach, »gehe ich nicht weiter.«

»Angst ist gar kein Ausdruck«, entgegnete er.

»Du hast tatsächlich Angst? Vor was?«

»Dass du feststellst, dass ich überhaupt nicht der Kerl bin, mit dem du zusammen sein willst.«

»Hmmm.«

»Was bedeutet das?«

»Ich hab immer gedacht, Delta Force Operator wären ziemlich eingebildet.«

»Das war ich auch«, gab er zu. »Vorher.«

»Vor dem, was dir im Nahen Osten zugestoßen ist?«

»Nein.« Er machte eine Pause und blickte ihr tief in die Augen. »Bevor ich dich gefunden hab.«

Meredith wich seinem Blick nicht aus. Stattdessen sah sie ihm genauso tief in die Augen wie er ihr. Ihre Aura flimmerte wie die Hitze über dem Wüstenboden, so real, dass man sie beinahe berühren konnte, und er erhaschte einen Blick auf das Paradies in ihren Augen. Einen langen Moment sahen sie sich einfach in die Augen, atmeten kaum, bewegten sich nicht.

»Mit dir«, sagte sie, »fühle ich mich zum ersten Mal normal.«

»Das ist das Netteste, was man mir jemals gesagt hat.«

»Ich habe gelogen«, sagte sie. »Ich habe Angst.«

»Ich weiß. Es beunruhigt mich, dass du Angst vor mir hast.«

»Ich hab nicht vor dir Angst.« Sie machte eine Pause. »Oder wegen uns.«

»Es ist wegen ihm«, sagte Hutch mit kalter, tonloser Stimme. »Wegen dem, was er dir angetan hat.«

»Nicht nur das.« Sie legte ihre Hände über ihren Kopf.

Er streichelte ihr Haar. »Rede mit mir, Meredith.«

Sie presste ihr Kinn gegen ihre angezogenen Knie und wandte ihr Gesicht ab. »Manchen Frauen fällt es ganz leicht, Sex zu haben.«

»Es kann auch dir leichtfallen, wenn du es zulässt. Es ist die natürlichste Sache der Welt.«

»Mein Körper weiß das. Aber mein Kopf? Eine völlig andere Sache.«

»Wovor hast du solche Angst?«

»Dass ich dich enttäuschen könnte.« Sie sagte es so leise, dass er es fast nicht hören konnte.

»Sieh mich an«, forderte er sie auf.

Zögernd hob sie ihren Kopf.

»Meredith, du könntest mich niemals enttäuschen.«

»Das sagst du jetzt ...«

»O Baby. Ich will dich. Wenn unser erstes Mal nicht so toll wird, dann versuchen wir es eben so lange, bis es perfekt ist.«

»Was, wenn … was, wenn es nie gut zwischen uns wird, egal wie oft wir es versuchen?«

»Du machst dir zu viele Gedanken. Entspann dich. Lass einfach los und lass es geschehen. Oder auch nicht. Denk dran, wir müssen diesen Schritt nicht tun. Wir haben überhaupt keinen Druck.«

»Ich will diesen Schritt tun. Ich möchte mit dir schlafen.«

»Aber?«

»Ich setze Sex mit Schmerz gleich.«

Der Geschmack heißer Wut breitete sich in seinem Mund aus, und sein Hass auf dieses Monster, das sie so schrecklich behandelt hatte, drehte ihm den Magen um.

»Ich fürchte, er hat mich für immer zerstört.« Sie hob ihren Kopf. Eine Träne rollte über ihre Wange.

»O Baby.« Seine Wut verrauchte, und alles, was er empfand, war tiefes Mitleid und Mitgefühl für sie. »Es ist alles gut, alles gut.«

Er schloss sie in seine Arme und wiegte sie so sanft, als wäre es Kimmie. Sie legte ihren Kopf an seine Brust und weinte lautlos mit zuckenden Schultern. Ihre Tränen durchnässten sein Hemd.

Schließlich löste sie sich von ihm und trocknete sich ihr Gesicht mit dem Ärmel. »Das hier läuft nicht besonders gut, oder?«

»Es ist alles in Ordnung.«

»Wie viele Frauen haben an deiner Schulter geweint, bevor du mit ihnen geschlafen hast?«

»Du bist die erste«, gab er zu. »Aber, hey, das macht dich

zu etwas Besonderem. Normalerweise weinen sie erst hinterher.«

»Vor Erleichterung, dass es vorbei ist?«, neckte sie ihn und grinste ihn durch ihre Tränen an.

»Vor lauter Entzücken.«

»Hmmm, ich würde das irgendwann gern ausprobieren.«

»Das werden wir.«

»Ich möchte etwas Besonderes für dich tun. Was hältst du davon, wenn du den Gutschein für deine kostenlose Rückenmassage jetzt einlöst?«

Er wollte ihr sagen, dass ihn eine Rückenmassage nicht im Geringsten interessierte, aber wenn er sie machen ließ, würde ihr das vielleicht das Gefühl geben, die Dinge unter Kontrolle zu haben.

»Gute Idee.« Seine Stimme ging am Ende ohne besonderen Grund nach oben.

»Immer noch eingerostet?«, fragte sie.

»Wie eine alte Türangel.« Das war das Problem. Er hatte nicht die Zeit gehabt, die Rückkehr seiner Stimme zu verarbeiten. Er war froh, und es war ein monumentaler Schritt auf seinem Weg der Besserung, aber es bedeutete, dass es an der Zeit war, seine Pilgerreise zu den Familien seiner Teammitglieder anzutreten. Es würde nicht einfach werden. Eine Menge dunkles Zeug würde an die Oberfläche steigen, wie der Schwimmer einer Angel, nachdem der gefangene Fisch es geschafft hatte, zu entkommen. Außerdem bedeutete es, dass er Meredith, Ben und Kimmie allein lassen musste.

Wie konnte er gehen, wenn sie ihn immer noch so sehr brauchten? Aber er musste gehen, denn es war der einzige Weg, wieder ganz zu heilen.

»Gib mir ein paar Minuten, um den Raum vorzubereiten«, sagte sie.

»Soll ich raus?«

»Ja, bitte. Aber komm zurück. Komm auf jeden Fall zurück.«

Hutch verließ den Raum und zog in Erwägung, nicht zurückzukommen. Einen Schritt zurückzumachen wäre richtig, wäre vernünftig. Warum nur konnte er es nicht tun?

16

Meredith war so erleichtert, als Hutch seinen Kopf zur Tür hereinstreckte. Sie hatte in seiner Gegenwart die Kontrolle verloren, und er war nicht davongelaufen. Entweder hatte sie mit dem Kerl das große Los gezogen, oder er hatte einfach nur eine masochistische Ader. Er war mehr als geduldig mit ihr.

»Bist du bereit?«, fragte er.

Kerzen flackerten auf der Kommode und verströmten Lebkuchenduft. Die Lampen waren aus. Die Liege war aufgebaut und das Massageöl angewärmt.

»Komm …«, quickte sie. Im Gegensatz zu ihm konnte sie keine eingerostete Stimme für die Veränderung ihrer Tonhöhe verantwortlich machen. Es lag schlicht und ergreifend an ihren Nerven. Sie räusperte sich und versuchte es noch einmal. »Komm rein.«

Er stolzierte in den Raum wie ein Gockel, mit nichts am Leib als einem Handtuch, dass er um seine Hüften geschlungen hatte. Er blickte ihr kurz ins Gesicht und meinte: »Du bist nicht bereit für das hier.«

»Ich bin immer bereit, eine Massage zu geben.«

»Das meine ich nicht, und das weißt du.«

Sie ignorierte es. Klopfte auf die Liege. »Hier rauf.«

Sein Blick glitt hinunter zu ihrem Hals.

Sie hob ihre Hand, um die schlichte Goldkette zu berühren, die einst ihrer Mutter gehört hatte.

Sein Blick wanderte weiter zu ihrem Körper. »Du hast deine Jeans wieder angezogen.«

»Mir ist kalt geworden.«
»Jetzt bin ich dir gegenüber im Nachteil.«
»Das war nicht meine Absicht.«
»Ich hatte noch nie eine professionelle Massage.«
»Wirklich?«
»Ich bin noch Jungfrau«, sagte er. Seine Stimme klang nun ganz warm und weich, wie Schokolade. Jegliche Spur von Rost war verschwunden. »Sei vorsichtig mit mir.
»Du machst dich über mich lustig.«
»Nein.« Sein neckender Ton verschwand. »So wollte ich nicht klingen.«
»Auf die Liege«, sagte sie, konnte aber nicht aufhören, in seine dunklen, unergründlichen Augen zu schauen. »Gesicht nach unten.«
Er legte sich auf die Liege, und als er es sich, das Handtuch immer noch um seine Hüften geschlungen, bequem gemacht hatte, goss Meredith etwas von dem nach Jasmin duftenden Massageöl in die Hand. Sie fuhr mit beiden Händen über seinen durchtrainierten Körper, ihre Finger erforschten seine festen Muskeln. Überall da, wo sie ihn berührte, entflammte ihr eigener Körper an der gleichen Stelle.
»Du bist der Geheimnisvolle Weihnachtsmann, der alle zurückgelegten Geschenke bei Wal-Mart bezahlt hat, oder?«
»Er wird nicht ohne Grund der Geheimnisvolle Weihnachtsmann genannt«, entgegnete er. »Der Weihnachtsmann bleibt ein Geheimnis.«
»Ich weiß, dass du es warst.«
Er sagte nichts, aber sie spürte, wie seine Muskeln sich anspannten.
»Das war sehr nett von dir«, machte sie weiter.

Er zuckte mit den Schultern, als ob es keine große Sache wäre. »Als ich geholfen hab, die Engelsbaum-Geschenke auszufahren, habe ich gemerkt, dass es viele Alleinerziehende und junge Familien da draußen gibt, die nicht arm genug sind, um Hilfe vom Engelsbaum zu erhalten, aber trotzdem kämpfen müssen, um über die Runden zu kommen. Ein paar zurückgelegte Geschenke bei Wal-Mart zu bezahlen war das Mindeste, was ich tun konnte.«

»Es war keine kleine Sache.«

»Wenn man das große Ganze betrachtet, dann schon. Bitte erzähl's keinem.«

»Dein Geheimnis ist bei mir sicher. Du bist ein guter Mann, Brian Hutchinson.«

Seine Muskeln spannten sich noch mehr an. »Ich bin kein Held.«

»Da liegst du völlig falsch.«

»Ich hatte eine Aufgabe zu erledigen, und das hab ich getan. Das macht mich nicht zu einem Helden.«

Sie ballte die Hand zur Faust und bohrte sie in den großen Knoten zwischen seinen Schulterblättern. Über dieses Thema zu sprechen ließ seine Anspannung wachsen, anstatt ihn zu entspannen.

»Da«, sagte er. »Du hast den Punkt gefunden.«

Sie bearbeitete seine harten Muskeln und konzentrierte sich darauf, sie zu lockern. Ganz gleich was er sagte, sie wusste, dass er ein guter Mann war. Nur ein guter Mann würde unter Schuldgefühlen leiden wegen der Dinge, zu denen sein Job als Soldat ihn gezwungen hatte. Trotz seines irrwitzig männlichen Körpers und seines strategischen Geists besaß er eine innere Sanftmut, die sie faszinierte.

Meredith hatte sich schon immer von extremen Alpha-Männern angezogen gefühlt, weil sie ihr ein Gefühl von Sicherheit gegeben hatten, aber seit Sloane hatte sie Angst vor starken Männern. Wenn ein Alpha-Mann ein grausames und rachsüchtiges Wesen hatte, konnte er seine Macht sehr leicht gegen einen wenden anstatt einen zu beschützen. Aber ein wahrhaft starker Mann würde niemals einer Frau wehtun. Hutch besaß wahre Stärke. Nicht nur äußerliche Stärke, die einem Muskeln aus Stahl und eine Waffe in der Hand verliehen. Hutch besaß gleichzeitig Charakterstärke und Geistesgröße.

»Warum bist du Soldat geworden?«, fragte sie, während sie die Muskeln entlang seiner Wirbelsäule knetete.

Er antwortete nicht sofort. Sein Atem ging langsam und tief, und gerade, als sie dachte, er wäre eingeschlafen, sagte er: »Willst du die praktischen Gründe hören, die hochtrabenden Ideale eines Teenagers oder die dunklen Gründe, über die ich lieber nicht nachdenken will?«

»Alle drei.«

»Mir ist einfach kein besserer Weg eingefallen, Geld zu verdienen, und mein Freund Gideon war gerade in die Army eingetreten. Ich dachte, es würde Spaß machen.« Er lachte beim Gedanken daran.

»Und was waren die hochtrabenden Ideale, die dich zur Army gebracht haben?«

»Ich verspürte eine persönliche Verpflichtung, die Dinge zu richten. Jemand muss unser Land beschützen. Wenn nicht ich, wer dann?«

»Das ist eine große Bürde für einen allein.« Sie fuhr mit ihrer Hand über seine Schulterblätter. »Auch wenn diese

Schultern wirklich breit sind, sind sie nicht dafür gemacht, das Gewicht der ganzen Welt zu tragen.«

»Was ich gelernt habe, ist, dass die Welt nicht einfach nur schwarz oder weiß ist, so wie ich immer gedacht hab. Es gibt keinen eindeutigen, klar umrissenen Weg zur Wahrheit. Immerhin wurde ich von einer Mutter mit Borderline großgezogen, und dieses Schwarz-Weiß-Denken ist genau die Art, wie die Betroffenen die Welt sehen.«

»In andere Länder zu reisen, andere Kulturen kennenzulernen hat dir andere Lebensweisen gezeigt.«

»Ja. Ich hab nicht nur gelernt, dass es Hunderte von Graustufen gibt, sondern auch, das Schwarz nicht wirklich schwarz ist. Es ist eine Mischung aus allen Farben – rot, gelb, grün, blau, orange. Und dass Weiß und nicht Schwarz die Abwesenheit jeglicher Farbe ist. Alles hängt davon ab, wie wir die Dinge wahrnehmen. Und genau deshalb können gute Menschen es rechtfertigen, wenn sie böse Dinge tun, und schlechte Menschen können manchmal gute Dinge tun. Irgendwann ist man nicht mehr in der Lage, die Menschen in gut oder böse einzuteilen.«

»Wow. Das ist wirklich sehr tiefgründig und intelligent, und es zeugt von innerer Stärke. All das vereinst du in dir, Brian Hutchinson.«

»Stell mich bloß nicht auf ein Podest, Meredith.« Seine Stimme dröhnte in seiner Brust. »Meine Füße sind auch nur aus Ton.«

Ihr Herz machte einen Sprung. Nicht, weil er ihr Angst machte, sondern weil sein Mitgefühl sie so tief berührte. »Was sind die dunklen Gründe, aus denen du zur Army bist?«

Er machte eine Pause und atmete tief ein.

»Es ist in Ordnung, wenn du nicht darüber reden willst.«

»Nein, kein Problem. Vielleicht kann ich es besser aufarbeiten, wenn ich darüber spreche.«

»Ich möchte dich nicht drängen, über etwas zu sprechen, zu dem du noch nicht bereit bist.«

Er räusperte sich. »Ashley war der Grund, aus dem ich in die Army eingetreten bin. Ich hatte sie nicht mehr unter Kontrolle. Sie war erst vierzehn und schlich sich nachts raus, um sich mit irgendwelchen Kerlen zu treffen. Ich hatte zwei Jobs, um über die Runden zu kommen, und ich konnte sie nicht rund um die Uhr im Auge behalten. Die Typen konnte ich zwar einschüchtern, aber bei Ashley funktionierte es einfach nicht.«

»Weil sie wusste, was für einen weichen Kern du hast.«

Reue und Scham schwangen in seiner Stimme mit, als er sagte: »Um ehrlich zu sein, ertrug ich es nicht länger, für sie verantwortlich zu sein. Ich weiß, ich bin ein Feigling ...«

»Bist du nicht«, unterbrach sie ihn scharf. »Du bist einfach nur menschlich. Du hattest schon so viel für sie getan. Du konntest ihr nicht dein ganzes Leben opfern.«

»Ich hab es versucht«, sagte er. »Aber es hat nicht funktioniert. Je mehr ich für sie tat, desto mehr nutzte sie mich aus. Als ich versuchte, ein Machtwort zu sprechen, rief sie ihren leiblichen Vater an und fragte, ob sie bei ihm wohnen könne. Der Typ war Alkoholiker, hatte es aber geschafft, trocken zu werden, und war den Anonymen Alkoholikern beigetreten. Ich schätze, er war bei Schritt neun des Programms angelangt und fühlte sich schuldig, weil er meine Mutter und

Ashley im Stich gelassen hatte. Er versuchte wohl, wieder etwas gutzumachen, indem er Ashley zu sich nahm.«

»Ihr zwei seid Halbgeschwister.«

»Ja. Nachdem Ashley also zu ihm gezogen war, konnte ich mich um meine eigene Zukunft kümmern. Ich war so erleichtert, endlich frei zu sein …« Unter ihren Fingern wurden seine Muskeln hart wie Stein.

»Du darfst dir keine Vorwürfe machen, weil du erleichtert warst. Man brennt so leicht aus, wenn man die Verantwortung für jemand hat. Wir laden uns immer mehr Verantwortung auf und haben Schuldgefühle und denken, wir wären egoistisch, wenn wir uns Zeit für uns nehmen, aber die Wahrheit ist, dass wir uns nur um andere kümmern können, wenn wir uns auch um uns selbst kümmern.«

»Du sprichst von deiner Großmutter.«

»Ja«, flüsterte sie. »Ich weiß, wie sich diese Schuld anfühlt. Ich saß die letzten sechs Monate ihres Lebens jeden einzelnen Tag an ihrem Bett, und an dem einen Tag, nur an diesem einen Tag, kam eine Freundin vorbei und hat darauf bestanden, dass ich das Haus verlasse. Ich war im Park, saß auf einer Bank und wärmte mein Gesicht in der Sonne, als die Hospizschwester anrief, um mir zu sagen, dass meine Großmutter ohne mich gestorben war.«

»Oh, Baby.« Hutch setzte sich auf, schwang seine Beine über den Rand der Liege und nahm sie in den Arm.

»Mir geht's gut«, sagte sie. »Alles in Ordnung.«

»Ich weiß.« Er küsste ihre Stirn.

Sie schloss die Augen und sank an seine Brust.

Er küsste ihre Augenlider, erst das eine, dann das andere. Küsste ihre Nasenspitze. Ergriff sanft Besitz von ihren Lippen.

Sie küssten sich für einen langen Moment, bis Meredith sich von ihm zurückzog. »Ich halte nicht noch mehr aus.«

Seine Augen blitzten im Kerzenlicht. »Ich auch nicht.«

»Ich brauche dich, Hutch«, sagte sie leidenschaftlich.

Er schenkte ihr ein überwältigendes Lächeln, das ihr das Herz aufgehen ließ. »Du bist fünf Jahre lang allein zurechtgekommen. Sehr gut sogar. Du hast überlebt, bist trotz der schrecklichen Dinge, die du durchgemacht hast, gewachsen. Du bist eine starke Frau, Meredith. Du brauchst niemanden.«

»Da liegst du falsch.« Sie war überrascht, als sie erkannte, dass sie tatsächlich bereit war, ihm voll und ganz zu vertrauen, einhundert Prozent. Und sie brauchte ihn ganz dringend. Sie hatte versucht, sich nicht in ihn zu verlieben, hatte Regeln aufgestellt, um ihr Herz zu schützen. Das Letzte, was sie gewollt hatte, war, eine Beziehung mit einem Mann einzugehen.

Aber Hutch war nicht irgendein Mann, und während der vergangenen Wochen hatte er Schicht um Schicht ihres Widerstands abgetragen, bis die Mauer, die sie um sich errichtet hatte, so löchrig war, dass ihr Herz zum Vorschein kam.

»Lass es mich anders formulieren«, sagte sie. »Ich will dich.«

Sein Blick wurde traurig, und das Lächeln, das seine Lippen umspielte, war ganz sanft. Er hatte sich von einem verbitterten, verwundeten Kämpfer zu einem Mann gewandelt, der ein gutes Stück auf dem Weg zu seiner vollständigen Genesung vorangeschritten war. Meredith spürte, dass sie gerade den Mann vor sich sah, der er gewesen war, bevor er verwundet worden war, bevor Schmerz, Verlust und Wut ihn aus der Bahn geworfen hatten.

»Ich will dich auch«, sagte er.

»Ich kann dir nicht mehr versprechen, als das, was im Moment ist. Die Zukunft liegt nicht in meinen Händen.«

»Etwas anderes brauche ich nicht«, antwortete er.

Sie streckte ihre Arme aus und nahm sein Gesicht in ihre Hände. Seine kräftigen Bartstoppeln rieben an ihren Handflächen. Sie küsste ihn sanft. »Ich bin bereit für das hier. Ich bin bereit für dich.«

»Ich bin noch nicht ganz überzeugt.«

»Ändert das hier deine Meinung?« Sie legte ihre Arme um seinen Hals und küsste ihn mit all der Leidenschaft, die sie in sich hatte.

Als Antwort darauf zog er sie neben sich auf die Massageliege, und sie küssten sich so wild wie nie zuvor. Sein heißer Mund ergriff von ihrem Besitz, übernahm das Kommando.

Überraschenderweise machte ihr das überhaupt keine Angst. Sie vertraute ihm und fürchtete sich nicht davor, ihm die Führung zu überlassen.

Bis dahin hatte er sie nur ganz vorsichtig geküsst, zart, ganz darauf bedacht, dass sie sich wohlfühlte. Doch nun waren seine Küsse wild und feurig, und damit führte er sie auf völlig unbekanntes Terrain.

Während seine Lippen ihren Zauber wirkten, öffnete er mit seinen Fingern die Knöpfe ihrer Bluse und streifte sie von ihren Schultern, dann ließ er den Verschluss ihres BHs aufschnappen.

Er nahm seinen Kopf zurück, um sie ansehen zu können. Seine langen schwarzen Wimpern ließen die harten Linien seiner Wangenknochen weicher erscheinen, mit seinen dunklen, schokoladenbraunen Augen suchte er ihren Blick.

Er wirkte so verletzlich und weich in diesem Moment, dass sie drei Finger an ihre Lippen legte. Er mochte zwar stark sein und die Kontrolle haben, aber ihre Liebe hatte die Macht, ihn in Millionen Teile zerspringen zu lassen, und dieses Wissen erschütterte Meredith bis ins Mark.

Er vertraute ihr auch! Ihr Herz zerfloss in ihrer Brust.

Hutch beugte seinen Kopf und saugte sanft an ihren Brustwarzen, erst an der einen, dann an der anderen, bis sie sich vor Verlangen wand. Er hielt inne und richtete sich auf. Er wusste genau, wie weit und wie schnell er die Dinge vorantreiben durfte.

Während er seinen Blick auf sie gerichtet hielt und jede Emotion, die über ihr Gesicht glitt, beobachtete, um ihre Reaktion einschätzen zu können, bevor er weitermachte, fanden seine Finger den Weg zum Verschluss ihrer Hose. Der Knopf ploppte auf. Quälend langsam öffnete er den Reißverschluss Millimeter um Millimeter. Gemächlich hakte er beide Daumen am Bund ihrer Jeans ein und zog sie hinunter. Dabei glitten seine Handflächen an den Rückseiten ihrer Schenkel entlang.

Beeindruckt starrte sie auf seinen Kopf hinunter. »Das ist ein cooler Trick.«

»Mit den Jahren hab ich ein paar Dinge gelernt.«

»Wie viele Frauen hast du ausgezogen?«

»Da brauchen wir nicht ins Detail zu gehen. Aber du sollst wissen, dass keine dieser Frauen dir das Wasser reichen konnte.«

»Du bringst mich in Verlegenheit.«

Er blickte ihr tief in die Augen. »Das ist nicht nur ein Spruch, Meredith. Bei keiner anderen Frau hab ich mich je so gefühlt.«

»Nicht mal bei dem Mädchen, das du beinahe geheiratet hast?«

Er verzog das Gesicht. »Oh, diese Klatschweiber. Damit muss man in einer Kleinstadt wohl leben. Aber nein, nicht mal bei Celia.«

»Wie kam es, dass du um ihre Hand angehalten hast, wenn sie dir nicht dieses Gefühl gegeben hat?«

»Weil ich vor dir nicht gewusst habe, dass es möglich ist, so zu empfinden.«

»Mir geht es genauso«, flüsterte sie.

Er positionierte sie so, dass sie sich auf der Liege gegenübersaßen, ganz und gar nackt. Seine Beine lagen um ihre Hüften und ihre waren um seine geschlungen. Seine Erektion ragte wie ein Fahnenmast zwischen ihnen auf.

Sie konnten nicht genug davon kriegen, einander anzusehen. In seinen ernsten Augen spiegelten sich unausgesprochene Emotionen wider.

Oh, was dieser Mann mit seinen Händen tun konnte. Sie schienen überall auf einmal zu sein – auf ihren Lippen, ihrem Kinn, ihrem Bauch und ihren Schienbeinen. Und dann legte er sie auf ihren Rücken und setzte sich auf sie.

Er hielt inne. »Geht es dir gut?«

Sie nickte stumm.

Er senkte seinen Kopf und begann, ihren Körper mit seiner Zunge zu erforschen.

Die Tatsache, dass sie ihm so bereitwillig vollen Zugang zu ihrem Körper gewährte, ohne einen Funken Angst oder Panik zu verspüren, war absolut unglaublich. Sie hätte sich nie träumen lassen, dass sie je an diesen Punkt gelangen würde. So offen. So vertrauensvoll.

Langsam, zärtlich liebte er sie mit seiner Zunge, auf eine Weise, wie sie nie zuvor geliebt worden war.

Seine Zunge bewegte sich in feurigen Kreisen, und sie war völlig hypnotisiert. Ihre Haut war unglaublich sensibel, ihr Körper kribbelte und war ganz entspannt.

Und dann jagte eine Welle der Lust durch ihren Körper, ein Gefühl, wie sie es noch nie zuvor verspürt hatte. Es durchlief ihre Muskeln, ergriff völlig von ihr Besitz und ließ sie schließlich zitternd und nach Luft schnappend in seine Arme sinken.

»Was«, keuchte sie, als sie endlich wieder zu Atem gekommen war, »was war das? Was ist gerade passiert?«

Hutchs Lachen war voll und tief. »Baby, wenn ich nicht ganz falschliege, würde ich sagen, du hattest gerade einen Orgasmus.«

Hutch trug sie zum Bett, und sie lagen einfach nur da und hielten einander in den Armen. Nichts hatte ihn je auf dieses Gefühl vorbereitet. Diese pure Liebe. Er sagte Meredith, dass es völlig egal war, wenn sie ihm nicht mehr geben konnte als jetzt im Moment, aber das stimmte nicht. Er wollte sie für immer bei sich haben. Er hatte nicht gewusst, dass er eine solche Liebe empfinden konnte. Hatte nicht gewusst, dass es einen solchen Zustand überhaupt gab.

Seine Augen brannten von der Intensität seiner Gefühle. Sie wirkte so zerbrechlich in seinen Armen. Er wollte seine Hände um sie legen wie um eine filigrane Porzellantasse und sie vor der Hässlichkeit der Welt beschützen.

»Ich hatte keine Ahnung«, flüsterte sie, und ihre Lippen schabten über seine Bartstoppeln, »dass ich so etwas haben kann, so etwas fühlen kann. Du bist … Das ist … großartig.«

Ihre ehrfurchtsvollen Worte erfüllten ihn mit dem unbändigen Wunsch, sie zu heilen, und der Kloß in seinem Hals schmerzte, als er seine Arme fester um sie schloss, sie beschützend umfing und spürte, wie ihr Atem durch die Haare in seinem Nacken strich.

Hutch fuhr mit seinem Fingern durch ihre kurzen Locken und sie gab wohlige Laute von sich. Er massierte ihren Kopf mit langsamen, rhythmischen Bewegungen – kratzte ganz leicht die Kopfhaut, knetete sanft, liebkoste sie. Jede Bewegung ließ ihren Duft aufsteigen, und das süße, weibliche Aroma brannte sich unauslöschlich in sein Gedächtnis ein. Ihr Haar war so weich, dicht und fein. Es war etwas mehr als einen Zentimeter gewachsen, seit er sie kennengelernt hatte, und er ließ seine Finger ihren Hinterkopf hoch- und runtergleiten, stellte ihr Haare auf und glättete sie wieder. Dann kraulte er sie hinter dem linken Ohr, und es versetzte seinem Herz einen tiefen Stich, als er die gezackte Narbe entlangfuhr.

Sie erschauerte und ein Wimmern, das von ganz tief innen kam, entfuhr ihr.

Bis zu diesem Zeitpunkt hatte Hutch nicht gewusst, dass er sich sein ganzes Leben lang nach einer Nähe wie dieser gesehnt hatte. So viel geschah zwischen ihnen durch eine simple Berührung, das leichte Streifen ihrer Lippen. Er war nur mehr die Hülle eines Mannes gewesen, ausgehöhlt durch das Leben am Abgrund, kalt wie Winterboden. Aber sie war der Frühling, der Wärme und Frische in seine Knochen blies und sein Herz mit knospender Hoffnung erfüllte. Sie füllte ihn aus, machte ihn ganz, heilte die Risse in seiner Seele.

Trunken vor Liebe für sie hob Hutch seinen Kopf und nahm ihren Mund mit einer Dankbarkeit gefangen, die so groß war, dass es ihm den Atem nahm. Er wollte die Worte sagen, wollte ihr sagen, dass er sie liebte, aber er wollte ihr keine Angst einjagen, deshalb zeigte er ihr einfach, was er empfand, indem er jedes Quäntchen seiner Gefühle in diesen Kuss legte.

Rasch wandelte sich seine Dankbarkeit in eine neue Welle der Lust. Er drehte sie auf ihren Rücken und presste sie sanft in die Matratze. Seine neugierige Hand wanderte gemächlich über den sanften Schwung ihres Halses hinunter zu ihrer Schulter, während sein Mund den Nektar ihrer üppigen Lippen trank. Er spreizte seine Hand an ihrer Wange, sein Daumen ruhte unter ihrem Kinn. Sein Körper schmerzte vor Sehnsucht danach, sich mit ihr zu vereinen, aber er wollte nicht, dass es zu schnell ging.

»Weißt du, wie lange ich von dem hier geträumt habe?«, fragte er sie.

Ihre Lider flatterten. »Sag's mir.«

»Seit dem Tag, an dem du mir Pfefferspray ins Gesicht gesprüht hast.«

»Das ging aber schnell.«

»Ein Blick. Ein einziger Blick hat genügt.« Hatte er zu viel gesagt? Machte er ihr Angst, indem er ihr sagte, wie schnell er sich in sie verliebt hatte?

Sie legte beide Hände an seine Brust, und er fürchtete schon, sie würde ihn von sich stoßen, aber stattdessen ließ sie sie zu seinem Rücken wandern und zog ihn zu sich hinunter, bis er ganz auf ihr lag.

»Schlaf mit mir, Hutch«, bat sie ihn, »schlaf jetzt mit mir.«

Er tastete auf dem Nachttisch nach dem Kondom. Ließ es zweimal fallen, bis er es schließlich aus der Verpackung gezogen und übergestreift hatte. Er hielt inne, um sie noch einmal zu küssen. Ihr gieriger Mund verschmolz mit seinem, ihre Zungen wurden eins.

Sie hob ihm ihr Becken entgegen, öffnete ihre Beine, und sie war so warm und feucht und einladend, dass er einfach in sie hineinglitt. Sie stöhnte voller Entzücken auf und hob ihre Beine, um sie fest um seine Taille zu schlingen. Er bewegte seine Hüfte, nahm eine angenehmere Position ein, und der gemeinsame Rhythmus, den sie wie selbstverständlich fanden, machte aus ihrer Vereinigung viel mehr als eine rein körperliche Erfahrung. Himmlisch. Absolut himmlisch. Sie verschmolzen miteinander, wurden eins, und plötzlich wussten beide mit absoluter Gewissheit, dass sie füreinander bestimmt waren.

Hutch bewegte sich über ihr und stützte sich dabei auf seinen Ellbogen ab, aus Angst, ihr wehzutun oder Angst zu machen.

»Meredith«, flüsterte er. »Ich hätte nie gedacht, dass ich so viel Glück haben kann.«

Als Antwort hob sie ihre Hüfte höher, trieb ihn an, drängte ihn weiter. Tiefer.

Einige wundervolle Minuten lang genügte es ihnen vollkommen, sich in einem langsamen Rhythmus zu bewegen, der sie noch fester miteinander verschmolz. Die Kerze flackerte und warf lange Schatten an die Wand.

Schließlich hielt Hutch es nicht mehr länger aus. Er blickte hinab auf ihr wunderschönes Gesicht und sah dieselbe Begierde in ihren Augen lodern, die ihm die Kehle zuschnürte. Sie starrten sich mit offenem Mund an – als ob sie sich mit völlig neuen Augen sehen würden –, hielten sich aneinander fest und trieben dem ultimativen körperlichen Ausdruck der Liebe entgegen, bis sie gemeinsam den Gipfel erreichten.

Zeit und Raum lösten sich auf, und erst nach einer ganzen Weile brachte Hutch sie zurück an das sichere Ufer des Schlafzimmers.

Oder zumindest dachte er, sie wären sicher, bis er merkte, dass Meredith leise schluchzte.

Sein Magen krampfte sich zusammen. »Was ist los, Baby? Hab ich dir wehgetan?«

»Nein«, flüsterte sie.

Sämtliche Alarmglocken in seinem Kopf schrillten und Schweiß trat ihm auf die Oberlippe. »Warum weinst du dann?«

»Weil …«

»Weil …?« Er hob seinen Kopf, schaute ihr ins Gesicht und strich ihr sanft mit dem Finger über die Schläfe.

Ihre Augen schimmerten durch den feinen Schleier ihrer Tränen. »Weil du recht hattest.«

Verwirrt rieb er sich mit dem Handballen über seine Stirn. »Recht womit?«

»Diese unendlich tiefe Freude. O Hutch, ich war noch nie in meinem Leben so glücklich.«

17

Um drei Uhr morgens saßen Meredith und Hutch am Küchentisch, aßen Sandwiches mit kaltem Roastbeef und lächelten einander an.

»Warte«, sagte er.

»Was?«

»Halt mal still.«

Sie schluckte den Bissen in ihrem Mund hinunter und fuhr sich mit der Hand übers Gesicht. »Was? Bin ich mit Mayo verschmiert?«

»Das hier …« Er beugte sich zu ihr und küsste sie.

»Oh, du«, sagte sie und fühlte sich so leicht ums Herz wie ein frisch verliebter Teenager. Sie küsste ihn zurück.

»Ich bin glücklich«, sagte er.

»Ich auch.«

Er strahlte, als habe er gerade eine Million Dollar auf der Straße gefunden, auf die keiner Besitzanspruch erhob. »Ich glaube, die Yogaübungen mit dir in den letzten Wochen haben erheblich dazu beigetragen, dass das, was gerade zwischen uns passiert ist, so überwältigend war.«

»Wirklich?« Sie senkte ihre Augenlider und warf ihm einen anzüglichen Blick zu. »Wenn dir das schon gefallen hat, dann warte, bis wir anfangen, Tantra-Yoga zu üben.«

Er richtete sich mit leuchtenden Augen auf. »Das hört sich gut an. Was genau ist Tantra-Yoga?«

»Ich persönlich«, sagte sie, »habe es nie selbst praktiziert, aber es geht darum, Yoga zu benutzen, um sich mit seinem

Partner auf einer tieferen Ebene zu vereinen, sowohl mental und spirituell als auch körperlich.«

»Ich habe gehört, es hat etwas mit stundenlangen Orgasmen zu tun.«

Sie gab ein gurrendes Geräusch von sich. »Das auch. Die tantrische Philosophie betrachtet Sex als die größte Energiequelle im Universum.«

»Das kann man nicht bestreiten.«

»Menschen, die Tantra praktizieren, glauben, dass der Orgasmus eine kosmische und göttliche Erfahrung ist.«

»O-ha«, murmelte Hutch und beugte sich näher zu ihr. »Im Lichte dieser Definition finde ich, zumindest was mich betrifft, dass wir schon Tantra-Yoga praktiziert haben.«

»Ah«, sie legte ihren Kopf schief. »Aber wir könnten es noch viel mehr vertiefen.«

»Wow.« Er amtete hörbar aus. »Ich bin mir nicht sicher, ob ich so viel Ausdauer habe.«

Sie kräuselte ihre Nase und legte eine Hand auf seinen Schenkel. Sofort wurde er wieder hart. »Unterschätz dich bloß nicht. Du erholst dich ziemlich schnell. Ich bin sicher, du wirst mit mir fertig.«

»Ha, wer unterschätzt sich jetzt?«

»Hutch«, sagte sie. »Du gibst mir das Gefühl, stark zu sein.«

»Du bist stark.« Er zog seine Augenbrauen zusammen. Dann machte er ein finsteres Gesicht und legte seine Stirn an ihre. Die Hitze seines Blickes ging ihr durch und durch.

»Nicht annähernd stark genug«, flüsterte sie. Der allgegenwärtige Schatten ihrer Vergangenheit ließ dunkle Wolken der Angst um sie herum aufsteigen, wie Gewitterwolken, die sich vor einem Sturm zusammenballten.

Abrupt stieß Hutch seinen Stuhl zurück, sprang auf und ging hinüber zur Glasschiebetür. Er zog die Vorhänge auseinander und starrte hinaus auf den Brazos, der im Mondlicht glitzerte.

»Hutch?«

Er antwortete ihr nicht.

Besorgt stand Meredith auf und ging zu ihm. Sie legte ihre Arme um seine Hüfte und verschränkte ihre Finger vor seinem straffen Bauch.

Er legte eine Hand über ihre Hände und streichelte ihre Fingerknöchel, sagte aber nichts. Ihr Ohr ruhte an seinem Rücken und sie lauschte dem regelmäßigen, kräftigen Pochen seines Herzes.

»Was ist los?«, fragte sie und versuchte, die Angst zu ignorieren, die ihr die Nackenhaare aufstellte.

»Ich hasse das.«

Sie zuckte mit den Schultern, auch wenn er sie nicht sehen konnte. Sein Körper war so angespannt wie eine viel zu hoch gestimmte Gitarre, deren überdehnte Saiten kurz vor dem Reißen waren. »Ich hasse es auch, aber was soll ich tun?«

»Du kannst aufhören, davonzurennen, und hier bei mir bleiben. Mir vertrauen, dass ich dich beschütze.«

»Hutch.« Ihre Kehle war so zugeschnürt, dass sie kaum seinen Namen herausbrachte. »So einfach ist das nicht.«

»Es ist genauso einfach«, sagte er. »Alles, was du tun musst, ist, Stellung zu beziehen und zu kämpfen. Solange du zulässt, dass Angst dein Leben bestimmt, Meredith, wirst du niemals frei sein.«

»Ich weiß auch so schon, dass ich erst frei sein werde, wenn Sloane tot ist.«

»Ich könnte ihn für dich umbringen.«

»Ich weiß«, sagte sie. »Ich weiß, dass du es tun würdest und die Möglichkeit hättest, ihn spurlos verschwinden zu lassen. Du würdest damit durchkommen.«

Er drehte sich zu ihr um, zog sie in seine Arme, presste seinen Mund auf ihr Ohr und flüsterte: »Dann sag mir, wo ich ihn finden kann.«

»Es ist eine Last, die ich tragen muss, nicht du.«

»Ein Herzschlag. Du musst nur ein Wort sagen, und innerhalb eines Herzschlags ist es vorbei.«

Ihre Haut kribbelte bei dem Gedanken, Sloane vom Erdboden verschwinden zu lassen. Wie einfach es wäre, Ja zu sagen. Sie schüttelte den Kopf und blickte hinauf in seine wunderbaren Augen. »Ich kann nicht zulassen, dass du das Instrument meiner Rache bist.«

»Meredith, ich will dich einfach nur beschützen.«

Sie legte eine Hand an die linke Seite seiner Brust. »Du hast schon genug Narben auf deiner Seele.«

Er zuckte zusammen.

Sie wusste, dass sein Job ihn dazu gezwungen hatte, Dinge zu tun, die sie sich noch nicht einmal vorstellen konnte, und dass er immer noch mit deren Nachwirkungen zu kämpfen hatte.

»Wir könnten rechtlich gegen ihn vorgehen.«

»Ich werde wegen versuchten Mordes gesucht. Ich kann nicht zur Polizei gehen. Sie würden mich verhaften, und dann hätte Ben keine Mutter mehr. Dieses Risiko kann ich einfach nicht eingehen. So wundervoll es hier mit dir ist und so gut wir miteinander harmonieren, mein Sohn muss immer an erster Stelle stehen.«

»Und genau das liebe ich so sehr an dir«, sagte er. »Du stellst die Bedürfnisse deines Sohnes über deine eigenen.«

»Tun das nicht alle Mütter?«

Sein Blick wurde leer. »Nein.«

Sie streichelte seinen Oberarm. »Lass uns einfach genießen, was wir im Moment haben.«

»Was, wenn du einfach hierbleibst, und wenn er dich aufspürt, kümmern wir uns darum, wenn es soweit ist?«

Ein bitteres Lachen entfuhr ihr.

»Was?«

»Für einen Mann, der die dunkle Seite des Lebens kennengelernt hat, ist das eine ziemlich naive Aussage. Er kennt keine Gnade. Er wird nie aufhören, nach mir zu suchen. Solange du so etwas nicht selbst erlebt hast, weißt du nicht ...«

Er legte eine Hand in ihren Nacken und drückte sie fest an sich. »Ich fühle mich so hilflos. Egal was ich tue, ich bin dazu verdammt, dich zu verlieren.«

Sie ließ sich in seinen Arm sinken. »Vielen Menschen wird noch nicht einmal dieses kleine bisschen Glück zuteil, das wir im Moment haben. Lass uns einfach versuchen, so viel wie möglich aus der Zeit zu machen, die wir miteinander haben.«

»Es muss einen anderen Weg geben.«

»Den gibt es nicht. Ich hatte fünf Jahre Zeit, um darüber nachzudenken.«

»Es könnte doch gut sein, dass der Mann inzwischen eine andere arme Frau stalkt und du aus der Schusslinie bist. Er könnte im Gefängnis sitzen oder längst tot sein. Und du ziehst immer noch durchs ganze Land auf der Flucht vor einem Monster, das gar nicht mehr hinter dir her ist.«

»Du könntest recht haben, aber ich habe keine Möglichkeit, das in Erfahrung zu bringen.«

»Ich möchte dir einen Vorschlag machen«, wagte er einen Vorstoß. »Bitte lehn ihn nicht gleich von vornherein ab.«

Sie beugte sich zurück und studierte sein Gesicht. Er wirkte so ernst. »Ich höre.«

»Sheriff Crouch ist ein Vietnam-Veteran und ein guter Freund von mir. Er war viele Jahre lang wie ein Vater für mich. Mit deiner Erlaubnis würde ich ihm gern deine Geschichte erzählen und ihn bitten, Nachforschungen über deinen Exmann anzustellen. Vielleicht kann er etwas über ihn in Erfahrung bringen.«

Ihr Körper wurde zu Eis, und gleichzeitig schlug ihr das Herz vor Hoffnung bis in den Hals. »Ich bin auf der Flucht vor dem Gesetz, Hutch. Er wird mich verhaften.«

Er hob ihr Kinn, damit sie die tiefe Überzeugung auf seinem Gesicht sehen konnte. »Das wird er nicht.«

»Wie kannst du da so sicher sein?«

»Ich kenne ihn.«

»Ich nicht.«

»Aber du kennst mich, richtig?«

»Ja.«

»Und du vertraust mir.«

»Du bist der Einzige, dem ich vertraue.«

»Und ich vertraue Hondo«, sagte er. »Kannst du meinem Urteil Glauben schenken?«

Sie schluckte. »Du verlangst sehr viel von mir.«

»Ich weiß.«

»Wenn du falsch liegst, was Hondo betrifft, wirst du mich trotzdem verlieren. Und ich werde nicht nur alles verlieren, sondern Ben wird Sloane in die Hände fallen. Das kann ich nicht zulassen.«

Er zeigte kaum eine Reaktion, aber ein Muskel in seinem Kiefer zuckte. Sie konnte sehen, wie er sich unter den dunklen Stoppeln seines Bartes bewegte. Hutch schloss seine Augen, atmete tief durch und hob seine Lider langsam wieder. »Ich weiß.«

»Und du bist bereit, dieses Risiko auf dich zu nehmen?«

»Hondo wird dich nicht verhaften«, sagte er geduldig.

»Du bist dir hundertprozentig sicher?«

Er nahm ihr Kinn zwischen Daumen und Zeigefinger und sah ihr in die Augen, so als ob er versuchte, in ihren Kopf einzudringen und ihre Gedanken zu beeinflussen. »Wir müssen es versuchen, Meredith, um Bens willen genauso sehr wie um unseretwillen. Eine Kindheit auf der Flucht wird Auswirkungen auf ihn haben.«

»Das weiß ich«, flüsterte sie. Nicht in der Lage zu sein, ihrem Sohn ein richtiges Zuhause zu bieten, belastete sie sehr.

»Schau mal, du wolltest nach Weihnachten sowieso abreisen, oder?«

Sie nickte.

»Statt wieder blind davonzurennen, werde ich dieses Mal bei Hondo vorfühlen. Wenn ich auch nur den leisesten Verdacht habe, dass er nicht so reagiert, wie ich es erwarte, schreibe ich dir eine SMS und du kannst mit Ben verschwinden. Sobald du an deinem Ziel angekommen bist, lade ich deine Sachen ins Auto und bringe sie dir.«

»Ich weiß nicht.«

»Was wäre anders, wenn du einfach so gehst?«

»Die Polizei würde nicht wissen, wo ich bin.«

Der Ausdruck auf seinem Gesicht spiegelte seine Emotionen wider – Sorge und sehnsuchtsvolle Liebe. Es gab keinen Zweifel daran, dass in den Augen dieses Mannes Liebe lag. Liebe für sie. »Es ist deine Entscheidung, aber du sollst wissen, dass ich dich immer beschützen werde. Egal was geschieht, ich werde immer für dich da sein, bis zu meinem letzten Atemzug.«

Alles hing davon ab, wie sehr sie Hutch vertraute, das wussten sie beide. Es war ein Test für ihre Beziehung. Konnte sie ihre Ängste beiseiteschieben und ihr Vertrauen in diese großen, starken Hände legen, oder würde sie zulassen, dass Sloane auch das hier kaputtmachte?

»In Ordnung«, flüsterte sie. »Geh und rede mit Sheriff Crouch.«

Genau wie Hutch vorhergesagt hatte, glaubte Hondo Meredith' Geschichte, wodurch er ihr Vertrauen in beide Männer verstärkte. Doch ein Teil von ihr war immer noch besorgt. Wenn Hondo direkt mit Sloane sprach, konnte ihr Ex den Sheriff leicht glauben machen, dass sie nicht nur psychisch labil, sondern sogar gefährlich wäre. Er hatte es schon oft genug getan. Dr. Lily war die Einzige gewesen, die hinter seinen schlangenartigen Charme geblickt hatte.

Meredith rief im Krankenhaus an, um sich nach Dotty Mae zu erkundigen, und erfuhr, dass ihr nichts fehlte und sie bereits entlassen worden war. Sie war nur zutiefst bestürzt darüber, dass sie Ben beinahe überfahren hätte. Meredith ging hinüber zum Haus der älteren Dame, um ihr einen Obstkorb zu bringen, und nahm die Kinder mit, damit

Dotty Mae mit eigenen Augen sehen konnte, dass es Ben gut ging.

Zwei Tage nach Weihnachten stand Sheriff Crouch vor der Tür. Hutch öffnete ihm, während Meredith die Kinder zum Spielen in ihr Zimmer schickte. Mit angehaltenem Atem und klopfendem Herzen wartete sie am Fußende der Treppe, sodass sie von der Haustür aus nicht zu sehen war. Es fiel ihr unheimlich schwer, nicht Ben zu schnappen, zum Minivan zu rennen und aus der Stadt zu flüchten.

»Passt es gerade?«, fragte Hondo.

Hutch musste genickt oder ihn hereingewinkt haben, denn sie hörte das Knarren der Bodendielen und das Scharren von Füßen, und dann waren die Männer im Wohnzimmer.

Als der Sheriff sie erblickte, nahm er seinen Cowboyhut ab. Er trug eine Pistole, die ihren Blick gefangen nahm. »Ms Sommers«, sagte er. »Alles in Ordnung mit Ihnen?«

Sie legte eine Hand an ihre Wange und merkte, dass ihr Gesicht eiskalt war. War ihre Haut so blass, wie sie sich anfühlte? Sie wollte etwas sagen, aber sie hatte ihre Lippen so fest aufeinandergepresst, dass sie wie zugeklebt waren. Sie zwang sie auseinander. »Alles in Ordnung.«

Hondo sah zu Hutch, dann zurück zu Meredith. »Wir sollten uns setzen.«

Die Kälte, die in Meredith' Gesicht ihren Ausgangspunkt hatte, breitete sich über ihren Körper aus, ließ ihren Nacken gefrieren, überzog ihre Schlüsselbeine, machte sich in ihren Lungen und ihrem Herzen breit, bis alle ihre Organe so kalt waren wie ein Grab im Winter. Ihre Knie zitterten. O Gott, war Hondo hier, um sie festzunehmen?

Wenn Hutch sie nicht am Ellbogen genommen und sie zum Sofa geführt hätte, wäre sie umgekippt. Er setzte sich neben sie, legte einen Arm um ihre Taille und hielt sie sicher und fest.

Hondo setzte sich auf den Sessel, und einen Moment lang sagte er gar nichts, sondern studierte Meredith mit unergründlichen Augen. Der Sheriff hatte einen kräftigen Kiefer, war sehr muskulös und wirkte nicht, als wäre er Mitte sechzig, sondern mindestens zehn Jahre jünger. Die Linien in seinem Gesicht und die Narben auf seinen Händen offenbarten, dass er selbst an einigen dunklen Orten gewesen war. Und Hutch hatte ihr von Hondos Kampf gegen die Heroinsucht erzählt. Wie er den Kampf nicht nur gewonnen, sondern später in seinem Leben auch noch seine Highschool-Liebe geheiratet hatte und zum Sheriff seiner Heimatstadt gewählt worden war. So hatte er im Herbst seines Lebens endlich bleibende Freude und Glück gefunden.

Inspirierend.

Aber Meredith war gerade überhaupt nicht in der Stimmung, sich inspirieren zu lassen. Sie war viel zu angespannt, viel zu nervös wegen dem, was er zu sagen hatte.

Hondo beugte sich vor, stützte seine Ellbogen auf die Knie und spielte mit der Krempe seines Cowboyhuts. Seine Pistole klemmte zwischen seiner Hüfte und der Armlehne des Sessels. »Ich fürchte, ich habe tragische Neuigkeiten.«

Sofort flog Meredith' Hand an ihren Hals. Lieber Gott! Sloane hatte noch jemanden getötet, den sie gekannt hatte und der ihr wichtig gewesen war.

Hutch hielt sie fester, stützte sie und verhinderte so, dass sie völlig zusammenbrach.

Sie klammerte sich an Hutchs linkes Knie und biss die Zähne zusammen, um gegen die Panik anzukämpfen, die ihr die Luft zum Atmen nahm. Wen? Wen hatte Sloane ermordet?

Sie dachte an ein paar entfernte Verwandte, die sie zurückgelassen hatte – eine Großtante in Memphis, eine Cousine in Montana, eine andere, die in Deutschland lebte. Sie dachte an die Menschen, die sie in den vergangenen fünf Jahren kennengelernt hatte, jene, mit denen sie sich angefreundet hatte – eine Verkäuferin, eine Yogalehrerin, ein Postbote. Wer von ihnen hatte sein Leben wegen ihr verloren? Warum spannte Hondo sie so auf die Folter? Er sollte es einfach sagen!

Hondo räusperte sich. »Ich fürchte, Ihr Exmann hat sein Leben gelassen.«

Was? Sie blinzelte, unfähig zu verarbeiten, was der Sheriff gerade gesagt hatte. Sein Leben gelassen? Als ob er es irgendwo verlegt und nicht wiedergefunden hätte. Was meinte er damit?

»Ms Sommers?« Besorgt stand Hondo auf und kam zu ihr rüber.

»Meredith?« Hutch streichelte sanft ihre Hand. »Hast du gehört, was Hondo gesagt hat?«

Sie schüttelte den Kopf. Sloane tot? Nein. Er war unbesiegbar. Er war nicht tot. Das war nur wieder eins seiner Spielchen. Sie kannte den Mann zu gut. Er war ein Schwindler, ein Betrüger, der Teufel in Person. Satan war unsterblich.

»Wann?« Ihre Stimme brach.

»Am fünften November.«

Sloane war schon seit fast zwei Monaten tot? Dann konnte

sie ihn nicht in der Stadt gesehen haben. Wie war es möglich, dass ihr Instinkt sie so getrogen hatte? Ihre Fähigkeit, seine Präsenz zu spüren, war das Einzige, was sie so lange am Leben gehalten hatte. Vielleicht war sie paranoid. Sah Gefahren und Katastrophen in den harmlosesten Dingen. Immerhin hatte sie Hutch Pfefferspray ins Gesicht gesprüht, obwohl sie gewusst hatte, dass er nicht Sloane war.

»Wie?«, fragte sie.

Hutch strich ihr sanft über den Rücken, aber sie konnte seine Hand kaum spüren. Konnte kaum irgendetwas spüren.

»Ihr Exmann war auf der Flucht vor der Polizei«, sagte Hondo.

»Was?« Sie schüttelte den Kopf, blinzelte wieder und sah sich um, als ob die Wohnzimmermöbel ihr den Sinn der Worte erschließen könnten. »Was meinen Sie?«

»Die Dienstaufsichtsbehörde des LAPD ermittelte gegen Sloane in zahlreichen Fällen: wegen Betrugs, Manipulation von Beweisstücken, Misshandlung von Verhafteten, sogar eine Anklage wegen Mordverdachts lag gegen ihn vor. Sie haben genug herausgefunden, um ihn für den Rest seines Lebens hinter Gitter zu bringen. Er wurde verhaftet, schaffte es aber, zu fliehen, und es kam zu einer Großfahndung.«

»Wie ist er gestorben?« Meredith konnte es noch immer nicht glauben. Sie fühlte sich wie Julia Roberts in Der Feind in meinem Bett, als die Protagonistin glaubte, ihr gewalttätiger Ex wäre tot, und er sie wieder in seine Gewalt brachte.

»Sloane hat Selbstmord begangen, indem er mit seinem Auto in einen parkenden Tanklaster gerast ist. Glücklicherweise kam bei dem Unfall sonst niemand zu Schaden oder wurde getötet.«

Sie zuckte zusammen, als hätte sie jemand gepackt.

Hutch ließ seine Hand fallen, weil er befürchtete, dass sie die Nachricht zu sehr aufgewühlt hatte, um seine Berührung zu ertragen.

Ihr Magen drehte sich um. Nicht kotzen, bitte nicht kotzen. Meredith presste eine Hand auf den Mund, schloss ihre Augen und kämpfte gegen den Drang an, sich zu übergeben.

»Es ist vorbei«, murmelte Hutch. »Er ist weg. Er wird dich und Ben nie wieder belästigen.«

»Ein Tank…« Sie brach ab, räusperte sich, setzte noch einmal an. »Wenn er in einen Tanklaster gefahren ist, gab es eine Explosion, nehme ich an?«

Hondo nickte. Er kam zu ihr und ging vor ihr in die Knie. Sein freundliches Gesicht war von seiner Sorge um sie ganz zerfurcht. »Sein Körper war stark verbrannt.«

»Aber sie waren trotzdem in der Lage, ihn anhand seiner Zahnarztunterlagen zu identifizieren, richtig?«, sagte sie. Die Übelkeit lauerte in Startposition und drohte, sie zu überwältigen.

»Unglücklicherweise hat die starke Hitze des Feuers ihn zu Asche verbrannt.«

»Also gibt es keinen eindeutigen Beweis dafür, dass es seine Leiche war, die in dem Auto verbrannt ist«, sagte sie.

»Sie haben ein paar Knochenfragmente gefunden, die noch auf die DNA-Analyse warten, aber sie sind zu neunundneunzig Prozent sicher, dass Sloanes Leiche in dem Auto war.«

»Aber es besteht eine einprozentige Chance, dass sie daneben liegen«, sagte sie.

Hondo sah hilflos zu Hutch. Sie wusste, was der Sheriff

dachte. Sie war so traumatisiert durch Sloane, dass sie nicht mehr rational denken konnte, und wahrscheinlich hatte er ein Stück weit recht. »Ja, es besteht die einprozentige Chance, dass außer Ihrem Exmann noch jemand anderes im Auto war.«

»Dann kann ich mich also erst wirklich entspannen, wenn dieser DNA-Test aus dem Labor kommt.« Sie suchte Hutchs Blick. Es lag kein Urteil darin. Noch sah er so aus, als schwiege er nur, um ihr nicht zu widersprechen.

»DNA-Tests sind leider auch nur zu 99,99 Prozent sicher«, sagte Hondo sanft.

Meredith konnte sehen, dass der Sheriff es nicht ironisch meinte, sondern nur auf ihre verzerrte Denkweise aufmerksam machen wollte. Wann würde ihr je ein Beweis genügen? Irgendwann musste sie alle Zweifel fahren lassen und glauben, dass es stimmte, dass Sloane tatsächlich tot war. Solange sie das nicht tat, konnte sie nie wirklich mit ihrem Leben weitermachen. Sie musste aufhören, sich vor ihrem eigenen Schatten zu fürchten. Wenn sie an dem Glauben festhielt, dass Sloane immer noch am Leben war, konnte sie nie ein Leben mit Hutch aufbauen.

Ihre Angst loszulassen war ein mutiger erster Schritt. Sie konnte es in ihrem Herzen noch nicht spüren, aber vielleicht konnte sie so tun als ob, und irgendwann würde ihr Herz dann mit ihrem Verstand gleichziehen.

Sie befeuchtete ihre Lippen, hob den Kopf und straffte ihre Schultern. »Was ist der nächste Schritt?«

»Es ist an der Zeit, einen Anwalt aufzusuchen«, sagte Hondo, »um dafür zu sorgen, dass Ihr Haftbefehl gelöscht wird.«

18

Es dauerte ein, zwei Tage, bis die Nachricht vom Tod ihres Exmannes ganz bei Meredith angekommen war, aber beinahe sofort, nachdem Hondo gegangen war, stellte Hutch eine Veränderung an ihr fest. Sie fing an, über die langfristige Zukunft zu sprechen, etwas, das sie zuvor nie getan hatte, und am Montag rief sie bei einem Anwalt an und machte einen Termin im neuen Jahr.

Gideon und Caitlyn hatten sie zu einer Silvesterparty eingeladen, und die Tage bis zu dem Fest waren geprägt von Erleichterung und unbeschwerter Freude. Er und Meredith wollten die Kinder nicht verwirren, deshalb teilten sie vor den Kindern kein Bett. Doch sobald Kimmie und Ben abends eingeschlafen waren, trafen sie sich in dem unbenutzten Schlafzimmer und gingen erst kurz vor Sonnenaufgang in ihre eigenen Betten.

Während dieser berauschenden Tage erlebte Hutch ein Glück, das er nie für möglich gehalten hatte. Sie bekamen nicht viel Schlaf ab, dennoch schien ihre Energie unerschöpflich und ihr Hunger aufeinander unersättlich zu sein. Er genoss die Art, wie ihre Körper perfekt zueinander passten und wie sein Herz jedes Mal aufs Neue entbrannte, wenn sie ihm ihr vielsagendes, einladendes Lächeln schenkte.

Er genoss es, wenn er sich im Schlaf umdrehte und sie neben sich fand. Dann zog er sie in seine Arme und sog den süßen Duft ihres Haars ein. Er liebte es, vor ihr aufzuwachen, eine Weile neben ihr zu liegen, sie im Dämmerlicht zu betrachten und über sein großes Glück zu staunen. Er war entzückt über ihre weichen Lippen und das Wissen, sie küssen zu können, wann immer er wollte. Er küsste sie, wenn sie zur Arbeit ging, normalerweise in der Vorratskammer, damit die Kinder nicht sehen konnten, was sie im Schilde führten.

Er verbrachte die Tage damit, das Haus zu putzen, zu kochen, zu überlegen, wie es beruflich mit ihm weitergehen sollte, und sich Sorgen um Ashley und Kimmies Zukunft zu machen, während er ungeduldig auf Meredith' Rückkehr wartete. Es machte ihm Spaß, zuzusehen, wenn Meredith den Kindern abends ihre Gutenachtgeschichte vorlas, und sein Herz machte jedes Mal einen Sprung, wenn sie aufsah und ihn in der Tür erblickte. Abends spielten sie zusammen mit den Kindern. Mal bauten sie ein Zelt aus Decken und spielten, sie würden im Wohnzimmer campen. Ein anderes Mal taten sie so, als lebten sie im Wilden Westen. Kimmie und Ben waren Kundschafter eines Planwagenzugs, und er und Meredith waren die Pferde, die mit den lachenden Kindern auf dem Rücken durch das Haus trabten.

Hutch konnte nicht genug davon kriegen, seine Arme um ihre Taille zu schlingen und sie an sich zu ziehen, oder ihr zum Kosten eine Gabel oder einen Löffel von dem Gericht zu geben, das er zum Abendessen zubereitete. Ihr genießerisches Mmm erregte ihn und gab ihm zugleich ein Gefühl von Anerkennung.

Er ging mit ihr shoppen, um ihr ein neues Kleid für die Party zu kaufen, und als sie in einem goldenen Etuikleid und Highheels aus der Umkleidekabine trat und aussah wie eine Göttin, fing sein Herz an zu rasen als ob es ein Lamborghini wäre. Er hatte sie noch nie gesehen, wenn sie sich schick gemacht hatte, und es haute ihn aufs Neue um, wie wunderschön sie war.

Sie fuhren mit ihren Yogaübungen außerhalb des Schlafzimmers fort, und im Schlafzimmer brachte sie ihm ein paar Tantra-Tricks bei, die ihm dabei halfen, sich viel länger zurückzuhalten, als er es je für möglich gehalten hatte. Mit Meredith an seiner Seite machte selbst Alltägliches wie Einkaufen und Botengänge Spaß. Er lebte, um Dinge für sie zu tun – er tankte den Minivan voll, massierte ihre Füße am Ende eines langen Tages, hielt ihr die Tür auf, und wenn sie unter der Dusche stand, legte er ihr Handtuch in den Trockner, um es für sie anzuwärmen, und schmuggelte es heimlich ins Bad. Meredith war so süß und weiblich, so geduldig und warmherzig. Er konnte nicht genug von ihr kriegen.

Während dieser wenigen Tage vor dem ersten Januar war Hutchs Leben reine Glückseligkeit.

Silvester kam und sie luden die Kinder kurz nach sieben ins Auto. Caitlyn und Gideon lebten auf einer Ranch südlich von Twilight, und sie hatten Babysitter angestellt, die im oberen Stockwerk auf die Kinder aufpassten, während die Eltern im Erdgeschoss das neue Jahr begrüßten. Ihre Gastgeber hatten das Wohnzimmer mit Neujahrs-Bannern dekoriert und eine provisorische Bühne für eine vierköpfige Country-und-Western-Band aufgebaut, die sie für den Abend gebucht hatten. Außerdem hatten sie für Übernachtungsmöglichkeiten und einen Fahrdienst für Leute gesorgt, die ein bisschen zu viel gefeiert hatten.

Während der Party konnte Hutch nicht aufhören, Meredith in ihrem goldenen Kleid anzusehen. Das Wort »Granate« wurde ihr absolut nicht gerecht. Sie hätte genauso gut auf dem roten Teppich einer Filmpremiere in den 1940ern stehen können.

Keiner von beiden trank von dem Champagner. Meredith trank nur sehr selten, weil sie immer wachsam sein musste, und Hutch hatte dem Alkohol seit der PTBS-Diagnose abgeschworen. Stattdessen tanzten sie die ganze Nacht durch.

Die anderen Gäste beobachteten sie auf der Tanzfläche, lächelten, zwinkerten ihnen zu und flüsterten fröhlich hinter vorgehaltener Hand über sie. Er erwartete nichts anderes, als dass sich seine Freunde und Nachbarn über sein neu gefundenes Glück freuten. Immerhin war Twilight eine Stadt voller Romantiker.

Und, zum Teufel, angesichts der Gefühle, die er für Meredith hatte, war er selbst auf dem besten Weg, ein ausgewachsener Romantiker zu werden.

Kurz vor Mitternacht fing die Band an, »For He's a Jolly Good Fellow« zu spielen. Gideon stieg auf die Bühne und griff sich, die Augen auf Hutch gerichtet, das Mikrofon.

Oh-oh. Was führte sein Kumpel im Schilde?

Die Band hörte auf zu spielen.

»Iglu«, sagte Gideon, »das hier ist nicht einfach nur eine Silvesterparty. Es ist deine offizielle Willkommen-zu-Hause-Party.«

Die Band fing wieder an, das Lied zu spielen, und alle stimmten mit ein. Gäste kamen aus anderen Räumen des Hauses ins Wohnzimmer geströmt, um ihn zu einem »Jolly Good Fellow«, einem »großartigen Kerl« zu erklären.

Nachdem die Musik verklungen war, hob Gideon eine Hand. »Hutch, du hast hart für deine Genesung gearbeitet, und es hat sich bezahlt gemacht. Du hast deine Stimme wiedergefunden.«

Leute kamen zu ihm, um ihm auf den Rücken zu klopfen, ihm die Hand zu schütteln und ihre Anerkennung auszudrücken.

Das warme Gefühl, das ihm ihr Lob schenkte, war nett, aber was Hutchs Herz wirklich zum Lodern brachte, war der Moment, als Meredith ihren Arm um seine Taille legte und ihren Kopf an seine Schulter legte.

Gideon klopfte mit dem Finger aufs Mikrofon, um die Aufmerksamkeit seiner Gäste wieder auf sich zu lenken. »Wir sind noch nicht fertig, Freunde. Hutch, mein Bruder, um dir für deinen Dienst für unser Land zu danken, wollen wir dir auf deinem Weg zur vollen Genesung beistehen.«

Hutch sah hinunter zu Meredith. »Wusstest du davon?«

Sie lächelte ihn verschmitzt an und nickte. »Diese Menschen lieben dich so sehr.«

Gideon winkte ihn näher. »Wir wissen, dass es eine heilige Mission gibt, die du erfüllen musst, um deinen Heilungsprozess zu einem guten Ende zu bringen und mit dem Leben abzuschließen, das du hinter dir gelassen hast. Wir haben den Hut herumgehen lassen und genug Geld zusammengekratzt, um deine Reise zu bezahlen.«

Überwältigt von ihrer Großzügigkeit senkte er den Kopf und hielt inne, um tief durchzuatmen, bevor er wieder aufblickte. Seine Brust schmerzte auf eine gute Art, und die Spitzen seiner Ohren kribbelten. Es war ein Weihnachtsmorgen-Kribbeln, voller Vorfreude und Wertschätzung.

»Bei der Army wurde uns beigebracht, dass wir alle Teamkameraden sind«, fuhr Gideon fort. »Deshalb können Nate,

Hondo und ich dich nicht allein auf deinen Weg schicken. Wir kommen alle mit dir.«

Gideon klopfte sich leicht mit der Faust auf die Brust, und Hutch überkam das eigenartige und zugleich süße Gefühl, im Mittelpunkt des Universums zu stehen.

»Und für den Fall, dass du nach deiner Rückkehr nach einem Job suchst«, sagte Gideon, »wollen Nate und ich dir eine Stelle in unserer Sicherheitsfirma anbieten.«

O verdammt! Womit hatte er nur solch großartige Freunde verdient?

»Eine Rede!«, rief jemand, und dann stimmte der ganze Raum mit ein. »Rede, Rede, Rede.«

Es hatte eine Zeit gegeben, in der Hutch ohne zu zögern auf die Bühne gesprungen wäre, das Mikrofon mit einer frechen Verbeugung an sich genommen und dann ein oder zwei Witze gerissen hätte, um das Lob mit einem Schulterzucken abzutun. Das wäre damals seine Art gewesen.

Wenn sie ihm gleich nach seiner Rückkehr nach Twilight mit so etwas gekommen wären, als er noch unter dem Eindruck seines erzwungenen Austritts aus der Army gestanden hatte, wäre er böse geworden und gegangen, zu gefangen in seiner Wut und Trauer, um das Lob anzunehmen, das ihm zuteil wurde.

Aber heute Nacht, mit Meredith in der Menge, die ihn bewundernd ansah, fühlte er sich durch ihre Anerkennung zutiefst geehrt.

Mit dem Gefühl, so grazil wie ein Ochse zu sein, kletterte er auf die Bühne und nahm das Mikrofon, das Gideon ihm entgegenstreckte.

Caitlyn und Flynn gingen durch die Menge und verteilten Gläser mit Champagner und alkoholfreiem Sekt.

Jeder im Raum prostete ihm mit Tränen in den Augen zu. Und ja, verdammt, auch er hatte einen Kloß im Hals, der so groß war wie Texas, doch das würde ihn nicht davon abhalten, seine Dankbarkeit zum Ausdruck zu bringen.

»Danke«, sagte Hutch. »Ich danke euch allen für eure Freundschaft und dafür, dass ihr mich ausgehalten habt, als ich unausstehlich war. Doch ich könnte heute nicht vor euch stehen, wenn es nicht diese eine besondere Frau gäbe, die in der Lage war, hinter meinen Schmerz und meine Angst zu blicken, und mich dazu brachte, meine Denkweise zu ändern.«

Alle Köpfe drehten sich zu Meredith.

Hutch blickte ihr in die Augen und streckte seine Hand nach ihr aus. »Baby, du hast mich wieder zum Leben erweckt, als ich mich schon lange tot geglaubt hatte. Ohne dich bin ich nichts. Bitte komm zu mir herauf. Dieser Sieg gehört auch dir.«

Unter ohrenbetäubendem Applaus nahm Meredith, die bis über beide Ohren errötet war, ihren Platz neben ihm ein.

Und dann, gerade als die Uhr Mitternacht schlug, erhoben ihre Freunde die Gläser auf sie. Hutch zog Meredith in seine Arme und gab ihr einen langen, leidenschaftlichen Kuss, der alle zum Jubeln brachte.

Am 2. Januar, im schwachen Licht des Morgengrauens, stand Hutch in der Ausgehuniform der Special Forces auf der vorderen Veranda und verabschiedete sich von Meredith. Die Kinder gingen erst am Montag wieder in den Kindergarten und schliefen noch tief und fest. Der Motor seines Trucks lief, um die Fahrerkabine zu heizen. Gleich würde er Gideon,

Nate und Hondo abholen, um gemeinsam zum Flughafen zu fahren.

Sie strich mit einer Hand über seinen Kragen und glättete imaginäre Falten.

»Nach meiner Reise werde ich diese Uniform nie wieder tragen«, sagte er. »Ich werde nie wieder töten.«

»Ich dachte, die Mitglieder der Delta Force tragen keine Uniform.«

»Tun sie auch nicht, aber die Uniform repräsentiert das Leben eines Soldaten, und dieses Leben liegt hinter mir. Das ist das letzte Mal. Ich schließe die Tür hinter diesem Kapitel meines Lebens, damit ich gesund und friedlich einen Neuanfang machen kann.« Mit dir fügte er nicht hinzu. Er hätte es gerne getan, aber es war noch zu früh. Sie brauchte Zeit, um ihm und der Beziehung, die sie gerade aufbauten, ganz zu vertrauen.

»Vom grollenden, verwundeten Krieger zum in sich ruhenden, liebenden Vater.« Sie lächelte sanft. »Du bist in kurzer Zeit ziemlich weit gekommen, Brian Hutchinson. Ich bin so stolz auf dich.«

»Ich bin nicht der Einzige, der sich verändert hat.« Er zog sie fest an sich, legte seine Stirn an ihre und sah ihr tief in die Augen. »Ich will nicht gehen.«

»Du musst. Deine Veränderung wird erst nach diesem Schritt ganz vollzogen sein.«

»Ich weiß.«

»Je früher du gehst, desto früher bist du wieder zu Hause.«

»Es bringt mich um.«

»Mich auch.«

Sie klammerten sich so fest aneinander, als ob er in den Krieg ziehen würde. »Ich hasse es, dich alleinzulassen.«

»Ich werde zurechtkommen. Jetzt, wo ich mir keine Sorgen mehr wegen Sloane machen muss …« Sie erschauerte.

Hutch wusste, dass sie immer noch ihre Zweifel am Tod ihres Exmanns hatte. Manchmal schreckte sie mitten in der Nacht aus einem Albtraum auf. Dann zog er sie an sich, küsste ihr Gesicht und sagte ihr immer wieder, dass sie in Sicherheit war. Er wusste, dass die Nachwirkungen ihrer Misshandlung noch lange spürbar sein würden. So wie auch er immer noch mit seinen eigenen Dämonen kämpfte. Aber mit jedem Tag ging es ihnen besser, sie wurden stärker, weil sie einander hatten, um sich gegenseitig zu stützen.

»Er kann dir nie wieder wehtun«, sagte Hutch.

»Es fällt mir so schwer, das Gefühl abzuschütteln, dass er hinter der nächsten Ecke auf mich lauert. Bitte hab Geduld mit mir.«

»Immer.« Er küsste ihre Stirn. »Unendlich.«

»Wenn du wieder da bist, treffen wir uns mit dem Anwalt«, sagte sie, »und besprechen, was wegen Ashley zu tun ist.«

»Ja.« Er umfasste ihre Hüften mit seinen Händen. »Wir haben viel zu besprechen, wenn ich wieder da bin.«

»Und bis dahin tu einfach, was nötig ist, um abschließen zu können.«

»Hör mir zu, Baby. Ich weiß, dass du es gewohnt bist, unabhängig zu sein, und das bewundere ich an dir, aber du musst mir versprechen, dass du Jesse und Flynn um Hilfe bittest, wenn irgendwas ist. Die beiden Kinder allein im Zaum zu halten wird nicht einfach sein.«

»Es wird alles gut gehen.«

Er nahm ihr Kinn und zwang sie, ihn anzusehen. »Versprich mir, Meredith, dass du nicht versuchst, es ganz alleine zu schaffen.«

»Versprochen«, murmelte sie.

Gott, er hasste es, zu gehen und sie alleinzulassen, wo sie gerade anfingen, sich wirklich näherzukommen. Er strengte sich an, dass sein Lächeln auch seine Augen erreichte, und zwinkerte ihr neckisch zu, um der Situation ihren Ernst zu nehmen. Sie hatte genug Unheil in ihrem Leben ertragen, und er war entschlossen, ihr wahrer Norden zu sein, wie sie es nannte. Jetzt im Moment brauchte sie seine Stärke. »Du weißt, dass deine Nase wächst, wenn du lügst.«

»Ich schwöre, ich werde um Hilfe bitten.«

»Okay, ich will nämlich nicht zurückkommen und feststellen müssen, dass du einen Rüssel hast, so lang wie der eines Ameisenbärs.«

Sie lachte durch die Tränen, die ihre Sicht verschleierten, und genau das hatte er beabsichtigt. Er konnte sehen, dass sie kurz davor stand, in Tränen auszubrechen.

»O Baby.« Er zog sie noch fester an sich und drückte ihren schlanken Körper an seine harten Muskeln. »Es wird alles gutgehen. Ehe du dich versiehst, bin ich wieder zu Hause.«

»Nicht, wenn du gar nicht erst gehst«, sagte sie und gab ihm einen sanften Schubs. »Geh jetzt. Deine Freunde fragen sich bestimmt schon, wo du bleibst.«

»Sie haben alle Frauen, von denen sie sich verabschieden müssen. Ich wette, wir sind nicht die Einzigen, die gerade in der Kälte vor dem Haus stehen.«

Er gab ihr einen langen letzten Kuss, dann ließ er sie los. Seine Lippen kribbelten vom Druck des Kusses und ihrem heißen Mund. »Ich ruf dich von unterwegs aus an.«

Bevor er seine Meinung ändern konnte, ging er zu seinem Truck und fuhr davon. Das Bild von Meredith, die verloren den Pfosten der Veranda umklammerte, brannte sich in sein Gedächtnis ein.

Hutch schwor sich, dass er sie nach seiner Rückkehr nie wieder alleinlassen würde.

Meredith fing am Montag wieder an zu arbeiten, demselben Tag, an dem auch der Kindergarten wieder losging. Sie und Hutch telefonierten jeden Tag miteinander. Es waren fünf Familien, die er besuchen musste. Fünf Städte, deren Hauptstraßen er entlangfahren musste. Meredith und die Kinder verfolgten seine Reise auf der Landkarte: von den Feldern Yorks, Pennsylvania, zu den gepflegten Rasenflächen Galenas, Illinois, von den Maisfeldern Crawfords, Nebraska, zu den Bergen Park Citys, Utah. Seine letzte Station war schließlich Seattle, Washington.

Wenn sie telefonierten, schlug er einen Plauderton an, fragte sie, wie ihr Tag war und wie es den Kindern ging. Er erzählte ihr, was sie unterwegs gegessen hatten, und beschrieb ihr die Schönheit der Orte, durch die sie kamen. Nie sprach er aber über die Details der schwierigen Aufgabe, die er zu erledigen hatte. Doch sie konnte die Erschöpfung in seiner Stimme hören, und manchmal fragte sie sich, ob er mehr Schaden anrichtete als Gutes tat, indem er die Erinnerungen der Familien wieder wachrüttelte.

Sie war so froh, dass Hondo, Gideon und Nate bei ihm waren. Nur sie konnten wirklich verstehen, was er durchmachte. Sie tat ihr Bestes, um ihn aufzumuntern, indem sie ihm lustige Dinge von den Kindern erzählte. Sie machte Pläne für Ausflüge, die sie mit ihm unternehmen wollte, wenn er zurück war, und fragte ihn, wie sie den Barsch zubereiten sollte, den Jesse ihr von einer Angeltour mitgebracht hatte.

Am späten Donnerstagnachmittag erreichte Hutch sein letztes Ziel. Bis Sonntag würden sie in Seattle bleiben. Die Familie des getöteten Delta Force Operators hatte zufällig eine Gedenkfeier für Sonntagmorgen anberaumt, sodass Hutch ihr beiwohnen konnte.

Nur noch zwei volle Tage, sagte Meredith sich. Nur noch zwei Tage, dann würde er wieder zu Hause sein. Wie sehr sie ihn vermisste!

Nachdem sie am Freitag im Spa angekommen war, merkte sie, dass ihr Handy immer noch zu Hause am Ladegerät hing. Sie konnte es auf keinen Fall riskieren, ohne es unterwegs zu sein. Was, wenn die Kinder krank wurden oder Hutch ihre Stimme hören wollte oder Ashley durch irgendein Wunder auf die Idee kam, anzurufen? Ihre Kundin war noch nicht da, deshalb bat sie die Rezeptionistin, die Dame mit einem Getränk in den Meditationsraum zu setzen, sich für die Verspätung zu entschuldigen und ihr fünfzehn Prozent Rabatt anzubieten.

In Gedanken bei Hutch und dem heißen Negligé, das sie gestern in einer der Boutiquen in der Stadt gekauft hatte, fuhr sie zurück zum Haus. Sie wurde rot, als sie sich vorstellte, wie er sie ansehen würde, wenn sie damit vor ihn trat. Der Mann gab ihr das Gefühl, absolut sexy zu sein!

Sie sprang aus dem Minivan und eilte ins Haus, doch in der Sekunde, in der die Tür hinter ihr ins Schloss fiel, verspürte sie ein unangenehmes Kribbeln, so als ob eine Spinne ihren Nacken hinaufkrabbeln würde. Sie hatte keine Erklärung für das Gefühl, aber es war die gleiche Art von Panik, die sie überkommen hatte, als Sloane sie in Colorado aufgespürt hatte.

Im Haus war es absolut still. Sie hörte nichts außer dem Summen des Kühlschranks und dem leisen Ticken der Küchenuhr. Ihre Schultern wurden zu Stein, und sie reckte ihren Hals, um die Wand des Foyers herum ins Wohnzimmer zu spähen.

Nichts.

Sie steckte ihre Hände unter ihre Achseln und machte einen vorsichtigen Schritt nach vorn. Eine Bodendiele knarrte laut. Meredith machte einen Satz.

Sie hatte Angst vor ihrem eigenen Schatten. Das wär lächerlich. Niemand war im Haus.

Das sagte ihr Verstand, aber ihr Bauch sprach eine völlig andere Sprache.

Pass auf! Gefahr!

Neunundneunzig Prozent. Hondo war neunundneunzig Prozent sicher gewesen, dass Sloane tot war. Es gab nur eine einprozentige Wahrscheinlichkeit, dass das Monster ihrer Albträume sie hier in Twilight aufgespürt hatte. Dass er in ihrem Haus gewesen war.

Du machst dich lächerlich, schimpfte sie sich selbst. Hol dein Handy und geh zurück zur Arbeit.

Sie trat vorsichtig ins Wohnzimmer, sah nach rechts und links, bevor sie einen schnellen Blick die Treppe hinauf warf. Alles war an seinem Platz. Die Sofakissen. Die Fernbedienung. Sogar die Puppe, die Kimmie in den Sessel gesetzt hatte. Der Raum war genauso, wie sie ihn am Morgen verlassen hatten.

Trotzdem wagte sie es nicht, erleichtert aufzuatmen. Fünf Jahre lang hatte sie ihr inneres Alarmsystem aufrechterhalten. Es war nicht einfach, es nach so langer Zeit einfach abzuschalten.

Sie ging in die Küche, nahm ihr Handy vom Ladegerät und überprüfte sowohl die Glasschiebetür als auch die Tür, die in die Garage führte. Beide waren sicher verschlossen.

Es gab keinen Grund, nicht zurück zur Arbeit zu gehen, wo eine Kundin auf sie wartete, aber sie konnte dieses unheimlich-krabbelnde Gefühl nicht ignorieren, das jedes Haar an ihrem Körper aufstellte. Sie durchsuchte den Rest des Hauses, sah unter die Betten und in die Schränke. In Kimmies Zimmer, Hutchs Zimmer, das eigentlich immer noch Ashleys war, und das Gästezimmer im oberen Stockwerk, das zu ihrem nächtlichen Liebesnest geworden war.

Trotz ihrer Angst lächelte sie, als sie in diesen Raum trat.

Doch in ihrem Schlafzimmer blieb ihr das Herz stehen.

Als sie die Tür öffnete, wehte ihr ein wohlbekannter Geruch entgegen – Motorradöl, Zigarrentabak und das üble Aroma von Asant, einem stinkenden Gewürz aus Indien, das Sloane so geliebt hatte.

Kalte Schauer jagten über ihren Körper, ihre Handflächen wurden feucht und die Muskeln in ihren Beinen krampften sich zusammen. Sie konnte nicht atmen. Wollte diesen widerwärtigen Geruch nicht in ihren Lungen haben.

Lauf! Raus hier, sofort!

Doch bevor sie sich bewegen konnte, drängte ihre Vergangenheit an die Oberfläche, schlug ihr brutal ins Gesicht, und sie war gefangen in den Krallen eines ausgewachsenen Flashbacks.

Er hatte sie an den Haaren gepackt, die damals noch lang und braun waren, und schleifte sie quer über den Wohnzimmerteppich. Die raue Jute verbrannte die Haut an ihren Ellbogen und Knien, als sie versuchte, sich zu befreien. Aber die Abschürfungen interessierten sie nicht. Sie waren nichts. Was sie bis in die Tiefe ihrer Seele fürchtete, war der Käfig, in dessen Richtung er sie zerrte.

»Nein«, bettelte sie heulend. »Bitte sperr mich nicht in den Käfig!«

»Hör auf, dich zu wehren«, sagte er ganz ruhig. »Du weißt, was passiert, wenn du dich wehrst.«

Ja, sie wusste es, aber ihre Angst vor dem Käfig wog stärker als seine Drohung. Sie krallte sich in seine Hände, grub ihre Finger in sein Fleisch, riss befriedigende Wunden in seine Haut.

Er schlug sie so fest ins Gesicht, dass sie wortwörtlich Sternchen sah – helle Explosionen weißen und gelben Lichts brannten auf ihrer Netzhaut. Der Schmerz war so heftig, dass sie nicht mehr denken, sich nicht mehr bewegen konnte und selbst kaum spürte, wie sie in den großen Hundekäfig aus Draht gestopft wurde.

»Du benimmst dich wie ein Hund. Also wirst du behandelt wie ein Hund.« Er knallte die Tür zu, ließ das Schloss einrasten und zog die Abdeckung aus Segeltuch über den Käfig, sodass sie in völliger Dunkelheit saß.

»Bitte«, wimmerte sie. »Bitte, lass mich raus. Ich werde ganz brav sein. Ich verspreche es.«

»Darüber hättest du nachdenken sollen, bevor du mir verbrannten Toast serviert hast.«

»Wie lange?«, fragte sie matt. »Wie lange diesmal?«

»Wenn du ganz still bist, eine Woche. Aber jedes Mal, wenn du etwas sagst, kommt ein Tag dazu.«

Sie presste ihre Faust gegen den Mund und biss sich auf ihre Knöchel, um nicht laut aufzuschreien. Sie musste pinkeln, aber sie würde ihn nicht bitten. Sie wusste, was er sagen würde. Piss dich selber voll wie ein Hund, du Schlampe. Und dann würde er sie verprügeln, weil sie nach Urin stank.

Das war der Tag gewesen, an dem sie erkannt hatte, dass sie ihn umbringen würde, wenn es ihr nicht gelänge, zu entkommen.

Meredith blinzelte, atmete tief ein, und dann war sie wieder in ihrem Schlafzimmer in Hutchs Haus. Der Geruch war verschwunden. War er je da gewesen? Sie sank auf den Boden. O Gott, sie hatte gedacht, sie hätte es hinter sich. Der Geruch war nur eine Halluzination gewesen. Sie wusste es, aber sie kam nicht gegen das Gefühl an, dass Sloane in diesem Raum gewesen war.

Mit einer zitternden Hand hob sie die Tagesdecke des Betts an und spähte darunter. Die Kassette, in der der Colt Defender lag, war immer noch da. Sie tastete unter den Nachttisch, bis ihre Finger den Schlüssel fanden, der mit Klebeband an der Unterseite befestigt war. Erleichtert atmete sie aus.

Alles war in Ordnung. Sloane war nicht im Haus gewesen. Er war tot.

Aber wie lange würde es noch dauern, bis sie wirklich überzeugt davon war, dass das Monster, das beinahe ihr Leben zerstört hatte, nicht mehr existierte?

19

Um acht Uhr am Sonntagmorgen stand Hutch am Fenster seines Hotelzimmers im Zentrum von Seattle und blickte auf die Straße unter ihm. Er presste eine Handfläche gegen die beschlagene Scheibe, wobei er vier Fingerabdrücke hinterließ, nicht fünf.

Es ging ihm gut. Er lernte, damit zu leben, dass Dinge fehlten. Das Leben konnte nicht zu einer ordentlichen, leuchtenden Weihnachtsschleife geschnürt werden. Es war ständig in Bewegung. Aber Meredith und die Kinder gaben ihm Halt. Sie hatten sein Leben in so vielerlei Hinsicht verändert, in sämtlichen Fällen zum Guten.

Auf der Straße unten trugen wütende Kriegsgegner Schilder vor sich her. »Raus aus Afghanistan.« – »Krieg ist geduldeter Mord.« – »Special Operations = U.S. Todesschwadronen.« – »Und tschüs, Killer Keller!«

Das letzte Schild schnürte ihm die Kehle zu. Er biss seine Zähne zusammen. Michael Keller war Hutchs bester Freund gewesen.

Fehlgeleitete Volksverhetzer. Protestierten gegen etwas, wovon sie keine Ahnung hatten. Kapierten sie denn nicht, dass sie, wenn es keine Soldaten gäbe, überhaupt nicht die Freiheit hätten, zu demonstrieren? Mike hätte einfach darüber gelacht, aber es war verdammt noch mal nicht fair, dass sie Michaels Familie den Gedenkgottesdienst ruinierten.

Irgendwie war der Termin der Feier an die Öffentlichkeit gelangt. Die Einsätze der Delta Force waren streng geheim, und es war nie öffentlich bekannt gemacht worden, dass Hutchs Team ausgelöscht worden war oder dass er als Einziger überlebt hatte. Nichts in den Medien. Abgesehen von ein paar wenigen Heldendaten der SEALs hielt die Unit ihre Missionen aus dem Rampenlicht.

Doch ganz gleich, wie sehr das Pentagon sich bemühte, die Angelegenheiten der Delta Force unter Verschluss zu halten, waren Menschen doch nur Menschen, und ab und zu drang dennoch etwas nach außen.

Die Bitterkeit, die ihn nach dem Angriff ständig begleitet hatte, kam wieder an die Oberfläche, aber er drückte sie hinunter, drückte sie weg. Wenn ihn seine Beziehung mit Meredith eins gelehrt hatte, dann, dass er nur wieder glücklich werden konnte, wenn er seinen Groll losließ. Sie selbst hatte so viel durchgemacht, und trotzdem war sie ein glücklicher Mensch.

Der bloße Gedanke an sie zauberte ein Lächeln auf seine Lippen. Bald. Sehr bald würde er wieder zu Hause sein, und seine Reise läge hinter ihm. Dann hätte er sein Versprechen, das er sich selbst gegeben hatte, eingelöst, auch wenn er Meredith und die Kinder dafür hatte allein lassen müssen.

Nichts war ihm je schwerer gefallen. Von Haus zu Haus zu gehen, von Trauerort zu Trauerort, um am Schmerz einer jeden Familie teilzuhaben. Er konnte gar nicht sagen, wie dankbar er war, dass Gideon, Hondo und Nate mitgekommen waren, um ihn zu unterstützen. Sie waren wirklich die besten Freunde, die ein Mann sich wünschen konnte.

Die Tür klickte, als eine Schlüsselkarte ins Schloss gesteckt wurde, und Gideon kam ins Zimmer. Hutch wandte sich vom Fenster ab.

»Arschlöcher«, sagte Gideon.

Hutch schüttelte seinen Kopf. »Es bringt nichts, sich darüber aufzuregen.«

»Ja, wahrscheinlich nicht, aber nicht jeder ist so erleuchtet wie du. Hondo hat mit der Polizei gesprochen. Sie sagen, es habe Morddrohungen gegeben, und sie haben der Familie empfohlen, die Gedenkfeier abzusagen. Aber die Kellers weigern sich. Ihr Sohn hat sein Leben damit zugebracht, gegen den Terrorismus zu kämpfen, und sie wollen nicht zulassen, dass ein paar Volksverhetzer sie nun terrorisieren.«

Hutch hob eine Augenbraue. »Morddrohungen gegen wen?«

Gideons Gesichtsausdruck veränderte sich nicht, aber er nahm eine entschlossenere Haltung ein und legte eine Hand an die Hüfte, an den Platz, wo normalerweise sein Holster war, so als ob er sich ohne seine Dienstwaffe nackt fühlen würde. »Dich. Mich. Uns. Alle Soldaten.«

Hutch zuckte mit den Schultern. »Washington ist ein demokratischer Staat, hier ticken die Leute anders. Genau das ist Amerika. Jeder hat das Recht, seine Meinung frei zu äußern.«

»Ziemlich heuchlerisch, wenn du mich fragst. Gegen Krieg demonstrieren, aber Morddrohungen aussprechen.«

»Es sind eben auch nur Menschen. Wir alle sind manchmal Heuchler.«

»Du bist aber milde gestimmt heut.«

»Menschen, die verletzt sind, schlagen um sich. Sie denken nicht immer rational. Wer von uns kann schon behaupten, nie etwas getan zu haben, was er später bereut hat.«

»Ich ganz sicher nicht.« Gideon fuhr sich mit einer Hand

über den Kopf. »Aber wie auch immer, du hast ja deine eigenen Bodyguards dabei, denn ich weiß natürlich, dass du trotzdem zur Gedenkfeier gehen wirst. Nate, Hondo und ich werden dir nicht von der Seite weichen.«

»Ich weiß. Ich kann gar nicht sagen, wie froh ich bin, dass ihr dabei seid.«

Gideon kam zu ihm herüber und umarmte ihn kurz mit einem Arm, wie es Männer so tun. »Ich kann nur sagen: Pass auf dich auf, Kumpel. Ich will dich nicht verlieren.«

»Ich will mich auch nicht verlieren.« Hutch lächelte. »Ich hab ziemlich viel, für das es sich zu leben lohnt.«

»Meredith.« Gideon nickte. »Sie ist eine gute Frau. Ich bin froh, dass ihr zwei euch gefunden habt.«

»Das bin ich auch«, sagte Hutch mit heiserer Stimme. »Ich fühle das Gleiche für sie wie du für Caitlyn.«

»Dann solltest du ihr besser einen Ring an den Finger stecken.« Gideon grinste wie ein kleiner Junge. »Bevor sie ein anderer wegschnappt.«

»Ich glaube nicht, dass sie schon bereit dafür ist.«

»Bist du es denn?«

Ohne auch nur eine Sekunde zu zögern, sagte Hutch: »Ja.«

Gideon boxte ihn leicht auf den Oberarm. »Komm, gehen wir los, damit wir schnell wieder zu Hause bei unseren Frauen sind.«

Trotz der Demonstranten war die Gedenkfeier für Mike Keller sehr bewegend. Eine Kette aus uniformierten Polizisten, die mit Pfefferspray und Schutzschildern ausgestattet waren, hielten die Unruhestifter in Schach.

Als Hutch das Pfefferspray sah, dachte er an Meredith und

musste ein Lächeln unterdrücken. Mike hätte sich gekugelt vor Lachen, wenn Hutch ihm von dem Pfefferspray-Vorfall erzählt hätte, und ihm gesagt, dass er wohl endlich seine große Liebe gefunden hätte.

Die Kellers luden Hutch und seine Freunde ein, zum Essen mit ihnen nach Hause zu kommen, aber Hutch konnte die Vorstellung nicht ertragen, zuhören zu müssen, wie man sich alte Geschichten erzählte und Bilder aus der Zeit anschaute, als Mike noch jung und glücklich gewesen war. Seine Eltern akzeptierten das, aber sie bestanden darauf, dass Hutch mit ihnen in der Limousine fuhr, und als sie ihn am Hotel absetzten, umarmten sie ihn und sagten, er sei immer in ihrem Haus willkommen. Er musste ihnen versprechen, mit ihnen in Kontakt zu bleiben, aber dieses Versprechen würde er nicht halten. Als er sich verabschiedete, wusste er, dass er sie nie mehr wieder sehen würde. Sie hatten die Vergangenheit hinter sich gelassen. Mike war das Einzige, was sie verband. Wenn er wieder in Kontakt mit ihnen trat, würde ihnen das nur erneut ihren schrecklichen Verlust vor Augen führen.

Inzwischen war es elf Uhr, und Hutch, Gideon, Hondo und Nate waren gerade in die Lobby getreten, als Hutchs Handy klingelte. Er zog es aus seiner Tasche, um zu sehen, wer es war.

Meredith.

Genau in dem Moment, in dem er an sie dachte, dachte sie an ihn. Er lächelte. Eigentlich dachte er ja immer an sie.

Er nahm den Anruf entgegen. »Hallo, Baby.«

»Hutch.« Meredith klang angespannt.

Sein Körper reagierte augenblicklich auf ihre beunruhigte

Stimme. Er spannte die Muskeln an, richtete sich kerzengerade auf und verengte seine Augen zu Schlitzen. »Was ist los?«

»Ich will dich nicht unnötig beunruhigen«, sagte sie. »Und ich weiß, dass meine Vergangenheit einen Angsthasen aus mir gemacht hat, aber …«

Er bedeutete seinen Freunden, ruhig schon ohne ihn in ihr Zimmer zu gehen, und zog sich in eine ruhigere Ecke der Lobby zurück. »Sag schon, was los ist.«

»Ashley hat Kimmie heute vom Kindergarten abgeholt, und Flynn sagte, sie hätte fünf Kilo abgenommen und würde aussehen, als ob sie in letzter Zeit viel geweint hätte. Ich hab keine Ahnung von der Störung deiner Schwester. Vielleicht ist es symptomatisch für irgendeine Art von krankhafter Episode. Oder vielleicht hat der Kerl, mit dem sie abgehauen ist, sie unter Drogen gesetzt. Ich mach mir auf jeden Fall große Sorgen.« Meredith redete schnell, ihre Angst war beinahe greifbar.

Hutchs Magen zog sich zusammen. »Wo ist sie jetzt?«

»Das ist das Problem. Ich weiß es nicht. Als Flynn angerufen hat, hab ich alle Termine für heute abgesagt und bin nach Hause gefahren, um nach ihr zu sehen, aber sie war nicht da. Ich hab versucht, sie anzurufen, und ihr eine SMS geschickt, aber sie reagiert nicht. Wer weiß? Vielleicht hat sie ihr Handy ja verloren.« Meredith holte tief Luft.

»Wann hat sie Kimmie abgeholt?«

»Vor gut einer Stunde.«

»Ich nehm den nächsten Flug.«

»Das wird ziemlich teuer für dich.«

»Das ist mir egal. Ich komme.«

»Bist du dir sicher?«

»Absolut.«

»Wahrscheinlich könntest du auch bis morgen warten und deinen gebuchten Flug nehmen. Ich wollte dich nur wissen lassen, was hier vor sich geht. Ich bin etwas durcheinander, das gebe ich zu, aber ich werde ein paar Yogaübungen machen und mich zusammenreißen.«

»Das kann nicht warten, und ich will nicht, dass du dich allein um die Sache kümmern musst. Es hört sich an, als würde Ashley in einer Krise stecken. Das ist schon oft passiert. Höchstwahrscheinlich hat das Arschloch, mit dem sie abgehauen ist, sie sitzen lassen oder hat irgendetwas anderes getan, das ihre Idealisierung von ihm in puren Hass verwandelt hat. Borderline-Persönlichkeiten sehen nur schwarz oder weiß. Ich fürchte, sie benutzt Kimmie als ihre emotionale Krücke.«

»O Gott.«

»Vor allem, weil sie nicht heimgekommen ist. Meine Mutter hat ständig solche Sachen gemacht. Nachdem sie sich von einem Kerl getrennt hatte, hat sie uns oft mitten im Unterricht aus der Schule geholt und uns gesagt, wir würden in Urlaub fahren. Ashley fand es immer toll, aber ich habe es gehasst. Ich wollte in die Schule gehen.«

»Das muss wirklich hart für dich gewesen sein.«

»Mom fuhr immer ohne irgendeinen Plan los. Manchmal hatte sie keine zwei Quarter dabei, und wenn uns das Benzin ausging, ist sie zu irgendeinem Typ an einer Zapfsäule und hat ihn so lange vollgeheult, bis er uns die Tankfüllung bezahlt und Geld für Essen gegeben hat. In einem Jahr sind wir so bis nach Florida gekommen. Sie sagte, sie würde mit und ins Disney World gehen, aber sie hatte kein Geld, um den Eintritt zu bezahlen.«

»Deine Schwester wiederholt also die Muster deiner Mutter.«

»Ja. Es ist schlimm genug, dass sie einen Monat lang verschwunden war, aber jetzt, wo sie zurück ist, zieht sie ihr Kind in ihr emotionales Drama mit hinein.« Hutch biss seine Zähne zusammen. »Ich werde nicht zulassen, dass sie Kimmie das antut.«

»Das kleine Mädchen hat wirklich Glück, dass sie dich als Beschützer hat.«

»Ich wünschte nur, ich wäre nicht so weit weg.«

»Du wirst bald da sein. Flynn hat angeboten, Ben zu sich zu nehmen, bis wir die Sache geklärt haben, und jetzt, wo du heimkommst, denke ich, dass ich ihr Angebot annehme.«

Hutch konnte die Erleichterung in ihrer Stimme hören. »Ich hole meine Taschen und fahre sofort zum Flughafen. Ich rufe dich an, wenn ich dort bin. Wenn ich einen Flug in der nächsten Stunde kriege, lande ich wahrscheinlich irgendwann zwischen achtzehnhundert und neunzehnhundert.«

»Wann ist das?«

»Zwischen achtzehn und neunzehn Uhr.«

»Falls du einen Flug kriegst.«

»Positiv denken.«

»Viel Glück.«

»Schick mir eine SMS, falls Ashley heimkommt.«

»Mach ich.«

»Und, Meredith?« Hutch wusste, dass sie vielleicht noch nicht bereit war für das, was er gleich sagen würde, aber er konnte nicht anders. Er hatte es nun schon so lange gefühlt, und sie sollte es wissen. Ja, es war vielleicht noch zu früh, um die Worte auszusprechen, er ging ein Risiko ein, aber er hoffte, er würde ihr keine Angst damit einjagen.

»Ja?«

»Ich liebe dich.«

Als das Flugzeug aufsetzte, schaltete Hutch sofort sein Handy ein.

Er hatte den letzten freien Sitz bekommen, als er seine linke Hand, die ohne Zeigefinger, auf die Hand der Frau am Schalter gelegt hatte. Außerdem trug er immer noch die Ausgehuniform der Special Forces, die er zu Mikes Gedenkfeier angezogen hatte.

Gideon, Hondo und Nate hatten beschlossen, ihren gebuchten Flug am nächsten Morgen zu nehmen. Schließlich ging es um eine Familienangelegenheit, und sie wollten sich nicht einmischen.

Einerseits vermisste Hutch seine Freunde. Seine Reise war als Teil eines Teams so viel einfacher gewesen. Auf der anderen Seite war Hutch froh, allein zu sein. Er brauchte Zeit, um sich zu überlegen, wie er sich Ashley am besten nähern sollte. Er musste sie mit Samthandschuhen anfassen. Es hing alles davon ab, in welcher Verfassung sie war. Ihre Stimmung richtig einzuschätzen – die innerhalb eines Sekundenbruchteils umschlagen konnte –, war wichtig für seinen Erfolg.

Er hoffte, sie würde ans Telefon gehen, wenn er anrief. Hoffte, dass sie immer noch in Twilight oder der näheren Umgebung war. Sie hatte acht Stunden Vorsprung. Abhängig davon, wie schnell sie fuhr und wie viele Pausen sie einlegte, konnte sie inzwischen schon in New Mexico, Oklahoma, Arkansas oder an der texanischen Golfküste sein.

Gerade, als er Meredith schreiben wollte, dass er gelandet war, klingelte sein Handy.

Es war Ashleys Nummer.

Eine Welle der Erleichterung überrollte ihn. Wenn sie ihn anrief, stand er nicht länger auf ihrer Abschussliste. Er dankte Gott für dieses kleine Wunder.

Er begrüßte sie so beiläufig, als hätte er keine Ahnung davon, dass sie den letzten Monat in Mexiko verbracht und Kimmie mitten am Tag aus dem Kindergarten abgeholt hatte. »Hey, Ashes. Was gibt's?«

»Onkel Hutch«, sagte ein zittriges Stimmchen.

Kimmie.

Die Stimme seiner Nichte, die ganz offensichtlich den Tränen nahe war, traf ihn wie ein Faustschlag in den Magen, und die anderen Passagiere im Flugzeug hörten auf zu existieren. »Schatz, geht's dir gut?«

»Onkel Hutch«, wiederholte Kimmie mit bebender Stimme.

Er konnte sich bildlich vorstellen, wie ihr kleines Kinn zitterte, so, wie wenn sie sich ihr Knie aufgeschlagen oder sich anderweitig wehgetan hatte. »Ich bin da, meine Süße, ich bin da. Wo bist du?«

»Ich weiß nicht«, flüsterte sie.

Er konnte vor seinem inneren Auge sehen, wie sie vage mit ihren kleinen Schultern zuckte. »Kannst du den Ort beschreiben, an dem du bist?«

»Es ist ein Zimmer.«

»Was für ein Zimmer?«

»Es gibt zwei Betten darin.«

Ein Motelzimmer? »Was ist sonst noch in dem Raum?«

»Ein Schreibtisch und ein Stuhl und eine Kommode und ein Fernseher und ein kleiner Tisch zwischen den Betten.«

»Ist das Zimmer in einem Wohnhaus?«

»Nein.«

Dann war das Zimmer wohl nicht in einem der vielen Bed & Breakfasts in Twilight. Es musste sich um ein Motelzimmer handeln. Hutch meinte, im Hintergrund einen Mann etwas murmeln zu hören. Seine Alarmglocken schrillten. »Kimmie, wer ist da bei dir?«

»Mommy.«

»Wer noch?« Er ballte seine linke Hand zur Faust, und aus dem Augenwinkel sah er, wie der tätowierte Typ neben ihm, der aussah wie ein Musiker, auf seinen fehlenden Finger starrte.

»Keiner.«

»Du kannst mir ruhig die Wahrheit sagen«, sagte er. »Ist da jemand bei Mommy?«

»Nein.«

Vielleicht war es der Fernseher gewesen oder jemand außerhalb des Motelzimmers. Eine lange Zeit hörte er gar nichts.

»Kimmie?«, fragte er und versuchte verzweifelt, so cool zu bleiben, wie es der alte Iglu geblieben wäre, um seine Panik nicht durchklingen zu lassen. Das letzte Mal, als er sich so gefühlt hatte, war, als Ben im Schneehaus gesessen hatte und Dotty Maes Wagen auf ihn zu gerutscht war. Aber da hatte er die Kollision kommen sehen. Er hatte Zeit gehabt, um zu schreien und den Jungen zu warnen. Jetzt stocherte er völlig im Dunkeln. »Schatz, bist du noch da?«

»Mh-mh.«

»Kann ich mit deiner Mommy sprechen?«

»Sie kann grad nicht ans Telefon.«

»Warum nicht?«

Die Flugbegleiterin öffnete die Tür und die Passagiere standen auf. Hutch hatte einen Fensterplatz, und obwohl sein Körper instinktiv aufspringen wollte, um zu Kimmie zu eilen, wusste er, dass es im Moment besser war, sitzen zu bleiben und dafür zu sorgen, dass seine Nichte weiter mit ihm redete. Er hörte nichts. Keine Männerstimme. Auch keine Fernsehgeräusche.

»Onkel Hutch.«

»Was ist, mein Schatz?«

»Kannst du kommen und mich holen?«

»Ich komme, so schnell ich kann, aber ich muss wissen, wo du bist. Sind Mommy und du lange gefahren, nachdem sie dich vom Kindergarten abgeholt hat?«

»Nein.«

»Und da sind nur Mommy und du?«

Sie zögerte wieder. Warum? »Mh-mh.«

Ihre Stimme war angespannt und er konnte ziemlich genau sagen, wenn jemand log. Das Problem war, dass vierjährige Kinder Schwierigkeiten damit hatten, Fantasie und Wirklichkeit auseinanderzuhalten. Wie zur Hölle sollte er sie finden? Er könnte zu jedem Motel der Stadt fahren, aber das würde zu lange dauern.

»Okay. Hör mir zu, meine Süße. Du hast doch im Kindergarten schon ein bisschen lesen gelernt, oder?«

»Ich kann das ABC.«

»Gutes Mädchen.«

»Willst du's hören? A, B, C, D, E, F …«

»Das ist toll, aber jetzt möchte ich, dass du dich im Zimmer umschaust und nach etwas suchst, auf dem der Name des Motels steht. Ist in dem Schreibtisch, von dem du mir erzählt hast, eine Schublade?«

»Mh-mh.«

»Kannst du dort hingehen und versuchen, die Schublade zu öffnen?«

»Mh-mh.«

»Ich möchte, dass du schaust, ob in der Schublade Papier oder ein Stift liegt.«

»Okay.«

Sie musste das Telefon abgelegt haben, denn er konnte ihre kurzen, leichten Atemstöße nicht mehr hören. Sein Magen krampfte sich zusammen. Er regelte die Lautstärke seines Handys ganz nach oben und hörte, wie eine Schublade geöffnet wurde. Dann tapsten kleine Füße über einen Teppich.

»Ich hab ein Blatt Papier«, sagte sie atemlos.

»Gut gemacht. Ist deine Mommy immer noch im Badezimmer?«

»Mh-mh.«

»Sind oben auf dem Blatt Buchstaben?«

»Mh-mh.«

»Kannst du mir die Buchstaben vorlesen?«

»Okay.«

Er wartete. Sie sagte nichts. Verlangte er zu viel von ihr? Die meisten Passagiere waren inzwischen ausgestiegen. Er klemmte sich sein Handy zwischen Schulter und Ohr und stand auf, um seine Tasche aus dem Gepäckfach zu holen.

»Kimmie?«, fragte er, voller Angst, die Verbindung zu ihr verloren zu haben.

»T«, sagte sie.

Er atmete aus.

»Gut. Mach weiter.«

»W.«

»Ist der nächste Buchstabe ein I?«, riet er, nicht in der Lage, die qualvollen Augenblicke auszuhalten, bis sie mühsam »Twilight« buchstabiert hatte.

»Mh-mh.«

»Kommt dann ein L?«

»Mh-mh.«

»Welcher Buchstabe kommt als Nächstes?« In seiner ganzen Zeit bei der Delta Force war er nie so angespannt gewesen. Iglu. Bleib cool. Er leitete sie durch den Rest des Worts. »Was kommt nach dem T?«

Es gab drei Motels in der Stadt, die Twilight in ihrem Namen hatten. Twilight Inn, Twilight Arms und Twilight Sands.

Kimmie gab einen zischenden Laut von sich.

»Was war das, Schatz?«

»Es ist der Buchstabe, der wie eine Schlange zischt«, sagte sie. »Manchmal vergess ich, wie er heißt.«

»Ein S.«

»Ja.«

Sie war im Twilight Sands. Schweiß rann ihm in die Augenbrauen, während er die Fluggastbrücke entlangrannte und sich mit rasendem Herzen durch die sich langsam bewegende Menschenmenge schlängelte. »Ich weiß, wo du bist, Süße. Warte. Ich komm so schnell wie möglich zu dir.«

20

Hutch legte die Strecke vom Flughafen zum Twilight Sands Motel, für die man normalerweise über eine Stunde brauchte, in weniger als vierzig Minuten zurück.

Nebel stieg vom See auf und machte die abendliche Dunkelheit zur stockfinsteren Nacht. Er bog in den Parkplatz ein. Seine Scheinwerfer, die nur mühsam den Nebel durchdrangen, glitten an den Hecks der parkenden Autos und der dichten Hecke entlang, die das Motel vom Highway abschirmte. Am Ende des Parkplatzes trafen die Scheinwerfer schließlich auf das Heck von Ashleys massigem graublauem Chevy, der vor Zimmer 127 oder 227 geparkt war, je nachdem, ob sie sich im Erdgeschoss oder im ersten Stock befand. Er könnte an der Rezeption nachfragen, aber er wollte nicht noch mehr Zeit verlieren und parkte neben dem Chevy.

Ganz ruhig.

Seine Schwester reagierte am besten, wenn man ganz sanft mit ihr umging, vor allem, wenn sie eine Dummheit begangen hatte und ihr Selbstbewusstsein völlig am Boden war.

Was er nicht verstand, war, warum sie in einem Motel eingecheckt hatte, anstatt nach Hause zu fahren. Andererseits war er nie wirklich in der Lage gewesen, zu verstehen, wie ihr Denken funktionierte. Dinge, die er für völlig irrational hielt, ergaben für sie absolut Sinn.

Instinktiv öffnete er das Handschuhfach und holte seine

Pistole heraus. Nach zwölf Jahren als Soldat fühlte er sich nackt ohne eine Waffe, aber wegen Meredith und den Kindern hatte er aufgehört, sie ständig bei sich zu tragen.

Seine Hand schloss sich um den Griff, aber er zögerte. Waffen waren bei Familienangelegenheiten selten eine gute Idee. Er befeuchtete seine Lippen. Die Männerstimme, die er am Telefon zu hören geglaubt hatte, beunruhigte ihn noch immer. Was, wenn der Kerl, mit dem Ashley nach Acapulco abgehauen war, bei ihnen war? Unwillkürlich dachte er an eine Zeit, bevor Kimmie geboren worden war und Ashley eine Krise durchgemacht hatte. Sie hatte seine Pistole in die Finger bekommen und gedroht, sie beide zu erschießen.

Er legte die Waffe wieder zurück, schloss das Handschuhfach und stieg aus dem Auto. Er ließ kurz seinen Blick schweifen, stellte aber nur moteltypische Aktivitäten fest – jemand bediente die Eiswürfelmaschine, ein Angestellter eilte zurück zum Büro mit einem roten Werkzeugkoffer unterm Arm, eine ältere Dame in einer dicken Jacke stemmte sich gegen den Januarwind, der ihr vom Lake Twilight entgegenblies, während der Malteser an ihrer Leine im Schein einer Straßenlaterne sein Geschäft verrichtete.

Aber alltägliche Verrichtungen konnten ein Deckmantel für unheilvolle Aktivitäten sein. Er selbst war an Eiswürfelmaschinen herumgelungert, hatte sich als Hotelangestellter ausgegeben und fremde Hunde ausgeführt, um eine Zielperson zur Strecke zu bringen. Und die dunkle, neblige Nacht war ein großartiger Schutz für solche Dinge.

Unsicher, ob er Ashley anrufen sollte, schlug er den Kragen seiner Lederjacke hoch und steckte seine Hände in die Jackentaschen. Er wartete, bis alle in der Umgebung verschwunden waren, bevor er zur Tür mit der Nummer 127 ging, auch wenn drinnen kein Licht brannte. Wenn dort niemand war, dann war Ashley wahrscheinlich im Zimmer 227.

Er hob eine Hand, doch noch bevor er klopfen konnte, schwang die Tür nach innen auf. Im Zimmer war es stockdunkel. Plötzlich wurde ihm bewusst, wie schutzlos er war. Wie hatte er sich nur in eine solche Situation bringen können?

Instinktiv wollte er sich ducken und zum Auto zurücklaufen, um seine Pistole zu holen.

Aus dem Zimmer hörte er einen Mann rufen: »Komm rein, Hutch, wir haben auf dich gewartet.«

Hutchs Nackenhaare stellten sich auf. Wer war der Kerl? Der Typ, mit dem Ashley nach Acapulco gegangen war? Oder war es jemand anderes? Was, zum Teufel, ging hier vor sich?

Eine Taschenlampe leuchtete auf und er starrte mitten in Kimmies angstverzerrtes Gesichtchen.

Um ihren Hals lag eine behaarte Männerhand, und an ihre Schläfe war der Lauf einer 659 Smith & Wesson mit Schalldämpfer gepresst.

Ich liebe dich.

Die letzten Worte, die Hutch zu ihr gesagt hatte, kreisten in Meredith' Kopf.

Ich liebe dich.

Sie hatte gewusst, dass Hutch sich in sie verliebt hatte und sie sich in ihn, aber die Worte aus seinem Mund zu hören, änderte alles. Wenn es jemand anderes gewesen wäre, der ihr nach so kurzer Zeit ein solches Geständnis gemacht hätte, wäre sie in Panik verfallen; vielleicht sollte sie das auch, aber es war nicht so.

Sie wollte, dass Hutch endlich nach Hause kam, damit sie ihm genau das sagen konnte. Er hatte ihr so viel Liebe und Gutherzigkeit gezeigt, dass sie nicht länger Angst davor hatte, die Sache zu schnell anzugehen. Wenn man seinen wahren Norden gefunden hatte, wusste man, dass es richtig war.

Sie würde ihm ihr Leben anvertrauen und das ihres Sohnes, und das sagte alles.

Er hatte ihr um halb fünf eine knappe SMS geschickt: Gelandet. Sie hatte nicht zurückgeschrieben, weil er hinterm Steuer saß, und später hatte sie ihn nicht bei seinem Treffen mit Ashley stören wollen.

Aber jetzt war es sieben Uhr. Sie ging im Wohnzimmer auf und ab und fragte sich, wie es zwischen ihm und seiner Schwester wohl lief. Sie machte sich Sorgen um Kimmie. Ben hatte sie zu Flynn und Jesse hinübergeschickt, bis Hutch mit Kimmie heimkam, aber jetzt fragte sie sich, ob es ein Fehler gewesen war, denn nun hatte sie nichts, womit sie sich ablenken konnte. Sie versuchte es mit Yoga, aber sie war zu aufgeregt, um sich still hinzusetzen.

Ihr Gefühl sagte ihr, dass etwas nicht stimmte. Hutch hätte sie anrufen müssen, sie beruhigen müssen. Was, wenn Ashley ihrer Tochter etwas angetan hatte?

Schließlich hielt sie es nicht länger aus und schrieb ihm: Alles in Ordnung?

Sie wartete fünf Minuten. Zehn. Fünfzehn.

Er antwortete nicht.

Hutch saß aufrecht auf einem Stuhl, der zwischen den beiden Betten stand, während Ashley ihm auf Anweisung des bewaffneten Mannes schluchzend und um Verzeihung bittend die Hände hinter der Lehne fesselte. Die kalten Handschellen schlossen sich fest um seine Handgelenke. Der Bewaffnete hatte ihn gezwungen, den Inhalt seiner Taschen auf die Kommode zu legen. Sein Portemonnaie und sein Handy befanden sich dort.

Außer Reichweite.

Nachdem Hutch über die Schwelle getreten war, hatte der Mann, die Pistole immer noch an Kimmies Schläfe gepresst, Ashley befohlen, die Kette vor die Tür zu legen und das Licht anzuschalten. Seine Nichte hatte sich an die Taschenlampe in ihren Händen geklammert, als ob sie eine Rettungsleine wäre.

»Setz dich«, hatte er drohend gesagt. »Oder ich erschieße das Mädchen.«

Kimmies Kinn hatte gezittert, und Hutch hatte es kaum ertragen können, die furchtbare Angst in ihren Augen zu sehen. Was für ein Monster war dieser Mann?

Ein sehr gefährliches.

Seine Frustration war loderndem Zorn gewichen, aber er hatte getan, was der Mann ihm befohlen hatte, und sich auf den Stuhl gesetzt. Verdammt, warum hatte er seine Pistole im Wagen gelassen? Er hätte dem Bastard ohne mit der Wimper zu zucken eine Kugel in den Kopf gejagt.

Vor Kimmie?

Mit Kimmie als Schutzschild kam der Mann nun ums Bett herum und schob sich zwischen Hutch und die Tür.

Nachdem Hutch an den Stuhl gefesselt war, nahm der

Mann, der aussah, als käme er direkt von einem Vorsprechen für die Rolle eines gut aussehenden, schmierigen Cops, seine Pistole von Kimmies Kopf und benutzte sie, um Ashley von Hutch wegzuwinken.

Der Mistkerl war ungefähr so groß wie Hutch und beinahe so muskulös. Ein buschiger Pornostar-Schnauzer, der an die 1970er erinnerte, zierte seine Oberlippe, und obwohl es draußen dunkel war, trug er eine verspiegelte Pilotensonnenbrille. »Wir haben auf dich gewartet.«

»Burt Reynolds hat angerufen«, sagte Hutch trocken und versuchte, seine Panik angesichts der Tatsache, dass dieses Ungeheuer seine vierjährige Nichte in seinen Fängen hatte, nicht zu zeigen. »Er hätte gern seinen Look zurück.«

Der Bewaffnete hob eine Augenbraue und grinste hämisch. »Im Ernst? Das ist das Beste, was du zustande kriegst? Einen Satz, der so angestaubt ist wie ein Handbuch über Videorekorder in einer Bibliothek?«

»Tut mir leid, ich hab einen langen Flug hinter mir. Das ist das Beste, was mir so spontan eingefallen ist.«

»Oh, das tut mir aber leid. Ist wohl ein ziemlich harter Tag, Captain Hutchinson.« Der Mann schnalzte mit der Zunge. »Oder sollte ich dich Iglu nennen?«, spottete er.

Das Arschloch wusste, wer er war.

Ashley kauerte in der Nähe der Tür. Sie war furchtbar dünn, ihr Haar war strähnig, ihre Kleider schmutzig, ihr Gesicht voller Blutergüsse.

»O ja, Captain, du brauchst gar nicht so überrascht tun. Ich hab meine Hausaufgaben gemacht. Ich weiß genau, mit wem meine Frau bumst. Aber wo bleiben meine Manieren?

Ich hab mich gar nicht richtig vorgestellt. LAPD Detective Vick Sloane.«

Dieser Irre war Meredith' Exmann? Kein Wunder, dass sie solche Angst vor ihm hatte, und kein Wunder, dass sie nicht glauben konnte, dass er wirklich tot war. Sie hatte allen Grund zur Sorge gehabt. Er wünschte nur, er hätte auf sie gehört.

»Und fürs Protokoll: Ich heiße Vick, nicht Victor. Nenn mich niemals Victor. Es macht mich ziemlich wütend, wenn man mich Victor nennt.«

»Ohne Witz?« Hutch sagte es so gelassen, als würde er einen Kaffee bei Starbucks bestellen. Tausenderlei Gefühle tobten in seiner Brust – Wut, Entrüstung, Trauer, Reue, Hilflosigkeit, Schuld, Ekel, Unglaube –, aber er konnte keinem davon nachgeben. Nicht, wenn er Kimmie und Ashley lebend hier rausbringen wollte. »Das LAPD fahndet nach dir.«

»Diese Holzköpfe? Die finden ihren Arsch kaum mit beiden Händen. Es ist so einfach gewesen, sie an der Nase herumzuführen.« Sloane schnaubte.

»Wir dachten, du wärst tot. Meredith und ich haben gefeiert, als wir die Nachricht bekommen haben.«

Ein Ausdruck rasender Eifersucht trat auf Sloanes Gesicht, aber er hatte sich schnell wieder im Griff. »Das war etwas voreilig von euch. Die Nachricht von meinem Abgang ist ziemlich aufgebauscht worden.«

»Wessen Leiche war in dem Wagen, den du in den Tanklaster gefahren hast?« Hutch versuchte, Sloane am Reden zu halten, um mehr Zeit zu gewinnen.

»Mach dir darüber keine Sorgen.« Sloane wedelte mit der Pistole. »Irgendein unbedeutender Obdachloser.«

Hutch hielt seinen Blick auf Kimmie gerichtet und versuchte, ihr mit seinen Augen zu sagen, dass alles in Ordnung kommen würde. Dass er sie hier rausbringen würde. Er sah kurz zu Ashley. Sie schien völlig weggetreten zu sein, vielleicht stand sie unter Drogen. Es zerriss ihn innerlich, wenn er daran dachte, was sie dank dieses Primitivlings durchgemacht haben musste.

»Du hast meine Schwester nach Mexiko gelockt, nur um deiner Exfrau eins auszuwischen?«

Dieses Mal konnte Sloane seine Wut nicht unterdrücken. »Weißt du, was sie getan hat?«, schrie er. Speichel spritzte aus seinem Mund. »Sie hat mir meinen Sohn weggenommen. Ich wusste noch nicht einmal, dass sie schwanger war. Das war …« – er wedelte mit seiner Pistole in Hutchs Richtung, um seine Worte zu unterstreichen – »wirklich kaltblütig. So behandelt man keinen Mann. Sie muss dafür bezahlen.«

Wenn nur Ashley wieder zu sich kommen würde. Er könnte sich auf Sloane stürzen, samt dem Stuhl, an den er gefesselt war, um Kimmie und ihr Zeit zu geben, zu entkommen, aber das ging nicht, solange seine Schwester so weggetreten war. Komm zu dir, Ashes.

»Sie hat auf mich geschossen. Wusstest du das? Wenn ich keine schusssichere Weste getragen hätte, säße sie jetzt wegen Mordes im Gefängnis.«

»Zu schade, dass sie dich nicht getötet hat.«

»Das war jetzt aber wirklich fies.« Sloane riss Kimmie an sich. »Muss ich dich daran erinnern, dass ich auch fies sein kann?«

Ashley wimmerte, verbarg ihren Kopf unter ihren Armen

und kroch näher zur Tür. Hatte sie vielleicht seine Gedanken gelesen, die er ihr so verzweifelt zu schicken versuchte?

Sloane beachtete Ashley noch nicht einmal. Er war zu sehr mit seiner Hasstirade gegen Meredith beschäftigt. »Die Schlampe ist gerissen, das muss man ihr lassen. Ich habe zweieinhalb Jahre gebraucht, um sie aufzuspüren. Natürlich war es hilfreich, meinen eigenen Tod vorzutäuschen, so konnte ich mich voll und ganz auf meine Suche konzentrieren.«

Kimmie war in Sloanes Armen zu Stein erstarrt. Ihre kleinen Hände schienen mit der Taschenlampe verwachsen zu sein, die groß und schwer war. Wie schaffte sie es, sie immer noch hochzuhalten? Stand das Kind unter Schock?

»Stell dir vor, wie ich mich gefreut habe«, fuhr Sloane fort, »als ich herausgefunden habe, dass sie bei einer dummen, naiven Frau wohnt, die nur darum bettelte, sich zu verlieben.«

Ashley wimmerte wieder.

»Halt's Maul, blöde Kuh«, fuhr Sloane sie an, wendete seinen Blick aber weder von Hutch ab noch ließ er Kimmie los. Er war nicht dumm. Er wusste, dass Hutch nur auf eine Gelegenheit wartete, sich auf ihn zu stürzen.

»Du hast meine Schwester benutzt, um an Meredith heranzukommen.« Es war viel zu warm im Zimmer. Schweiß rann ihm über die Brust. Er wünschte, er würde nicht seine dicke Jacke tragen.

Sloane grinste wie ein Hai, der einen Delfin zwischen seine Zähne bekommen hatte. »Schuldig im Sinne der Anklage. Ich mag es, Katz und Maus zu spielen. Aber dann bist du aufgetaucht und hast meine Pläne durchkreuzt. Doch auch das hat mir einen Vorteil verschafft. Ich hatte Zeit, deine kleine Schwester ein wenig besser kennenzulernen.« Sloane leckte sich lüstern über die Lippen, um ihn zu provozieren.

Hutch wurde innerlich zu Eis. Kalt wie ein Iglu. Er unterdrückte den überwältigenden Drang, den Bastard zu töten. Er musste seine Gefühle unter Kontrolle behalten, wenn er Ashley und Kimmie hier rausbringen wollte. Sein Gesicht zeigte keinerlei Regung, seine Augen waren völlig ausdruckslos.

»Und dann ist ein Wunder geschehen. Meine geliebte Ehefrau hat sich in dich verliebt und hat mir damit eine ganz neue Waffe in die Hand gelegt. Stell dir nur ihren Schmerz vor, wenn sie erfährt, dass ich ihren Geliebten getötet habe.« Er fuhr fort, im Detail zu beschreiben, welchen Qualen er Meredith aussetzen würde, sein Mund verzerrt vor sadistischem Vergnügen. »Und dann werde ich sie dazu bringen, um Gnade zu winseln, aber es wird keine Gnade für sie geben.«

Hutchs Zorn war etwas Lebendiges, ein Tier in seinem Körper, das mit seinen starken, scharfen Krallen seine Organe zerfetzte und nichts lieber wollte, als aus seiner Brust zu springen und Vick Sloane zu töten.

Hutch sah, wie Ashley sich hinter Sloanes Rücken Millimeter für Millimeter auf die Tür zuschob. Als sie sie endlich erreicht hatte, nahm sie vorsichtig die Kette von der Tür. Gutes Mädchen. Hutch schaute rasch wieder weg, um Sloanes Aufmerksamkeit nicht auf sie zu lenken.

»Mach ich dich wütend?« Sloane grinste hämisch und beugte sich vor. »Du willst mich töten, oder?«

Du bist kein Karpfen. Schnapp bloß nicht nach dem Köder.

Hutchs Gelassenheit machte Sloane rasend. »Hast du mich gehört, Soldat?«

Großartig. Er hatte den Bastard aus der Fassung gebracht.

Er warf einen schnellen Blick zu Kimmie, um zu sehen, wie sie sich hielt. Sloane hatte einen Arm um ihren Hals gelegt. Abwechselnd presste er die Pistole an ihre Schläfe und wedelte damit in Richtung Hutch.

Die Lippen seiner Nichte zitterten unkontrolliert. Mit leerem Blick starrte sie vor sich hin. Sie hatte sich tief in sich zurückgezogen, um ihrer Umgebung zu entkommen. Armes Kind. Er wünschte, er könnte sie in seine Arme schließen und ihr versprechen, dass alles in Ordnung kommen würde.

Aber das würde es nicht, oder?

Mit ihren kleinen Händchen umklammerte sie immer noch die Taschenlampe, aber die Erdanziehungskraft zog das Ding immer tiefer und tiefer, bis Kimmie sie kaum noch halten konnte.

»Hör mir zu«, brüllte Sloane.

Kimmie schreckte hoch. Die schwere Maglite rutschte ihr aus den Händen und fiel direkt auf Sloanes Fuß.

Er schrie auf und ließ Kimmie los.

Als ob sie Sprungfedern an ihren Füßen hätten, sprangen Hutch und Ashley gleichzeitig los. Hutch schoss hoch, immer noch an den Stuhl gefesselt, doch er hatte keinen direkten Zugang zu Sloane; er musste entweder über das Bett oder um es herum.

Ashley dagegen stand direkt hinter Sloane. Sie riss die Tür

auf, bevor sie sich auf seinen Rücken stürzte. »Lauf, Kimmie«, schrie sie. »Lauf und versteck dich!«

Das kleine Mädchen rannte hinaus in die klamme, neblige Nacht. Die Tür schloss sich automatisch hinter ihr und fiel mit einem scharfen Klicken ins Schloss.

Ashley versenkte ihre Zähne in Sloanes Ohr und schüttelte ihren Kopf wie ein Rat Terrier, der ein Nagetier erwischt hatte. Weil der Stuhl ihn behinderte, war Hutch zu langsam, um ihr rechtzeitig zu Hilfe zu kommen. Während er das Fußende des Bettes umrundete, schüttelte Sloane Ashley von seinem Rücken ab, wirbelte herum und schlug ihr brutal mit seiner Pistole gegen die Schläfe.

Sie sank schlaff zu Boden und bewegte sich nicht mehr.

Hutch sprang nach vorn, aber Sloane machte zwei Schritte zurück, während er die Pistole auf Ashleys reglosen Körper richtete.

»Setz dich verdammt noch mal wieder hin, du Held. Oder ich puste ihr den Kopf weg.«

Rasend vor Wut biss Hutch die Zähne zusammen. Wenn er nicht an den Stuhl gefesselt gewesen wäre, hätte er Sloanes Rückgrat zertrümmert.

»Setz dich!«

Hutch setzte sich.

Zumindest hatte es Kimmie lebend hier rausgeschafft. Jemand würde sie finden und die Cops rufen. Aber würden sie rechtzeitig kommen?

War Ashley noch am Leben?

Er blickte zu seiner Schwester. Ja, sie atmete, war aber bewusstlos. Eine große rote Beule wuchs auf ihrer Schläfe. Sein Herz verkrampfte sich. Sie war so mutig gewesen, hatte sich selbst für ihre Tochter geopfert, hatte versucht, wieder etwas gutzumachen. Er bereute so vieles, und er wusste, dass es ihr genauso ging. Schmerz mischte sich in seinen Zorn, aber er konnte weder dem einen noch dem anderen nachgeben.

»Rutsch zurück«, verlangte Sloane.

Widerwillig schob sich Hutch rückwärts.

»Weiter.«

Er warf Sloane einen finsteren Blick zu und bewegte sich nicht.

»Wirklich? Du willst sehen, wie das Gehirn deiner Schwester an die Wand spritzt?«

Zähneknirschend rutschte Hutch rückwärts bis zur Wand.

»Viel besser«, sagte Sloane. »Weißt du, ich hatte mir verschiedene Szenarien ausgemalt. Da war Plan A …«

Sloane machte eine Pause, als ob er auf einen Trommelwirbel warten würde.

Hutch schnaubte.

»… der beinhaltete, dich hierher zu locken, indem ich das Kind anrufen ließ. Dieser Teil lief wie geschmiert. Der zweite Teil des Plans war, meiner Frau von deinem Handy aus eine SMS zu schicken, damit sie meinen Sohn hierher bringt.« Er spie das Wort »Frau« aus, als wäre es eine ranzige Erdnuss.

»Exfrau«, korrigierte ihn Hutch und bemühte sich, seine Stimme neutral klingen zu lassen.

»Du weißt, was jetzt kommt, oder?« Sloanes sadistisches Vergnügen war in allem spürbar, was er sagte und tat – in seinen Worten, seinem Gesichtsausdruck, seiner Körpersprache. Er genoss die Situation ungemein. »Dir muss klar sein, wie das hier enden wird.«

Hutch gab ihm nicht die Befriedigung, ihm zu antworten.

Sloane legte den Kopf schief. »Wie? Du willst nicht wissen, wie es endet?«

Denk nach. Denk nach. Er gibt dir genug Zeit, dir etwas einfallen zu lassen.

»Ups. Entschuldigung. Spoileralarm. Halt dir die Ohren zu, wenn du's nicht hören willst, aber nein, du kannst ja nicht, oder? Du bist gefesselt. Und ich dachte, bei der Delta Force wären nur die wirklich harten Typen.«

Hutch wusste, wie man sich aus Handschellen befreite. Mit dem Kamm, der in seiner hinteren Hosentasche steckte, war das kein großes Ding, aber er hatte keine Zeit dafür. Sloane würde ihm eine Kugel in den Kopf jagen, bevor er auch nur seine Finger in seine Hosentasche hatte schieben können.

»Wie auch immer. Plan A sieht vor, dass ich dich zusehen lasse, wie ich deine Schwester und deine Nichte umbringe. Dann erschieße ich dich und den Jungen und lasse Meredith dabei zusehen. Dann vergnüge ich mich eine Weile mit ihr, bevor ich sie töte und die Pistole in deine Hand lege. Ich war mal bei der Polizei, erinnerst du dich? Ich weiß, was man tun muss, um es wie einen erweiterten Selbstmord aussehen zu lassen.«

»Du willst deinen eigenen Sohn umbringen?«

Sloane zuckte mit den Achseln. »Ach, wie gewonnen, so zerronnen.«

Hutch schluckte. Dieser Mann war ein absoluter Psychopath.

»Aber leider, leider ist das Mädchen entwischt und hat Plan A zunichtegemacht, also muss ich mich an Plan B halten.« Sloane machte eine Pause. »Willst du nicht wissen, wie Plan B aussieht?«

Reagier nicht drauf.

»Nein? Okay. Verstehe. Wenn du vor den Toren der Hölle stehst, willst du dem Teufel sagen können, dass du es nicht hast kommen sehen? Gut, wie du willst.«

Sloane richtete die Smith & Wesson auf Hutch und feuerte zwei Kugeln in seine Brust.

21

Meredith' Handy piepste, und sie hielt mitten in ihrer Bewegung inne. Sie rannte hinüber zum Sofatisch, schnappte sich das Handy und las die SMS.

Auf dem Heimweg. Bin in 10 Min da.

Sie stieß einen lauten Seufzer aus und sank auf die Couch. Sie legte die Beine übereinander und widerstand dem Drang, ihm zurückzuschreiben und nach Ashley und Kimmie zu fragen. Er saß hinterm Steuer und sie wollte ihn nicht ablenken.

Sie überlegte, ob sie Ben holen sollte, damit er da war, wenn Kimmie ankam. Nein. Was, wenn Kimmie nicht dabei war? Außerdem brauchten Hutch und sie Zeit für sich, um über das Geschehene zu sprechen.

Nach zehn Minuten stand sie von der Couch auf und ging zur Haustür, um durch das lange, schmale Fenster zu schauen, das den Blick auf die Straße freigab. Ihr Herz klopfte laut und ihre Hände wurden feucht. Sie wischte sie an ihrer Jeans trocken und fing wieder an, auf und ab zu gehen. Ihre Nerven waren zum Zerreißen gespannt.

Hutchs Truck bog in die Einfahrt und er stieg aus. Mit gesenktem Kopf spurtete er zum Haus.

Sie riss die Tür auf und strahlte ihn an. »Ich dachte, du würdest nie mehr nach Hause kommen.«

»Hast du mich vermisst?«, fragte er und hob den Kopf.

Meredith riss die Augen auf. O Gott, nein! Es war nicht Hutch. Es war das Monster aus ihren schlimmsten Albträumen. Wie war das möglich?

Sloane grinste sie hämisch an und drängte sich durch die Tür ins Haus.

Pistole, brüllte ihr Urinstinkt. Hol deine Pistole.

Sie wirbelte herum und spürte den Luftzug hinter sich, als Sloane versuchte, nach Haaren zu greifen, die nicht mehr da waren. Der Bastard hatte es geliebt, sie an ihren Haaren herumzuschleifen.

Pistole, Pistole, Pistole.

Wie sollte sie es schaffen, die Kassette aufzuschließen und die Pistole zu laden, bevor er sich auf sie stürzte?

Renn einfach. Die Pistole ist deine einzige Chance!

Sie stolperte die Treppe hinauf, während er mit schweren Schritten hinter ihr her kam.

»Glaubst du, das ist eine gute Idee?«, rief er. »Aus dem ersten Stock gibt es kein Entkommen, außer du springst aus dem Fenster.«

Das Adrenalin, das die Panik durch ihren Körper pumpte, ließ sie ihre Beine schneller bewegen. Sie rannte, so schnell sie konnte, auch wenn es sich so anfühlte, als würde sie kaum vorwärtskommen. Albtraum. Ihr schlimmster Albtraum war Realität geworden.

»Du kannst zwar rennen, aber dich nicht verstecken«, rief er lachend.

Wart nur, bis ich die Pistole in meinen Händen hab. Ich werd dir den Kopf wegpusten, du Arschloch.

»Freust du dich denn gar nicht, mich zu sehen?«

Sie erreichte die letzte Stufe, drehte sich aber nicht um,

um zu schauen, wie dicht er ihr auf den Fersen war. Sie konnte nicht mehr davonlaufen. Es war zu spät. Wenn Sloane sie tötete, dann tötete er sie eben. Hutch würde sich um Ben kümmern, da war sie sich absolut sicher. Die Vorstellung, ihren Sohn zurückzulassen, war kaum auszuhalten, aber sie konnte nicht länger in Angst leben. Entweder würde Sloane sterben oder sie.

So oder so – hier würde es enden.

Jetzt.

Heute.

Sie stürzte in ihr Schlafzimmer und drehte den Schlüssel in dem klapprigen Schloss, das ihn nicht lange aufhalten würde. Aber vielleicht gab es ihr wenigstens genug Zeit, um die Pistole zu laden.

Meredith warf sich auf den Boden und griff unter das Bett. Die Kassette, wo war sie?

Ihre Gedanken rasten, sie war so aufgewühlt, dass sie nicht sehen konnte, was direkt vor ihren Augen lag.

Die graue Metallkassette.

Sie war da.

Meredith schnappte den Griff und zog die Kassette unter dem Bett hervor.

Sloane drehte den Türknopf. »Ist das wirklich dein Ernst? Du zwingst mich, die Tür einzutreten?«

Mit zitternden Händen tastete sie unter den Nachttisch, auf der Suche nach dem Schlüssel, den sie dort festgeklebt hatte. Sie fand ihn und riss ihn ab, wobei er ihr beinahe aus den Fingern glitt.

Sloane schlug gegen die Tür. Trat dagegen. Bum. Bum. Bum. »Ich krieg dich. Du kannst mir nicht entkommen.«

Sie atmete in kurzen, abgehackten Stößen. Hyperventilier jetzt bloß nicht! Entweder du oder er.

Endlich schaffte sie es, den Schlüssel ins Schloss zu stecken. Sie drehte ihn herum und riss die Kassette auf.

Leer. Die Kassette war leer.

Die Tür krachte auf, Holzsplitter flogen umher und trafen sie im Gesicht. Im Türrahmen stand Sloane und grinste so irre wie Jack Nicholson in The Shining.

»Suchst du das hier?«, fragte er und zielte mit ihrem .40 Kaliber Colt Defender auf ihren Kopf.

O Gott. Sie spürte, wie ihr die Farbe aus dem Gesicht wich und das Blut in den Adern zu Eis gefror. Ihr Puls raste. In ihrem Kopf drehte sich alles. Keine Hoffnung. Keine Hoffnung mehr. Sie war eine tote Frau.

In ihrer Verzweiflung schleuderte sie die leere Metallkassette auf ihn.

Er wehrte sie mit der Schulter ab.

Sie stürzte zum Fenster.

Er bewegte sich wie ein Panther, packte sie von hinten am T-Shirt und riss sie zurück.

Sie stieß einen gellenden Schrei aus.

»Keine Sorge, ich werde dich nicht erschießen«, sagte er. »Für dich habe ich einen viel langsameren, schmerzvolleren Tod vorgesehen.«

Meredith griff nach dem Bettpfosten und versuchte, sich daran festzuklammern, versuchte nachzudenken, aber ihr Kopf fühlte sich so taub an wie ihr Körper.

Sloane packte sie an den Haaren, aber weil sie so kurz waren, rutschten sie ihm durch die Finger.

Sie trat wie wild um sich, versuchte, sich loszureißen.

Kurz verlor er sein Gleichgewicht, und das gab ihr genug Zeit, um über das gesplitterte Holz der Tür zu springen und hinaus in den Flur zu rennen.

»O nein, das wagst du nicht«, brüllte Sloane und stürzte hinter ihr her.

Sie erreichte die Treppe, aber in ihrer Hast verfehlte sie die oberste Stufe. Nach unten. Sie wusste, dass sie fallen würde. Sie streckte ihre Hände nach der Wand aus, um sich abzufangen, aber sie hatte zu viel Schwung. Sie überschlug sich mehrmals, bis sie am Fußende der Treppe zum Liegen kam.

Bevor sie sich aufrappeln konnte, stand Sloane über ihr und grinste sie mit seinen blendend weißen Zähnen an.

Die Angst presste das letzte bisschen Luft aus ihren Lungen. »Hutch«, rief sie. »Hutch, wo bist du?«

»Ach, ist das nicht süß?« Sloane ragte bedrohlich über ihr auf. »Sie ruft nach ihrem Loverboy.«

Sie versuchte, auf die Füße zu kommen, aber er hatte sie zwischen seinen Beinen eingeklemmt.

»Es ist mir wirklich unangenehm, dass ich dir die Nachricht überbringen muss …« Er ging in die Knie. »Nein, warte, ich freue mich, dir die Nachricht überbringen zu dürfen. Dein Traumprinz wird nicht kommen, um dich zu retten.«

Sie trat um sich, ließ ihre Beine rotieren, als ob sie Fahrradfahren würde, wild entschlossen, ihm zu schaden, wo sie nur konnte.

Er packte ihre linke Ferse, drehte sie mit einem Ruck auf den Bauch und fing an, sie über den Boden zu schleifen. »Willst du wissen, warum er nicht kommt?«

Sie trat mit ihrem rechten Fuß gegen sein Schienbein. »Fahr zur Hölle.«

Er zuckte noch nicht einmal zusammen. »Ich hab etwas Schlimmes getan. Du wirst bestimmt sehr böse auf mich sein.«

Sie griff nach allem, was sie in die Finger bekam, um ihn am Vorwärtskommen zu hindern – das Bein des Sofatischs, der Teppich, eins von Bens Lego-Gebilden, das sie über ihre Schulter nach ihm schleuderte. Gott sei Dank war sie nicht zu Flynn rübergegangen, um Ben abzuholen.

»Weißt du, ich habe ein paar Kugeln in die Brust deines Schätzchens gejagt. Ich fürchte, du wirst ihn nie mehr wieder sehen.«

Nein. Hutch konnte nicht tot sein. Sloane hatte einen schwarzen Gürtel im Lügen. »Ich glaub dir kein Wort.«

»Das ist dein gutes Recht. Aber ich hab sein Auto und sein Handy. Wer hat dir wohl die SMS geschickt?«

O Gott, nein. Das konnte nicht wahr sein. Sloane konnte nicht gewonnen haben. Es konnte nicht sein, dass er einen Delta Force Operator besiegt hatte. Galle stieg in ihr auf. Sie war kurz davor, sich zu übergeben.

Kotz jetzt bloß nicht.

Sie waren in der Küche angelangt. Meredith spürte die Kälte der Fliesen an ihrem Bauch. Sie warf Stühle um, kickte um sich und versuchte immer noch, zu entkommen, aber er war zu stark.

Wohin brachte er sie?

Kämpf, kämpf. Gib nicht kampflos auf.

Sie trat mit dem letzten bisschen Kraft, das sie noch in ihrem Körper hatte, zu, und traf endlich in seinen Schritt.

»Schlampe«, brüllte er und ließ ihr Bein fallen.

Sie ging auf alle viere und kroch verzweifelt in Richtung

Hintertür. Sie schaffte es, sie aufzuzerren, und augenblicklich fuhr ein kalter, feuchter Windstoß herein. Dann wurde sie an der Schulter gepackt, und Sloane warf sie auf den Rücken. Sein Gesicht war wutverzerrt, eine purpurne Vene pulsierte an seiner Schläfe.

Sie schlug ihm mit der Handkante auf die Nase.

Er zuckte zurück, fluchte, legte beide Hände um ihren Hals und drückte mit beiden Daumen fest zu.

Augenblicklich explodierte ein rasender Schmerz in ihrem Kopf, und sie sah nur noch Sternchen. Sie konnte nicht mehr atmen. Seine Finger schlossen sich fester, schnitten ihr die Luftzufuhr ab, pressten das Leben aus ihrem Körper.

Nein. Bitte, lieber Gott, nein. Sie wollte leben, für ihren Sohn.

Doch langsam entglitt ihr alles.

Durch den Nebel ihres schwindenden Bewusstseins meinte sie zu hören, wie die Haustür krachend aufflog. War das Hutch? Kam er ihr endlich zu Hilfe? Oder war es nur eine akustische Halluzination? Ein letztes Aufbäumen ihres Bewusstseins, bevor sie es endgültig verlor?

Eine Frau kreischte. Nicht sie. Ihre Luftzufuhr war durch Sloanes pythonartigen Griff komplett abgeschnitten.

»Du hast meinen Bruder getötet«, schrie die Frau. Ashley. Es war Ashley. »Nimm deine dreckigen Hände von meiner Freundin und dann stirb, du kranker Psycho.«

Hutch verspürte einen stechenden Schmerz in seiner Brust. Jeder Atemzug fühlte sich an, als ob jemand seine Lungen mit einem Hammer bearbeiten würde. Ja, es tat weh, aber wenn die Morddrohungen vor Mikes Gedenkfeier nicht gewesen wären, wenn Gideon nicht darauf bestanden hätte, dass sie sich mit kugelsicheren Westen schützten, wenn Meredith' verzweifelter Anruf ihn nicht dazu gebracht hätte, sofort zum Flughafen zu fahren, ohne sich vorher umzuziehen, wenn seine dicke Jacke die Weste nicht vor Sloanes Augen verborgen hätte, dann wäre er jetzt tot.

Er drückte das Gaspedal von Ashleys Wagen bis zum Anschlag durch und jagte durch die dunkle, neblige Nacht, um so schnell wie möglich zu Meredith zu kommen. Er war weniger als fünf Minuten bewusstlos gewesen, aber er hatte schon wertvolle Zeit damit verloren, Ashleys Wagen kurzzuschließen. Er hatte keine Ahnung, was Sloane mit seiner Schwester gemacht hatte oder wo Kimmie sich versteckte, aber im Moment war Meredith' Sicherheit wichtiger als alles andere. Er nahm an, dass Sloane seinen Wagen genommen hatte, damit Meredith glaubte, er säße darin, und die Haustür öffnete.

Mit knirschenden Zähnen riss Hutch das Lenkrad herum und schleuderte um die Kurve, die zu seiner Straße führte. Er hatte kein Handy, um Unterstützung anzufordern; er musste sofort zu Meredith und Ben!

Gleich da. Gleich da.

Automatisch griff er ins Handschuhfach, um seine Waffe zu holen. Die Erkenntnis traf ihn wie ein Blitzschlag: Er saß nicht in seinem Wagen.

Und er hatte keine Waffe.

Wie durch Watte hörte Meredith einen Schuss und spürte, wie sich die Klammer um ihren Hals augenblicklich löste. Ein zweiter Schuss wurde in unmittelbarer Nähe abgefeuert.

Sie hustete, blinzelte und setzte sich auf. Sie sah Ashley, die auf der Türschwelle zusammengebrochen war, die Hand an ihrem Hals voller Blut. Der beißende Geruch von Schießpulver verbrannte die Luft, die Meredith gierig in ihre Lungen sog.

Sloane lag nicht weit von ihr entfernt und hielt sich das zerschossene Knie. Der schrille Laut, den er von sich gab, klang wie von einem verwundeten Tier.

Jede Zelle ihres Körpers schrie danach, sofort abzuhauen, solange sie die Chance dazu hatte, aber sie konnte Ashley nicht im Stich lassen. Hutch hätte gewollt, dass sie seine Schwester rettete. Er konnte es selbst nicht mehr tun.

Auf Händen und Knien kroch Meredith durch Sloanes Blut, um zu Ashley zu gelangen.

»Ashley«, presste Meredith durch ihren rauen, schmerzenden Hals hervor.

Ashleys Blick war völlig leer. Ihre Kehle war weg. Es gab nichts, was Meredith noch für sie tun konnte. Trauer zerriss ihr das Herz. Erst Hutch, nun Ashley. Sloane musste dafür bezahlen.

»Schlampe«, brüllte Sloane und grabschte nach ihr.

Wo war Ashleys Pistole? Meredith ließ ihren Blick panisch umherschweifen, konnte sie aber nicht finden. Lag sie unter Ashleys Leiche?

Vergiss die Pistole. Mach, dass du wegkommst, solange er kampfunfähig ist.

Sie rappelte sich auf und stürzte zur Hintertür, doch Sloane war schneller und schloss seine Hand um ihren Knöchel. Er zog daran, und sie stürzte auf ihn.

Er war verletzt. Sie konnte ihn besiegen.

Sie rangen miteinander.
Sie schlug ihn.
Er schlug sie.
Überall war Blut. Ashleys Blut, sein Blut, ihr Blut.

Sie trat gegen sein zertrümmertes Knie. Er gab einen Schmerzenslaut von sich, ließ sie aber nicht los. Nichts schien ihn aufhalten zu können. Er drehte sie herum, weg von Ashleys Leiche und in Richtung Hintertür.

Der Bewegungsmelder hatte die Lampe auf der Veranda angehen lassen, die nun in sanftes gelbes Licht getaucht war.

Meredith hob ihren Kopf, soweit sie konnte.

Da sah sie ihn.

Ihren Colt Defender.

Irgendwie musste er bei Sloanes Schusswechsel mit Ashley auf der Schiene der offenen Glasschiebetür gelandet sein. Deshalb rollte er sie in Richtung der Tür – er wollte an die Pistole herankommen.

Sie stieß einen Kampfschrei aus, zielte, um abermals gegen sein Knie zu treten, aber er bewegte sich zur gleichen Zeit und sie verfehlte sein Bein. Er legte ihr einen Arm um den Hals.

Nein. Sie würde nicht zulassen, dass er sie wieder würgte. Sie war ihm jetzt überlegen.

Mit aller Wucht rammte sie ihm ihren Ellbogen in den Bauch und kam gleichzeitig auf ihre Füße, aber sie rutschte im Blut auf dem Boden aus und fiel beinahe wieder hin.

Sie klammerte sich an der Theke fest und kam wieder ins Gleichgewicht, nur um festzustellen, dass Sloane die Pistole in der Hand hielt.

Sloane starrte ihr direkt in die Augen, spannte den Hahn der Pistole und knurrte: »Du bist tot, Schlampe.«

22

Hutch hielt in der Einfahrt und hörte den Schrei einer Frau.

Schweiß brach ihm am ganzen Körper aus, sein Puls raste. Er sprang aus dem Wagen, überquerte den Rasen mit zwei großen Schritten und stürzte die Stufen hinauf.

Die Haustür stand weit offen.

Hutch rannte ins Haus, ohne zu wissen, was für schreckliche Dinge ihn drinnen erwarteten. Im Flur, der zur Küche führte, erblickte er den Körper einer Frau, der in einer rasch größer werdenden Blutlache lag.

Meredith!

Aber die Frau hatte langes blondes Haar. Nicht Meredith, nein, aber seine kleine Schwester Ashley.

Hutch fiel auf die Knie und zog sie an seine Brust. Ihr Kopf fiel leblos über seinen Arm. Ihr Körper hatte schon begonnen, auszukühlen. Seine kleine Schwester, die ihm unendliche Sorgen bereitet hatte, war ermordet worden.

Ashley war tot, aber vielleicht, vielleicht gab es eine Chance, dass Meredith noch am Leben war.

Er riss sich mit Gewalt von seiner Trauer los und ließ Ashleys Leiche sanft zu Boden gleiten. Dabei berührte er mit seinen Fingerknöcheln kalten Stahl.

Seine Pistole.

Er hob sie auf. Die Pistole war geladen. Er folgte dem breiten Streifen aus Blut zur offenen Hintertür, wo der grausige Pfad hinaus auf die Veranda führte. Er machte sich auf das Schlimmste gefasst, während er sich an der Wand entlangtastete. Er fand den Schalter für die Außenflutlichter und schaltete sie ein.

An das Verandageländer gelehnt saß Sloane. Er blutete aus dem linken Knie und sein Schenkel war oberhalb der Wunde mit einem Gürtel abgeschnürt.

Hutch trat aus dem Haus, die Pistole auf den Kopf des Arschlochs gerichtet. »Wo ist sie?«, fragte er.

Sloane blickte leicht überrascht auf. »Du bist nicht tot.«

»Das nächste Mal, wenn du einem Mann in die Brust schießt, solltest du vorher überprüfen, ob er eine kugelsichere Weste trägt. Und jetzt sag mir, wo Meredith ist.«

»Tu's doch«, höhnte Sloane und ignorierte Hutchs Aufforderung. Sein Gesicht war aschfahl. »Mach schon. Erschieß mich.«

Mit zum Zerreißen gespannten Nerven ging Hutch auf Sloane zu und zog den Hahn der Pistole nach hinten. »Wo ist sie?«

»Töte mich«, brüllte Sloane.

»Zuerst sagst du mir, wo Meredith ist.«

»Gut, dann töte ich eben dich.« Sloanes Hand zitterte, als er nach dem Colt Defender griff, der neben ihm lag. Er hob ihn hoch.

Es war Meredith' Pistole. Wenn er Meredith' Pistole hatte, bedeutete das …

Hutch schüttelte den Kopf, unfähig, den Gedanken zu Ende zu denken. Tiefe Angst legte sich wie eine kalte Klaue um sein Herz. »Was hast du mit Meredith gemacht?«

In der Ferne heulten Sirenen auf. Jemand hatte die Polizei gerufen.

»Jetzt ist der richtige Zeitpunkt«, lockte Sloane mit der süßen Stimme des Teufels. »Jetzt kannst du mich noch umbringen und behaupten, es wäre Notwehr gewesen. Jeder wird dir glauben. Ich bin der böse Cop und du bist der ruhmreiche Held.«

Bei der Delta Force war ihm beigebracht worden, dass ein Operator keinen schlimmeren Fehler begehen konnte, als seinen Gegner zu unterschätzen. Von dem, was Meredith ihm über ihre Ehe erzählt hatte, wusste er, wie hinterhältig und kaltblütig dieser Mann war. Sloane zielte mit der Pistole auf ihn. Hutch hatte jedes Recht, ihm den Kopf wegzupusten.

Sloane hatte eine Menge Blut verloren und seine Hand zitterte so stark, dass der Lauf heftig hin und her wackelte. Er war zu geschwächt, um das Gewicht der Waffe zu halten. Seine Hand plumpste in seinen Schoß und die Pistole fiel in eine Blutlache. Sie rutschte über den Boden, fiel über die Kante der Veranda und landete mit einem Platsch im Wasser.

»Sieht so aus, als hättest du keine Waffe mehr«, sagte Hutch cool. Er würde seiner Angst nicht nachgeben. Wenn Meredith noch lebte, zählte sie darauf, dass er einen kühlen Kopf bewahrte.

»Du willst es doch auch«, sagte Sloane mit rauer Stimme. »Nur zu.«

Es wäre so einfach, abzudrücken, seinen Rachegelüsten, die ihn zu überwältigen drohten, nachzugeben und den Hurensohn auf direktem Weg in die Hölle zu befördern. Dieses widerwärtige Monster hatte Meredith jahrelang terrorisiert, hatte Ashley umgebracht und Kimmie die Mutter genommen. Er verdiente den Tod.

Hutch schloss ein Auge und fokussierte seinen Blick auf

die Mitte von Sloanes Stirn. Vor dem Angriff in Afghanistan hätte er ohne zu zögern abgedrückt. Sloane war Abschaum und musste beseitigt werden.

Aber Hutch hatte genug vom Töten. Er würde es tun, um die, die er liebte, zu verteidigen, aber Sloane war unbewaffnet. Wehrlos. Ihn unter diesen Umständen umzubringen, wäre Mord, egal, wie sehr der Bastard den Tod auch verdiente.

»Es gibt vielleicht Leute, die du mit deinem ach so tollen Kriegshelden-Scheiß beeindrucken kannst. Aber ich kenne die Wahrheit.« Sloane besaß immer noch die Energie und Dreistigkeit, ihm zuzuzwinkern. »Innen drinnen bist du genau wie ich. Du weißt, dass es kein Problem gibt, das nicht durch eine gut platzierte Kugel gelöst werden könnte.«

Angst packte Hutch. Sloane schindete Zeit. Versuchte, ihn von Meredith fernzuhalten. Das bedeutete, dass sie noch am Leben war. Aber wie lange noch? Er hatte keine Ahnung, in welcher Verfassung sie war.

Er trat näher an Sloane heran. Sloane legte seinen Kopf zurück und grinste zu ihm herauf. »Du bist genau wie ich. Ein Killer durch und durch.«

Lass sein Gefasel ja nicht an dich heran. Der Scheißkerl wollte, dass er die Kontrolle verlor. Das war das Einzige, worum es dem Hurensohn ging. Kontrolle.

Hutch drückte die Mündung auf Sloanes Stirn. »Wo ist sie?«

»Du weißt, dass sie nicht schwimmen kann, oder?« Sloanes Stimme wurde schwächer.

»Sie ist im Fluss?«

Sloane machte eine leichte Bewegung mit der Schulter.

Gott, das war es also. Sie war in dem eiskalten Januarwasser und konnte nicht schwimmen. Sein Magen fühlte sich an, als wäre er auf einem Segelboot, das von einem Hurrikan herumgeschleudert wurde. Wie lang war sie schon da drin?

Die Sirenen heulten lauter, waren fast schon da. Meredith war im Wasser und brauchte ihn.

»Letzte Chance«, sagte Sloane und versuchte Hutch dazu zu bringen, die Drecksarbeit zu erledigen, damit er nicht den Rest seines Lebens im Gefängnis verbringen musste. Er war keine Gefahr mehr. »Tu, was du am besten kannst. Töte mich.«

»Fick dich, Victor«, sagte Hutch und drückte ab.

Sie klammerte sich ein paar Meter flussabwärts an ein Stück Treibholz. Sie war kaum bei Bewusstsein, ihr Gesicht war übel zugerichtet und geschwollen, sie zitterte von dem Schock und vor Kälte. Sie war schwach, aber sie war am Leben. Er zog sie in seine Arme und strampelte zum Ufer. Er hielt nicht inne, um Atem zu schöpfen, sondern kletterte aus dem Wasser und trug sie die matschige Böschung hinauf bis zu den Stufen seiner Veranda.

»Du lebst«, flüsterte sie.

»Ja, ich lebe.«

»Du hast mich gerettet.«

»Ich werde dich immer retten«, versprach er.

Sie drückte sich an ihn. Trotz allem, was sie schon durchgemacht hatten, war dieser Moment so bewegend, dass es ihm die Kehle zuschnürte.

Er stieg die Stufen hinauf und trat auf die Veranda.

»Schau nicht hin«, sagte er, als sie an Sloane vorbeikamen.

Sie tat es trotzdem. »Er ist tot!«

Erschrocken blickte Hutch hinüber.

Sloane war auf die Seite gesunken, und der Gürtel, der um seinen Schenkel gebunden gewesen war, lag nun auf der anderen Seite der Terrasse. Sloanes Augen waren glasig, leer.

»O Hutch«, sagte sie. »Du hast ihn getötet.«

Er blickte hinunter in Meredith' Gesicht und sah Erleichterung, gemischt mit Trauer, Bewunderung und Enttäuschung.

»Es tut mir leid.« Tränen strömten über ihre Wangen. »Wegen mir musstest du wieder töten.«

Bevor er ihr sagen konnte, was passiert war, verlor sie das Bewusstsein, gerade in dem Moment, in dem ein halbes Dutzend Cops auf sie zugestürmt kamen.

Meredith wachte in ihrem Bett auf und erblickte Hutch, der auf einem Stuhl neben ihr schlief. Jeder Knochen ihres Körpers schmerzte, aber sie konnte nicht aufhören zu lächeln. Endlich war sie frei von Sloane, und das hatte sie Hutch zu verdanken.

Sie drehte sich auf den Rücken, und augenblicklich schreckte Hutch aus dem Schlaf hoch.

»Was ist?«, fragte er mit Angst in der Stimme. »Geht`s dir gut?«

»Du bist tatsächlich am Leben.« Sie streckte die Hand aus, um sein Gesicht zu berühren. »Ich habe es nicht nur geträumt.«

»Ich lebe«, bestätigte er, rutschte mit seinem Stuhl näher und nahm ihre Hand.

»Aber Sloane hat gesagt, er hätte auf dich geschossen.«

»Hat er auch.« Hutch knöpfte sein Hemd auf und zeigte ihr seine Brust, die blauschwarz marmoriert war.

»Autsch. Was ist passiert?«

»Kugelsichere Weste.«

»Ich bin absolut dankbar dafür, aber warum hast du eine kugelsichere Weste getragen?«

Er erzählte ihr von den Morddrohungen im Zusammenhang mit der Gedenkfeier für seinen Freund und dass Gideon darauf bestanden hatte, dass sie sich schützten.

»Wenn ich Gideon das nächste Mal sehe, werde ich ihn küssen«, meinte Meredith.

»Nein, das tust du nicht.« Er lachte. »Von nun an, Meredith Sommers, gehören alle deine Küsse mir.«

»Und Ben.«

»Und Ben«, stimmte er zu.

»Und Kimmie.«

Sein Gesicht nahm einen angespannten Ausdruck an, als er Kimmies Namen hörte, und er schluckte schwer. »Wir sind vielleicht ein Paar! Beide von Kopf bis Fuß vom Kampf gezeichnet. Ich wollte dich ins Krankenhaus bringen, aber du hast dich geweigert. Erinnerst du dich daran?«

Sie schüttelte den Kopf.

»Mein Arzt hat einen Hausbesuch gemacht und dich untersucht. Außer ein paar Schrammen und Blutergüssen fehlt dir körperlich nichts.«

Sie leckte sich über die Lippen.

»Du musst eine Aussage bei der Polizei machen.«

»Ich weiß.«

Sie sahen einander an. Beide wussten, dass sie großes Glück gehabt hatten, lebend zu entkommen. Es hätte ganz anders ausgehen können. Für Ashley war es anders ausgegangen.

Meredith streckte eine Hand aus, um Hutchs Arm zu streicheln. »Es tut mir so leid wegen Ashley. Sie hat mir das Leben gerettet.« Sie erzählte ihm, wie mutig seine Schwester gewesen war, als sie hereingestürmt kam, um sie zu verteidigen und Hutch zu rächen. »Wenn Ashley Sloane nicht angeschossen hätte, hätte er mich getötet. Deine Schwester ist tot wegen mir.«

Seine Augen verdunkelten sich vor Schmerz, der zu ihrer eigenen Seelenqual passte. »Es war nicht deine Schuld, Meredith. Sloane ist derjenige, der für all das verantwortlich ist.«

»Ich kann nichts dagegen tun, ich fühle mich trotzdem verantwortlich. Ich habe ihn in euer Leben gebracht, wegen mir ...«

Er legte einen Finger über ihre Lippen. »Schsch. Hör auf.«

Sie presste die Lippen aufeinander, ließ die Welle der Trauer und Reue kommen und wieder gehen. »Sloane war derjenige, der Ashley nach Mexiko gelockt hat, oder?«

Hutch nickte und erzählte ihr, was er und die Polizei herausgefunden hatten. Nachdem Sloane auf Hutch geschossen und ihn in dem Motelzimmer zurückgelassen hatte – tot, wie er glaubte –, hatte er der bewusstlosen Ashley die Hände mit einem Kabelbinder gefesselt und sie auf den Rücksitz von Hutchs Truck gehievt. Vor langer Zeit hatte Hutch seiner Schwester beigebracht, wie man seine Hände aus einer Kabelbinder-Fessel befreit, und er nahm an, dass sie genau das getan hatte. Dann musste sie seine Pistole gefunden haben, von der sie wusste, dass sie in seinem Handschuhfach lag, und ins Haus gestürmt sein, um Meredith und Ben zu retten.

Meredith' Kehle war wie zugeschnürt, und ein stummes Schluchzen schüttelte ihren Körper.

Hutch nahm ihre Hand und wartete, bis die Tränen versiegt waren.

»Warte«, sagte sie nach einer Weile und trocknete sich die Tränen mit dem Taschentuch, das er für sie aus der Box auf dem Nachttisch gezogen hatte. »Wo ist Kimmie? Geht es ihr gut?«

»Ihr geht es gut, sie ist mit Ben bei Flynn und Jesse. Ein Motelangestellter hat sie im Gebüsch neben dem Motel-Parkplatz gefunden und die Polizei gerufen. Nun ja, eigentlich hat die ganze Nachbarschaft die Polizei gerufen, nachdem die Schüsse gefallen waren. Insgesamt sind siebenundzwanzig Anrufe eingegangen.«

»Wir müssen ihr immer noch sagen, dass Ashley tot ist.«

»Das wird nicht einfach werden«, sagte er, »aber wir werden es überstehen. Unsere Liebe wird uns dabei helfen.«

»Ich liebe dich«, sagte sie. »Ich habe es dir nicht gesagt, als du angerufen hast, weil ich Angst davor hatte, es laut auszusprechen, aber ich liebe dich, Brian Hutchinson.«

»Ich weiß.«

»Ich wünschte, du wärst nicht gezwungen gewesen, Sloane zu töten.«

Er hob ihr Kinn und sah ihr in die Augen. »Ich habe ihn nicht getötet.«

»Hast du nicht?«

»Ich wollte ihn töten. Gott weiß, wie sehr ich ihn töten wollte, aber ich bin kein kaltblütiger Mörder. Er war schwach und wehrlos. Wenn ich ihn in diesem Zustand getötet hätte, wäre ich nicht besser als er gewesen.«

Sie runzelte die Stirn. »Aber ich habe einen Schuss gehört.«

»Ich hatte den Hahn gespannt, hatte so viel Adrenalin im Blut und stand so unter Strom, den ich irgendwie entladen musste, dass ich in einen Baum geschossen habe. Am Ende hat sich Sloane selbst umgebracht, indem er die Aderpresse von seinem Bein entfernt hat. Der Rechtsmediziner meinte, er wäre nicht verblutet, wenn er den Gürtel nicht gelöst hätte.«

»Dieser Feigling.« Sie erschauerte. »Aber ich bin stolz auf dich, weil du ihn nicht getötet hast. Ich weiß nicht, ob ich so viel Mitgefühl gehabt hätte.«

»Ich hatte es vorher auch nicht gewusst«, sagte er.

Sie fing wieder an zu weinen und dachte an all das, was sie verloren hatten. »Es ist so traurig.«

Hutch legte sich zu ihr ins Bett und zog sie an sich. Zitternd legte sie ihren Kopf an seine breite, muskulöse Brust und schlang ihre Arme um seine Taille. Er zog sie noch fester an sich, bis kein Millimeter mehr Raum zwischen ihnen war.

»Ich hatte solche Angst«, flüsterte sie.

»Er ist tot, mein Schatz. Er wird uns nie wieder Schaden zufügen.«

»Es wird eine Weile dauern, bis ich das ganz begriffen habe. Bis ich mich daran gewöhnt habe.«

»Das ist in Ordnung. Wir machen es zusammen. Wir gehen zur Therapie, du, ich, Kimmie und Ben.« Er machte eine Pause. »Ich möchte, dass wir eine richtige Familie werden, und nicht nur wegen der Kinder.«

»Fragst du mich, ob ich dich heiraten möchte?«

Er fasste sie an den Schultern und schob sich ein Stück von sich weg, damit er ihr in die Augen schauen konnte. Er wirkte besorgt, verängstigt. »Würdest du denn Ja sagen?«

Ihr Herz flatterte. »Ich hab viel durchgemacht, Hutch.«

»Ich weiß. Genau wie ich.«

»Für mich bedeutet Ehe …« Sie schüttelte den Kopf.

»Das Problem war nicht die Ehe. Sloane war ein Soziopath.«

»Ich weiß.«

»Hast du Angst, dass ich …«

»Gott, nein«, beeilte sie sich, ihm zu versichern. »Ich habe keinen Zweifel an dir.«

»Was ist es dann?«

»Ich fürchte, dass ich zu viel Schaden genommen hab, um …«

»Schsch, jeder hat auf irgendeine Weise Schaden genommen. Der Trick ist, nicht zuzulassen, dass es dein Leben ruiniert. Wenn du zulässt, dass das, was Sloane dir angetan hat, dich daran hindert, uns eine Chance zu geben, der Liebe eine Chance zu geben, dann hat er gewonnen.«

Hutch hatte recht. Sie wusste, dass er recht hatte.

»Heirate mich, Meredith. Es muss ja nicht sofort sein. Wir können uns alle Zeit der Welt lassen. Aber sag mir, dass du mich heiraten wirst. Lass uns eine Familie gründen. Lass uns gemeinsam ein Leben aufbauen. Wir verkaufen dieses Haus; es steckt voller böser Erinnerungen. Wir kaufen zusammen ein anderes.«

»Hier in Twilight?«

»Wo du willst.«

»Ich möchte hier in Twilight bleiben. Es liebe diese Stadt, Hutch.«

»Und ich liebe dich.«

Es mochte zwar beängstigend sein, aber sie würde sich für das Glück entscheiden. Sie würde sich für die Heilung entscheiden. Sie würde sich für die Liebe entscheiden. Sie würde sich für Hutch entscheiden.

»Ja«, sagte sie. »Ja zu allem. Ja, ja, ja.«

Er stieß die angehaltene Luft aus und lächelte breit. »Du und Kimmie und Ben, ihr habt mich geheilt. Ihr habt mich wieder ganz gemacht.«

Ein tiefes Glücksgefühl durchströmte sie, als sie in seine Augen blickte, die voller Liebe waren, an deren Stelle schnell die Lust trat, als sich seine Lippen den ihren näherten.

Er küsste sie leidenschaftlich, und sie hob die Arme, um sie um seinen Hals zu schlingen und sich ganz seinem Kuss hinzugeben. Er legte seine große Hand an ihren Rücken und drückte sie an sich, sein Mund war heiß und gierig. Sie war genauso erregt wie er, spielte mit seiner Zunge, stachelte ihn an, weiterzumachen.

Abrupt hörte er auf, sie zu küssen, und sie stöhnte irritiert auf. Nein! Bitte hör nicht auf. »Bist du wirklich bereit dafür? Du bist verletzt.«

»Das bist du auch. Liebe ist doch die beste Medizin. Du bist genau das, was ich im Moment brauche. Alles andere kann warten.«

»Meredith«, murmelte er und küsste sie immer und immer wieder.

Seine Selbstdisziplin war dahin, genau wie ihre. Innerhalb

kürzester Zeit lag sie nackt auf dem Rücken. Hutch setzte sich rittlings auf sie, seine Knie in die Matratze gestemmt. »Wir lassen es ganz langsam angehen.«

Sie öffnete ihre Beine und mit einem tiefen, kehligen Laut, der all seine Sehnsucht zum Ausdruck brachte, ließ er sich zwischen sie sinken. Er streichelte mit beiden Daumen ihre Wangen und schaute ihr tief in die Augen.

Hutch fuhr Meredith mit zitternden Fingern durchs Haar und nahm ihren Mund mit leidenschaftlichen Küssen gefangen. Er glitt in sie und bewegte sich ganz langsam in ihr, doch bald überrollte ihn eine Welle der Lust und er konnte sich nicht länger zurückhalten. Er steigerte sein Tempo.

Sie hob ihm ihre Hüften entgegen, trieb ihn an, machte ihm deutlich, dass er sie nicht wie eine Porzellanpuppe behandeln musste. Sie wusste genau, was sie wollte. Sie wollte ihn – voll und ganz.

Leben.

Das war es, was er ihr gab.

In seiner ganzen Fülle. Leben. Sie hatte so lange im Dunkeln dahinvegetiert, doch jetzt war sie bereit, ins Licht zu treten und zu genießen. Ihn zu genießen.

Sein Rhythmus wurde schneller, als er mit drängender Selbstsicherheit Besitz von ihr ergriff. Sie gab sich ihm voll und ganz hin, mit Körper, Geist und Seele. Sie hatte keine Angst mehr. Sie war genau dort, wo sie hingehörte.

Er legte seinen Mund an ihr Ohr und flüsterte: »Ich liebe dich, Meredith, ich liebe dich so sehr, dass es keine Worte dafür gibt. Ich liebe dich mehr als alles andere auf der Welt, mehr als mein eigenes Leben. Und ich werde dich immer lieben, heute, morgen, bis in alle Ewigkeit. Du bist meine Göttin, meine Königin, mein Ein und Alles. Du hast mich gerettet. Vor mir selbst beschützt. Ich will den Rest meines Lebens damit verbringen, dich glücklich zu machen.«

»Hutch«, stöhnte sie und umfasste seine Hüften, zog ihn an sich, in sich, so tief wie nur möglich, und umklammerte ihn mit all ihrer Kraft.

Sein ganzer Körper spannte sich an und er stieß heiser ihren Namen hervor. Unkontrollierbare Lust überrollte ihn und brachte ihn genauso zum Beben wie sie. Gemeinsam jagten sie dem Gipfel ihrer Leidenschaft entgegen, erreichten ihn im selben Augenblick. Danach lagen sie eng umschlungen und nach Atem ringend da, und genossen die verebbenden Wellen ihres Höhepunkts.

Tränen fielen von oben auf Meredith' Gesicht und vermischten sich mit ihren.

»Du weinst ja«, flüsterte sie und berührte sein Gesicht.

»Vor lauter Freude«, beteuerte er.

Sie küssten sich zärtlich und hielten einander lang in den Armen.

»Ich hatte keine Ahnung, dass es so sein kann«, flüsterte sie. »Ich habe noch nie so empfunden. Du?«

Er trocknete ihre Tränen und sie trocknete seine, und sie blickten einander in die Augen, in eine Zukunft voll wunderbarer Möglichkeiten

»Nur mit dir, mein Herz, nur mit dir«, versicherte er ihr.

Eine Woche später kam, wie es schien, die ganze Stadt zu Ashleys Trauerfeier. In der Kirche waren alle Plätze besetzt und die Trauernden sammelten sich draußen auf den Gehwegen. Seit Tagen waren Fernsehreporter durch die Straßen gezogen und hatten jeden interviewt, der bereit war, mit ihnen zu sprechen.

Jeder wollte von der tapferen jungen Frau hören, die ihr Leben geopfert hatte, um die zu retten, die sie liebte. Die Geschichte hatte es in die landesweiten Nachrichten geschafft und das Interesse privater Sender geweckt, die sich auf Kriminalfälle spezialisiert hatten. Hutch und Meredith standen nun vor der Entscheidung, ob sie ihre Geschichte verfilmt haben wollten oder nicht. Auf der einen Seite fühlte es sich etwas gierig an, wenn sie aus dem, was geschehen war, Kapital schlugen. Andererseits konnte die Ausstrahlung vielleicht andere Frauen davor bewahren, das Gleiche durchmachen zu müssen wie Meredith, und wenn es nur eine einzige Frau war. Deshalb war es auf jeden Fall eine Überlegung wert. Zudem könnten sie das Geld, das ihnen der Sender anbot, anlegen und damit später Kimmies Collegebesuch finanzieren.

Ein trauriges Lächeln glitt über Hutchs Gesicht. Seiner Schwester hätte die Aufmerksamkeit gefallen. Im Tod erhielt sie nun die Art von Respekt und Bewunderung, nach der sie sich ihr Leben lang gesehnt hatte.

Flynn und Jesse passten während des Trauergottesdienstes auf Kimmie und Ben auf, aber auf Anraten der Kindertrauerberaterin brachten sie die Kinder später zum Friedhof, wo Ashley im Kreis der Familie beigesetzt wurde. Kimmie wirkte bedrückt, doch sie weinte nicht, und als es vorbei war, legte sie ihre kleine Hand in die von Hutch und sagte: »Können wir jetzt eine heiße Schokolade trinken gehen?« Er fragte sich, wie viel sie wirklich verstanden hatte.

Die Tage, die folgten, vergingen wie im Nebel und waren angefüllt mit organisatorischen Dingen. Sie schrieben das Haus zum Verkauf aus und nahmen den Termin mit dem Rechtsanwalt wahr, damit der Haftbefehl gegen Meredith aufgehoben wurde. Die Gemeinde stand ihnen in sämtlichen Belangen bei – Nachbarn und Freunde brachten Essen, passten auf die Kinder auf, wenn Hutch und Meredith Termine hatten, und boten ihnen ihre mitfühlenden Schultern, um sich daran auszuweinen.

Es war eine bittersüße Zeit, in der sich tiefe Trauer mit der berauschenden Freude über ihre aufblühende Liebe mischte. Hutch war voller Bedauern, dass er seine Schwester nicht hatte retten können, aber glücklich, weil er sich nun um ihre Tochter kümmern konnte.

Wenn er in den letzten Monaten irgendetwas gelernt hatte, dann das: Er konnte niemand anderen retten, sondern nur sich selbst. Letzten Endes ging es im Leben immer nur darum, welche Entscheidung man traf, im Großen wie im Kleinen. Wenn er in Frieden leben wollte, dann musste er den friedvollen Weg wählen. So einfach – und so kompliziert – war es.

Einen Monat später erhielt Hutch den Anruf, dass Ashleys Grabstein nun fertig sei. Er hatte eine kleine Engelsstatue bestellt, die Ashleys Züge trug, und er und Meredith planten, mit den Kindern am nächsten Tag zum Grab zu fahren, um sie sich anzusehen.

In dieser Nacht träumte Hutch zum ersten Mal von seiner Mutter und seiner Schwester zusammen. Es war Frühling und die beiden saßen am Flussufer in Liegestühlen und schauten aufs Wasser hinaus. Überall waren rosa Mimosen und der Duft der frischen Blüten erfüllte die Luft. Schäfchenwolken zogen über den graublauen Himmel. Die beiden Frauen trugen wallende weiße Gewänder und Wildblumenkränze in ihrem Haar. Sie sahen aus, als ob sie geradewegs einem Gemälde von Monet entstiegen wären, weich, etwas verschwommen und wunderschön. Sie lachten und plauderten und tranken Pfirsichlimonade.

Hutch stand auf der anderen Seite des Flusses. Er winkte, aber sie sahen ihn nicht. Er öffnete den Mund, um nach ihnen zu rufen, schloss ihn dann aber wieder, ohne ein Wort gesagt zu haben. Sie befanden sich in einer anderen Welt.

Die Wolken teilten sich und die Sonne kam heraus. Gleichzeitig hoben die beiden ihre lächelnden Gesichter der Sonne entgegen, und er erwachte mit der Gewissheit, dass sie endlich ihren Frieden gefunden hatten.

Am nächsten Morgen fühlte er sich so leicht wie noch nie, so als ob jemand Heliumballons an seinem Herz befestigt hätte. Er erzählte Meredith von seinem Traum und ihre Augen weiteten sich.

»Ich hatte den gleichen Traum«, flüsterte sie. »Alles gleich, bis hin zur Limonade, und dabei hab ich deine Mutter noch nicht mal gekannt.«

Gänsehaut überlief seinen Körper. Er hatte keine Erklärung dafür, dass sie den gleichen Traum gehabt hatten, aber er brauchte auch keine. Die Tatsache, dass es so war, war bedeutsam genug.

In stillem Einvernehmen buken sie Pfannkuchen, und danach setzten sie die Kinder ins Auto, um zum Friedhof zu fahren.

Kimmie fühlte sich sofort zu der Engelstatue auf Ashleys Grabstein hingezogen. Sie kletterte hinauf, um mit ihren kleinen Fingern über das Gesicht des Engels zu fahren. »Mommy«, flüsterte sie.

Meredith warf Hutch einen besorgten Blick zu. Müssen wir einschreiten?

Er schüttelte den Kopf und staunte darüber, wie gut sie ohne Worte kommunizierten – ein Blick, eine Geste, eine Berührung, und jeder wusste, was der andere dachte.

»Mommy ist jetzt im Himmel«, hauchte Kimmie.

Meredith legte eine Hand über ihren Mund, Tränen glitzerten in ihren Augen.

»Mommy hat mich vor dem bösen Mann gerettet, doch dann musste sie gehen.«

Hutch kniete sich neben seine Nichte und legte ihr eine Hand auf den Rücken. Er wollte sie trösten, sie beruhigen, aber er wusste nicht, was er sagen sollte.

»Der Himmel ist da oben.« Kimmie legte ihren Kopf in den Nacken und blickte ehrfürchtig nach oben, so als ob sie nun alles verstanden hätte.

In diesem Moment brach ein Sonnenstrahl durch den bewölkten Winterhimmel und auf Kimmies Gesicht breitete sich ein wunderschönes Lächeln aus. Sie reckte ihr Gesicht nach oben, um die Strahlen einzufangen, und winkte fröhlich zum Himmel. »Mommy schaut von da oben auf mich herab.«

Tränen strömten über Meredith' Wangen und sie wandte sich schnell ab.

Hutch nahm seine Nichte in den Arm und drückte sie fest an sich. »Das ist richtig, mein Herz. Deine Mommy ist im

Himmel und passt auf dich auf, und sie hat dich sehr, sehr lieb.«

Kimmie tätschelte mit ihren kleinen Händen Hutchs Wange und sagte: »Du musst nicht weinen, Onkel Hutch. Alles wird gut. Das verspreche ich dir.«

Epilog

Twilight, Texas
Heiligabend, ein Jahr später

Inzwischen liebte Hutch die Familientherapie fast genauso sehr, wie er seine Familie liebte.

Er saß auf der harten Holzbank, sah auf die Uhr und zählte die Sekunden, bis der Richter den Gerichtssaal betrat. Normalerweise hätte Richter Blackthorne heute keine Verhandlungen, aber Hutch hatte mit ihm geredet und er hatte zugestimmt. Hutch trug einen wollenen Anzug. Er kratzte, aber das war ihm egal. Mit beiden Armen über der Rückenlehne des Stuhls saß er ganz ruhig da. Meredith, die ihr bestes Sonntagskleid trug, saß zu seiner Rechten, Kimmie und Ben zu seiner Linken.

Der diamantbesetzte Ehering, den er Meredith genau ein Jahr nach dem Angriff in Afghanistan angesteckt hatte, funkelte im Licht. Meredith hatte darauf bestanden, genau an diesem Tag zu heiraten. Etwas Schönes, um denen, die er verloren hatte, ein Denkmal zu setzen. Er konnte immer noch nicht recht glauben, dass sie tatsächlich seine Frau war.

Ein paar Monate lang hatte er für Gideon gearbeitet, dann aber entschieden, dass die Arbeit in der Sicherheitsfirma einfach nicht das Richtige für ihn war. Jetzt hatte er einen Job als Schreiner, der ihm sehr viel Spaß machte. Sie hatten das Haus am Fluss verkauft und waren in ein malerisches viktorianisches Haus in der Nähe des Stadtplatzes gezogen, das sie in ihrer Freizeit renovierten und umbauten. Meredith hatte einen Auffrischungskurs für Krankenschwestern absolviert und freute sich darauf, im Januar auf der Neugeborenenstation im Twilight General Hospital anzufangen.

Von dem Moment an, in dem er Meredith mithilfe der Zaubertafel gesagt hatte, dass er sie brauchte, waren sie ein Team gewesen. Ihr gemeinsames Ziel, sich um die Kinder zu kümmern, hatte ihre Verbindung schnell stärker werden lassen, und schon bald war daraus etwas viel Tieferes, Reicheres, Komplexeres erwachsen.

Dank ihr war er ein anderer Mensch geworden. Der Weg war nicht einfach gewesen und er wusste, dass noch einige Höhen und Tiefen vor ihnen lagen, aber es gab keinen Menschen auf der Welt, mit dem er diesen Weg lieber gegangen wäre als mit Meredith.

Sie war seine andere Hälfte. Der Teil, von dem er nie wirklich gewusst hatte, dass er fehlte, bis er sie gefunden hatte. Und sie standen erst am Anfang. Eine ganze Zukunft lag vor ihnen und er konnte nicht erwarten, dass sie endlich begann.

Meredith drückte seine Hand, und er konnte ihre Aufregung spüren.

Er lächelte breit, er konnte einfach nicht damit aufhören. Die Liebe, die diese drei Menschen ihm schenkten, führte dazu, dass sein Herz sich so übervoll anfühlte wie der gefüllte Truthahn, der daheim auf sie wartete.

Ihr Rechtsanwalt saß in der Reihe vor ihnen, zusammen mit der Sozialarbeiterin der Kinder und der Familientherapeutin, die sie regelmäßig besuchten. Sie war da, um für sie zu bürgen und als Zeugin zu fungieren, wenn aus ihnen offiziell eine Familie wurde.

Die Seitentür ging auf und Richter Blackthorne, der seine Robe trug, kam herein.

»Bitte erheben Sie sich«, sagte der Gerichtsdiener, und alle standen auf.

Der Richter hörte zu, während der Anwalt ihm ihren Fall darlegte. Er sah die Unterlagen durch. Sprach mit den Kindern, der Sozialarbeiterin und ihrer Therapeutin. Dann rief er Meredith und Hutch auf.

»Den Vorsitz über Adoptionsverfahren zu führen ist das Highlight meines Jobs«, sagte er. Dann verkündete er, dass Ben und Kimmie nun offiziell Hutchs Kinder waren und dass Meredith rechtmäßig Kimmie an Kindes statt angenommen hatte.

Nachdem sie sich alle lachend umarmt und geküsst hatten und Fotos gemacht worden waren, traten sie Hand in Hand hinaus auf den schönsten Stadtplatz in ganz Texas.

Sie hatten so viel durchgemacht, so viel Leid erfahren, doch als Hutch auf seine Familie blickte, wusste er, dass er der glücklichste Mensch der Welt war.